希望的田野

刘海玲 著

吉林文史出版社

图书在版编目(CIP)数据

希望的田野 / 刘海玲著. — 长春 : 吉林文史出版社, 2018.12

ISBN 978-7-5472-5729-6

Ⅰ. ①希… Ⅱ. ①刘… Ⅲ. ①长篇小说－中国－当代 Ⅳ. ①I247.5

中国版本图书馆 CIP 数据核字(2018)第 270276 号

希望的田野

XIWANG DE TIANYE

著　　者:刘海玲
责任编辑:李相梅
责任校对:李　煜
封面设计:高　雪
版式设计:李丽薇
出版发行:吉林文史出版社(长春市人民大街 4646 号)
　　　　　全国新华书店经销
印　　刷:吉林省优视印务有限公司
开　　本:880 毫米×1230 毫米　1/16
印　　张:24
字　　数:400 千字
标准书号:ISBN 978-7-5472-5729-6
版　　次:2018 年 12 月第 1 版
印　　次:2018 年 12 月第 1 次
定　　价:45.00 元

目　录 Contents

主要人物表

Main character list

（此人物表人物出场从 1979 年开始）

杨思远：1936 年出生，共产党员，时年 43 岁，原龙水大队党总支书记。家庭联产承包责任制后，被选为龙水村第一任村支书。后因年龄大和文化水平低请求辞职，几十年如一日植树造林，为家乡的建设奉献了一生。

周佩兰：1933 年出生，育有两子两女，时年 46 岁，杨思远老伴儿，一生支持杨思远工作，贤妻良母，是孝敬长辈的楷模。

于红花：1918 年出生，时年 61 岁，杨思远母亲。1940 年带着儿子逃荒到龙水村，94 岁寿终正寝。

杨天哲：时年 24 岁，共产党员，杨思远长子，育有一子，研究生毕业，在北京某研究所工作。

杨舒彤：时年 22 岁，杨思远长女，冯志强之妻，共产党员，育有一女两子。1980 年结婚，时任龙水村第二任共青团书记，彤巧服装有限公司第一任总经理，龙水村木耳合作社第二任社长，第三届村委会妇女委员，第三任村支书，省劳动模范。

杨舒雅：时年 18 岁，杨思远次女，曲博轩之妻，共产党员，育有一女，某省农业厅市县处处长，大力支持丈夫为农民发家致富常年奔走在乡村做贡献。

杨天奇：时年 12 岁，杨思远次子，共产党员，有一子一女，大学毕业后在某省金融部门工作，常年默默无闻地在经济方面支持龙水村经济建设。

王念云：时年 25 岁，杨思远养女，育有一女，误杀丈夫，蹲了十年监狱，后发家致富，养土鸡专业户。

兰初明：时年 30 岁，王念云丈夫，龙水村有名的懒汉，性格多变，开小煤窑发家，后被念云误杀。

冯国英：时年 44 岁，共产党员，原龙水大队党总支副书记兼主任。家庭联产承包责任制后，被村民选为龙水村第一届村主任。退休后随杨思远上山植树，为家乡的建设奉献了一生。

郑大双：时年 42 岁，冯国英之妻，育有一子四女，1993 年因患肺癌去世。

郑小双：时年 30 岁，郑大双的妹妹，冯国英妻妹，后嫁给王小虎，育有一女，彤巧服装有限公司第二任总经理。

冯志强：时年 24 岁，共产党员，冯国英长子，杨舒彤丈夫，时任第一届共青团书记，第一届贫困帮扶志愿组组长，龙水村木耳合作社第一任社长，第二任村支书，龙水食用菌有限公司总经理。

冯巧兰：时年 22 岁，乳名来弟，冯国英长女，后嫁给城里某厂工人李大田为妻，育有一子。

冯巧珍：时年 19 岁，共产党员，乳名带弟，冯国英次女，金铁军妻子，育有一子，龙水小学校长。

冯巧月：时年 15 岁，乳名连弟，冯国英三女，宋有福妻子，育有一女，龙水彤巧幼儿园第二任园长。

冯巧娣：时年 10 岁，乳名截住，冯国英四女，在城里工作，后因企业倒闭，夫妻二人回村创业。

李国凡：共产党员，时任九曲河乡党委书记。

吕镇宁：共产党员，时任九曲河乡乡长。

金铁军：第二任村委会会计，冯巧珍丈夫，种植蘑菇大户，龙水食用菌有限公司副总经理。

曲博轩：省农科院专家，共产党员，育有一女，杨舒雅丈夫，常年奔走在各村，为农民发家致富做出了贡献。

甄多时：大队会计，因犯强奸幼女罪和非国家人员受贿罪被判处有期徒刑12年，出狱后自杀。

王巧巧：甄多时妻子，育有一子一女，龙水彤巧服装有限公司副总经理兼业务指导，文艺轻骑兵小分队副队长。

宋大梅：龙水大队妇女主任，共产党员。育有一子一女，第一届村委会妇女委员。

吴晓津：天津在龙水大队插队知青，为龙水村遭遇水灾捐款，为发展木耳深加工业投资建设家乡。

齐铁柱：时年23岁，共产党员，有两女，第三届村委会治安委员兼民兵青年委员，父母的独子。

徐根清：时年45岁，共产党员，17岁参加抗美援朝战争，原龙水大队车老板，大队党总支副书记兼组织委员，家庭联产承包责任制后被选为第一届党支部副书记兼组织委员，86岁无疾而终。

王小虎：时年33岁，第一生产队队长，家庭联产承包责任制后任第一届党支部纪律监察委员兼宣传委员，村委会治安委员兼青年委员，种粮大户，第二届、第四届村主任。

王立诚：接骨大夫，王小虎的叔叔，无儿无女。

周显田：时年22岁，共产党员，有一子，第二任贫困帮扶志愿组组长，第二届村委会治安委员兼民兵青年委员，龙水村旅游景区总经理，农机大户。

叶　佳：周显田媳妇，1985年嫁给显田，育有一子，第一任彤巧幼儿园园长。

马正仁：共产党员，齐铁柱的姑父，育有两女，原第三生产队队长。家庭联产承包责任制后，任第一届村委会副主任兼宣传委员，文艺轻骑兵小分队队长。

齐　伟：水电站总工程师。

李大田：冯巧兰的丈夫，城里某工厂工人。

冯春柳：舒彤和志强之女，1981年春出生。计算机专业毕业后，在北京创业，育有一女。

于宝恩：1983年出生，计算机专业研究生毕业，春柳丈夫，北京某广告公司总经理。

李福平：李大田与冯巧兰之子，比冯春柳大两个月，有一女。

兰卓娅：兰初明与王念云之女。1981年11月份出生，嫁给了俄罗斯人，育有一子一女。

欧阳怡雪：共产党员，研究生毕业，育有一子，杨思远的大儿媳，杨天哲的妻子，北京某研究院的研究员。

曹玉才：共产党员，种植人参大户，土地承包后任第六生产合作社社长，第二任、第三任村党支部副书记兼组织委员。

程　亮：共产党员，种植黄烟大户，第七生产队队长，土地承包后，任第七生产合作社社长，第二届党支部纪律监察委员兼宣传委员，第三届村主任。

杨皓森：1987年出生，杨思远之孙，杨天哲之子，有一子。

杨皓宇：杨思远之孙，杨天奇长子，2016年出生。

杨祁宏：杨思远之重孙，杨天哲之孙，杨皓森之子。

宋有福：某村村民，冯巧月丈夫，1993年和妻子离婚，20年后复婚。

冯建韬：1993年出生，冯志强和杨舒彤双胞胎之长子，东北师范大学汉语言文学专业，在校读研二。

冯建勋：1993年出生，冯志强和杨舒彤双胞胎之次子，中国人民解放军理工大学指挥系专业，在校读研二。

欧阳伟：共产党员，革命军人，欧阳怡雪的爸爸，杨天哲老丈人，杨思远的亲家。

周德海：共产党员，九曲河乡接任李国凡的党委书记。

姜浩鑫：共产党员，九曲河乡接任吕镇宁的乡长。

孙晓蔓：彤巧幼儿园员工，春晖养老院院长。

李云英：育有一子一女，王小虎媳妇，龙水小学教师，为救孩子1998年在洪水中牺牲。

辛玉芝：在洪水中被救小男孩之母，第三届村委会妇女委员。

王玉华：王小虎之子，1981年出生，比春柳小半年，参军退伍后在县武装部工作。

王玉玲：王小虎之女，医学院内科专业毕业，毕业后在外地某医院工作。

甄丽艳：1980年出生，共产党员，甄多时和王巧巧之女，木耳场会计，沈新乐之妻，育有一子一女，后为龙水食用菌有限公司财务部主任。

周玉涛：1986年出生，共产党员，大学计算机专业毕业，周显田之子，有一子，龙水食用菌有限公司销售部主任。

橙　橙:大名金墨成。金铁军和冯巧珍之子,参军退伍后在县民政部门工作。

郝立邦:1967 年出生,巧娣丈夫,后回乡创业开了汽车修理厂兼带刷车厂。

杨向秋:杨天奇之女,1996 年出生,2014 年上大学。

曲晓涵:曲博轩和杨舒雅之女,1997 年秋出生。

老林头:龙水村孤寡老人,老伴儿是瘸子,只有一个养女,91 岁因心脏病复发故去。

沈跃进:共产党员,1958 年出生,第四生产社社长,水稻种植合作社社长。

沈新乐:1984 年出生,共产党员,沈跃进之子,第三届共青团书记,第三届贫困帮扶志愿组组长,第五届村主任。

许寡妇:本名许凤瑛,育有一子一女,冯国英的第二个老伴儿。

甄煜起:甄多时和王巧巧长子,有两子,龙水滑雪场总经理。

倪金昌:1975 年出生,朝鲜族人,第五生产社社长,村务监督委员会主任,种西瓜大户。

伊　万:1980 年出生,俄罗斯人,卓娅的丈夫,在北京外交部工作。

宋　娟:1990 年出生,宋有福和冯巧月之女,村里的全科医生。

腾　起:1983 年出生,第二生产社社长,村务监督委员会委员,负责监督财务方面工作。

王向群:1979 年出生,一社村民,村务监督委员会委员,负责监督村务、环保、政策宣传等方面工作。

余光武:第四生产社社员,种香瓜大户。

秦利相:龙水村卖豆芽专业户。

向羽飞:共产党员,第三任九曲河镇党委书记。

李　明:共产党员,时任县委书记。

梁东宝:七社社员,困难户,精准扶贫后发家致富。

马晓晴:马正仁的大女儿,1989 年出生,残疾人,2007 年去养老院上班,后结婚生女。

马晓倩:马正仁的二女儿,2001 年出生。

第一章 初识龙水

1

龙水村位于长白山西麓与松辽平原的交会处，属于温带季风气候，典型的流水地貌。一千多平方公里的冲积平原上，居住着百十户人家。

龙水河在村子的上游，因岩石的阻挡和两边凹下去的地势作用而分成了两支：在东面这支，人们称它为东龙水；在西面这支，人们称它为西龙水。两条龙水将村子包围了起来，在村子的下游汇合在了一起，欢呼着、跳跃着，投入到松花江的怀抱，又随着松花江往吉林西部再折向东北，浩浩荡荡奔向了黑龙江，最后，注入了浩瀚无比的太平洋。

龙水村因此而得名。经过日积月累的搬运和沉积作用，这里的土地一把能攥出油来，撒种就长。

在龙水村南面和北面的山坡上，分别生长着大片挺拔、银白的桦树林。在中国人传统的观念中，北为大，因此，人们又叫村北面的桦树林为大桦树林，村南面的桦树林为小桦树林。大桦树林边缘的松树和杨树形成的混交林地带，是龙水村村民祖先长眠的地方；小桦树林的夏季，各种野花掺杂其间，美丽异常，是年轻人经常光顾的地方。村里凡是谈过恋爱的人，不管是谁都到过这个地方。他们或倚着树干互诉衷肠，或在树下私订终身，或在林间追逐打闹……

村里的人家傍水而居，好山好水好地方，应该非常富庶，可是不然，这里的交通十分不便。如果没有西面连绵不绝的高山阻挡，这龙水村便是松辽平原东部的一部分，那该多么美好呀！

大自然就是要给龙水人留下这个缺憾。村里的人们舍不得这片肥沃的土地，只好在深切下去的河谷上面修了一条弯弯曲曲的土路通向外面，算是没有与世隔绝。

龙水大队共有七个生产小队，一条土路将龙水村分为两部分，东面是一、二、三生产队，西面是四、五生产队，第六和第七生产队分别在山里，那里的人们靠着龙水河来自不同方向的两条支流生活着。这冲积平原四周的山坡上，也散落着星星点点的人家。

暮春，一个姑娘急匆匆地走到了西龙水河岸，毫不犹豫地大步踏上了小木板桥。这小木板桥的桥面有二尺宽，是由一块块的小木板在木方上铺就的，桥面以下是由几个细腿像马扎似的底座在支撑着。姑娘的大步踩得桥面一颤悠一颤悠的，像要随时塌掉一样。

但姑娘顾不上这些。她过了桥，抬眼望见人们都在田野里干活，有挑担的，有推车的，有刨苞米茬子的，还有在烧荒、搂草的——一片备耕景象。其间点缀着一群红红绿绿小女孩子挖野菜的身影，顿时使这原本荒凉的大地活泛了起来。

看到这些，姑娘心下暗喜，不觉又转眼望向村里，一排排低矮的土坯草房，家家户户房前那粗壮的黄泥烟囱里冒着轻烟，一律向西略微倾斜，就好像是向日葵向着太阳生长一样，甚是整齐。看到这里，她不自觉地摇摇头，自言自语道："大自然真的是有好多奥秘啊！"姑娘这样说着，脚下的步子更快了。

姑娘梳着两条油黑的大辫子。她把它们在肩膀以上叠起来用绿毛线扎成一个蝴蝶结，将剩余的头发盘在脑后，显得很干净、利落。她那匀称、颀长的身材，被一身肥大的、褪了色的绿色军装裹着，衣服随着她的步子有节奏地跟着晃动，脚上的黄胶解放鞋因穿得时间过久了，已经松垮得不跟脚。

她走到村子后面倒数第二排靠左面、门前挂着一排红灯笼的人家，伸手拉开木门走了进去。

这是一处由三小间屋子构成的土坯房，东西两间是住处，中间是厨房。厨房的东西两面分别有两口大锅的烟道通向东西两间屋的大炕，从大炕的炕梢延伸到窗外，也就产生了东西两屋的房前各有一个用黄泥垒成的、粗壮烟囱的景象。

姑娘略一停顿，往东间里一掀门帘子就进了屋。屋里的人一见她脸上都露出了笑容，纷纷道："可回来了，舒彤回来了！"

这被叫作舒彤的姑娘站在门口，先是冲着南炕沿上坐着的、面相温和的中年男人和女人腼腆地叫了一声："冯大爷、冯大娘。"接着又冲北炕上脸像刀削般刚毅的中年男人叫了一声："爸。"最后冲着和他爸坐在一起的中年女人娇羞地喊了声："妈……"

舒彤妈见女儿羞答答的样子，急忙道："快来坐吧，看跑了一头汗。"

舒彤这才凝眸扫视屋里人，发现她的心上人还没来，便觉心内一空，轻轻来到炕头儿奶奶身旁坐下了。头发花白的奶奶正在补袜子，看袜模好像是弟弟杨天奇的。

在舒彤的心里，奶奶可厉害了。她有好几个模仿人脚的、木制的袜模，有爸爸和哥哥那样大号的，也有她自己和妈妈那样中号的，还有像弟弟那样小号的。有了这个东西，袜子破了就能按照人的脚形把袜子补好，又可以穿一阵子了。

奶奶见舒彤坐下来，便与舒彤对视一笑，又用手轻拍了一下她的后背，低下头去继续补她的袜子了。杏黄色的狸花猫趴在了她的身旁，睁开它那懒洋洋的眼睛眯了一下舒彤，又闭上了。

刚才，舒彤进门时称呼的冯大爷，本名冯国英，是龙水大队党总支副书记兼主任，也是舒彤未来的公爹。他和舒彤的爸爸——老总支书记杨思远已经搭班子很多年了，十分默契，如今即将结为亲家，心中是分外高兴。此时，只见他掐灭了手里的旱烟，嘴角扬起弧度，看了一眼老搭档，转身笑着对舒彤说道："小彤，我和你爸都商量过了，你和志强也不小了，今天趁着农闲给你们订了婚，来年选个好日子就结了吧！"

冯大爷漂亮的老伴儿赶紧附和道："是呀，小彤，我家彩礼都准备好了。"

舒彤爸吧嗒了一口旱烟，往炕沿上磕了几下烟袋锅子，道："嘿，嫂子，现在是新社会，什么彩礼不彩礼呀？孩子们在一起过得好就好哇。"说到这里，他往烟袋锅里重新装好了烟丝，点燃，吧嗒吧嗒地抽了起来，往炕里推了推身边一本半新不旧的《易经》，身子也往里挪了挪。

舒彤妈看着舒彤道："是呀，你今年都22了，志强也24了，过年就到了能登记的年龄了。"

此时，冯国英好像想起了什么，说道："哦，对了，志强叫我跟你说一声，他去了公社开团支部书记会议，可能马上就回来了。咱们先商量着吧。"

炕头坐着的舒彤奶奶往炕里动了动身子，说道："中啊，不用彩礼，俺彤彤嫁你们家，好好待她就是啦！”说着，那喜悦之情跃然脸上。

冯国英老伴儿马上接过话头说：“那是自然，那是自然。明个让甄会计媳妇先给小彤做两身衣裳。”

冯国英看着杨思远，道：“晚上挑主要的亲戚，请几桌吧！虽说从简，但大喜的日子，也该庆祝一下。”

杨思远正待回话，却听到房门忽地被撞开，来人慌慌张张喊道：“杨书记，冯主任，不好了，咱们去公社拉化肥的马车一辆翻沟里，一辆被埋在了碎石里！”

“什么？”杨思远不待来人回话便站起身来，将烟袋锅子里的烟迅速卡了出去，别在了腰后，顺手拿起已经褪了色的深蓝色中山装，冲冯国英喊了声：“走！”便奔出了门外。他一边走，一边问：“徐根清怎么样？”

“徐叔被抢救过来了，摔断了腿，已经抬去让俺叔给接骨了。马不行了，和车还埋在里面呢。”

“咋好好的出了这样的事呢？”杨思远的声音里满是惋惜与焦虑。

“塌方，整个半面子山坡都塌下来了。我一看不好，翻身跳了车，那马车让泥土一冲击，就掉到河里去了。”

杨思远深深叹了口气，暗想：这还没到雨季呢，就塌方了。这路真是心头大患哪。

一个小时后，杨思远随着第一生产队队长王小虎来到了现场，只见悬崖下已摔死的枣红马和摔坏的马车躺在河旁。马挨着地面的那面已经瘪进去一半，鲜血染红了身下的河卵石。车已经零碎了，写有“尿素”二字的化肥袋子好多都已迸裂，更多的是被河水溶解冲走了。

杨思远仔细观察了塌方时裸露的山体，发现是常年风吹日晒使山体风化造成的，又想到了这段路有很多这样的地方，不觉忧虑再次涌上心头。

他又看了一眼翻下去的马和化肥，心疼得眼泪都快掉下来了。大队真正像样的马没有几匹，只有第一生产队的车老板徐根清是养马能手，所以才让第一生产队长和徐根清去社里拉化肥，现一下子损失了两匹马，简直比挖他的心肝还难受啊！化肥是公社李书记觉得他们这里偏僻，特批给大队的。那时，化肥供应都要凭票的，紧缺。

这两样哪个都使他受不了。唉，再心疼也没办法，先处理眼前必须解决的问题吧。只见他那刀削般刚毅的脸上增添了几分冷峻，对身旁的几个人冷声道："先把马和能用的化肥弄上来。从现在起，各生产队轮流加班，先把马救出来，把道路抢通了再说。"

立时，按照老规矩，第一生产队的社员开始从两面用铁锨、尖镐、铁扦等工具清理塌下来的泥土。晚饭后，又换了第二生产队的社员挂着煤气灯继续清理，后半夜再换了第三生产队的社员接着清理。

他们拼尽最大的力气挖土，那土就像山一样不见其少。很多人干不多时就汗如雨下，到了交班时，手都磨起了大泡，一握锨把就钻心地疼到心里。

就这样人歇场地干活的人不停，一连干了三天三夜。他们只有一个愿望，那就是一定争分夺秒把黄鬃马抢救出来。

杨思远和二三四五队四个生产队长在山顶上清理完上面的落石和杂木后，下来站在地面上休息。他看看还得一天才能干完的活计，抬头望望垮塌下来的山体，忽地想起了当年修这条路时的情景——那是他带领着全大队的男女老少像林县人民修红旗渠一样，经过了千辛万苦才修成的这条路啊！想到这里，禁不住喟然长叹。

他正在这里焦虑地琢磨着怎样才能想个万全之策，就见妇女主任宋大梅风风火火来到跟前，喊道："快，杨书记，那小子又犯浑了！"

"他又怎么啦？"杨思远瞪着布满血丝的眼睛问额头已渗出汗珠的宋大梅。

"嫌公社这次补助没有他的，在家里发酒疯。念云劝了几句，就动手把念云打了，眼睛都打青了。可怜的孩子跟了这混账东西……唉，我劝不听，你快去吧！"

杨思远嘱咐大家要时刻注意上面的落石和脚下的安全，就跟着妇女主任来到了他的养女王念云家。

王念云住在西龙水河以西的缓坡上，两间小草房孤零零地伫立在杂草间。

他推门进屋，看到王念云正坐在墙角的小板凳上捂着眼睛抽泣。她的丈夫兰初明歪在那里喝酒，嘴里骂骂咧咧，盘子里的花生米所剩无几，炕上四腿小饭桌旁堆满了垃圾和酒瓶子。

听到开门声，兰初明斜眼一瞧，立时坐直了身子，嘴里弱弱地叫了一声"干爸"。

杨思远嗯了一声，进门坐在了炕沿上，顺手从腰后摸出烟袋锅子刚要点，见念云轻轻咽回了那细碎的叹息，急起身擦着了火柴，便将烟袋锅子叼在嘴上，往前凑了凑吧嗒吧嗒猛吸几口。那烟袋锅儿里的烟丝一闪一闪的，飘出了丝丝烟香味儿。然后，他这才看着兰初明问道："念云的脸，怎么啦？"

兰初明心内想道：那多事儿老婆子不早就告诉你了，还故意问我？所以并不答话，反问道："干爸，这次公社救济款怎么没有我家的？"

杨思远看着兰初明醉醺醺的脸，反问："为啥要有你家的？你们两人年纪轻轻不下力干活，靠救济吃饭，不嫌臊得慌？"其实，他是说给兰初明听的，心里知道念云十分勤劳。

"那为啥要有王小虎他叔的？他也没七老八十，老得不能动了。"

"他是五保户，孤零零一个人，加上去年病了一年，今春不救济他，难道看着他挨饿？"

兰初明听到这里，迟疑了一下，说道："那我也有病。每天吃这菜团子，连点肉星都没有，还得去队里干活，一年也挣不几个钱。你能不能……"看到杨思远那眸中的寒光，他越说越没了底气。

杨思远此时真想给他一巴掌，无奈念云已经嫁给了他，再不好也是一家人，不能一棒子打死，便威中带着殷切，劝道："不可能。村里人哪个不是这样？再说救济的事与念云无关，不要无故迁怒于她。"说着，他转身对念云说："去我家拿点稻米吧，也不知还有没有了，问你干妈吧。"

兰初明一听，连忙说道："好，好，干爸，谢啦！"

杨思远懒得看他，冷冷地说道："以后你要是再敢动她，就不要怪我不客气了！男人打老婆是最窝囊的做法。"说着，站起身来要走。

兰初明连忙点头称是，刚想起身送他们，还没等欠起身来，就倒在炕上，沉睡过去了。

看到养父和妇女主任要走，念云起身低着头将杨思远和宋大梅送出了屋外，怯怯地问："干爸，还是不去你家拿米了吧？"

杨思远回身满怀怜爱地看着念云，柔声道："初明并非死不改悔之人。你们的日子还得过下去！去吧。"

2

杨思远回到了家里，没脱衣服就疲惫地躺在了炕上。六十多岁的老母亲于红花正在院子里喂鸡，见儿子归来，便跟回来坐在炕沿上，将头探向儿子的脸，关切地问道：“路，修好了？”

“快了，娘，我刚从念云家回来。”嘶哑的声音从杨思远的口中发出。

见儿子没睁眼睛说话，于红花的心里一紧，追问道：“出了什么事？”

“兰初明因为没得到社里的救济，打了念云。”杨思远说完深深叹了口气。

“这个王八羔子，又动手了？我找他算账去！”说着，于红花站起身来。

杨思远紧喊一声，声音里透着些许隐忍：“娘，已经没事了，别去找麻烦了！”

于红花重新坐在儿子身旁，担心地问：“念云还不知道你和她妈妈的过往吧？”

“不能叫她知道。娘，我想睡会儿。”

正在这时，杨舒彤一脚门里一脚门外停在了外屋。她刚给冯志强织完了一件细线毛衣，准备一会儿见到他时送给他。刚一进门儿，就听到奶奶问爸爸“念云还不知道你和她妈妈的过往吧”这句话，便愣在那里了，又听爸爸说“不能叫她知道”这句话更是吃惊不小。她出去不是，进去也不是，犹豫了片刻，悄悄退出屋门，走了。

她大概走了两条街，就见她的心上人正急匆匆地低头往她家的方向赶呢，便低眉浅笑，用两只手互相搓着手指尖儿，站在那里不动了。

身高一米八多的冯志强，长得像他妈，鹅蛋脸，五官端正，大眼睛，双眼皮，有点吊眼梢，头发自然卷曲，这更显得他很有英气。他在村里是有名的美男子，尤其是那一双能懂舒彤心思的眼睛，让舒彤每每想起便脸红心跳。他和舒彤都是高中毕业后回乡务农青年，都有建设家乡的志愿，只不过他比舒彤高两届。此刻，他差不多和舒彤撞了个满怀，便急忙刹住脚儿，笑问道：“哎，你这是要去哪儿呀？”

“哦……”舒彤的情绪还没缓过来，应付道，“我正要去找你呢。你干啥去呀？”

冯志强很神秘地说：“我有事找叔商量。我去培训时，公社传达了文件，农村要进行改革呢。”他此刻见舒彤没反应，便换了话题，问道：“你和吴晓津他们在西龙水河西岸搞的那块沙土地实验，怎样了？”

舒彤一笑，道："我们又去看了下，挺不错的。今年是第三年了，如果行，咱们就可以在那里栽种地瓜了。"

冯志强听了十分高兴，打趣道："行啊，我媳妇厉害呀！这要是试栽成功了，龙水人民能吃上地瓜，得多谢你呀。"

舒彤听了脸上的红晕突起，嗔怪道："去你的，不害臊！还没结婚呢，就媳妇媳妇的。别说结婚，连订婚都没订成呢。"

冯志强一听忙低头凑到舒彤耳边哄劝道："补上啊，补上。唉，不是没车嘛，回不来。"然后抬头看了下四周无人，又道："看来暂时是不行了，这马上就得栽土豆儿了，接着就是春耕。你说，出了那么大的事，你爸还不得急着修路哇！哪有时间管咱们？你说对吧？走，去你家吧。"

舒彤被志强在耳边的气息弄得心跳不止，此时才回过神来，急忙阻止道："不行啊，我爸刚到家，从那天起就一直没合眼，现在可能已经睡着了。还是去你家吧，拿了铁锨咱们也一起修路去。"

不到二十分钟，两人一前一后来到了冯家。冯家也住在村子的东侧，与杨家差了七条街。

舒彤老远就从矮木板的篱笆里，看到志强的妈妈正在院子里簸苞米，身上的藏蓝底白花衣衫显得她的脸色愈加素雅。她见舒彤来了，喜上眉梢，急忙放下簸箕往屋子里让。

冯志强的妈妈郑大双是个细皮嫩肉、十分精细的女人，与丈夫感情十分要好。美中不足的是：她只为志强爸爸生了志强一个儿子，再往下都是女儿。大女儿冯巧兰，乳名来弟；二女儿冯巧珍，乳名带弟；三女儿冯巧月，乳名连弟；四女儿冯巧娣，乳名截住。看看这乳名就知道志强妈是多么盼望再有个儿子啦，可是老天就是和她作对，叫她一连生了四个女儿，把她气得干脆管老四叫截住。本想截住个丫头好再生个小子，谁知从此后，丫头、小子都不见一个，全截住了。

为这事，志强爸爸时常跟她开玩笑说："再叫你重男轻女，这回好，全截住了。"每当这时，志强妈是哑口无言，心中的郁闷更深一层，日积月累，便把这满心的希望寄托在了志强身上，希望他快点娶妻生子，以弥补自己的不足。

现在，看到未来的儿媳和儿子一起回来，高兴得她又是往炕上让座，又是倒水，又是拿瓜子，把个舒彤弄得坐不是、站不是，瞬间红了脸。

她的三女儿连弟正在厨房的炉子上烤鱼刺。小女儿巧娣正在东屋里的小炕桌上写作业，看见妈妈让姐姐喝水，便站起来接过碗，口里叫着“姐姐”双手捧着碗送给了舒彤。连弟也急忙把炉子上已经烤好了的鱼刺拿给舒彤吃。

舒彤先是接过香喷喷的一根鱼刺放在嘴里嚼着，冲连弟笑着直点头；又接过了巧娣手里的碗，夸了句“巧娣懂事”，顺手将碗放在桌上；再接过志强手里的铁锨出了家门；见未来婆婆撵出来将两个鸡蛋塞给自己，便含笑接过揣在兜里。二人一前一后去了工地。

当人们把压在碎石底下的马车和马挖出来时，那黄鬃马还活着，两条腿都断了，奄奄一息，血把它身边的岩石和泥土都染红了。当它强睁双眼看了一眼它所熟悉的人们时，便永久地闭上了眼睛。人们舍不得吃这两匹功臣马的肉，便把它们埋在了大桦树林的山坡下。

舒彤看着黄鬃马的眼神心酸流泪，先走了。在回来的路上，天津插队知青吴晓津在路上等着舒彤，说要送些有机肥往西龙水河西岸去，改变一下沙性太大的土质，地瓜才会长得更好。舒彤便和吴晓津挑着粪筐去了西龙水河西岸。

3

春耕开始了，这是龙水村最繁忙的季节，田野里一片人欢马叫。一年之计在于春呀！

在这之前，杨思远书记早已做了动员。于是，各生产队大显其能，有马拉犁铧耕地的，有牛拉犁铧耕地的，还有几个人一起将绳子套在背上拉犁铧耕地的。不管是哪种情况，后面扶犁的人只有一个，就是利用犁铧将地耕成一条条起伏的垄沟。接着是春播，犁好垄后，要在垄上用镐刨埯，用手撒种，再用脚封埯，庄稼就种成了。这也是农民一年最累的季节，一天下来，浑身像散了架儿。

春播还没结束，夏锄就开始了。这时，东龙水河和西龙水河两岸一排排的柳树早已长出了新芽，柳枝带着鹅黄色的柳叶随着微风在轻轻摇曳，美丽异常。

东北农村有不插六月秧的说法。龙水大队第四、第五生产队是水田，人们刚种完旱田，就手不停歇地忙着插秧，秧还没插完，就见旱田里的嫩苗破土而出了。

几天不见，黑油油的土地上就被浅嫩的绿色装扮得一派生机。大家只好拎起锄头，怀着喜悦的心情开始铲第一遍地了。铲完第一遍地，要用犁铧将铲地时松下来的、垄沟里的土翻到垄上去，给垄上的小苗以营养和加固，再铲二遍地；铲完第二遍地，再用犁铧将铲地时松下来的、垄沟里的土翻到垄上去，又要铲第三遍地。特别是铲三遍地的时候，这时庄稼都长得有一人多高了，伸出的叶子好似锋利的刀片，会将人的手和脸划破。汗水浸在划破了的口子上，像刀割一样难受，可人们还是要忍受着疼痛将地里的杂草清除干净，否则地里的庄稼就会被草欺死，颗粒无收。因此，就是再苦再累，农民们都不敢怠慢。第三遍地铲完了，再用犁铧把土翻上去，这叫“三铲三耥”。

“锄禾日当午，汗滴禾下苦。谁知盘中餐，粒粒皆辛苦。”正是当时种田人的写照。“三铲三耥”下来，还没等休息，已是秋天了，到了挂锄的时间，生产队里又忙着修路、沤肥、沤麻、筑河坝、修梯田，准备秋收了。

杨思远书记终于有了空闲，带着七个生产队抽调过来的棒劳力，夜以继日地吃住在工地上，分段将龙水村那条不省心的公路重新进行了修整。

秋收来得很快，农民们整天弯着腰一镰刀一镰刀地将庄稼收割回家了，再加上今年政府允许搞点副业，忙完了集体的忙自己的，干劲儿十足。

这天，和舒彤一起搞沙地栽地瓜实验的吴晓津来找舒彤，说他根据国家的政策很快要回天津了，给了舒彤一个措手不及。

果然，有着一个大脑门儿的吴晓津还没等到秋收完就和其他知青走了。临走的头天晚上，队里的小青年们在一起喝酒送他，感谢他为了龙水村的乡亲们搞地瓜栽培实验受累了。

他很感动，带着醉意说道：“志强和舒彤建设家乡的决心感染了我。我呀，不会忘了这片土地，将来是要回来的。”

第二天，吴晓津和来插队的所有知青都返城了。小学校里一下子缺了两位老师。经大队研究和公社审批，冯巧珍和王小虎媳妇李云英到学校当了代课老师。

古语说得好：雪下高山，霜打洼地。当霜将满地蓬蓬勃勃的地瓜叶子打蔫之后，舒彤和共青团员们怀着忐忑的心情来到了这片实验田里。大家互相猜测着，不知里面是否结了地瓜。

有个男青年一镐刨下去，刨出来一串地瓜。大家争相观看，紫粉色的地瓜个头很大，烀熟了一吃还面乎乎的特甜。

经过几年汗水的浇灌，西龙水河西岸大面积的沙土地终于被舒彤他们征服了。共青团员们喜极而泣，吃又吃不了，分又不够分。于是，他们一商量，想要卖掉做团费。有人反对："不行，在咱们这里，还没有私自卖东西的呢。"接着就有人说："那怕啥，听说外面都有出去卖猪肉赚钱的呢。咱这是为公。"最后，还是志强说话，由舒彤带头抽出三个人挑着地瓜站在村中间的土路旁叫卖了起来。

正在这时，大队会计甄多时的媳妇王巧巧一步三扭地路过此地。她先是发现了舒彤，老远喊道："舒彤，国英嫂子让你去裁衣裳，你咋没去呢？"接着目光落在了几个小青年面前土篮子里的地瓜上，惊问道："你，你们，这是，干啥？"

舒彤看着王巧巧神秘地答道："甄婶，我们在卖地瓜啊！"

"卖，卖地瓜。能，能行？"王巧巧的嘴张得老大，眼睛瞪着舒彤问道。

一贯调皮、爱开玩笑的共青团员齐铁柱哈哈大笑道："不行，你别买呀。"因为他是独子，平时父母比较惯着他，所以说话很能放得开。

"哦，这……"王巧巧不再答话。说句实在话，她很想买几斤回家尝尝，可又怕惹上麻烦，一时拿不定主意，只冲齐铁柱笑笑，悄悄走了。

立时，村里有人卖东西这个消息不亚于惊雷，在龙水村炸开了锅。人们奔走相告：有的说，团支部的青年人搞资本主义，在街上自卖地瓜；有的说，应该鼓励，自己动手，丰衣足食；有的说，那不属于大队的东西，是青年人业余时间种植的，政府号召改革是可以的。一时间众说纷纭，莫衷一是。

杨思远听到这个消息，震惊不小，在这之前，还没有人敢自己卖东西。村里卖东西的地点只有供销社。

少顷，不少大队干部和社员都来到大队部，只见冯国英一张平时极为温和的脸激动得通红，进门问道："孩子们的事，能行？"

杨思远没搭言。他站起身，沉下双眸好久没有说话，待了半天，方才端起桌上的茶缸喝了几口水，抬头见屋里屋外的乡亲们都在紧张地看着自己，似乎是下定了决心，沉思道："去年冬安徽小岗村在土地责任承包书上摁了手印，得到了国家的支持。现如今孩子们卖个地瓜，不会犯啥错吧？"

冯国英惊喜地问道："那，这么说，可以卖自己的东西了？"

杨思远迟疑着摇了摇头，又肯定地点了点头。

屋里屋外的人们看到老书记点头，都兴奋得奔走相告。

第二天，王巧巧一脸汗水地把她做的衣服从家里拿来，摆在了地瓜摊儿的旁边。宋大梅满脸喜悦地把自己绣的鞋垫子，拿到了王巧巧的衣服摊儿旁摆好。过了几天，陆陆续续有在这里卖面瓜的，有在这里卖五味子的，有在这里卖萝卜的……渐渐地，形成了一个小市场。而舒彤他们的地瓜，早已被村民们抢光。

在龙水村西南面靠近西龙水河的位置，有一户两间房的人家，低矮的茅草房，自做的窗户上外面安着一尺见方的两块玻璃，玻璃四周用里面夹了线麻的毛头纸糊紧。一条黑狗趴在了窗前，靠着窗户透出的些许热量取暖。

东面的这间是厨房，一口大铁锅架在了四四方方的黄泥锅台上，旁边是一堆还没有烧完的细碎柴火，锅碗瓢盆堆在了北面的两块木板上。

西面的这间是用报纸糊的、大概有十平方米的居室。南面是一铺大炕，炕上是用灰色补丁修补过的高粱篾条炕席，炕梢放着叠得整整齐齐的被褥；地上正中木头架上安放着一个暗红色的陈旧炕琴，炕琴的左下角已经缺失了，露出了里面的白色木茬；炕琴上面正中摆放着顶部浑圆状的一挂座钟，座钟的右面是一个竹皮暖瓶，一个高装儿小酒壶，一瓶友谊牌雪花膏，加一面小镜子，左面是一个带有青瓷木兰花的高装儿花瓶，里面插着一个暗红色的鸡毛掸子，花瓶外边摆着两个小木盒子和一个小罐头瓶儿；炕琴正面墙上正中是一个立体的长方形像框，里面镶着一个青年抗美援朝时期的奖状和奖章，两边横着的长方形像框里镶着全家大大小小的黑白照片，北面墙上挂着一盏煤油灯；木架下面摆满了白菜，一律根部朝外，炕琴前面的地上是一条旧木板长条凳子，这是待客用的。

这在当时，可算是中等人家了。在龙水村，多少家庭连个炕琴都还没有呢。

屋里有一只粗糙的手，将玻璃上冻成的冰花儿刮掉一部分，往外看了看说道："外面冷，还是不去吧。你的腿还没好利索。"这是一个女人的声音。

"不去我们家今年怎么办呢？不能总指望公家吧？再说，舒彤和大家都在街上卖东西了，也不能有啥大事，我想。"这是一个男人的声音。

片刻，只见一个中等身材的瘸腿中年男人开门出来，看了一眼趴在窗根下的、长着两个白眼圈的大黑狗，扔了块硬邦邦的苞米面大饼子。那狗一个箭步扑过去前腿趴下啃了起来。那男人回屋后，拿了顶破旧的黑色狗皮帽子扣在脑袋上，两只手互相插在袖口里，出了家门。

半个小时后，他来到了大队部，打过招呼，进门坐下，一脸沧桑，眼神几次飘过老书记的脸，狠了狠心，说道："老书记，我家养的猪已经快三百斤了，想拉到县里去卖。你看，我的腿到现在还瘸，挣不了高工分，如今快过年了，也没剩下几个钱。我不想总是让公家照顾我。我想把猪卖了贴补家用。"

杨思远定睛看着他——眼前这个因失去心爱的马而一下苍老了十岁的老饲养员，无法回答。他知道，徐根清在知道那两匹马死后一病不起，现在谁都不敢在他面前提"马"字，更不敢让他看见马。他默默地低下了头，算是回答。

他知道徐根清的儿子在县里读书，女儿和他家天奇一般大，稍等片刻便道："叫个年轻人陪你去吧。"看到徐根清摇头，又问："给你套挂牛车吧？"看到徐根清还是摇头，又说："那就给你拉头牛吧！"看到徐根清点头，这才放下心来。

第二天清晨，天蒙蒙亮，人们就见雪地里走出一张牛爬犁，上面用柳条筐装着新杀的、满满一筐猪肉。那牛爬犁走过的地方，划出了两道锃亮的痕迹，后边跟着一个戴着黑色狗皮帽子、身穿黑色便服棉袄、脚穿黑色棉乌拉鞋的瘸腿老人，往唯一通向外面的那条土路上去了。

过了几天，又有几个人拉着爬犁往唯一通向外面的那条土路上去了。

到了年终，在小市场卖了一秋天货物的人们掐指一算，少的卖了一二十元，多的能卖几十元钱。这可不是个小数目，因为在生产队一年也就是挣个四五十块钱吧，要是在第六、第七生产队，怕是连十几元钱也挣不上。这不赶上挣了一年的工分吗？

4

进了腊月门儿，也是农村比较清闲的日子，大家终于可以歇口气儿了。冯家和杨家便把志强和舒彤的婚事重又提起来商量了半天，婚礼定在来年春天举行。

志强妈妈给了舒彤300元钱筹备婚礼。舒彤接过厚厚的一沓钱，心里就甭提多高兴了。她从小就没见过这么多钱呀。那时候的女儿家，是以婆家给自己婚礼钱的多少来判定自己在婆家之地位的。

送走未来公婆后，一家人都上来祝贺，一时间屋里好不热闹。大妹杨舒雅在县里读高中，来年夏天就毕业了。小弟杨天奇才到自己的肩膀高。他一个劲儿地蹦着高儿在姐姐的面前鼓掌。

看到长辈和弟弟妹妹为自己的婚事这样高兴，舒彤不禁暗中思忖：要是大哥杨天哲在家就更好了。但她也知道不可能，大哥已经考上了大学，正在发奋读书呢，非得快过年了才能回家来。

舒彤妈看到舒彤愣神，便开导说："小彤，你冯大娘不容易，省吃俭用这些年就攒了这么点儿钱，到时还得给你们筹备婚礼呢。"

舒彤一听，知道妈妈误会了自己，便说："妈，这已经够多的了。我也没什么可买的，只是想给奶奶和您还有爸爸做件衣裳，再就是给志强买双鞋。"

舒彤妈忙打断说："我们不用你买，社里已经把油票、布票都发下来了。待会儿咱俩去供销社看看，把你结婚需要的和过年该买的东西都买了吧。"

舒雅一听，嚷嚷道："妈，我也要跟你和姐去！我要买绫子去。"

北方的冬天是圣洁的，几场大雪下来，便将一切装扮得银装素裹，分外妖娆。娘仨手拉着手，肩扶着肩，踏着积雪来到了供销社。

她们在里面转了几圈，除了买供应品外，还买了三斤苹果、二斤糖块、二斤冻梨、两挂小鞭儿、十个二踢脚、四张年画，又买了四条绿绫子、两条红绫子，最后揭了六张红纸便往回走了。

舒雅看到妈妈买这么多东西，高兴得眉飞色舞。舒彤心里纳闷，妈妈今天为什么要买六条扎辫子的绫子呢？走了一段路后，终于按捺不住，问道："妈，剩下的两条绫子是给谁买的呀？"

"哦，给你两条红的，过年就结婚了，喜庆。你妹妹要绿的，剩两条绿的给你念云姐。我看她头发今年长起来了，我想能扎了。"

舒彤一听这话，忽又想起了春天奶奶和爸爸的对话，便试探道："妈，我念云姐姐怎么会拜你和爸为干妈干爸呢？"说完，偷眼紧瞅了妈妈几次。

"唉，这孩子命苦哇！父母都没了。你奶奶叫她认下我们做干爸干妈，说是好养活。"

"噢。"舒彤拉着长音应着，心内暗想：看来妈妈并不知内情啊，也就不再说什么了。

一路上，舒彤都在猜测着：念云姐姐的妈妈和爸爸到底发生过什么呢？这个想法在她的脑子里转来转去，总也放不下。

过了几天的一个下午，志强来了，扛来了一根大松木杆子，说是过年时挂灯笼用的，又把装有黏豆包、黏火烧等年货的粗布包袱放在了厨房里，拍拍身上的土就走了，把个舒彤奶奶乐得合不拢嘴。

临近年根儿，龙水大队召开了各生产队长会议，安排了春节分发物品、注意防火安全和走访慰问贫困户等事宜，最后号召大家积极想办法，搞好副业、扩大再生产，等过完年后集思广益，再拿出个好办法来。

两天后，杨思远、冯国英和王小虎等人去徐根清家进行了走访慰问。当他们走进徐根清家的大门时，徐根清听见狗叫，开门迎了出来。

进屋坐定后，杨思远见徐根清的两个孩子都很拘谨地从炕沿上站起来，便笑着说："哎，哎，你们坐你们的，不碍事。"

只见徐根清不好意思地对大家说道："哎呀，还让你们来看我，真是不应该呀！"说着有些惭愧地低下了头。

徐根清让众人坐下后，自己就坐在那条长凳子上，拿着一根近二尺长的大烟袋，红黑相间的烟袋杆上吊着一个装烟丝用的灰色口袋。这是他老伴儿给缝上去的。少顷，烟袋锅里冒出了很浓的旱烟味儿。他老伴儿赶紧给众人倒上了热水，就站在了徐根清的身旁不说话了。

杨思远见状，便详细询问了他家的情况，问过年有没有啥困难。冯国英又趁机问了两个孩子的学习情况。

不待徐根清回答，他老伴儿高兴地抢着答道："不困难了，杨书记，不困难了。俺们家里今年卖了猪，还把鸡蛋也捎县上去卖了，有闲钱了。这还得谢谢杨书记呢，对俺们开了恩。"

杨思远听了这话心中受了极大的震动，心想自己没为大家做什么，只是点了个头就使徐根清一家人这样感激，心里感觉十分过意不去，忙把话题扯开，聊了些别的内容。

当徐根清送大家出门时，看到了外间地上的慰问品，连连感动地说："我已经很好了，很好了。怎么好再给集体添麻烦？这可了不得了。"

这是腊月二十七，舒彤家院子里突然来了一个脸如雕刻般、棱角分明的帅气年轻人，看长相特像舒彤爸爸，这正是舒彤的大哥杨天哲。

舒彤妈正在外间和舒彤做豆腐，看见儿子回来了，高兴得竟然忘了手里的动作。

杨天哲放下手里的东西，一转头从冒气的程度上看豆浆凉的温度差不多了，忙叫他妈快点卤水，看着他妈点完卤水后在那里用木头勺子沿着一个方向转着。他又把一根筷子放到点了卤水的豆浆中，直到看着筷子颤悠悠地竖了起来，便急叫舒彤拿床棉被来将装豆浆的豆腐瓮围好捂上，这才和妈妈、妹妹一起进屋与奶奶说起话来。

舒彤奶奶见到大孙子分外高兴，便一个劲儿地问孙子处没处对象。

天哲走到奶奶身旁，用双手扶住奶奶的双肩，将脸贴在奶奶的耳旁，悄声道："奶奶，等我毕业了，保准给您领个俊孙媳妇回来啊。"

舒彤奶奶信服地用那满是慈爱的目光看着大孙子点头微笑。

天哲特意走到舒彤身旁，向舒彤道喜。看到幸福荡漾在脸上的大妹，天哲也受到了感染。他非常感谢这个妹妹，是她当年放弃了考大学的理想，才使自己有机会考上了大学。

到了年三十儿这天清晨，天哲和爸爸早早起来竖起了灯笼杆儿，将大红的灯笼插好了蜡烛挂了上去。

舒彤妈用白色的干粮布子包了些炸干果、炸麻花、豆腐泡，又拣了几块豆腐，让舒雅给志强家送去了。见舒彤看到这一切美滋滋地笑着，便推推说："傻丫头，笑什么？还不快贴对子。"舒彤便和妈妈开始贴年画、贴对联，屋里院内顿时喜气洋洋起来。

念云收拾好了家里的一切，拎上一只老母鸡，叫兰初明背上她早就烙好的一摞煎饼，二人早早就来到了干爸家。

天已擦黑，家家户户都飘出了各种食物的香味儿。奶奶便督促孙子天哲和他爸爸去给天哲爷爷上坟，并叫带上两挂小鞭。兰初明也嚷嚷着要去给他的父母上坟，他们就一起出门了。杨思远是最近几年才按照娘的意愿，回家将父亲的骨灰背回来安葬的。

到了晚上，家家户户都点上了灯笼，村子里的上空立刻闪现出了一片微弱的红光，幽幽暗暗，很有意境。

在准备年夜饭的时候，舒彤妈拿出了五套新衣裳给大家分。有奶奶的，有大儿子杨天哲的，有大女儿杨舒彤的，有小女儿杨舒雅的，还有干女儿王念云的。这就是说，一家八口人，唯独没有舒彤爸爸、妈妈和弟弟的。

舒彤妈笑着悄悄附在小儿子的耳旁说："天奇，好儿子，过年你大姐结婚，布票得省着用，今年没给你做新衣裳，等来年过年妈给你多做一套啊。"

天奇懂事地点点头，扭头看着两个姐姐会心地笑了一下，便哧的一声划着了手中的火柴，点燃起用萝卜做的小灯笼里的蜡烛了。

兄妹三人看到小弟如此懂事，都很心酸。因为那时每个人只有过年的时候才能穿上一件新衣，如果今年不添新衣，那就要等到来年过年时才能添新衣了。

天哲首先开了腔："妈，把我的衣服给爸爸穿吧！爸爸要工作，不能穿得太破旧了。我上学，能将就。"

舒雅听大哥这么说，哽咽道："妈，我的不要了，改改给天奇穿吧！天奇还那么小，过年盼新衣呢。"

舒彤心酸地看着小弟天奇提着小灯笼走出家门的瘦弱背影，又听到哥哥妹妹这样说，不觉含泪道："妈，把我的给您穿吧！再说，我结婚时做一套衣裳就够了，等过了年，把剩下的布票都给你们做了吧！"

舒彤妈先是朝外间摆了摆手，看着就要出嫁的女儿，眼中溢出泪花儿，顿了顿道："都别说了。你们都在外面上学，回家连件新衣裳都穿不上，不是让人笑话吗？"

舒彤奶奶一直看着孙子、孙女们在那里谦让，始终没说话，现在见儿媳难过，便道："小彤，你一辈子就这一次，将来你哥娶媳妇你妹嫁人，你再还他们就是啦，别争了。"

众人还要说话，被舒彤妈一指屋外，都立即明白了怎么回事，便各自低头干活去了。

念云在外屋里擦萝卜准备包饺子，忙得很踏实。她只有回杨家的时候才有这种感觉。本来，他们全家都喜欢吃酸菜馅儿的饺子，因为忌讳年三十晚上吃酸菜馅儿饺子日子会一年不甜，所以念云才会在那里擦萝卜。她根本不知道里屋发生的一切，见干爸他们上坟回来，便拿起用糜子头部所做的笤帚扫起他们身上的雪来。

舒彤妈带着念云、舒彤和舒雅忙活了一晚上，一桌子菜就做好了，有猪肉拼盘、红烧鲤鱼、蒜泥血肠、小鸡炖蘑菇、熘豆腐、炒绿豆芽、猪肉酸菜炖粉条、葱爆肉、醋熘白菜、炒木耳共十个菜，都是山上采的、自家种的和生产队里分的。

舒雅看着这些只有过年时才能吃上一顿的美味佳肴，急得用手抓了块猪肉就丢到了嘴里。

舒彤一看，取笑道："馋丫头，将来嫁给谁呀？"正在这时，天奇也带着他那已经着完了蜡烛的小灯笼回来了。

当舒雅冲舒彤做了个鬼脸，把小酒盅摆放到桌子上时，一家人也就落座了。奶奶正中坐好，右面依次是舒彤爸、念云夫妇、舒雅，左面依次是舒彤妈、天哲、舒彤、天奇。一家人在一起借着墙上的煤油灯喝酒吃饭。奶奶直夸生产队里分的鱼好吃，说还是现在的政策好，今年有了鱼塘，能吃上鱼了。众人被她逗得哈哈大笑。

舒彤在大笑之余，忽地想起了什么，仔细端详起家人来，见奶奶、爸爸和哥哥长得出奇地一致，只是奶奶慈祥些，爸爸严谨些，哥哥儒雅些。又仔细端详了念云，感觉怎么看都不像爸爸，心中不免更加疑惑起来。

一家人借着墙上的煤油灯光，谈谈、说说、笑笑，一直吃喝到后半夜，方才休息。

念云走在积雪很厚的小路上，右肩上的黄色背包里，装着干妈送给她的一套新衣、两条绿绫子和年货儿。她甩了甩已到肩头的、用黄色细皮筋扎着的两只小角儿，感觉心里暖暖地激动。干爸干妈对自己从来都像是对亲生儿女一样疼爱。

她知道干爸家没有地方了。奶奶和两个妹妹睡在东间里。干爸干妈睡在西屋里的南炕上，两个弟弟睡在西屋里的北炕上。自己已经结了婚，不能再像小时那样住在家里了，便只好借着月光和兰初明回家了。

第二章 崭露头角

5

舒彤正拿着一块布料想去王巧巧家裁衣服，看到西龙水河岸上的冰雪已经融化，河水上面的冰碴晶莹剔透，河里的流水在哗哗地淌着，清澈见底，便蹲在那里陶醉地看起来。

正在这时，忽听后面有人“啊”了一声，吓得她花容失色，回头一看，不觉气道：“吓死我了，都要结婚了还没正行儿。”

那人嘻嘻笑道：“‘啊’就是没正行儿啊？那我一会儿做件有正行儿的事给你看看。走，咱们到小桦树林里去吧。”

“不去！有事在这儿说。”她还在生刚才他吓她一跳的气。

“你不去我走了？送给别人去，错过了机会你别怨我！”志强卖着关子说道。

舒彤看他那正经的样子，一边说：“你送呗！我不稀罕。”一边跟着他往前走。

到了陡坡，志强站下拉住她的手把她拽了上来。不多时，他们到了经常来的地方，还没站稳，就见他上来抚着她的肩膀问道：“猜猜我给你带了啥好东西？”

“啥呀？”舒彤不解地问。她感觉这么近的距离有些不自在，便用手拨掉志强的手，往后退了两步站稳。

志强一看，调侃道：“你离我这么远，我咋给你呀？”

舒彤一见他这么欺负自己，生气了，扭头就走。

志强边嘴里说着“不禁逗儿”边上前拦住她，急从肩上落了补丁的中山装的下衣口袋里拿出了一个报纸包，递到了舒彤面前。

舒彤打开一看，禁不住眼前一亮，忙把布料展开在手里观看，用指尖反复抚摸着问道：“怎么这么漂亮呢？一点儿皱都没有哇。这是啥布料儿哇？”

“这叫的确良。可抗穿了，穿多长时间都像新的。城里人现在时兴这个。”志强看舒彤那喜悦的样子，便幸福地建议道：“叫甄婶给你做了结婚穿吧。”

舒彤拿着这块红色的确良布料，被深深感动了。她没想到志强这么心细，去县里开会还惦记着给她买这么时兴的东西。她想起了三十晚上，妈妈为她结婚没给弟弟做新衣的情景，不由得在那里落下泪来。

志强不知舒彤为何流泪，慌张得急问：“怎么啦？”见舒彤不答话，便轻轻将她拥在怀里，以示安慰。

舒彤忙推开他，说他乘人之危占了她的便宜，说着，用小拳头在他的胸脯上敲打起来。因为他们相处了四五年，都登记了，也照了结婚照，还从来没有过这么亲昵的动作呢。

志强亦不说话，上前将舒彤和她的小拳头一起搂在怀里，搂得舒彤喘不过气来，布料掉在了地上。志强看着还有不到一个月就成为自己妻子的舒彤，脸色绯红，眼睛如同蒙上了一层云雾，眸底迷离，如玫瑰花瓣似的小嘴唇娇艳欲滴，不觉低头吻了下去。

舒彤奶奶左手拎着吊在用猪骨头做的拨拉槌儿上的两股细麻，右手拨动拨拉槌儿，拨拉槌儿转动，带动了细麻，就拧成了麻花劲儿——细麻绳。打好了一根细麻绳后，她让拨拉槌儿停止了转动，将刚才打好的细麻绳取下缠到拨拉槌儿上，再换上新细麻继续打。

这拨拉槌儿好似朝鲜族的长鼓，两边粗、中间细。她如此往复，不到一刻工夫，长长的细麻绳就将拨拉槌儿的中间部分缠满了。

舒彤奶奶看看够纳一阵鞋底子的了，就停止了拨拉槌儿的转动，将麻绳缠好下了地。

家里人都忙生产的忙生产，忙婚嫁的忙婚嫁，忙上学的忙上学。天哲和舒雅也早已经回到了各自的学校，只剩她一人在家里做些闲活儿。

她忽然想起了儿子最近常说号召乡亲们发家致富。心中暗想：现在政策好了，自己也没什么能做的事，便下地去拿出放鸡蛋的竹筐，一看里面有十五个鸡蛋，嘴里嘟囔着："够了。"她把鸡蛋放在炕上的一床小棉被里，用手在上面按顺时针方向挨个都摸了几遍，然后往上盖小棉被。

正在这时，念云手里提着一篮子小根菜和荠荠菜、腋下夹着给舒彤织的绿毛衣来到家里，甜甜地喊了一声"奶奶"。她进里屋看到奶奶正跪在炕上给鸡蛋盖棉被，说是能抱出小鸡崽儿来，顿时兴趣大发，说自己家里还有十一个鸡蛋，也可以摸鸡蛋孵出小鸡崽儿来卖了挣钱。

奶奶下炕仔细教了念云摸鸡蛋的要领，看着念云那挺直的鼻梁和深陷的美丽大眼睛，顿时心里一沉。她替舒彤收了毛衣，将菜篮子里的菜倒在自家的筐里，便拉着念云的手坐在炕沿上，说道："以后别老往家里送东西了，如今你自己也有了家。"见念云光笑不说话，又关切地问道："你有了没？"

念云没明白是怎么回事，道："什么有了没？"忽地转过弯来，不好意思笑起来，摇了摇头，轻轻答道："哦，还没呢，奶奶。"

"你该去看看，都结婚两年了，也没个孩子。时间长了，我怕你男人对你不好。"舒彤奶奶说完，不无担心地盯着念云的眼睛一眨不眨，见念云摇头，又道："走，我们找个大夫瞧瞧去。"

念云听到奶奶这样说，左右为了难。去吧，身上没有钱。她省吃俭用攒点钱，都叫兰初明拿去喝了酒。不去吧，兰初明每天的冷言冷语刺得她如坐针毡。

聪明的奶奶大概知道她可能是没钱，就说："我这里有钱呢。你不用担心！"

祖孙二人正走着，就见大队会计甄多时迎面走了过来，那细狼腿儿迈出的步子让人看着就不沉稳。他和奶奶打过招呼，看见念云，脸上立即堆起了笑容，搭讪道："念云，政府号召发家致富，你想出门路来了没有哇？"

念云讨厌这中年男人单眉细眼儿、眼珠子咕噜噜直转的样子，总觉得他不知藏了多少坏主意，便不看他，淡淡道："没呢。"话没说完，给了甄多时一个背影，搀着奶奶走开了。

甄多时碰了一鼻子灰，心中恨恨地想：牛什么牛？不过是杨书记家里的一个野孩子。

她们很快到了村里一个四十多岁的中年妇人家里，一敲门，里面出来了她的独生儿子周显田。这周显田见是舒彤奶奶，分外热情，因为他是志强的发小，他们是好哥们。

周显田妈妈将手指搭在念云的腕子上半天了，摇头不说话，终于，两只手都号完了脉，才不紧不慢地对奶奶说："她这个病很长时间了，气血不足，寒大，加上心情抑郁，才不能怀孕。吃我这个药看看吧，关键是把情绪调理好。"

念云拎着三服中药，将奶奶送回家，便回家了。进门一看，丈夫兰初明坐在炕上，正和几个人兴致勃勃地摸小牌，便十分不高兴。暗想：眼看又要春耕了，大伙儿都在动脑筋想办法找活儿干，你们还在这里赌博。她没和任何人打招呼，将药放在搁板上，便自顾自地坐在灶坑前生火煎起药来。

一个小时后，大家都走了，兰初明送完牌友回来后在念云跟前站定，沉下脸问道："怎么不和我的朋友打个招呼呢？"

念云顺着眼道："他们是你朋友，又不是我朋友。"

"我的朋友就是你的朋友。怎么，瞧不起吗？"他见念云不吱声，气不打一处来，道："你连个孩子都生不出来，还有什么脸面瞧不起别人？"

"朋友是应该互相帮助的，你的朋友不教你学好儿，就不是朋友。"念云看着罐子里冒出的热气说着，不接他的话茬儿。

"咱们这里哪年不是这样，春天打个小牌歇歇能咋的？你别仗着你是大队书记的干闺女就了不起，瞧不起这个，看不上那个。"

念云听他这样说，气得脸都红了，一句话也说不上来，咬着嘴唇在那里掉泪。

兰初明一看，更加来了气，说："娶你这个丧门星儿，没事就哭，哭，我让你哭！"说着，一脚将药罐子踢翻在地。那药罐子里的药汤在地上冒着泡，然后变成热气，最后没了生息。他不解气，又用脚在药渣上踩了几脚说："有钱买药，没钱给老子买酒，惯的你。"

念云一看，奶奶好不容易给钱买的药，就这样没了，眼中流下了委屈的泪水，心里愈加绝望，也不接言，起身去外面，拿起镰刀去了山上。

这兰初明刚想撵出去发作，猛然间杨思远的话在耳边炸起："以后你要是再敢动她，就不要怪我不客气了！男人打老婆是最窝囊的做法。"又看到念云已经在山坡上割草，便回到炕上睡觉去了。

6

儿子还有一个星期就要结婚了，郑大双忽然遇到了一件麻烦事。她急三火四来找舒彤妈商量，进了大门看到舒彤妈在院子里搂草、整地，便招呼了一声，口称求求亲家母来了。

舒彤妈赶紧将郑大双让到屋里，问是什么事。这时，奶奶也闻声从东屋里过来打招呼并坐在炕沿上。

郑大双和舒彤妈在对面炕沿上坐定后，便把麻烦事说了。原来，他们两口子住东屋里的南炕，志强住东屋里的北炕，西屋里只有一铺炕，四个丫头挤在一起。两个月前，她的和舒彤同岁的大丫头来弟嫁到了城里，是她认为先聘后娶家里的日子好，才急急忙忙把女儿嫁出去的。这样就剩她们姐妹三人了，等志强一结婚，叫她们姐仨过来住到北炕上就是了。

没承想，她有个妹妹刚离婚，前几天带着个三岁的孩子来投奔她家，暂时和她的三个丫头住在西屋里。现在问题来了，等到志强结婚后，叫她妹妹住哪里呢？总不能和志强两口子住一铺炕，也不能和她姐夫住一个屋里吧？所以过来求求亲家，想在大队部的仓库里给她妹妹找个房子先住下，等秋天不忙了再帮她想想办法。

舒彤妈一听，这还真是个难事，一时不知说什么好了。因为她做不了主，不知道丈夫究竟能不能答应这件事。

不多时，一个声音响起："叫她娘俩儿住我屋里吧！"二人听了同时一惊，呆呆地看着站起身的舒彤奶奶，只听她又慢慢说道："思远这个头儿不能开，现在找房子也来不及，那丫头刚离婚更不能撵。这样叫她来住在北炕，我和天奇住在南炕，不就得了吗？"

志强妈听后惊问道："婶子，这，怎么能行呢？叫您跟着受这样的委屈，我这心里也过意不去呀！"话没说完，泪水已在眼里打转了。

舒彤妈也没想到婆婆能做出这样的牺牲，红着眼圈问道："娘，中吗？"

舒彤奶奶目光坚定，抿嘴笑道："中，快什么都别说了。"说完看向志强妈："明儿就让她娘俩儿搬过来吧！"

还能说什么呢？志强妈喜出望外，乐颠颠地、带着泪花脸回家去了。

到了志强和舒彤结婚的日子，龙水村甭提多热闹了。大清早，喜鹊在枝头欢声地叫着，村民们站在大街上向里张望着。人们都想看看大队书记家嫁女儿是什么样子，屋里屋外的人们一溜儿小跑地忙活着。

舒彤在屋里打扮着。其实，她也没怎么打扮，只是在脸上搽了点雪花膏，又搽了点香粉，将发辫从中间叠起绾上去用红绫子扎好，穿着志强给她买的红色的确良上衣，淡绿色布裤子，显得高雅、温婉。自从上次他们相聚以后，志强又去了趟县里，给她买回来了这条布裤子。奶奶则坐在东屋炕上指挥着帮忙的人们按照乡俗干这干那。

这时，只见志强的发小周显田带着婆家人来接亲了。志强身穿一套藏蓝色中山装走在人群里，白色衬衣领子分外显眼。他们带来了离娘肉等四样彩礼，有带两根肋骨的猪肉两块，粉条一捆二斤，带根的大葱四根，鲤鱼四条。所谓离娘肉，意思是姑娘如同娘身上掉下来的肉，如今被人取走了，婆家要送一块肉权当补偿。

舒彤妈一看姑爷来了，连忙叫念云点火，顺手接过了这四样彩礼。她将猪肉的另一半割下交给周显田带回婆家，忽地想起了这离娘肉的含义，不禁心中难过。

这时，念云将火点燃，在锅里煮了一碗面条，又打了两个荷包蛋在锅里煮着。

志强来到舒彤家的西屋。舒彤笑眯眯地将一条红布腰带系在他的腰上，又给他换了双黑色皮鞋。志强脚一蹬上皮鞋，顿觉一股热流涌上心头，便喜滋滋地在地上跺了跺脚，嘿嘿一笑道:“头一回儿穿皮鞋，怎么像是要腾云驾雾呢。”

舒彤听他这样一说，不觉满怀爱怜地白了他一眼，引得众人哈哈笑起来。

早有人上来给志强和舒彤在胸前戴上了大红花。这时，念云把面条煮好了。舒彤娘端来让他俩吃。他俩互相谦让着吃了点。

看看时间差不多了，舒彤打开被红色包袱皮儿裹着的红色瓷盆，也叫聚宝盆，见里面放着两面红色镜子、两把梳子、两个香皂盒、两团粉丝、大枣花生各八个、五分的硬币八枚，还有好多小手绢，便又重新包好端起来，来到妈妈屋里告别。

舒彤妈见女儿就要离开自己去婆家生活，不觉伤心抹起泪来。舒彤见母亲哭，于心不忍，也拉着妈妈的手在那里哭。众人忙上来劝解，舒彤和志强两人这才并排走出杨家。周显田拎着猪肉。众人拿着娘家陪送的东西跟在了他们的后面。

杨思远去公社开会还没回来,参加不了女儿的婚礼。按照当地风俗,女儿出嫁是不要妈妈去婆家送的,因此只有奶奶由念云陪着代替长辈来到接亲的马车旁。两辆马车上都系着大红绸子,一前一后停在了那里,连马都披上了红,很是喜庆。

当舒彤出现在人们视野里的时候,人群中响起了一片欢呼声:“哎呀,舒彤太漂亮了!”“舒彤那是穿的什么衣裳呀,那么好看!”“哎呀,老冯家真是娶了个好媳妇呀!”赞美声不绝于耳。有人上来抚摸舒彤身上的的确良上衣问是从哪里买的,有人看着舒彤脚上的黑色翻毛皮鞋问是从哪里弄的等一大堆问题。

舒彤心慌慌然简单回答了她们的问话，低头上了第一挂马车和志强并排坐在一起。念云扶着奶奶上了第二挂马车。周显田一声吆喝,那马撒开蹄子,两辆马车同时启动了。

本来,舒彤说不用来接,太麻烦,自己走过去就行,新式婚礼新式办。可志强妈不听,说儿子的大喜事一定要热闹着办,日子才红火,就这样弄来了这两挂马车。

不多时,马车来到了志强家的大门口,门口即刻鞭炮齐鸣,一群撒喜的小伙子早就把五谷杂粮拿好等在那里。

志强和舒彤两人刚下车,就被小伙子们砸过来的五谷杂粮打得晕头转向。志强急中生智,急忙脱下上衣用双手擎着举在舒彤的头顶,又用身子挡着,才好歹和舒彤躲过了这阵疾风骤雨。

等他们进了院子,人们拥上前来争看新娘子,把木板障子都踩倒了。

舒彤走到房门口,将手里包着红盆的红包袱递给了等在那里的婆婆,又将自己扎的小红花戴在了婆婆头上。

郑大双一看更加高兴了。她今天穿了一件暗绿色带红花的对襟衣裳,一条湖蓝色的布裤子,更显得身材苗条、秀丽端庄。虽是四十三岁的她,倒像是三十多岁的少妇。此刻,她乐得合不拢嘴,急忙把儿媳手里的包袱接过来,顺手递给了她个红包。

念云扶着奶奶跟在后面,见大门上贴的“千祥云集家昌盛,五福临门万事兴”,横批是“天地同庆”的大红对子闪闪发光。抬眼往院子里一瞧,四个大灶台上架着四口大锅,锅里的水翻着滚儿直冒热气,一口大缸摆在四口大铁锅的前面,缸里有个葫芦瓢在水上不住地晃动,灶坑里的柴火呼呼作响,炒好的菜分别放在篱笆边上的一排大铝盆里，有红烧肉、红烧鲤鱼、炒干豆腐、小鸡炖蘑菇、炒花生米、炒木耳、凉拌绿豆芽、熘豆腐、大鹅炖酸菜、炒土豆丝、醋熘白菜、拔丝地瓜等十几个菜。一看这些食材，就知道舒彤婆家已经是倾其所有了。往右一看，院子里光喜桌就有二十多桌，还在前面邻居家摆了五桌，右面邻居家摆了五桌。帮忙的人正在那里安排桌椅，一群小孩子跑来跑去，更有许多帮席的人戴着红色的套袖来回穿梭。来弟和她的女婿李大田也在那里匆忙地指挥着、忙碌着。

往左一拐，这是通往喜房的路，只见房门上贴的"一世良缘同地久，百年佳偶共天长"，横批是"永结同心"的大红对联儿，家里家外贴满了大大小小的红喜字，真是喜气洋洋。

郑大双将舒彤引进西屋后，叫舒彤在新房的炕上坐福。她则把红盆放在屋里的炕琴上就出去了。众人又都拥进新房里来看新娘，夸得舒彤低头脸发烧，不敢看众人。

婚礼仪式在志强家的院子里举行。在正房的屋檐下，一床崭新的大床单被当作幕布整整齐齐地挂在了墙上，床单的上方是舒彤奶奶用剪子剪成的一排"冯志强和杨舒彤结婚典礼"大红字，床单中间是一个大大的喜字。床单前面的地上，是一排长条木凳，这是为双方老人预备的。奶奶和念云被引到婚礼现场，在木凳上的左面坐下了。志强爸爸、妈妈和小姨在板凳的右面坐下了。

10 点 28 分，志强和舒彤的婚礼正式开始了。

当主持人高喊着"一拜天地，二拜父母，三拜乡邻，夫妻对拜，送入洞房"的程序走完后，志强和舒彤也正式成为了夫妻。两人高兴地向众人抛撒糖果，以示感谢。

接着酒宴开始，他们一家人正在商量怎样安排长辈座位时，就见主管婚礼的大总管来说烟酒不够用了，糖块也没有了。舒彤赶快从兜里掏出上午婆婆送给她的红包，打开一看，惊呆了，里面不多不少正好是三百块钱，便惊诧地问道："妈，您这是……"志强也吃惊地看着妈妈。

原来，舒彤听说婆婆家为了今天这个婚礼，省吃俭用了这么些年，今年过年连猪都没杀，鸡、鸭、鹅一只也没动，一切婚礼上能用的东西都留下了，给她的三百元钱当中还借了八十元，便不忍心要这钱，和父母商量过后，将三百元钱偷偷塞回志强手里。志强也觉得父母太不容易了，便同意了，将这三百元钱带回给了母亲，并说以后要加倍偿还舒彤。没承想，今天，郑大双又以红包的形式还给了舒彤。

此时，舒彤眼含热泪，将这三百元钱恭恭敬敬送还到婆婆手里，动情地说：“妈，这钱您拿着，还人家八十元，剩下的今天办酒席用。若再给我，就是叫我和志强不孝了。”

郑大双见舒彤说出此言，感动得不知说什么好。她咬着嘴唇点了点头，接过了钱，抽出了几张给了大总管。

接着，这一对小夫妻来不及歇歇脚，就由主持人领着挨桌敬酒去了。每到一桌，人们这个夸舒彤美丽、端庄而不妖娆，那个夸舒彤衣服好看、像缎子似的一点儿褶皱都没有，还有夸她和志强是天造地设的般配夫妻，更有夸他们是这村里的人样子等等啧啧个不停，直把个舒彤夸得笑靥如花。

晚上，冯家在东屋里把中午没来喝喜酒的乡亲们又请了两桌。正要撤席，杨思远已从公社开会回来，面带微笑进得门来。

西屋里，周显田正领着一群小青年儿在那里闹洞房，就连王小虎也参与了进去。有闹着点烟的，有闹着要志强背着舒彤跑一圈的，有闹着要志强蒙上眼睛给舒彤画眉毛的，五花八门。

看着他俩放不开，王小虎突然出了个馊主意，道：“显田，拿个苹果来！”看有人将苹果拿来了，又道：“吊起来！让他俩背着手、面对面站在凳子上，啃！不啃就胳肢。”

接下来，好嘛，那苹果被一根细绳吊在空中，被人一碰就跑，舒彤和志强怎么都咬不到苹果，倒是一动就碰到了对方的嘴唇上，咬得舒彤面红耳赤，咬得志强哭丧着脸喊道：“小虎哥，我没得罪你吧？”众人依然不饶，笑声此起彼伏。

志强忽然悟出了道理，对舒彤道：“咱俩一起轻轻对准苹果，不要用力，等把苹果咬稳了，再一起使劲儿咬。”

舒彤的心被幸福荡漾着，头脑昏昏不知所以然，正愁不知怎样才能结束这闹剧，忽听志强这样说，忙把脸伸出去。正在这时，她听到爸爸来了，急忙从凳子上跳下来，和志强一起来到了东屋。

杨思远一看女儿、女婿美貌成双，恩爱无比，婚礼办得风风光光，从心里往外高兴，便道：“啊哈，我闺女这么漂亮呀！好，爸也祝你们新婚幸福，恩爱到白头！”

冯国英急忙叫老伴儿重新备好酒席，两人推杯换盏喝了起来。喝完喜酒后，两个人就上级会议精神又研究了一番，杨思远这才起身，嘱咐了舒彤几句便回家了。

7

第二天，杨思远召开了大队班子会议，传达了公社会议精神，大家再次讨论了《关于加快农业发展若干问题的决定》文件精神，并就年前大队班子会议布置下的任务汇总了一下情况。

到会的七个生产队长你一言、我一语，一时拿不出个准主意。只听王小虎略微沉思，说道："我仔细琢磨着呀，保障经营自主权，咱们可以买卖东西，到哪里都行，这是定下来了。那允不允许咱们自己承包呢？比如说，开个磨坊、挖个鱼塘什么的，还有土地，能不能承包呢？"

杨思远一听"磨坊"两字笑了，说："建个加工厂倒是可以。但是那得有电，没有电什么都建不成。这次开会，公社李书记和吕主任都说了，根据咱村的实际情况，建议在东龙水河上游建个水电站，那里落差大，先把咱村的电通上。要是不行，只能有最后一个办法，花大力气架设电线，可是那样做，咱们的成本就太大了，弄不起呀。"

"啊，那可太好了。"大家一听，高兴得一阵欢呼，可高兴之余又都傻眼了，同时看向老书记问道："怎么建？"那齐刷刷的样子就像是听到了口令一样。

"市、县派专家来指导，要先考察是否具备建水电站的条件后，才能建。"

"钱怎么办？"甄多时瞪着他那双让人捉摸不透的眼睛，忽然提了这么个问题。

杨思远一听，扑哧一下笑了，说："咱们都成了上级的老大难了。李书记已经把咱们的情况和县里汇报了，县里也把咱们列为重点向上级汇报了。如果考察上，上级会根据国家对农村水电的有关政策支持咱们的。当然，咱自己也得想办法，不能全靠国家。"

大家都期盼着村里能早日见到光明，因此摩拳擦掌，兴奋异常，又讨论了地瓜实验田、再建一个养鱼塘等问题，最后党员留下来讨论了志强的入党问题后，便散会了。

过了几天，公社吕主任带着市里和县里水务局及水利设计院的专家来勘察后，说东龙水河水量太小，丰水期可以，枯水期不行。龙水河上游的峡谷地段水量大、落差也大，可以把水电站建在那里。

龙水村的乡亲们听到这个消息，都兴奋得奔走相告，望着考察队伍的车辆在尘土中远去，久久不肯离开。

杨思远连夜就龙水村建小型发电站的相关事宜，向有关部门打了报告并进行申报。

半个月后，报告批下来了。龙水大队召开了全民大会。当冯国英对大家讲了建小水电站的前景和前期资金十五万，县里给专项申请和筹资拨款十万，李书记同学投资两万，剩下的三万，要龙水村自己解决这个情况时，村民们傻眼了。大家你看看我，我看看你，不知说什么好。

尽管杨思远也做了动员，告诉大家这是暂时借大家的，算作投资，将来是要还的，还要加上利息，可会场还是鸦雀无声。因为各家都没有钱，一万元在他们看来就是不可触及的数字，哪里能筹上三万元？

杨思远和他的老搭档面面相觑，内心十分着急，因为他们知道大家都很困难，没法儿拿出多少钱，可还得办，否则错过了这个机会，就等于失去了致富的良机。

冯国英急得直看老伴儿，并用眼神示意，可郑大双就是假装看不见。她知道这钱是她替舒彤暂时保管的。她没法儿做这个主。

这时，只见徐根清慢慢站起来，看了看四周，说道："这是多好的事呀！乡亲们，老少爷们儿，咱村以后有希望了。这钱别说还还，就是不还了，也是应该的，好吧，我先把卖猪的五十元钱集上。"

他的话音未落，众人响起了掌声。又见王立诚大声说："我也拿五十元。"会场又想起了掌声。

舒彤坐在郑大双身旁，悄声道："妈，咱的钱还有吗？集上吧！"

郑大双听舒彤这样说，犹豫了一下，侧脸看了看儿子，见他也在远处看着自己，知道他们都同意把这钱集资，便高声道："我集一百元，不过，这是我们家舒彤结婚的钱，算我们全家投的。"会场响起更加热烈的掌声。

看到大伙儿这么踊跃，甄多时赶快用笔记了下来。通知明天来大队交钱。接着"我投三十元""我投四十元""我拿十元""我拿十七元"的声音不断，弄得甄多时记不过来了，只好叫大家暂时停下，慢慢来。

等到大家报完集资款数目后，杨思远一看连五千块钱都不到，心里很不是个滋味，但这并不影响他修水电站的决心。于是，他当众宣读了以下内容：自己任总指挥，具体负责人是王小虎，负责工程进度，配合专家和技术人员工作。志强负责调配人员和联络工作，因设备是县里支援来的，所以，由他负责协调运输。甄多时和马正仁负责购买材料，所有材料须两个人一起并由技术人员认定才能购买，购买完要有技术人员验收签字，才能报销。开工时每队抽出五到十个棒劳力归王小虎管理，全村老少齐上阵，能出多少力就出多少力。一生产队队长由冯国英暂时代理。

当时，正是春耕时节，冯国英又安排了各生产小队春耕和副业生产等事宜，这才散会。

散会后，班子人员留下，再次商量了筹款事宜。冯国英望着报名单子上连五千块钱都不到的数字，无奈地摇了摇头，表示回家看看能不能让大闺女资助点，其他人员也说再做做工作，看还有没有别的门路。

杨思远回到家里，进门看到饭桌上的饭菜是舒彤妈刚热完端上来的，一家人都在等着自己，便洗了手上炕和母亲挨着坐在里面，舒彤妈和天奇也上桌了，都急三火四地吃了起来。因为郑小双带着孩子在她的姐姐家里吃饭，所以只有杨家四口人在一起吃饭。

吃饭时，舒彤妈感到内心十分愧疚，便说道："作为大队书记的妻子，没能拿上钱，真是对不起你了，是不是让你在村里人面前抬不起头了？"

杨思远听了安慰道："我知道，咱们家因舒彤结婚已经没钱了。"没想到天奇却说："爸爸，咱家有钱。我有十块钱，行不行啊？"

在场的三个人同时问道："哪来的？"天奇说："是我二姐给我的，叫我做衣裳的。"

三个大人顿时愣在那里了，谁都没有说话。本来这次给舒雅上学的钱就不多，她再拿出十块钱给她弟弟，那就只能有时饿肚子了。

天奇看大家不说话，又追问了一句："行不行啊？"

奶奶接过天奇的话说："行，怎么不行啊！我也有十五块钱呢，是准备给你念云姐姐看病的，先交上吧！"转头对舒彤妈说："明天去交上吧！我这里摸的三十个鸡蛋也快出小鸡崽儿了，拿去卖了再给念云买药也不晚。"其实，舒彤奶奶上次摸的十五个鸡蛋，经过了她二十一天的辛勤照顾，出了十二只小鸡崽儿。她不好意思拿出去卖，送人了五只，剩下的便养在家里了，如今已经长成半大鸡了。

杨思远一听母亲这么说，心里很不好受，便道："娘，您不用交了，那点钱留着给念云吧！是儿子不孝……"话没说完，哽咽着说不下去了，一口饭没吃好呛得咳嗽起来，便起身到外屋去了。

舒彤妈和天奇也都默默无语。他们互相看着对方心里都在想：龙水村的人，咋都这么穷啊？

再说冯国英晚上回到家里，将集资款的缺口对郑大双说完后，道："你给大丫头发个电报，看看能不能叫大姑爷儿出点钱，帮帮咱们。"

郑大双迟疑道："难说，来弟他们家是她婆婆说了算，试试吧。"

舒彤和志强回到家里。志强屁股还没坐稳，就听舒彤问道："哎，你上次给我的的确良布料是在哪儿买的？"

志强不明白舒彤的意思，定定地看着她问道："啥意思啊？"

"你明天去一趟县里呗，批发一批布料回来。我在小市场卖了，咱家就有钱了。"

志强思索了一下，说："我批发了就直接在市场上卖了吧。咱村现在谁家还有钱买呢？"说着叹了口气，"我还不知道批发市场在哪里呢。"

"万事开头难，做下去就好了。"舒彤鼓励着志强。

第二天，大家来大队部交钱，虽然不多，但是超过了五千元。杨思远将这个情况向社里做了汇报。经李书记再次协商，他那投资的同学答应加五千元。次日下午，冯国英的亲家拍来了电报，说是他过几天给送来五千元。听到这个消息，班子的成员们还是紧锁眉头，不知那一万五千元去哪里弄来。

杨思远对冯国英说："这就可以了。虽然差点，但人工费是咱自己的，沙子、石子儿可以就地取材，咱们再省着点儿花，谁家挣了钱再接着投。大家也再想想，看看谁还有门路。"然后将脸转向大家问道："你们说呢？"

见大家赞同，便高声说道："大家回去准备吧，等专家和技术人员来后，即刻开工。"大家走后，他们两人仔细研究起了沙子、石子在哪儿取，工程技术人员来了吃哪儿、住哪儿等细节问题。

一个星期后，专家和技术人员都到了，带来了图纸。县里借给了他们两台四轮大拖拉机帮助运输。志强也把钢筋水泥等材料如期运回来了。村里早在东龙水河下游准备好了石子、沙子，万事俱备。

开工这天，村里的老百姓都来了。他们是按照老书记的要求来出力的，那脸上的喜悦不亚于过年。

按照专业技术人员的指点，先进行施工现场的清理与平整，杨思远也带领着王小虎的队伍与他们进行了衔接。这个活儿，只要专业技术人员在现场指挥，谁都能干。因为场地太狭窄，人多根本用不上，于是，王小虎点了几个身体强壮的先干，剩下的等在一旁。

在开工前，鞭炮齐鸣，王小虎带领的小伙子们手里都握着拴了红绸子的铁锨，听到号令，一脚踩了下去。从此，龙水村小水电站的施工开始了。

这是志强和舒彤结婚一个多月后的一天夜里，半夜三更，郑大双蒙蒙眬眬感到胸部有异样的感觉，不觉惊醒。当她明白了是怎么回事后，便将丈夫的手推到了一边去。少顷，那只手重又覆在了她的胸上。她气恼地将手甩走，压低声音道："孩子们都在呢。"只听这个声音说："你总不能让我一直做和尚吧？""那，我，明个儿想办法。"东屋南炕上再无了声息。

第二天，郑大双住的东屋里南炕用紫色的布帘子从棚顶吊下来将炕梢和北炕隔开了，形成了一个私密的小世界。晚上舒彤过来看到了，不觉抿嘴偷笑。

舒彤奶奶的小鸡崽儿已经孵出来好几天了，可是，她仍然不好意思拿出去卖。正守着这些东奔西跑的、绒嘟嘟的小东西发愁呢，就见舒彤从工地上回来了。她急忙拿了笤帚给她扫掉了身上的残叶，问道："水电站修得怎么样了？"

舒彤笑着说道："现在正是土建工程阶段，筑坝呢，打水泥。"

舒彤还没回答完，奶奶就拉着她的手，坐在炕沿上，悄声问道："有了没？"

舒彤不好意思起来，腼腆地笑了笑，"奶奶，哪有那么快呀？"问得奶奶呵呵笑起来。舒彤忽听见屋里小鸡崽儿叽叽的叫声，便过来看着这些放在大纸壳箱子里的小东西，问道："奶奶，不是已经孵完了吗？怎么又摸了这窝？"听到奶奶说是给念云姐姐看病的，便道："好，给我吧！我去卖！"

奶奶听后忙道："好，好，你快去吧！"

舒彤又和奶奶说了会儿子话，便抱着纸壳箱子走了。走到小市场附近，便将箱子放在了市场的边缘，在那里等着买主。谁知，一是春天忙，人们都在地里春耕和工地上干活，没有时间逛市场；二是春天正是老母鸡抱窝的时候，很多人家都是自己家里的老母鸡抱窝了，谁还来这里买小鸡崽儿？舒彤站了半天也没人来问。

正在这时，郑小双抱着女儿路过这里，看到舒彤站在此处，便迎上前来，当知道了事情的原委后，便叫舒彤回家，自己在那里替舒彤卖了起来。

舒彤别了郑小双，急急地往家走。一场春雨一场油，说明了春雨的金贵。这不，好久不下雨了，天热得出奇。她望着这刺得人睁不开眼的阳光，忽地想起了什么，进门对正在舀水淘米的婆婆说："妈，你看天这么好，是不是能脱坯呀？"

郑大双明白舒彤说的脱坯是要给妹妹盖新房。其实，她也非常想脱坯给妹妹早点盖新房，可是见大家都忙得起五更爬半夜，也就把这事撂下了。此刻，见舒彤提起，便说："好是好，谁来干呢？再说，如果雨季干不透咋办？"

"明天水电站轮不到我干活，我可以休班和你两人干，再加我小姨。"舒彤看婆婆在迟疑，又补充道："下雨用塑料布蒙上，天晴了再晾开，要不秋天就盖不上房子了，现在离雨季还早呢，能干透，妈。可以让带弟下课、连弟放学也去帮忙儿。"说着看了在学校当代课教师刚进门的冯巧珍、乳名叫带弟的二小姑子一眼。

带弟虽然只听了一半，但明白了嫂子的意思，便将花边背包挂在墙上，冲着舒彤点头赞同。

郑大双听后恍然大悟道："还别说哈，队伍还挺大的呢。行，我看挺好。"

见婆婆点头同意，舒彤到仓房里找脱坯的模具去了。脱坯的模具在当地也叫坯模子，还叫坯挂子，是一个用木板制作的比砖还宽还长的、上下都空心的长方形模具。舒彤很快就找到了挂在墙上的结实的模具，便拿下来放在了门前，回屋里和婆婆做饭去了。

志强和他爸爸回来时天已经黑了，借着屋里微弱的灯光，看到了倚在门口的坯模子，问道："妈，谁把坯模子拿出来干什么？"

在屋里收拾饭的舒彤站起身来，将蹿到前面的两条大辫子甩到后背，又在后背上将它们穿在一起，答道："我呀，明天准备和咱妈、咱小姨去脱坯，秋天盖房子。"

冯国英在门口听到了舒彤的回答，将锄头倚着墙放好，不由得笑道："有我们大老爷们儿，这么重的活儿还用得着你们了？还是等秋天挂锄后我和志强干吧！"

舒彤看着比平时瘦了许多的志强，很是心疼，不禁冲婆婆使了个眼色道："好，爸，那就等着你们秋天脱吧！我们不管了。"

郑大双明白了儿媳的意思，便抿嘴偷笑着收拾饭去了。一家九口人在温馨的气氛中吃完了饭，舒彤便悄悄和小姨婆婆还有连弟说了明天的打算，众人皆点头赞同。

第二天，舒彤和婆婆找了个黄土集中和能放土坯的地方，用铁锨将黄泥挖出来，堆在了一块平整的地上，将黄土堆的尖部挖个坑，把切好的、大约两寸长的干草撒进去，再倒上适量的水，用铁锨从里面往外和起来，一直和到外面，整个一堆黄泥就和好了。

她们俩和好了黄泥后，坐在铁锨把儿上歇了一会儿。舒彤叫婆婆将坯模子放好，自己拿着铁锨往里装和好的黄泥。装好后，郑大双用拳头将模子里的黄泥塞结实，然后两手端着坯模子两端的把手提起来，放到了离上一块土坯大概能走开人的位置。舒彤再次将模子里填满黄泥。郑大双再用拳头将模子里的黄泥塞结实，然后两手端着坯模子两端的把手提了起来，放好。如此反复，不到半天工夫，几十块土坯就展现在这婆媳俩眼前了。

这时，郑小双卖完了小鸡崽儿也赶来了。她来后接替舒彤装黄泥。舒彤把着坯模子，继续干。郑小双三岁的小女儿看到野地里的花朵，早跑去采摘了，根本不用她管。快到中午时，郑大双回去做饭，把这个小外甥女也带回去了。下午，学校里半天课，吃完了午饭后，连弟也跟着来了，再到后来，带弟下了班也来了。郑大双又借了副坯模子，一起干，好嘛，到了晚上，整个一个大平台上全是脱好的土坯。五个人看着她们的胜利果实，心里乐开了花。

第二天舒彤去了工地。郑大双姐妹俩又干了一天。下午，冯国英爷俩也加入了进来，两间房子的土坯就富富有余了。

过了几天，舒彤奶奶找人捎信儿让念云过来，捎了好几次信儿，念云才过来，跟她去了周显田妈妈家。

周显田妈妈早年丧夫，一个人带着独子周显田靠着这治疗妇科病的祖传方子生活。起初她并不会中医，后来，大家慕名来的人多了，便摸索着学起中医来，渐渐总结出了很多经验，所以她治疗妇科病是很拿手的。此时，她摸着念云的脉，倒吸了口气："奇怪，怎么一点儿都不见效呢？"

念云不由得低下了头，什么都不能说。她不能让奶奶知道上次的药让兰初明给糟蹋了，根本就没吃，现在见她们都用怀疑的眼光看着自己，便假作高兴地说："好多了，周婶，例假的颜色正了，肚子也不疼了。"

显田妈摇头说道："既是这样，脉象上没看出来。那就再吃三服药试试吧！如果觉得不好，就到山上割些益母草回来熬成膏药吃，会好得更快。"说着一边站起身来给念云抓药，一边教念云熬制益母膏的方法。最后，从一个带小碎花的纸盒子里，拿出了一块鹿胎膏给了舒彤奶奶，诚挚地说道："大婶，您对念云真是好啊！我看着都很感动。那，这块鹿胎膏，回去用黄酒做引子熬了给她喝上。"

舒彤奶奶感激地对念云说："你看看，你周婶儿把看家的本事都教给你了，好好记着吧啊！"然后又扭头问周显田妈妈道："这三种药一起喝吗？"

"不，鹿胎膏和中药回去就喝，益母膏过了伏天再喝。"见舒彤奶奶起身要走，周显田妈妈也站起身来送她们出了大门，这才关门回屋了。

念云跟奶奶回到家时，看到院子里一群半大鸡崽儿在觅食，便羡慕地说："奶奶，这是您春天抱的那窝小鸡崽儿吗？"

奶奶说："是呀，你的也这么大了吧？"

念云面露难色，讪讪道："没抱成，鸡蛋让初明给吃了。"

奶奶听念云这么说，叹了口气，道："谁知你当初怎么偏要嫁那个懒汉呢？"见念云顺着眼睛不说话，又道："鹿胎膏不好熬，你就在这里点上火熬吧！我教给你。正好家里有黄酒。"

念云不好负了奶奶的心意，也不知道回家后兰初明会是什么态度，便在奶奶家里由奶奶指导着熬了药吃了，看看天色已晚，便与奶奶告别，拎着中药回家了。走到门前，见门上的锁没开，知道兰初明在工地上还没回来，生产队里也忙，正在铲第一遍地呢，便赶紧开门做起饭来。

在她快要做好饭的时候，兰初明回来了，扛了一捆柴火放在了院子里。推门进屋见柜上又有三服中药，便问："又去抓药了？"见念云点头，便说："晚上好好煎了吃吧！"

念云听到这话，猛然回头吃惊地看着他，说不出话来。她哪里知道，那天舒彤妈偷偷告诉兰初明，说奶奶用手孵小鸡卖钱给念云看病呢，叫他好好待念云，好怀上个孩子。

兰初明见念云这样看自己，想起了上次自己误会她有钱买药没钱给自己买酒的事，也觉不好意思，顺口说道："我扛回来的柴火干。你抱回来煎药吧！"

念云更加吃惊。他们结婚两年多了。他什么时候扛过柴火？都是自己搂草割柴过日子。她知道他在村里是出了名的懒汉，心想自己就认命吧！只要他不发脾气，就是万幸了。当下听他说扛了捆柴火回来，不太相信，急忙开门去看，果然见有一捆干柴倚在烟囱旁，便回转身来看着兰初明，眼圈登时就红了。

兰初明见念云激动的小脸和眼中的泪花，蓦地想起了从前他暗恋她时的许多情景，不觉低下头来。从此后，他对念云疼爱了许多，这让在婚姻中绝望的念云看到了活下去的希望。

第三章 有惊无险

8

瓢泼大雨已经下了一天一夜了，还没有歇息的征兆。一道道闪电好似灰色天幕裂开的、不可弥合的白色缝隙，轰隆隆的雷声忽地在大地上炸起、再炸起，向人们展示着它的威力。

龙水河在山谷中各支流的河水，以最快的速度裹挟着泥沙、裹挟着碎石、裹挟着各种杂物奔向山下，扑向龙水河的怀抱，致使龙水河的水位瞬间上涨。

天刚蒙蒙亮，龙水村的领导干部们来了，龙水村的村民们来了，工程技术人员也来了。他们穿着雨衣，披着雨布，打着雨伞站在龙水河新修的、还没修完的水坝上，眼看着被水坝拦起的、水库里的水往上涨，心急如焚。

他们多么希望老天能够照顾他们，将天河之水收回去吧，不要再下了。

杨思远心急如焚，看着已经被雨浇湿了半截裤子的齐伟工程师问道："怎么办？"

"杨书记，我看还是先叫人加固水库下面的河堤吧！水库如果放水，河堤不牢固，一旦决堤，下游村子就有淹没的危险；如果不放水，水漫上大坝再溢出更加糟糕。"

"是呀，这场雨来得太急，比咱们预计的早将近二十天，水坝下边的河堤还没来得及加固修高呢。"

齐伟工程师点头称是，接着说："快决定吧，杨书记，分秒必争啊！"

杨思远听到这里，几步跨到高处，挥着手高声喊道："乡亲们，快，咱们的村子有危险了，请各生产队长按照冯主任给大家的分段，把河堤低矮和不结实的地方加固修高，以最快的速度，马上开始吧！"

他跳到低处和冯国英一起给各生产队划分起危险的河段来。

很快，乡亲们有推手推车的，有提铁锨的，有扛木头的，有搬柴捆的，有拎草袋子的，有拖油纸的，有拿炕席的，有持麻绳的，飞奔而来，所有能堵水的东西全拿来了，进行挖、挑、撮、垒、推、抬、堵，高速度地加固着河堤。人们的中午饭都是在河堤上吃的。到了下午，公社李书记和吕主任等公社干部们也来了。

齐伟工程师站在闸门旁，对前来观察水势的王小虎说："不行啊，我看得开闸放水了，否则水漫过大坝，将一发不可收拾啊。"

王小虎听了这话心中一颤，明白关键的时刻到了。他走向闸门和齐伟工程师一起开闸放水。闸门才提了一半，憋了很久的水便迸发出各种浪花，汹涌着、咆哮着，涌出了大坝，越过了河堤，奔向了下游。

志强见自己的河段已经没事了，便捅了一下刚撂下石头、满身泥水的周显田说："走，咱们去三队那里看看。"说着，二人便跨上河堤，往这边走来。

水库里放出的水，流到东、西龙水的分汊地段，正是最薄弱的地段。齐铁柱的姑父——第三生产队队长马正仁正领着人在那里加固。

他发现这个地方的河床靠近村子那侧有块巨大的岩石，水流受到岩石的阻挡在上游形成旋涡，并冲击上游的泥沙殃及河堤，使河堤变薄。

他吃了一惊，只得叫大家赶快从河床里面堵住旋涡边缘的河堤，以保证不决堤，可作用很小。看到上游洪水来势凶猛，已经来不及了，他只得跳进去用身体阻挡，接着整个第三生产队的男人们都跳进去了。他们手挽着手将薄弱的河堤挡了起来。

正在这时，冯国强和周显田来到了这里。二话没说，两人相继跳到河里，加入到了人墙当中。宋大梅则带领女人和孩子们在外面培土加固。

正在这危急时刻，李书记、吕主任、杨思远和冯国英拿着手电筒检查到了这里，看到水势仍然上涨，站在水里的人们手挽着手，被一次次的大浪打得站立不稳，随时都有被打散的危险。

李书记脱口而出:“哎呀,这情况太危险了。”

杨思远立马对冯国英说:“在这地方破堤吧,分洪泄水,这样对村子就没有危险了,也不会出人命了。”

冯国英焦急地说:“行倒是行,只可惜舒彤他们的实验田,完了。”

“顾不了那么多了……”杨思远话没说完,瞥了一眼躺在泥里的跳板,把手里的铁锨扛在肩上,对冯国英喊道:“快架跳板!”还没等冯国英将跳板放稳,杨思远便踏着它疾步越过了最深的激流,正艰难地蹚着河水往对岸走去。不多时,他来到了对岸,用尽了全身力气快速挖了下去。

李书记他们为了增加水中人员的力量,也都跳下了水,站在人墙的前面,互相挽起了手臂。

志强一看,拉着显田狠命上前挽住李书记的胳膊,水对后排中间部分的冲击力立刻减小了。

宋大梅焦急地看看水中的人,再看看河对面,连眼睛都不敢眨,只见老书记一锹接一锹,终于在地瓜实验田那面的河堤挖开了一个口子。

洪水似脱了缰绳的战马,向着那块有着大片河漫滩的地瓜地咆哮而去,水面渐渐铺开,随即平稳了,然后,沿着西龙水河堤西岸的河流方向,在下游的一个缺口处,汇入了龙水河。

水位迅速下降,站在河里的人们脱险了,龙水村一百五十多户民宅脱险了,水电站也保住了,人们欢呼雀跃。然而,舒彤看着那一大片绿油油的地瓜秧被水淹没在下面,痛心地流泪了。

大水过后,舒彤和共青团员们站在岸上,看到地瓜地被水冲刷得只剩一块块沙地和淤泥,内心一片痛惜。因为,这是今年初他们共同承包的实验田,他们为此付出了多少辛苦与汗水,只有他们自己知道。近四年的劳动成果,只一场大水就化为乌有了。

舒彤感觉眼前的沙地变成了一片绿油油的地瓜地。她晃了晃头,确定眼前是黄色的沙地,一片狼藉,可是恍惚间,眼前又变成了一片绿油油的地瓜地,只觉眼前一黑,什么都看不到了,软绵绵地倒在了齐铁柱的脚下。

齐铁柱赶快将舒彤背起,一溜小跑到了卫生所。志强听到这个消息,慌忙从工地赶了回来，带着满头大汗急问：“怎么啦，这是怎么啦？”

大夫看到志强那着急的样子，一边检查一边说：“她最近太累了，营养跟不上，加上焦虑，才会出现昏厥现象。”然后笑嘻嘻地告诉志强：“你，要当爸爸了。”

“什么？”志强愣了瞬间，没反应过来。倒是周显田高兴地提醒道：“嘿，嫂子有了。”

当志强和舒彤回到家里时，一家人得知了这个喜讯，甭提多高兴了。郑大双正在为那天下大雨，自己去用塑料布把土坯盖好而沾沾自喜呢，乍然听到这个消息，乐得又是给舒彤炒鸡蛋，又是做大米粥，忙个不停。

舒彤吃过中午饭，就沉沉地睡去了，一直到下午三点多钟了还没醒。志强静静地守在她的身边，看到她苍白的脸色转为绯红，大大的眼睛、长长的睫毛合在了一起，小小的圆脸颧骨微凸，想起了在小桦树林他们第一次接吻的情景，心里不免有种甜滋滋的味道从内心深处慢慢袭来，便再次俯下身去轻轻吻了一下舒彤的额头。

舒彤被志强吻醒了，睁眼一看太阳已落西山，便坐起身来，用手抱着膝盖，埋怨道：“怎么不叫醒我呢？”

志强答道：“都累成啥样了，还叫醒你？怀上了怎么不告诉我呢？”说完满怀爱意地看着妻子，一只手抬起，落在了她的膝盖上。

舒彤笑笑，说道：“日子短，还没确定呢。再说，村里哪个女人不都怀孩子嘛，也没什么大惊小怪的。”

志强激动地上前握住舒彤的手：“你这么不重视，差点把我儿子弄没了。”

“也许是个丫头呢。咋就知道一定是个儿子？”舒彤幸福的小脸上放着光。

“不管是丫头还是儿子，我都喜欢！”志强由衷地表白着，将舒彤的手拿在自己脸上抚摸起来。

屋里顿时充满喜悦和温馨的味道，只听舒彤道：“晚上回家看看奶奶和咱爸妈吧！”

正在这时，带弟搬了张小桌子来，在炕上放好，说妈要他们在自己屋里吃饭。

舒彤一看，这哪能行，于是让志强把桌子搬下炕，到东屋里和婆婆一起吃饭去了。

谁知，没过几天，舒彤竟然是吃什么吐什么，人也瘦了一圈儿。她怕影响大家的胃口，只好端着饭碗到自己屋里吃去了。

清风微醺，河水荡着清澈的涟漪。郑小双拎着把镰刀沿着西龙水河东岸急急地走着，出了村子，无意间抬头远眺，一幅美丽的画卷展现在眼前：远处是薄雾弥漫下的青山时隐时现，时隐时现的青山前面是绿柳垂枝排排，绿柳垂枝排排的前面是泛着青光的西龙水河水向远方流去。西龙水河的东岸是一排两三米宽的、整齐的芦苇沿着弧形的河岸延伸到远方，芦苇的近处是肥沃的黑土地铺在自己的脚下。无论是远景还是近色，浓妆淡抹，总是相宜。她心内一惊：自己怎么从来都不曾发现这里这么美？

她陡然悟道：是了，自己自从被前夫抛弃，便觉得自己活在这世上是最大的失败，本想等孩子熟悉了这里的环境，便出走选一安静之处离开这个世界。

谁知自己两手空空到了姐姐这里，无论家里怎样困难，姐姐、姐夫一家不曾低看半眼，特别是舒彤奶奶不嫌弃自己，让自己住在她的屋里，舒彤和姐姐及外甥女们那么忙，还想着给自己脱坯盖房子，姐夫和志强每天下班都捎回一根木头……今天，她就是受到这些感动才出来割草的，现又发现这里的景色这么美好，不由得心内欢喜，忽觉就在这里陪着孩子过一辈子也挺好的。这样想着，脚下的步子就更快了。

正走间，一个身影出现在眼前，吓了郑小双一跳。她站定仔细观看：只见这人长了一双细狼腿，方脸，单眉细眼儿、眼珠子咕噜噜直转，眼睛里似乎有种让人捉摸不透的东西。

看到这里，郑小双眉头一皱，撇开双脚一侧身就要从这人身边越过。只见这人又跨过一步挡在郑小双面前，问道："这不是冯主任的小姨子吗？"郑小双听他问得很暧昧，更加反感，便冷冷地道："这谁呀？"

"哦，鄙人不才，大队会计甄多时。"甄多时瞪着一双色眯眯的眼睛看着郑小双，又问："你这是去哪里呀？"

郑小双将脸别向一边，道："去割草。"

"哎哟哟，就这细皮嫩肉的小手，还能割草？"甄多时说着，眼睛在郑小双的身上滴溜溜乱转，向前跨了一步，问道："你来这里好几个月了，怎么不回家呀，和你男人打仗了？"

郑小双心里咯噔一下，见这男人不安好心，便白了他一眼，道："用你管！"说完又要迈步离开这里，当她看到甄多时又想拦她的时候，便把镰刀往甄多时面前一举，趁着他后退的时候，逃开了。

9

“三铲三耥”过后，正是挂锄时期，杨思远和王小虎他们进入了河堤抢修阶段。因为这时水电站已经开始机组设备安装了，王小虎只留下了几个人在那里帮忙，其他人员都撤回来修河堤。之前那场大水对他们来讲，是一个深刻的教训。

在修到西龙水河下游与东龙水河交汇地段时，杨思远说：“这个地方留个缺口别用水泥了，一是大水对这个地方的冲击力很小，二是一旦出现河水漫过上游堤坝时，可以打开它放水救出村子，不至于使村子淹没。”

众人都觉得在理，于是，在合适的地方留了个两米多长的缺口，在水泥中多掺了一些沙子，这样，在紧急的关头用镐头或者撬棍就可以打开了。

看看河堤修得差不多了，冯国英告诉杨思远说明天家里盖房子，希望他能去喊个号子起房梁。

第二天，杨思远早早来到冯国英新选的房址，就在徐根清家东面冯国英家的宅基地里。此刻，杨思远见房子已经砌到了平口，该上房架了。村里来了很多人，都站在那里说说笑笑，准备帮忙。

根据已经选好的时辰，随着杨思远一声高喊，人们将两边的房架迅速上好。最后，当一品绑着红绸子的房架落在了房顶的中间时，响起了鞭炮声。接着，木匠上房盖，瓦匠抹墙，一切都在有条不紊地进行着。

下午，王小虎带着立电线杆的人完成了各户安装灯泡的任务，也来这里帮忙，盖房子的速度更快了。

到了秋收结束，小水电站经过了截流前验收、工程下闸蓄水和机组启动验收后，终于到了限制水位试运行阶段。

一天中午，齐伟工程师告诉王小虎将各家的电灯、电线再检查一遍，并通知晚上家里一定留人，水电站开始发电运行了。

傍晚，龙水村的人们都等在家里，紧张得坐卧不宁，不知道这个神奇的东西能不能听话，给他们照亮儿。正猜测间，忽然头顶上圆乎乎的、透明的玻璃灯泡顿时亮了。大家拍手叫好，好多人又都跑到发电机组那里看电是怎样发出来的。他们猜测着、询问着，把齐伟工程师和其他几个技术员忙坏了。半夜里，村民们仍然不放心，由家里的男人把开关儿关了再打开，再关了再打开，这才放心叫女人来拉开关儿。

杨思远和冯国英自不必说，因为他们知道，龙水村从此告别了煤油灯时代。两人兴奋得一夜未眠，就在大队部喝着酒、抽着烟陪着正在试运行的齐伟他们。

三天后，水电站试运行一切正常。在一个细雨霏霏的清晨，齐伟他们站在解放汽车的后车厢里走了。很远，很远，他们还在回身向龙水村的乡亲们招手致意。

公社李书记请求县里为这个贫困村留下了一台拖拉机，得到了批准。

根据志强的表现，在公社李书记的提议下，志强填写了入党志愿书，经过了讨论、表决等程序后，成为一名预备党员。志强抑制不住内心的喜悦回到家想告诉舒彤，谁知小妹截住告诉他说嫂子去了娘家，因为小姨明天要搬家了。

志强坐在炕沿上，倒了碗水在那里喝着，回想起舒彤自嫁进冯家后，盖房子她脱坯，修水电站她苦干在第一线，自己入党她指导写思想汇报，现在小姨搬家，她又帮着收拾东西，还怀着孩子，真是难为她了。想到此处，志强便站起身来，也去了小姨那里。

东北一年的光景是：春种、夏锄、秋收、冬藏。过了几日，志强正在吃饭，忽地想起现在已经到了冬藏阶段了，便放下手中的碗筷，走出门来，拎起墙根儿的铁锹，到院子的菜地里挖菜窖子去了。

舒彤见志强已把菜窖子挖好，便出房门来帮他往里下菜。她从土篮子里拿出白菜、萝卜、土豆和胡萝卜，依次从菜窖口递给志强。志强在里面把白菜根儿冲外码好，把萝卜、胡萝卜和土豆用土掩埋起来，放好。

这时，郑大双正在屋里熥饭，一扭头，看到舒彤已经显怀了，不由得担心，到底是男孩儿还是女孩儿呢？

屋外刮起了大风，呼呼作响，风几乎要把门掀开，郑小双躺在炕上，两眼通明。她已经搬过来半个多月了，这新盖的屋子很暖和，想着她有了自己的房子并且要在这儿住一辈子，心里就觉得很踏实。王小虎在前几天领着人来给她也安上了电灯，临走前告诉了她一些用电注意事项。

不知为什么，王小虎走了之后，她就开始失眠。王小虎那遇事稳重、智慧、从容的样子，那挺拔结实的身材，那一头浓密的乌发自然散落着的状态，那剑眉下一双深邃有神的眼睛，那两鬓垂下去的大鬓角，都让她念念不忘。特别是自己在杨思远家住的时候，经常看到王小虎去老书记家商量事情。老书记对这个可爱的晚辈很重视，也让她另眼相看。

可她知道，人家王小虎是有媳妇的，在小学校里当老师，自己不该有其他想法，但就是他的身影在脑海中挥之不去。正是情不知所起，一往而深。

咣当，有人拽门的声音；咣当，门外人不说话，仍然使劲儿地拽门。郑小双慌了，急忙下地趿拉着鞋站在门里问道："谁？"那人不说话，依然拽门。"你不说话我不开门。"郑小双大叫着给自己壮胆。

那人终于说话了："开门，关心你的人。"说完这话，他停止了拽门的动作，似乎是在等着她开门。

郑小双琢磨一会儿，分辨不出是谁。她骤然猛醒，这不是在西龙水河岸拦她搭讪的那个人吗？她吓了一跳，急中生智，高声喊道："带弟，没谁。你快睡吧！"少顷，只听那人踩着积雪走路的脚步声渐渐远去了。她把门开了条缝隙一看，果然是那个长着细狼腿的男人，不觉冒出了一身冷汗，回到炕上捂着脸呜呜哭了起来。

翌日，郑小双去姐姐家，将昨晚还有那天在西龙水河东岸的事情哭着与姐姐说了。

郑大双听后气愤道："真是知人知面不知心，狼心狗肺的东西，枉你姐夫对他那么好。小双，这事暂时还不能声张，因为你没抓住人家的手脖子。再说，说出去也不好听，明天叫带弟和你做伴去吧。"

舒彤站在厨房，右手掐着腰，左手抚摸着肚子，看着妈妈在点卤水，忽地想起去年自己和妈妈做豆腐哥哥回来时的情景，不觉问道："妈，我哥什么时候回来呀？"

舒彤妈回头看看女儿那即将临盆的样子，答道："谁知道呢？说是要复习考研究生呢。"

舒彤见妈点完了卤水，便去拿筷子，不想舒雅进门笑道："都这样了，还逞强。"说着一把夺过舒彤手里的筷子放到点了卤的豆浆中，直到看着筷子颤悠悠地竖了起来，便进屋儿拿床棉被来将装豆浆的豆腐瓮围好捂上。

娘们儿正要进屋说话，就见舒彤的三小姑子连弟进门喊道：“杨婶，嫂子，我妈叫你们到我家看电视去！我大姐回来了。”

舒彤惊问：“哪儿来的电视？”看连弟那气喘吁吁的样子，又问道：“你大姐什么时候回来的？”

“下午刚来。我大姐夫给拿来的，在家里和我哥调试呢，说是一会儿就出人儿。我走了啊，还得去小姨家呢。”连弟说着，脚已经跨出了门外，窗外嘎吱嘎吱的脚步声渐渐远了。

舒彤急忙穿上外套，忙搀起妈妈要走。舒彤妈因豆腐没有做完，不敢离开。她便和舒雅一起搀起奶奶回到了自己家里。

舒彤老远就看到自家的院子里站满了人，当她跨进门槛时，却见屋里也满满登登都是人，挤也挤不进去，只得站在那里等着。过不多时，郑大双出来发现了舒彤祖孙三人，忙招呼大伙儿让开点，让她们进到东屋里。

进屋一看，只见在炕琴上面放着一台9英寸的黑白电视，没有任何画面。志强和李大田正在那里将电视的天线变换着位置，可不管怎么摆弄，电视的荧屏上只有雪花点儿。

急得满脸是汗的李大田突然一拍脑门儿，说道：“忘了，忘了，快叫外面的人把天线转一下。”外面的人听到李大田这么说，急忙转动天线的位置。不多时，电视里就出现了画面，渐渐地，越来越清晰。

屋里响起了热烈的掌声，人们那个兴奋劲儿，就好像是见到了外星人。

当晚，由于人太多，外面的人看不到，志强想出了个好主意。他叫屋里的人看二十分钟，然后再换下一拨，就这样一直换到下半夜了，还有人等在门外。志强看到舒彤实在坚持不了了，只好叫大家回家，明天再来看。几天过去了，来看电视的人仍是数量不减。

看到这种情况，郑大双对冯国英说：“小彤怀孕需要休息，这样人来人往的多不方便，不如把电视搬到大队部去吧！”

冯国英一听有道理，便和杨思远商量，等到大年初一，把电视安到大队部去，让全村的人都见识一下这个新鲜玩意儿。

杨思远一听，非常高兴。他很欣赏亲家的这种做法。暗想：如果不是冯国英亲自提出，自己还真不好意思说呢。

到了大年初一，村里的人熙熙攘攘都赶来看电视。大队部的屋里坐不下了，人们就在后边站着看，也有挤在门边看的。郑小双也来了，撒目了一圈儿，没看到王小虎，倒是让她看到了一个不愿看到的人。

甄多时一看郑小双来了，双目放光，便随着人群挤到了她的后面，刚想说话，就见郑小双拨开人群走了，气得他骂道："白眼狼，跟老子说句话，你能死啊？"

只听一个人接话道："你说谁呢？死不死的。"

甄多时一听这声音，立马打了个激灵，暗想：天哪，没想到她在这里。他侧目一瞧，果然是自己的媳妇王巧巧，便答道："刚才被一个小孩子踩脚了，嘟囔几句。"

"啊，跟个小孩子计较什么。"王巧巧一边眼睛看着电视，一边说："真神奇呀！那人儿是怎么上去的呢？过年咱家好好攒钱，也买一台呗。"

甄多时敷衍了媳妇几句，便去找在电视前面的杨思远和冯国英了。因为他觉得这是在全村人面前最显面子的时候，机会不能错过。

念云也在人群里看电视，最近感觉总是身上懒懒的打不起精神，本想来看看这新生事物调节一下自己的心情，没想到仍是睁不开眼睛，浑身一点力气都没有，便转身挤出门外抬腿往家走。走了一半路，她又折回去了舒彤奶奶家，不知为什么，不管她有什么烦心事，只要一看到奶奶就感觉踏实了。

她走在院子里，院里的大黄狗趴在那里刚抬头叫了一声，看到是她，便趴下不动了。她冲大黄狗笑笑，来到窗前，听到奶奶和别人唠嗑的声音，心内一喜，刚拉开木门，就感觉到了一种温馨的气息。进门看到奶奶和舒雅在那里说话，便走过去坐在了奶奶身旁。

奶奶一边纳着鞋底一边问念云："怎么回来了，不看电视了？"

念云皱着眉头，没有回答奶奶的话，而是问舒雅道："你怎么没去看电视呢？"

舒雅那明亮的眸子转向念云，又把手搭在念云的手上摩挲了几下，笑道："我们在学校里看过了，今天在家陪奶奶说会儿话儿。"然后用下巴一指问："大姐，你怎么不在那里看了？"

念云这才想起奶奶的问话，答道："奶奶，我最近总是困，过年也没个精神头儿，想回来看看，就回家睡觉。"

舒彤奶奶一听倒来了精神头儿，急问："什么，例假正常吗？"

念云咬着嘴唇答道："才正常了，又不正常了。"

"那这次多长时间没来呀？"奶奶放下手里的白色千层底，就要下地。

"大概是延了八九天了吧。"念云说完深深叹了口气。她感到真是对不住奶奶的苦心，便在那里沉默不语了。

奶奶却高兴得脸上皱纹都开了花儿，说道："傻孩子，不会是有了吧？"

这回轮到念云吃惊了，声音颤抖地急切问道："真的吗，奶奶，是真的吗？"

奶奶下地穿上了鞋，说："走，是真是假看看就知道了！"

当念云和奶奶从周显田家里出来时，内心里的幸福就开始溢满全身了。结婚三年，她终于可以像别的女人那样当妈妈了。

当她回家把这个喜讯告诉丈夫兰初明时，兰初明直起歪在炕里的身子，问道："真的吗？咱们有了自己的孩子了？"当看到妻子含泪点头时，他一把将念云搂在怀里，稍待片刻，竟然破天荒地下地劈柴去了。

春节过去已一月有余，舒彤在家里整理着小孩子的衣服和小棉被，就感觉身子不舒服。她急忙来到东屋里告诉了婆婆。

郑大双听后吃了一惊。她觉得还有半个多月才能生呢，忙仔细询问舒彤的情况，认定了是要生的前兆，便叫舒彤在地上溜达，又打发连弟去找接生婆，自己在家里烧开水。

一个多小时后，那接生婆才来。原来是她不在家，家里人出去找了半天才回来。这时，舒彤已经疼得走不了了。

接生婆检查了后说，还得等着。就这样，舒彤一直疼到第二天傍晚也没生下这个孩子。

舒彤妈也来了，守在舒彤身边，看着疼得嘴唇都咬破了却一声都不吭的女儿，急得直掉眼泪。接生婆看看难产的舒彤问舒彤妈和郑大双："保大人还是保孩子？"

郑大双看着在炕上疼得手指甲都抠出血的舒彤，眼泪登时就下来了，说："都保呀，都保，哪个都得要。"

志强急得在外面转着圈直搓手，一听这话，带着哭腔大声向里间道："妈，往县里送吧，快往县医院送吧！别来不及了呀！"然后也不管屋里答不答应，就张罗车去了。

有着二十年接生经验的接生婆，看着满脸汗水、已近昏迷状态的舒彤，摇摇头说：“这黑灯瞎火的，怕来不及了。愿神灵保佑吧！”然后满脸疲倦地转向郑大双，道：“去买些纸钱来烧烧吧！”

郑大双听了这话，从柜子里拿了钱，趿拉着鞋就往供销社里跑。她一面跑一面哭，不时地用手去擦脸上的泪水。此时，她只有一个愿望，那就是不管男孩还是女孩，只要是能生下来就好。因为，自从舒彤帮志强往菜窖子里下菜那天起，她是时时仔细观看，就是想看看舒彤到底怀的是男孩儿还是女孩儿。

现舒彤生产出现这种情况，孩子只露头不往下来，郑大双认为是自己重男轻女遭到了老天的报应，就像她给四丫头起了截住这个名字，结果男孩女孩都截住了一样。

她知道自己错了，嘴里嘟囔着：“老天，什么孩儿都好，什么孩儿都好呀。”她一路祈祷着，也不回答街坊邻居的问话，买了烧纸又折回到家里。刚走到院子里，看到志强把马车拉回来了，便擦了一把汗水，急问：“拖拉机呢？”

志强看着妈妈手里的烧纸答道：“让显田开到县里去了，还没回来呢。妈，我爸刚才说他和我一起去县里送舒彤。”

郑大双叫了一句“天哪”，进到屋里。这时，舒彤已经醒了，深陷的眼窝里嵌着一双黑宝石的双眸，往郑大双这边闪了一下，道：“妈，叫志强进来，我有话说。”

接生婆刚想阻拦，志强已经听到了妻子的话，一掀门帘儿跨了进来，趴在炕上握着舒彤的手哭了起来。舒彤此时非常清醒，看着志强弱声说道：“你别哭，在这里陪着我吧！”志强狠命地点了点头。

接生婆对志强道：“快去到外面烧纸给你媳妇祷告吧！”

郑大双立刻转身说道：“我去吧！”她满脸悲哀地来到了院子里跪下，将手里的烧纸点燃，泣道：“老天呀，原谅我吧！我知道错了，报应在我身上吧！不要应在孩子身上，求求你了，老天爷呀，看在我诚心改过的分儿上，饶过孩子吧！‘男人修车前车后，女人修产前产后’，孩子没有错呀，都是我的错呀。”说完，叩了三个头，觉得不够虔诚，又叩了三个头，方转身回到屋里，流着泪站在地上看着舒彤。

舒彤见婆婆这样，泪水顿时涌了出来，动情地喊了一声“妈”，别过了脸去。

舒彤妈见状，忙替舒彤拭泪，回头流泪劝郑大双道：“亲家母，快别这样了。孩子快要没力气了。你再这样，她就更不好了。”

郑大双这才止住了哭泣，到外间给舒彤端了碗小米粥让她喝上。

很长时间没有的阵痛来了，接生婆惊喜地要舒彤用力。舒彤觉得志强的大手给了她无穷的力量。她按照接生婆交给的方法用尽了全身的力气之后，只觉腹内顿时轻松，眼前一黑，什么都不知道了。

接生婆又是掐人中，又是晃胳膊，看舒彤有了气息，便对郑大双说：“你在这里守着，等她醒来时给她卧几个荷包蛋，放点红糖。”说着，又将孩子收拾好，打成了个蜡烛小包，交给了志强，志强又交给了舒彤妈，舒彤妈又交给了郑大双。一家人喜极而泣。

郑大双哆嗦着双手接过了孩子，看着那皱巴巴的小红脸，不觉将孩子贴在了自己的脸上流下了激动的泪水。她掏出了三十元钱给了接生婆。她知道，一般生男孩才给这么高的报酬，这在当时是给接生婆最高的报酬。虽然，她得的是个孙女。

第四章 承包始初

10

早春三月，虽说二十四节气当中已过了立春，但东北的天气仍然是寒气逼人，更因为寒潮的到来，使得龙水村比冬季还要刺骨寒冷。有句话说得好："三月休把棉衣撇，四月还有梨花雪。"正是东北乍暖还寒的写照。

公社李书记和吕主任根据中央关于农村工作的一号文件精神，给龙水村的社员们开完了家庭联产承包责任制的动员大会后，向杨思远和冯国英交代了几句，便坐上吉普车走了。

杨思远看着大家纷纷议论着走出了会场，自己才和王小虎一起出了房门。一出门，感到一股凉风从脊背透心而入，不觉双手背在身后将棉袄底部压紧，低头思索着回到了家里，看到老伴儿还没做好饭，便吧嗒着嘴里的大烟袋坐在炕沿上一口接一口地抽烟。

他知道，今天的会议必定会在大伙儿的心中引起很大的轰动，那就是土地可以承包给农民了，但眼下的土地都还在各生产小队里，究竟怎么个承包法，须想个万全之策。

不多时，舒彤妈将饭菜收拾上来，一家四口开始吃饭了。从来不多言不多语的舒彤妈，看着拿起筷子停在半空中的丈夫，问道："你说那么乱糟糟的生产队，怎么分呀？要是分不好，还不得打仗呀。你不是又要得罪人了？"

舒彤奶奶听了这话，吃惊地看着杨思远，张了张嘴没有说什么。她相信没有什么事情是能够难得住儿子的。

天奇则抬起头瞪着好奇的眼睛，看看这个，又看看那个，之后低下头来吃自己的饭。

杨思远听到老伴儿这样说，摇了摇头没有回答，待到要吃完饭时，终于咽了口唾沫，似乎是下定了决心说："咱先带个头吧！"

话音刚落，就听到门咣当一声进来了个人，杨思远赶紧穿鞋下炕，刚抬头来看，就见徐根清已掀开门帘子来到了眼前。他急忙把徐根清引到自己的西屋里，将装旱烟的盒子拽过来放到了他的面前。

徐根清侧身在炕沿上坐了，伸手从腰后掏出他那二尺长的烟袋杆子，将烟袋锅子装满了旱烟，见杨思远已将火柴划着，便紧吧嗒了几口抽了起来。之后，他看着杨思远，神色凝重地问道："老弟，今天的会议我不明白，如果把土地承包给个人了，那不是又回到了新中国成立前？"

杨思远轻轻摇了摇头，知道有这种想法的人不光他一个，便耐心解释道："不一样。从前的土地是地主的，咱们给他们扛活儿，打了粮食都要交给地主。现在的土地仍然是国家的，只是让咱们承包。在承包期内，土地的收成除了上交国家公粮和社里的提留，剩下都是自己的。咱们说了算，要卖就卖，就吃就吃，要送人就送人，咱们有自主权。要不咋叫'集体所有、分户经营'呢？"看到徐根清那略带疑惑的眼神，便笑笑接着说："这样有些懒人不干活儿，可能就得饿肚子了，能干的就先发家了。"他看徐根清还是有些疑惑，便说："一句话吧，家庭联产承包就是土地所有权归集体，咱们只是有经营和使用权。"

徐根清点着头，哦了一声，似乎是明白了许多，又问："生产队物品那么杂乱，咋分呢？"

杨思远叹了口气："正愁这事呢，咋样能把土地和物品分得公平，难呀。"这句话没说完，就听舒彤娘喊亲家，便知是冯国英到了，接着，王小虎也到了，后来，甄多时和宋大梅也来了。

夜已深沉，星星在天边互相调皮地眨着眼睛。龙水大地上一片寂静，家家户户均已进入了梦乡。只有大队班子的几个成员围坐在一起，苦思冥想一直商量到后半夜，快天亮时，终于拿出了一个万全之策。

杨思远知道分了土地后，管理体制会发生变化，便告诉大家过几天公社变为乡，大队就要变成村了。到时乡里会来人选村支书和村主任，要大家有个思想准备。最后，他看着原来大队班子的每一个人，问道："如果你们的利益和村民的利益发生冲突，怎么办？"

大家表示先为村民们着想，尽量让大家满意。看到这个结果，杨思远的心里轻松了很多，刻意嘱咐了大家几句不要把今晚研究结果传出去的话，便叫大家回去休息了。

半个月后，原九曲河公社党委书记，现任九曲河乡李国凡书记和原九曲河公社主任、现任九曲河乡吕镇宁乡长来到了龙水大队，宣布了龙水大队改为龙水村，主持了龙水村村支书和村主任的民主选举。杨思远当选为村支书，冯国英当选为村长——村主任。

这样，经过选举、开会研究讨论，村两委成立了。

村党支部成员由三人组成，个个过硬。杨思远为书记，副书记兼组织委员徐根清，纪律监察委员兼宣传委员王小虎。任命一宣布要上报乡里，王小虎当即反对，说自己文化水平低，做不好宣传工作，提议让志强做宣传委员。杨思远没同意。一是因为志强还没转正，二是因为他是自己的姑爷儿，不能在一个党支部里任职。

村委会由五人组成，也是各有千秋。冯国英为村主任，副主任兼宣传委员马正仁，治安委员兼民兵青年委员王小虎，妇女委员宋大梅，文书兼会计甄多时。

当时，在选妇女委员时，妇女和姑娘们一致推选舒彤当妇女委员。宋大梅也同意。她说自己文化水平不行，年龄也大了，舒彤当妇女委员，能带动妇女们发家致富。但冯国英不同意。他听了宋大梅的话后，那一向温厚的国字脸面沉似水，略待片刻，对宋大梅说道："舒彤的孩子还小，暂时还不能出来工作。你不是做得挺好的吗？"继而转向大家说道："我看还是宋大梅吧！"

大家看到这种情况，谁能说什么呢，只好默认。就这样，由于舒彤和志强的婚姻关系，他们都没有在村两委里面任职。

下午，舒彤趁着孩子睡觉的时候，挑了两挑儿粪送去了西龙水河西岸的沙地里。傍晚，她回到家里时，见孩子已经醒了，正在炕上扶着墙蹒跚学步呢。志强站在炕边伸着两手叫着孩子的名字引她过来。

小家伙一看到妈妈回来了，扔下爸爸就往舒彤这面扑过来，一着急，扑通一声趴在了炕沿上，哇的一声大哭起来。

舒彤急忙擦了两把脸上的汗水，将孩子抱起来哄着。小家伙立即揪扯妈妈的衣襟，止住了哭声。

志强逗孩子道：“丢丢，没羞。”

小家伙在妈妈的怀里扑哧一下笑出声来，用手扳着自己的一只小脚丫，另一只脚丫在空间晃动着，继续吃奶。

志强见孩子不理自己了，便问舒彤道：“河西的地怎么样了？”

“经过大家这一年的付出，改进了不少，但是栽地瓜，我看还得几年。”

志强见舒彤累得小脸通红，头发被汗水湿透贴在了脸上，便拿着毛巾为她擦汗，心疼地说道：“以后不要再去挑粪了，那地还不知给谁呢？再说，就是给谁，一半年也不会有啥改善，白费力气。”

舒彤抬头冲志强一笑，说道：“我知道。我只是舍不得，想再恢复到能栽地瓜时的肥力。”

志强道：“那是咱们用了四年的努力才成功的。如今马上要搞承包了，这地谁要呀？你现在有了这孩子，哪能像从前那样有时间去改变它。”

“尽量做着看吧！只要功夫深，铁棒磨成针。不管谁承包，咱都这么做吧。土地金贵，先别放弃，好吗？”舒彤说着，抬头用乞求的目光看着志强。

志强看到舒彤那哀求的语调和乞求的目光，顿时心软了下来，没再说话。他默默地看了妻子一眼，转身将女儿刚换下来的湿裤子拿出去洗了晾好，这才进来招呼舒彤去东屋里吃饭了。

舒彤来到东屋里一看，婆婆做了六个小菜，一个白色的小高脚酒壶立在了桌上，一个小白瓷酒杯守候在它的身旁，便知道这是婆婆为公公被选为村主任而做的犒赏。

一家人高高兴兴地吃完了饭，冯国英将舒彤叫住，对她说道：“今天大家选你做妇女委员，我没同意。你没意见吧？”

舒彤听公爹这样说，嘴角的弧度扬起，笑道：“爸，我咋能有意见呢。大梅姨干了挺多年了。”

冯国英打断她道：“不是她干了多少年的事，是我做村长，你再当妇女委员，村委会一共五个人，咱家就占两个，好说不好听。我怕以后处理问题，别人说有失公正。”

“嗯，爸，我知道。”舒彤谦虚地说着，扭头看着郑大双一笑。

冯国英又对舒彤说：“你也做做志强的工作，这次他也没在村两委里任职。共青团交给了王小虎管理，叫他多协助小虎工作吧。”

舒彤答应了一声，回到西屋里和志强聊起了这次选举的事，把公爹的话对志强说了。志强表示很理解，说他会帮助王小虎做好共青团的工作，不用爸操心。

冯国英只想到了做舒彤和志强的工作，却没料到忽略了一个人，那就是会计甄多时。

此时，甄多时坐在家里喝着闷酒，一言不发。王巧巧见状不知发生了什么事，和孩子躲到西屋里去了。

前些日子，当杨思远告诉他们说大队要变成村时，甄多时就甭提多高兴了，几夜没有睡好觉。他想：杨思远当书记，冯国英就不能当村主任；冯国英当村主任，杨思远就不能当村支书。因为他们现在是亲家了，得避嫌。

他权衡了半天，认为杨思远的群众威信要高于冯国英，因此，他断定冯国英不能再当选为村主任了。这样，他就有机会竞选村主任。于是，他做了很多工作，暗示了很多人，说将来自己当村主任时不会忘了人家，等等，还说他也有亲戚在城里能批发布料，比志强和舒彤卖得便宜。

没想到这些村民这么不开窍，已经选了杨思远当村支书了，还选冯国英当村主任，一点都不考虑避嫌的事，气得他当时就和李书记提出了不应让冯国英再当村主任的建议。

李书记和吕乡长思考了半天，才明白了这层关系。可是，村民的愿望不能违背呀，重新选举，又怕伤了他们俩的自尊心，毕竟他们为了村里的老百姓干了这么多年了，不能因为现在人家成了亲家就把人家拿掉。所以，两人一商量，觉得他们俩都是组织信任的人，不会徇私舞弊，说是先干一段时间再说吧，就回到乡里去了。

甄多时看到李书记和吕乡长就那么回去了，心里是更加生气。他一边喝酒一边想：哼，姓李的，官官相护。哼，你杨思远还谈公平，公平在哪里，净扯犊子。这村两委不是叫你们两亲家包了吗？以后啥事还不是你们两家说了算？你怎么不把村两委所有的职务都叫你家人干上？还有郑小双和王念云两个贱女人，对自己爱理不理的。这要是放在从前，老子是可以三妻四妾的……他捏着酒壶的手指由于用力过猛而发着惨白的青光，越想越来气，越想越恨，觉得所有人都欠他的，最后竟然还流下了委屈的泪水，昏昏然睡了过去。

11

龙水村的家庭联产承包责任制开始了。这是龙水村选完村支书和村主任做的第一件大事。大家都在大眼儿瞪小眼儿地看着、猜测着，不知自家能分到什么样的地块儿。

只听杨思远先是宣布了土地的分类：一等地是平原上土质肥沃的土地，按照一百五十六户每户一口人几分地均分；二等地是山坡上和沟沟汊汊里不太平整的土地，也是按照一百五十六户每户一口人几分地均分；三等地是没有肥力的荒地和新开发的土地，还是按照一百五十六户每户一口人几分地均分。这样每家按人口分多少亩地都是均等的，另外再加上劳力地合在一起，不偏不向，更加均等。

村民们一听都高兴得跳起来，说这样太好了，原来担心的问题迎刃而解，可接着就想到了新问题：谁先分呀？牛车、马车、鱼塘怎么办呀？

冯国英叫甄多时端上来里面放满了阄的三个盒子，宣布杨思远和徐根清及全体村民监督，接着喊道："谁先抓？"看到没有上前的，又喊道："谁先抓，谁就先分。谁先来？"

众人一听，呼啦啦上来了一大片。村两委有维持秩序的，有带领抓了阄的村民去地里领地的，有做见证的，忙成一团。等分完了地，大家一估算，每人平均分了大概一亩六分多地。

舒彤看着忙忙碌碌的人群，见被大水冲了的地瓜地没有被划分进去，便提出要承包那块沙滩地。她的话还没说完，在场的人都惊呆了，因为现在那仍是块不毛之地。

冯国英和志强等所有人都不同意，但舒彤坚持要承包。就这样，没有人和舒彤共同承包，她只好自己承包了这块沙滩地。

共青团的姑娘和小伙子们看到舒彤这样坚决，也引发了他们改造家乡的决心，便纷纷表示要和舒彤一起承包。于是，经村两委研究决定，这块沙滩地承包给了共青团做实验田，不用交公粮和提留。

第三天，各队里开始分牲畜、物品，也很公平。比如：五个生产队里共有多少头牛，都做成价，按照一百五十六户平均几户分一头牛，那就把牛排成多少号，再按照每个号做几个同样数字的阄，抓到同一个数字的人家就共有这一头牛。一挂车、一匹马亦是如此。各生产队都变成了生产社，原生产队长顺理成章也就成为各生产社的社长了。

因为第六、第七生产队的情况特殊，所以只变为龙水村的第六、第七生产社了，地暂时不分。

俗话说：怕啥来啥。这话正应在徐根清身上。在分马匹时，徐根清抓到了两年前去拉化肥时被压在碎石底下惨死的、黄鬃马的妹妹。他当年给它起了个好听的名字叫赤骏，自从它的哥哥死后，徐根清再也没到马棚来过。如今他刚走过来，那赤骏就两眼放光、踏着蹄子想要挣脱缰绳奔他而来，挣了几次缰绳没有挣开，便冲着他甩起了尾巴，一副安然喜悦的样子。这令徐根清非常激动，急忙走上前去抚摸着赤骏的鬃毛，泪水在眼圈里不断地打转。

本来，他只想和别人分头牛，能够种地就行了，谁知竟然抓到了这匹马。

赤骏不懂他的心思，低下头来翕动着鼻孔在徐根清身旁闻来闻去。就在这一瞬间，赤骏的气息激活了徐根清对马的情怀，他决定和另外三家共同饲养这匹马。

另外三家一看是和徐根清共同抓到了这匹好马，分外高兴，便委托徐根清饲养，他们秋后给徐根清粮食、饲料，算作换工。

徐根清并不计较，从马圈里牵出了赤骏就往家里走。那赤骏一路上轻踏着蹄子，不时地抬头看着它的主人，安安然然地跟着徐根清回家了。

徐根清老伴儿见徐根清牵回一匹马来，十分高兴，便上前去抚摸，谁知赤骏看到她靠近自己，便尥起了蹶子，吓得她大叫一声，退在了一旁。

徐根清见状，看着赤骏像是对老朋友般说道：“欸，她可是你今后的主子。你要想吃好的，还得她说了算。好好认一认她吧。”说完，用手在赤骏的身上梳理着，转头瞧着老伴儿笑。

那赤骏好像听懂了徐根清的话，对徐根清摇了摇尾巴，不再对徐根清老伴儿尥蹶子了。

老两口喜滋滋地给赤骏搭了个简易的马棚，先把赤骏安顿下来。晚上，他们的女儿放学回来了，一家三口人又围着赤骏欣赏了半天，方才回去休息。

俗话说，马无夜草不肥。从此后，徐根清专找山上最好的草割，每天夜里起来添料，把赤骏养得膘肥体壮。

再说甄多时，这几天分地突然高兴起来了，把没有被选上村主任的不快丢到了脑后。因为他家分的地和杨思远家的地挨着，但杨思远家的地在整个大地的边缘，靠近东龙水河岸，有几垄肥力不行。他家地的另一面挨着王念云家的。王念云家的另一面是冯国英家的。甄多时一看这种分配，心中窃喜，嘿嘿一笑道："这可真是东方不亮西方亮。老天爷可真照顾我呀！"转而恨恨地想：我就不信今后遇不着你们。

其实，这块地并不是杨思远抓阄抓到的，是王小虎的叔叔王立诚和念云抓到的，只因王立诚年龄大了，腿脚不好，又在龙水村西面住，东龙水河离他家太远；念云地少，兰初明太懒，他怕土地没有肥力念云受苦，所以偷着和冯国英、王小虎商量，将地私自换了。

次日，天还没亮，就见村民们在自家的田里劳动了。只见一个个人影在一堆堆的、像小山似的农家肥中间来回穿梭忙碌。更让人惊奇的是，兰初明也出现在了田野里和念云一起整地。念云背着他们已经五个月大的女儿小卓娅，拿着个耙子在那里搂草，还不时地和背上的卓娅说着话。

兰初明听到念云叫卓娅就不得劲儿。他边用镐备垄边问道："你说奶奶为啥非要给咱姑娘起这么个怪名字呢？"

念云笑道："谁知道呢？哎，不管她了，反正这个孩子是奶奶给的。她说叫什么就叫什么吧！你说呢？"看到兰初明不说话，也就加紧了搂草的速度。

杨思远家承包的地，只有老两口出来干活。老伴儿比杨思远大三岁，已近半百了，看到紧邻河边的肥力不太好的几垄田，没说什么，只是用力地拔草、翻地。一天下来，累得像虚脱一样，晚上回家做饭都不爱动弹了，亏得婆婆已把饭菜热好，她吃完了饭就躺下休息了。

杨思远披衣下地看了老伴儿一眼，对母亲道："娘，我去老林家看看，他家今天地里没人干活儿。"见母亲点头，便推门淹没在夜色中了。

老林是全村有名的孤寡老人，已近六十岁了，患有严重的心脏病。老伴儿是个瘸子，只有一个养女嫁在外地，很少回家。

杨思远走了半个多小时才到他们家。当他推开老林家的屋门时，见他们老两口还没吃晚饭。锅里做的高粱米粥都流出来了，淌了一锅台。他弯腰将锅盖开了一条缝儿，便掀开门帘子进了屋。

老林躺在炕上犯了心脏病。老伴儿在那里抹眼泪。他们正在为春耕没人能下田而犯愁呢，见老书记来了，便像见到了亲人一样热情地打招呼。

当杨思远坐定，老林终于吞吞吐吐地说出了他的顾虑。原来，在公社集体时，自己可以当甩手掌柜的，种子、化肥、农药、春种、秋收、卖粮等都不要自己操心。有病在家休养，无病上班干轻快活儿，现在承包了，所有的一切都需要自己来考虑，哪一样干不到都不行。最后，他看着杨思远带着哭腔道："你说我有病，老太婆又不能出门儿，就像今天，马上要春耕了，别人都在忙着备耕，自己却病倒了。老书记呀，你说田里干不上活儿，能打下粮食吗？打不下粮食，拿什么交公粮，我们老两口这一年可咋活呀？"

杨思远听着老林的话语，心中蓦然感到很惭愧，便默默低下了头。老实说，自己这些日子光考虑村里怎样搞承包了，根本就没考虑到这些问题。他又联想到了老弱病残家庭的耕种问题，像王立诚那样孤寡老人的土地承包问题，五保户的供养问题和第六、第七生产社的承包问题，等等，暗想：虽然是土地承包给个人了，但村两委还真不能当甩手掌柜的，这些问题不是土地承包给个人就能解决了的。

他这样想着，忽地想起老两口还没吃晚饭，便催他们吃饭，并诚挚地说："老林大哥呀，你说的这个情况还真是个问题呀，等我和冯主任开个会研究研究，再向乡里请示一下，看怎样处理好。这几天，你先别着急，好好养病。你的地我先替你种着，不会耽误春耕的。咋样啊？"

老林一听这话，立时感动得眼圈发红，连连说："那就谢谢老书记了，那就真的是谢谢老书记了。"

杨思远拍拍他的肩膀意味深长地说道："这是哪里话，老哥儿呀，说远了。咱们是多少年的交情了。"接着他对老林的老伴儿示意道："嫂子，快收拾饭吧！以后有事找我，叫人捎信儿也行。"

老林夫妻俩看到老书记都已经联产承包了还这样关心他们，心里的阴霾立刻没了踪影，脸上露出了欣喜的笑容。

杨思远趁着夜色来到了冯国英家里，先去西屋看了小外孙女，又来到东屋里坐下。

冯国英正在和志强商量春天地里种什么农作物合适呢，不想杨思远就进门了。他又忙让座又让郑大双倒水，两人对面坐在了炕沿上。

志强一看老丈人来了，亲热地喊声“爸来了”，知道他们有事商量，便起身回西屋里去了。

杨思远见志强已走，便对冯国英把去老林家的事情讲了一遍。

冯国英听后吃了一惊，因为白天自己事情太多，这家找他买化肥，那家找他选种子，把他忙得没太在自己家地里干活儿，当然也就没发现谁出来干活、谁没出来干活儿了。当下他听了老林家的情况，觉得很严重，就和杨思远商量起解决的办法来。

商量来商量去，他们准备成立一个由党员干部组成的志愿组，专门帮助孤寡老人、困难户解决难题，使这些人承包不掉队。

一直到很晚，杨思远才拖着疲惫的身子回到了家里。到家一看，东屋里的灯还亮着，老母亲还没睡，在纳着鞋底儿等着自己，儿子天奇已经进入了梦乡。他便进门坐在了炕沿上，问道:“娘，这么晚了，咋还不睡？”

舒彤奶奶见儿子归来，心中暗喜，便道:“这就睡了。你也回去睡吧！”说着，将正纳着的鞋底儿放到了箱子上，也不问儿子干啥去了，上炕拉开被子躺下了。

杨思远过来给老母亲掖了掖被角，看了一眼母亲刚放好的鞋底，眸色深了深，接着拉灭了电灯，无声地回了西屋。

到了西屋，听到老伴儿打着轻微的鼾声，知道她今天太累了，也不敢开灯，摸着黑，脱鞋上炕躺下了。

第二天，召开了村两委会议，就老林家和村里的弱势群体承包不能掉队的问题，成立了龙水村贫困帮扶志愿组。组长:杨思远;副组长:冯国英;常务组长:冯志强;成员:共青团员和志愿者。当时甄多时承包了鱼塘没有时间参加，所以，舒彤暂且任会计，齐铁柱任出纳。因为他们两个原本就是共青团的会计和出纳。

其实，这个贫困帮扶志愿组就是义务给家庭劳动力弱的村民解燃眉之急的，帮助他们不要误了农时。

当布谷鸟的叫声在山谷里响起的时候，龙水村的村民开始了家庭联产承包的第一个春耕。

自从分田到户以后，人们出工都很早，好像是在攀比着似的，你早我比你更早，有的人天还没亮就起来干活儿了，然后互相问候着、打着招呼，回答的人似乎比问候的人要自豪些。

这日清早，舒彤叫志强做了个木头箱子，里面放上沙子，把地瓜埋在沙子里面，用喷壶将水浇透，便等着出芽了。

近些时日，她记挂着父母家里的农田，知道家里分的田需要多上粪才能长得好，所以吃了早饭，便和志强打了个招呼，背起孩子回了娘家。

回到家一看，父母都已经去田里了，她没进屋，和奶奶打了个招呼又去了田里。看到父亲和年近半百的母亲在田里劳动，不觉上前动情地喊了声“妈”，接过了她妈手里的粪筐快速地撒起粪来。

干到快中午时，粪撒得差不多了，心想自己背着孩子，母亲扶不了犁，可怎么耕种呢。正这样想着，忽听到背上孩子的吭叽声，便解下孩子喂奶。孩子的姥爷和姥姥也上来逗孩子玩耍。

正在这时，一个声音从远处传来：“春柳，我来了。”舒彤一抬头，目光越过近处的田野，落在了远处志强牵着头牛往这边走的画面里，十分动人。等到志强走近了，一看上面还驮着饭，不禁喜从心中来，笑道：“怎么把饭也带来了？”

志强脸上洋溢着幸福的笑容，道：“咱妈说中午叫咱俩就在这吃了好干活儿，还把咱爸咱妈的午饭也一起带来了。”说着，过来用手拨着孩子的小脸蛋说：“春柳，你也来了，啊，也帮姥姥干活来了？你能干吗呀？猪鼻子插葱白儿——装象吧？”

因为舒彤的女儿是春天柳树即将冒芽的时候出生的，志强便给她起名叫春柳。此刻小春柳仰脸看着爸爸，听到爸爸这样说自己，又看到姥姥、姥爷、爸爸、妈妈都在微笑地看着自己，顿时觉得很长志气，便啊了一声，伸出小手就来打志强，逗得在场的人都哈哈大笑。

舒彤一看，赶紧将女儿搂进怀里说道："欸，春柳，跟爸爸玩儿可以，要是真打爸爸，就不是好孩子了。"

小春柳笑容顿失，歪头去看看姥爷，姥爷的嘴唇抿成了个一字冲她点了点头；小春柳又扭头去看看姥姥，姥姥嘴角往上翘着冲她微微点了点头。小家伙儿从大人的表情中认识到了自己的错误，便不好意思地低下了头。

12

一星期后，舒彤栽的地瓜开始发芽了。她每天细心地照料、浇水，长到两星期左右，小苗已长到半尺多高了。于是，舒彤和共青团员们开始在西龙水河西岸的沙滩上栽地瓜了。

舒彤将这些地瓜苗拔了放在了土篮子里，等到她挑着这些苗儿来到地里的时候，老远看见共青团的团员们正在备垄的备垄，刨坑的刨坑，施肥的施肥，干得井然有序。徐根清和他的赤骏也来帮忙了。他们的到来，加速了栽地瓜的速度，这省了大家用镐头备垄的艰难。大家见舒彤来了，抢着把地瓜苗一棵一棵栽到了土坑里，又把水桶里的水浇到了施好肥、栽好苗的土坑里，待水沉下去后，便结结实实埋上了土。

经过了一天的劳动，他们终于把这沙滩三分之一的沙地都栽上了地瓜。大家站在西龙水河岸上，望着这有了生机的地瓜地，喜忧参半：喜的是，他们用辛辛苦苦一年半的时间，终于换来了这片沙滩地能有生命存活的迹象；忧的是，不知这些今日生机盎然的小幼苗能否存活下去？

舒彤带着满脸的汗水激动地看着眼前的这片地，想起了承包那天兄弟姐妹们在关键时刻站出来支持她的那一刻，不觉眼中慢慢浮上了泪光。她知道，没有他们，单凭自己的力量是没有这么大成果的。

她正在那里感慨着，忽听身后有个声音炸起："徐根清，那是咱们四家共同分的马，你凭什么不经大伙儿同意，就到这儿来干活儿？"

大家循声望去，只见是村里最有名的泼辣女人许寡妇，心想，完了，这个女人一出场，不知又有什么好戏可看。

这许寡妇三十岁左右，生得脸红体胖，中等身材，丈夫在五年前生病去世，自己带着两个孩子生活，很是艰难。更主要的是，原来大队和生产队里的领导都觉得她是个寡妇不容易，处处照顾她，使她慢慢由原来的温柔体贴变得泼辣不讲道理，只要稍有不对自己心思的事，便大喊大叫。

此时，她见大家都在看着自己，便两手掐腰对徐根清喊道："喂，老徐头儿，我说的话你没听到吗？"

徐根清听她这样说，眼角斜了她一下，慢条斯理地说："你家的地我不是已经给你耕完了吗？"

"你少给我扯犊子。耕完了咋的？咱们四家的马，你自己一个人就说了算了？这匹马也有我一份儿，那马需要休息，不能给别人干活儿。再说承包了，给谁干活，他得拿钱，不能白干。"

"舒彤他们这是为咱村做好事。我趁今天闲着过来帮帮他们也不过分。"

"行，你愿意帮，叫他们拿工夫钱儿。咱四家分。"

齐铁柱一听火往上撞，高声道："我们也不挣钱，哪来的钱给你？"

许寡妇听到齐铁柱这么说，骂道："小王八犊子，老虎不发威，你拿我当病猫呢？没钱就别用呀。你等着天上掉馅饼啊？"

齐铁柱从地上抄起一根扁担，也回骂道："你骂谁是王八犊子？你那俩崽子才是小王八犊子呢。"

这许寡妇一听一个晚辈这样骂她，一点面子都不留，吃不住劲了："小兔崽子，瞧你那独性样儿，难怪你妈只生你一个独种。"

"你好，年轻轻就守寡，一看就是败家老娘们儿。"

这许寡妇今天可真是遇到吃生米儿的了。她一看齐铁柱拎着扁担一句不让，有些打怵，便转移了方向，对着徐根清大喊："你要他们给你工钱，否则这事不能算完。"

舒彤一看忙过来劝道："许婶，我们给你工钱，你别吵了。你看多少钱合适？"

许寡妇双手掐腰，合愣了几下眼睛，带气说道："怎么还不得一百块钱哪，一家才分二十五块钱。"

这个数字在当时也是一般人家拿不起的，小青年们一听就炸了锅，纷纷说许寡妇这是讹人。

当下徐根清高喊了一嗓子，坚决道:“不用他们拿，是我愿意来的。一分钱不要。”

“你不要钱,不好使。今天我就把马牵回去。”说着,上来就抢赤骏的缰绳。

徐根清被她猛一推,一时失重,立马滚到了河堤下面,脸上顿时就鲜血直流,裤子也剐破了,爬了几下都没爬起来。

赤骏一看主人受了伤,冲着许寡妇就尥起了蹶子,把个许寡妇踢倒在地,气得她是坐在地上哭爹喊娘骂祖宗。

大家赶快把徐根清扶起来送走,那赤骏不用人牵,带着缰绳低头默默地跟在徐根清后面去了卫生所。徐根清包扎完了,心酸地牵着赤骏回了家。

再说许寡妇,没人理她,都跟着徐根清去了卫生所。只有舒彤不好意思不管,过来扶起她,发现她已经站不起来了,脚脖子崴了,肿得老高。

舒彤只得背起她往回走。可是舒彤瘦弱,许寡妇体胖,舒彤哪里能背得动她,背了一会儿就大汗淋漓,只得放在地上休息,过一会儿再背上走,天快黑了也没背回家去。

冯国英听到了许寡妇闹事的事,知道只有舒彤一人留下,便叫甄多时领着人抬着担架去接她们,这才把许寡妇抬了回去。

许寡妇在路上没敢吱声,她怕把舒彤惹急眼了将自己扔在野地里不管,等看到担架来了,便放声大哭,说徐根清和舒彤他们合伙儿欺负她,活不了了,要自杀。

甄多时看到许寡妇那个样子感到十分厌恶,但他一想到这事与舒彤有关,便来了精神,忙堆下笑脸阴阳怪气地对许寡妇说:“你怎么叭瞎呀,你说堂堂一村党支部副书记和堂堂一村党支部书记的姑娘能欺负你？”

许寡妇似乎是从甄多时的话里听到了弦外音,哭得更厉害了,一边哭一边说:“我叭瞎,这么大岁数叭瞎不砢碜死呀？”

甄多时看看火候已到,又贴近许寡妇的耳边说:“回去找杨书记,他会处理的。”

那许寡妇心领神会,一路上哎哟着回家了。

第五章 暗流涌动

13

郑大双站在舒彤钉的小木头盒子前，看着刚冒出来的、绿莹莹的辣椒苗儿很是高兴。老实说，她很喜欢这个儿媳妇，既勤快，又孝顺，脑瓜儿还灵活。

自从修小水电站后，每当她和志强去县里开会都带回来几匹布料，在村子里卖了赚钱，使得村里的大姑娘、小媳妇大都穿上了的确良和涤卡衣服，基本用不上布票了。还给家里买了辆飞鸽牌自行车，又给丈夫买了块手表，现在又在搞地瓜实验田，把家里准备栽的辣椒和茄子苗儿都培育好了，每天早起晚睡，孩子、农田两不误，不用她操心。更为重要的是，她现在把布料进回来交给了郑小双代卖，每月给郑小双开支，卖多了还提成，这也解决了妹妹的生活问题。

她正这样美滋滋地想着， 就感觉到那辣椒苗儿不对劲儿，有种反胃的感觉，也没多想，便回外间做饭去了。谁想等到炒菜的时候，刚把油放到了锅里，就觉着有一股油腥味儿直冲脑门儿，便急忙跑到院子里吐了起来。吐完之后，她开始纳闷，我这是得了什么病呀，怎么这个症状这么熟悉呢？这个念头刚一闪，又打消了，都多大岁数了，怎么可能？她这样责备着自己，勉强做好了午饭。

正在这时，郑小双领着甜甜进了屋门，看到郑大双脸色煞白，问道：“姐，你这是怎么啦，脸色这么难看呢？”

郑大双正吐得无精打采，忧郁地说：“谁知道呢。无缘无故吐得稀里哗啦的。”声音越来越没底气。

郑小双一听，提高了声音问道：“吐得稀里哗啦？”

“是呀，在那里看舒彤栽的辣椒苗儿，就忽然感觉恶心了。”

“不会是有了吧？”郑小双有些惊喜地问道。

“去你的，没正经，都多大岁数了？”郑大双不高兴地堵住妹妹的嘴道。

郑小双推了推姐姐说：“多大岁数了，我们村里有个四十七岁的还生了个儿子呢。你才四十五虚岁怎么就不能生？”

郑大双听了妹妹的话，吓了一跳，忙吃完了饭，和小双一起去了周显田妈妈家。等到出来时，她的脸上洋溢着灿烂的笑容。

到了做晚饭的时间，郑大双一看到锅就想吐，晚饭只好由郑小双来做了。

到了晚上吃饭时，郑小双委婉地说了姐姐怀孕的事，羞得冯国英饭没吃好就下桌了。志强一听，也觉得不自在。儿子的孩子都过周岁了，当妈妈的却怀了孩子，等生下来怎么叫？可看妈妈根本没有要打胎的意思，这可怎么办呢。舒彤听了郑小双的暗示，很觉意外，更是不知说什么好了。

晚上，郑大双躺在炕上，欣喜异常。她想：老天真是长眼哪，截住都已经十二岁了，又让她再怀上了孩子，如果这个孩子是个男孩儿，那舒彤二胎再生个什么孩儿都无所谓了，否则冯家就要断后。她翻了个身，看丈夫似乎是不太热心，便将手搭在了冯国英的胸前，“哎”了一声。

冯国英听见妻子叫自己，不得不“嗯”了一声，说了句：“明天再说吧，孩子们在呢。”

郑大双勉强抑制住喜悦的心情，辗转反侧，一直到后半夜才合上了眼。

次日，冯国英早上没有出门，等大家都走了，便微笑着到妻子对面坐在炕沿上，说道：“大双，你怀了孩子我真是高兴，可现在搞计划生育，一对夫妻一对孩儿。你虽然是怀孕了，恐怕是上面不允许生啊。”

郑大双正在兴奋之中，没明白丈夫的意思，急问道：“怎么不能生？计划生育是近几年的事。咱们并没有在计划生育的年份里生过孩子，前几个都不能算数。”

冯国英听了妻子的回答，苦笑道：“那咱们还是一对夫妻一对孩儿吗？咱们是一对夫妻俩对半孩儿了吧？超了多少啊？”他耐心地引导着妻子。

郑大双执拗地说道：“我不管，反正我要生下这个孩子。我感觉这次反应和怀志强时一个样。我的感觉不会错。”

冯国英站起身来，在妻子的面前站定，弯腰低头看着她，温言道："我难道不喜欢咱们的孩子吗？别说是男孩儿，就是女孩儿，我也十分喜欢。"他动情地说完，想了想又补充道："可是，咱们国家的人口太多了，地是有数的。这么多人口没有地打粮食，吃什么呀？这就是国家为了保证咱们这些人过上好日子而制定的国策呀，咱不能违背，你说呢？"

郑大双听了这话，心中不悦道："国家人多也不差我这一个，要是从截住往后又接着生呢，还不是一样？再说啦，我这辈子最遗憾的就是只给你生了志强一个儿子。现在舒彤的第一胎又是个丫头，如果第二胎再生个丫头，那咱老冯家可就要绝后了。因此，这个孩子我一定要生下来。"

冯国英听妻子这样说，心中苦涩，知道很难做通她的工作，无奈道："大双，你这样做，叫我今后怎么在村里做人哪，还怎么当这个村主任。咱们都这么大年龄了生孩子，不怕叫人笑话吗？"

郑大双听冯国英这样说，十分惊愕，这才明白丈夫根本就不希望她生下这个孩子，顿时好似满腔热血被一盆冰水浇下。她结结巴巴哭诉道："你，你，这么大年龄了，是谁上赶着谁的？你到现在说这样的话，是谁丢人的？"她越说越难过，竟在那里抽抽搭搭地哭起来了。

他们结婚这么多年来很少红脸，更别说把生孩子说得这么不堪。她忽然觉得丈夫是那样狠心，那样不通情达理。她认为丈夫是为了当这个村主任才不要自己的孩子的，于是，霍地站起身来，抹了把泪水，决绝地打开箱子往外拿衣服："我离开这个村子，咱们离婚，就不会连累你了。"

冯国英没料到郑大双竟然这么执着，计划生育搞了好几年了，好像在她这里跟没发生一样。他知道再说下去会更糟糕，便急忙说："你上哪儿去呀？小双还在咱们这里呢。"他见妻子停下了拿东西的手，便上前将她手里的东西拿过来重新放到箱子里道："你先别走，咱们商量商量再说哈。"

郑大双听丈夫这样说，以为他同意生下这个孩子，也就坐在炕沿上不吭声了。

快到中午时，冯国英看舒彤背着孩子回来做饭了，就心烦意乱地出了家门。才走到自家地头儿，就见一户农民将他拦住，说是王小虎欺负他，把自家水田里的水放到他家的田里去了，淹了他家的田。他一听，心想：王小虎怎么也不注意影响，和村民发生什么争执呀？等他跟着这来告状的村民到他家的地里一看，却不是这么回事。

原来，王小虎和这家村民的稻田地是挨着的，现在的季节是泡田插秧。泡田的水主要来源于龙水河上游的水，水被引到稻田地的上游，是经过各个水池依次往下游灌溉的。王小虎家的水田正在这户村民的上游，所以水田里的水在泡满之后，就要经过他家的水田流向下游人家的水田，才能将各家水田泡满，然后插秧。

王小虎见这户村民不让自己往下游放水，此时自家的水田已经淹满，只得把龙水河流向稻田地里的水流全部截住，否则，水会淹没了王小虎家以上所有的水田。但是，截住了龙水河的水，所有的水田就都不能插秧了。因此，所有种植水田的村民也都在那里焦急万分，一筹莫展。

王小虎和在场的村民一看村主任来了，都围过来七嘴八舌地说这件事儿。冯国英并没回答他们，而是问身边告状的村民，说："你家田在他家下游。他也不是故意淹的呀。"

"那咋整？我家现在没空弄水田，放进这么些水，地不就板结了吗？"

冯国英笑道："水稻是耽误不得的。咱东北这个地方，无霜期短，不插六月秧你不是不知道。六月以后插秧，稻子上不来呀。"

那人说道："不管咋样，我就是不想让他水田里的水在我家田里过。"

王小虎趁机说道："那咱俩换过来吧。你田里的水从我的田里过，行了吧。"

那村民仍然摇头。冯国英正在纳闷，没分地前，他也是第一生产队的队员，怎么就和原队长王小虎过不去呢。这时，只听王小虎说道："你不就是因为以前上工迟到我扣了你几次工分吗？也没多扣，每次只扣一分，还至于你记仇呀？"

那村民立即说道："对呀，没想到吧？我也没想到，你没能管我一辈子。现在，好了，你得求我。你求我，我就让你放，要不拿钱也行。"

冯国英听出了这事儿的缘由，不由得劝道："哎呀，这是多大事儿呀，都过去了，快别记着啦。行啦，插秧要紧，快放水吧。"

"不行，他要是敢放水淹了我家的田。我就让他包赔。"

其他村民一看，这人怎么这么耍赖呀，便七吵八嚷纷纷拿着铁锨去到王小虎田里的出口处将水口挖开了。水顺着出口涌到了那村民家的水田里。大家又去把那村民家水田下游的出口处也挖开了。接着，有几个人跑去把龙水河流向稻田里的进口也挖开了，整片稻田畅通了，开始了灌水。

这下可把那村民气坏了。他瞪圆了眼睛、气急败坏地拿起铁锹就开始朝着在场的人抡了起来。

王小虎一看有人要受伤了，便一个箭步蹿上去将那村民摁倒在地上，抢下了他手里的铁锹。几个年轻力壮的男人也上来帮忙。那村民气得在地上瞪着眼睛骂道："王八犊子，王小虎，我跟你没完！"

正在这时，杨思远见水田这边一堆人围在一起，不知在干什么，便放下镐头过来看看。

大家一心都在这村民身上了，没发现老书记的到来，只听杨思远一声："都干什么呢？"便自动闪开了一条缝儿。

杨思远看到的是王小虎正用手摁着那村民呢，便严肃道："小虎，放开他！"

王小虎一听是杨思远的声音，便马上放开了那村民。

那村民站起身来抓起了铁锹就向王小虎劈来。只见杨思远往上一迎，这铁锹就结结实实地砍在了他的左腰间。

一切来得太突然，大家还没反应过来，就见杨思远已经跌倒在地，用手捂着腰，双眉紧蹙，两眼紧闭，站不起来了。那村民一看砍的是杨书记，慌忙蹲下来哭着大喊："天哪，杨书记，怎么砍了你呀？"

杨思远此时说不出话，浑身疼得像筛糠似的直哆嗦。

冯国英赶快叫人将杨思远抬到了卫生所，初步检查了一下，腰间已经青了，肿得老高，好像是有一根肋骨断了。

冯国英又让大家把老书记抬到了接骨大夫王立诚家。经王立诚再次确诊，说至少有两根肋骨骨折了，好在并没伤及肺部。考虑到他已经过了四十五岁了，有突发情况的可能，当晚不让回家，说要观察观察才能回去。于是开了接骨的药给他吃了，又在腰间贴了药，忙到了晚上，这才开始做晚饭。

等冯国英回到家，舒彤这才知道了杨思远受伤的事情。吃了晚饭，冯国英和郑大双他们马上去了王立诚家。

舒彤听到这个消息，心中难过得总想掉泪，晚饭没吃几口便回到家里。舒彤妈已经知道了此事，此刻正在无心地嚼着口里的饭，见舒彤进门，忙摆手示意不要让奶奶知道。

舒彤只得装作回家看奶奶，见地上簸箕里有未扒完的苞米，便坐在那里扒着苞米和奶奶聊了会儿天儿,又给妈妈使了个眼色,起身出门去了王立诚家。不多时,舒彤妈也来到了王立诚家。

杨思远见大家都来了,便抬起右手轻轻摆了摆,示意王小虎他们回去吃晚饭。

舒彤妈见屋里站满了人,老伴儿侧卧在那里,腰上缠着白花旗布,眼皮浮肿,甚至连说话都不敢喘气。她对这飞来的横祸一时接受不了,呜呜哭了起来。郑大双和舒彤她们急上来劝解。

杨思远本想劝劝老伴儿,刚要张口,疼痛就淹没了他,不觉咬紧牙关一声不吭,豆大的汗珠立即从脸上滚落下来。

舒彤妈一见,忙拽了条毛巾在他的额头上擦拭,再也不敢哭出声来。很晚了,舒彤妈叫大家回去休息,自己留了下来。

第二天,冯国英种完了豆子,坐在地头休息,脑子里乱作一团。几天时间,发生了这么多事儿:大双意外怀孕,许寡妇大闹共青团,村民打伤老书记,哪个都似乎有理。他不明白突然间他们好像都变了,变得自私不可理喻。就拿自己的妻子来说吧,明明已经超生,却还振振有词,非要生下这个孩子,弄得他不知怎么办好了。

蓦地,他突然有了主意,站起身来,去到了宋大梅的地里。宋大梅正和丈夫在谷子地里封掩,看到村主任来了,走到地头,忙问有什么事儿。

冯国英心事重重地把这几件事儿都对她说了。宋大梅听后吃惊道:“嫂子怀孕了?”看到冯国英抿着嘴点头,便心里明白了,村主任找她这是为了郑大双怀孕的事儿。她劝了冯国英几句,最后说:“上级对计划外怀孕抓得很严,罚得也很厉害。我明天去做做嫂子的工作吧。”

第二天,宋大梅去了郑大双家里。刚一进门,郑大双就明白怎么回事了,也不说话,也不让座,坐在炕沿上都没起身。看到宋大梅自己坐在了炕沿上,她冷冷地问道:“谁让你来的?”

宋大梅嘿嘿笑了两声,讨好地说道:“我给嫂子道喜来了。”

郑大双吃惊道:“你不是来劝我打胎的?”说着,站起身来,走到宋大梅跟前站定,疑惑地问道。

“那这么说你去打呗?去县医院打,条件可好呢。我陪你去!”宋大梅看着郑大双,狡黠地说。

“你这是给我道喜?你这是黄鼠狼子给鸡拜年——没安好心。”

“哎，哎，打胎是你说的啊。我可没说哈。我怎么倒成了黄鼠狼子了？”宋大梅眯眼笑微微地看着郑大双，用手拍了拍裤脚儿上的灰尘。

“那，你真不是来劝我拿掉孩子的？”郑大双现在弄不清宋大梅到底是干啥来的了。

“不是，真的不是。但是，嫂子，既然说到这儿了，有句话我还真不得不说。如果你生了这个孩子，别说冯主任的村主任干不了，光是罚款你家也拿不起。你想想，要是冯主任被撤职，还能在村里待吗？志强和舒彤又咋能在人前抬起头来？你已经儿女一大群了，何必找这个麻烦呢？”

郑大双听到这里，打了个哏儿，思索了半天，道：“那，我想想啊。”

宋大梅见事情有了松动，不觉心内有些暗喜，便与大双告辞，拔腿去地里继续种她的谷子去了。

一星期后，许寡妇来到了杨思远家，见杨思远躺在炕上，迟疑了一下，便向杨思远告状，说徐根清和杨舒彤欺负她，说以前老书记对她怎么怎么好什么的，说着说着抚腿大哭起来，让杨思远做主。

杨思远当场找了徐根清、舒彤和齐铁柱对证，明白了事情的真相。他看许寡妇咬着让徐根清赔钱这事不算完，便对许寡妇说：“这样吧，你们俩身上都有伤，我看互相抵消吧。你看呢？”他看许寡妇点头同意，又接着说：“他养着马，有主动权。既然是你们四家的事，那你们也该轮流养养吧。你明天把马牵回去先养两天，然后你想帮谁就帮谁，也不用给他们钱了。这样合理吧？”

这许寡妇眨巴了几下眼睛，盘算着怎么办好。心想：我也不会养马呀，可是又没有好的理由反驳。就在这时，徐根清说这马他不养了，谁愿意养谁养，他要退出这个组，让他们明天来把赤骏牵走，省得以后惹麻烦。

杨思远一看这是最好的处理方法了，也就表示赞同。许寡妇一看没辙了，回去和其他两家商量，其中一家的男主人说牵回来试试吧。

谁知这赤骏被牵回他家以后，白天不吃草，夜里大声鸣叫，拽得马棚訇然作响，一家人几夜睡不好觉，没办法，又把马送回到徐根清那里去了。

徐根清看到几天下来就毛干体瘦的赤骏，心疼得差点掉下泪来，忙拿了草料来喂，然后对来送马的人说：“马是你们送回来的。以后，我给你们干完了活儿，想咋样就咋样。不然你们就牵走吧。”

那送马的人忙点头同意，回去对许寡妇说了这话，许寡妇苦笑了一下，心想：他都养不了，我哪有那本事，只得点头默许。这事也就不了了之。

14

因村卫生所没有了止疼和补钙的药物，所以在杨思远受伤的第二天，志强和显田便开着拖拉机去了县里，买回来了上好的消肿、止疼和补钙的药物，再加上王立诚给开的接骨药，已经综合治疗一个星期了，成效很大。

这天晚上，舒彤奶奶正在给儿子贴药，只听吱嘎一声，屋里进来了一个探头探脑的人。舒彤妈正在给杨思远熬鸽子汤，转身一看，正是砍丈夫的那个村民，便警觉地瞪大了眼睛迟疑了一下，但多年当书记夫人的修养，使她还是招呼他进屋里坐下。她跟进来接过婆婆手里的药给丈夫重新贴好，然后看看没什么事才和婆婆去了东屋。

那村民将饼干、罐头等食品放到了箱子上，满脸愧疚地来到杨思远面前，扑通一下跪在了地上，涕泪纵横地向杨思远道歉。大概他也知道自己这一锹，老书记可能三四个月不能下地干活儿了，更重要的是，自己可能因此要受到法律的制裁。

杨思远见这人跪在那里哭，便急叫他起来，无声地叹了口气说道：“早知今日，何必当初？你这是何必呢？”

那村民站起身来，带着满脸泪痕坐到了老书记的跟前，懦弱地说道：“我想看看您的腰。”

杨思远拒绝道：“算了，刚贴完药，还得拿下来。”

那村民听后讪讪道：“老书记，以后你家的地我替你种了吧！”

杨思远淡淡一笑，道：“这个不急。你先说说，你为什么不让王小虎水田里的水从你家的田里过？难道你要让那水从天上飞过去？”杨思远的声音越来越低沉，“你的心胸真就狭窄到永远纠缠在那几个扣的工分上？别说你还错了，就是不错，你活到这个岁数，心胸就值那几个工分钱？”

那村民摇了摇头，瞬间泪水就来了，抽泣着说：“不是，老书记，不是，是王小虎说他要整治我一辈子，就是大包干儿了也不放过。”他隔着蒙眬的泪帘瞥了一眼老书记，补充道：“所以，我，我一时来了气，心想都承包了，各干各的了。你还不放过我，就……”

杨思远眉头一皱，吃惊道：“他什么时候说不放过你的？这事咱还真就不能算完。”

“哦，这，这……”那村民说不上来了，最后狠了狠心说道，“反正是他们村委会的人说的。”

杨思远顿时明白了一切，由衷地说道：“耳听为虚，眼见为实。可你知道吗，有时眼见都不一定为实。如果你不相信，可把王小虎和对你说这话的人叫来一起对质，看看我说得对不对？”他看对方低着头不再坚持，就感慨地说：“据我看，王小虎是说不出来这样话的。你们一个生产队那么多年了，你还不了解吗？”说到这里，他喃喃自语：“人啊，做事可千万要经脑子。”

老书记的最后一句话，如同警世通言，在那村民的心里引起了震惊，使得他坐也不是，站也不是，竟在那里垂手侍立。

杨思远趁热打铁，眼睛望着远方，道：“俗话说：‘人不亲，土还亲。’难道你和王小虎不是一起喝龙水河水长大的？你们不是靠着这块土地祖祖辈辈在这里生活的？你怎么能够下得去那么重的手？这是要负法律责任的。你难道不知道吗？”

这村民听到这里，是悔恨交加，再也说不出一句话来。他知道老书记已经知道了一切，后悔那天不该那么莽撞，更不该听从别人的话去和王小虎及所有承包水田的人作对。他只求村两委不要把他送到派出所去。他正在那里悔恨担忧，只听一个声音从耳边飘来：“你回去吧！记住教训！”他吃惊地猛抬头看着严肃深刻的杨思远，见老书记用下巴指着他拿来的东西，“拿回去吧。你也有老娘。”

那村民像获得了特赦，从箱子上抓起袋子，一迭声的“谢谢”，出了房门急匆匆走了。

他走后，杨思远陷入了沉思：为什么最近会接二连三地出事呢？

不多时，冯国英来了。杨思远看到一向持重的他脸上冷如凝霜，知他心里压力很大，并没有点破。两人就最近所发生的事情总结来总结去，觉得主要是集体经济时，村民的利益集中在大队和小队里，干部们能够决定村民们的工分和福利，也就是直接分配，集体对每个人的约束力很大。现在承包了，每家的利益由自己决定，约束的力量就小了。集体经济时，出现什么事情，大家以为反正是集体的，与自己无关;现在承包了,每一件小事都与自己的利益相关,因此人们变得计较了,矛盾百出,出现了一些失控的局面。

他们共同觉得,提高村民的思想觉悟是主要的。除此之外,杨思远还隐隐约约感觉到,有一种无形的力量在左右着龙水村。他陷入了深深的沉思之中,难道真的是他?

这事后来被乡里知道了,李书记带着人来到了龙水村处理此事。按照情节的严重程度,那村民应被刑拘,但杨思远考虑到他家的生活情况,况且对自己是误伤,没有让李书记把人带走,只是让他承担了医疗费和误工费。

龙水村村民把村支书砍断了两根肋骨这件事在全乡引起了轰动。李书记就此事在全乡召开了大会,以防此类事件再次发生。

这日,舒彤忧心忡忡,不管春柳怎么打溜须要她抱,她也无心理她。她知道爸爸的腰在三个月之内好不了,便和志强商量想把卖布的摊子交给郑小双管理,地瓜地交给齐铁柱管理,自己早上和上午去帮妈妈和林伯伯种地、铲地,下午和晚上在自己家里干活儿。

志强一听,这哪能行?便诚挚地劝道:“你也别上午下午了,我和你一起干吧!”说着话,听见女儿在背后叫爸爸,便抱起春柳去了东屋。

此时,宋大梅正在东屋里坐着呢,她要给二十二岁的冯巧珍介绍个对象,对方是城里的灯泡厂工人。三年前,这人就曾托宋大梅介绍过,因此,巧珍不是不熟悉。

原来,巧珍听说宋大梅在城里的亲戚给她介绍了个工人,很是高兴。那时,她还没有到学校当代课老师,便跟着宋大梅去了城里的灯泡厂相亲。

进了灯泡厂的厂房门一看, 每个炉子旁有三四个工人, 都拿着一根一米半长的、像手指一样粗的铁管子,围着个像炼丹炉一样的炉子,炉子里烧的全是玻璃料儿。工人们将铁管伸进炉里取出玻璃料儿,一头放在像模子一样的、半圆弧的模具里,另一头用嘴对着铁管子在那里转动着吹,不多时,灯泡就做成了。微弱的灯光下,每个工人的嘴唇都是紫色的。

巧珍大吃一惊,啊,原来灯泡是这样做成的。她的心极其不好受,等到那工人来见她时,她看到他紫色的嘴唇什么都没说,便拒绝了。

没想到的是,三年过去了,这人仍然没忘巧珍,又托人来说媒。巧珍只好以去城里生活不习惯为由拒绝了。

宋大梅没好意思当时就走，聊了会儿天儿才起身告辞。

志强趁妹妹休息，便让巧珍帮助带孩子。他回去和舒彤去了杨思远家的地里。

志强和舒彤扛着锄头来到岳父家的地里，看到地里长出的杂草很茂盛，便拉开架势开始铲地。

休息时，舒彤坐在锄把上，望着父亲地里种的苞米、大豆、高粱、小豆、谷子几种作物很是齐全，还栽了两垄土豆，便对志强说："你看咱爸种的作物还挺全的呢。"

志强并未停下手里的锄头，汗水已经将他脖子上的白毛巾湿了一大片。他不敢停歇，怕铲不完今天的任务，活计会无休止地延下去，耽误了农时。听到舒彤这样说，笑道："是呀，爸这是按照家里所需种植的，真是齐全。不像咱家，尽净种苞米和大豆。咱爸说这两样在市场上值钱，卖了买别的划算。"

舒彤笑笑，道："也不是没道理。"然后望向远处，只见念云背着孩子在铲地。念云看见舒彤在这边歇息，便过来坐了一会儿，和舒彤讲了干爹的腰病，又去继续铲地了。

舒彤呆呆地看着念云渐行渐远的背影，想着她的孩子亮晶晶的眼睛很是可爱，不觉长舒了一口气，只听志强道："我真不明白，兰初明怎么忍心让她一个人天天在地里干活儿。"

"谁知道呢，也可能是他去做了别的。咱也不敢问。"舒彤说着，便起身去到豆子地里接着铲地去了。

还真叫舒彤说对了。兰初明此刻正在自家的房前屋后开小片儿荒呢。他觉得分的土地不够种，就从自家开始往外扩展。他把第一批开的新地全种了苞米，第二批开的新地全种了蔬菜。他瞪着一双贪婪与知足交织的大眼睛，反复地看着自己的杰作，吐了口唾沫在手上，准备开始开第三批新地。他想把这批地晒晒秋天种白菜、萝卜，因为种别的时间上已经来不及了。

村里人有看见他开荒种地的，也都效仿。过了几天，西龙水河西岸的山坡上，出现了很多人影你争我抢在开发新地。

舒彤也给爸爸家开了一片地，看到这片新开的土地比较贫瘠，便和志强在这里种上了糜子。为了抢时间干活儿，她把自己的大辫子剪掉了，此刻，正甩着齐肩短发欣赏着自己新种的糜子地呢，暗想：要是爸爸腰好了，知道了该多高兴呀。

一波未平，一波又起。冯国英本来和杨思远定的村委会议还没来得及召开，又有村民陆续找上门来，说这家的马踩了他家的苗，那家的牛踏了别人家的庄稼，还有把地的分界物往人家地里挪动的，真是五花八门。

每次村民来找冯国英处理事情，他都带上王小虎，因为王小虎是治安员。自从上次他在杨思远家共同找出了根源之后，便深深懂得任何一件事情的发生，都是多方面原因造成的。有些事情急不得，重新捋顺需要一段时间，特别是老书记在家休假期间，事情宜稳、宜缓处理。另外，他想：也要把问题下放给各社长，哪个社出的事，就由哪个社长处理。

他先是召开了村委会，讲了最近一段时间内村里所发生的事情，总结了经验教训，同时要求每一个成员都要严格要求自己，并建议搞一个比学赶帮竞赛，这样可以把村民的注意力吸引到发家致富上来。

散会后，大家积极响应村委会的号召，分头准备比学赶帮竞赛内容去了。

在比学赶帮竞赛大会上，舒彤介绍了在种地之余开布匹行批发布料的经验。徐根清介绍了马的特性、马与人的情感交流以及养马的经验。王小虎介绍了各种农作物的搭配耕种方法。第七生产合作社社长程亮介绍了自己种黄烟的经验。

渐渐地，村子里的正气有所上升，乱七八糟的事情少多了。人们发现，在老书记不能出来工作时，村主任少了几分亲切细腻，多了几分威严果断。

一天，第六、第七社社长来找冯国英，说是看到其他五个社承包后农民的积极性很高，也要搞承包。

这样，冯国英晚上和杨思远商量了一下，次日叫马正仁、王小虎和甄多时去配合这两个社长丈量了土地，做好了前期准备工作，一个星期后分了青苗。

这样，龙水村的七个生产社就全部实行了家庭联产承包责任制。

15

对冯国英而言，尽管其他事情都解决了，可最难缠的问题还是没有任何松动的迹象，那就是郑大双仍然没有要打胎的意思，这使得他是更加心烦意乱。

宋大梅来了几次的结果是：宋大梅在这里，郑大双答应得好好的；宋大梅走了，郑大双像没事人一样。宋大梅也真是没了办法，最后说："实在不行，就骗她去吧。"

冯国英听宋大梅这样说，心情是更加郁闷。他几次想让志强和舒彤劝劝妻子，可怎么都张不开这个口。

这日，冯巧兰突然回家，把孩子往炕上一放，坐在炕沿上斜着身子冲着妈妈笑。

郑大双正心情烦躁，见巧兰对自己笑，没好气道："笑什么笑？"

巧兰伸手招呼儿子道："来，福平，快来叫姥姥！"话音刚落，她的儿子来到她的跟前抱着她的脖子，回身看着郑大双笑而不言。

郑大双一把抱过小家伙儿，说道："没良心的，真是'外甥是姥娘家的狗，吃完喝完就走'。怎么又不理姥姥了？"

只听巧兰对儿子说道："快叫姥姥，要不你在这里姥姥不给你做好吃的了。"

郑大双听了这话一愣，问道："怎么要把孩子放到这里。你干什么去？"

巧兰脸一红，道："我怀孕了，要打胎，求妈帮我看几天孩子。"

"怀孕了就生下来呀，干吗要打掉呀?你才一个孩子。"郑大双眉毛往上一挑，提高了嗓音说道。

"不行的，妈。城里实行的是一对夫妻一个孩儿。如果我生了二胎，大田的工作就没了。"

"那你回家来生，他们不是就不知道了？生完我给你养着。"郑大双胸有成竹地做了保证。

巧兰听妈妈这样说，哭笑不得，循循善诱道："不行呀，妈，户口怎么落，没有户口孩子怎么上学？我们不能生下孩子让他在这世上遭罪吧，所以，有福平一个就够了，好好地培养成人，也不错。城里好多都是女孩的人家，也是一对夫妻一个孩儿，没有超生的。"

郑大双听巧兰这么说，如同惊雷，木讷地笑了一下，道："天哪，我也怀孕了，好像是个男孩。"

这回轮到巧兰吃惊了："啊，妈，真的吗，多长时间了？"

"已经两个月了，每天难受得要死，只有吃点酸的才好受些，和怀你哥时一个样儿。"

"那，管计生的没来找你做工作？"郑巧兰张大嘴巴惊诧地问道。

"做了，我不听。现在月份小，等月份大了，我想到你那里去生。"郑大双说着，松开了抱外孙子的手。小福平起身来到了妈妈怀里。

巧兰伸手抱过儿子，急忙阻止："那可不行，妈，我们那里更紧。让人家知道了对大田也不好。还是做掉吧，要不将来落不上户口，上不了学，你想让他一辈子种大田呀？”

郑大双此时失望极了，声音颤抖地问道：“难道，真的要走这条路吗？”她吃惊地看着女儿的双眸，泪水霎时模糊了双眼。

巧兰十分心疼母亲，看着母亲略微憔悴的泪脸，不知如何是好。她从小就知道妈妈喜欢男孩，更知道这男孩是为爸爸生的。妈妈常常说，她这辈子是为爸爸活着的。这样的一种痴情，叫她说什么呢？

她站起身来，走到妈妈身边，将妈妈的头搂进怀里，声音中满是真挚道：“妈，现在观念变了，生男生女都一样。你看我嫂子，多能干哪，既顾了咱这个家，又顾了娘家的家。你能说她比男孩儿差吗？”

郑大双轻轻长叹了一声，自言自语道：“女儿嫁出去都跟了别人的姓，能一样吗？再说，有几个能比了你嫂子的？”

郑巧兰一听，双手扶在母亲的肩膀晃着，故意撒娇道：“妈，你这是对我们姐儿几个都不满意了？”

郑大双白了巧兰一眼，道：“去，别在这儿气我。”

晚上，冯国英回到了家里，看到巧兰来了很是高兴。小福平倒是和他很亲，经妈妈的引导，走上前来叫姥爷。冯国英看到胖嘟嘟的小外孙甭提多高兴了，抱在怀里亲了又亲，弄得孩子在他怀里咯咯地笑。

吃过晚饭，巧兰将孩子留在东屋里，过来与哥哥、嫂子商量着怎样能做通妈妈的思想工作。

次日，一抹阳光斜斜地照进玻璃窗内，炕上的高粱篾条炕席早已被带着漂亮花纹的炕革所替代。郑大双昨晚一夜没合眼，反复回想着丈夫冯国英、妇女委员宋大梅和大女儿巧兰的话语，权衡着孩子生下来的好处与坏处。至天亮时，她做了个梦，梦见一个小男孩在她面前哭泣，一梦惊醒，不知凶兆还是吉兆。早上，她勉强喝了半碗粥，无精打采地坐在炕上望着窗外出神，阳光照在她那蓬松的双眼皮上，由于阴影的作用，显得格外衰老。

舒彤进来坐了一会儿，看着婆婆丰满的双颊塌了下去，想起自己结婚时婆婆的年轻貌美和风姿绰约，不觉心中一阵酸楚，眼中涌出泪来。知道此时自己想要说的话是怎么都说不出口了，便捂着嘴回了西屋。

巧兰看到舒彤进门后的状态，知道她做不了这个工作，只好无奈地看着志强，带着哭音说道：“哥，你去吧，不能再拖了，月份越大，对咱妈的身体伤害越大呀。下决心吧。”

志强摇了下头，抿了抿嘴唇，咽了口唾沫，出了西屋门，轻轻掀开蓝底白花的门帘儿，低头来到了东屋。看到郑大双在那里发呆，便坐在了炕沿上，将脸凑在郑大双的耳边，低低叫了声：“妈。”

郑大双猛地回过头来看着儿子。母子间四目相对，郑大双的眼泪就似小泉眼一样无声地淌下来。自从她怀孕知道了丈夫的想法后，就躲着不见任何人，也不与任何人沟通。她怕他们劝自己去打掉孩子。此时，她知道儿子想说什么，却不知如何应对。

志强看到妈妈那无助的眼神和委屈的泪水，便伸手替妈妈擦干，心疼地将她的头搂在怀里，说道：“妈，高龄产妇生的孩子容易是畸形儿，不能留啊。”

好半天，见妈妈不再抽泣了，他低下头，用坚定而动情的声音说道：“妈，您为爸做出的牺牲，爸不会不知道，您为全家做出的牺牲，我们都知道。我们永远记着您为这个家所付出的一切。真的，明天，我和舒彤陪您去县医院吧。”

郑大双没有说话，深深地叹了口气，在儿子的胸前哭得更厉害了。良久，她抬起头来说道：“叫带弟串几节课和你爸跟我去吧。舒彤和你在家带孩子，把小福平留在这里吧。没有你们，他恐怕晚上要闹得厉害。”

送妻子去流产后回来，冯国英感到村民对计划生育这一项政策还是缺乏应有的认识，便请乡里管计划生育的人来村里搞了个讲座，以提高村民对计划生育政策的重视程度。

盛夏，火辣辣的太阳挂在了正空，辐射下来的光芒分外耀眼。舒雅眯缝着眼睛，快步走上了西龙水河的小独木板桥，顿觉一丝清凉袭上身来。她正了正自己的背包带，带着一股青春的气息急急地往家里走去。在走到小市场的时候，王巧巧向她打招呼，郑小双向她打招呼，还有她不熟悉的人也向她打招呼。小市场里卖什么的都有，一应俱全，充满着浓郁的乡土气息，这让她感觉到既亲切又温暖。人们都夸她越长越漂亮，越长越有出息，夸得她十分不好意思，不由得加快了脚步。

一进院子，见母亲正在弯腰拔菠菜，她上前伸手接过菠菜，开门进屋放到了搁板上。里屋的门帘子一角掖在了上面，她又几步跨到东屋，不见奶奶，只见杏黄色的狸花猫正在吃食，见她进来，噌的一下子跑远了，吓了她一跳。她又到西屋，看到父亲坐在炕上，古铜色的脸显得很苍白，眼眶深陷，听见开门声，回身也很慢，不觉纳闷："爸，您怎么在家里？"

杨思远见小女儿进门甚为高兴，脸上的皱纹荡漾开来，一字的嘴唇两边上翘，欣喜地问道："小雅，回来了？"

"爸爸，您这是怎么啦？"因为在她的心里，爸爸不是在田里就是在大队部，或者是在哪个村民家里，所以，她感觉到了不正常，便一迭声地问："爸爸怎么啦，您怎么啦？"

舒雅考取了农业大学，今年已经大三了，她还准备考研究生，要为家乡的农业做贡献。

杨思远听舒雅这样问，慈爱地说道："爸爸没怎么呀，就是累了，在家里休息休息。"

舒雅也没多想，放好了东西，就和爸爸唠起了家常。

晚上吃过饭，舒雅问奶奶。奶奶告诉了她爸爸腰部受伤的经过，气得舒雅第二天就要去找那村民算账。

还没等她去找呢，已是研一的天哲就带着他的女朋友回来了。

听完了天哲的介绍，奶奶侧身坐在炕沿上，眯缝着她那一双老花眼，仔细地端详着这位未来的孙媳妇。只见她匀称的身材比舒彤姐妹俩略猛些，身穿一件白底带紫色小碎花的连衣裙，腿上是一双肉色的丝袜子，脚下是一双淡蓝色的半高跟拉带凉鞋。见奶奶在望着她，便羞涩地低目微垂，稍后便抬起头来回应了一抹微笑，那盈盈的双眸里满是灵秀与善良，凝脂般的脸上一款小巧通直的鼻子，下面是一张嘴角边带两个酒窝的红唇，脑后高高地垂着一条马尾巴。真是巧笑倩兮，美目盼兮。舒彤奶奶看到这里，不由得脑海中出现了四个字：洋气，灵秀。

舒彤奶奶是越看越满意，眼神几乎总是搜索着姑娘的身影，更为满意的是这姑娘与全家人很聊得来。正所谓：不是一家人，不进一家门。

经过了几天的相处，舒彤爸妈都在这姑娘的身上找到舒彤奶奶当年的影子。特别是她的名字更让全家人喜欢，欧阳怡雪，听起来十分典雅，连舒彤和舒雅听了都赞叹不已。

当天哲和舒雅知道了父亲的腰受伤并且家庭搞了承包后，便决定下田劳动。

但天哲担心怡雪出身高干家庭，干不了农活，谁知怡雪说她跟父亲进过牛棚，什么农活都能干。天哲便放下心来。

从此后，杨思远家的地里多了三个帅气的小伙子、两个美丽的大姑娘在进行第三铲三耥。他们是天哲、天奇、志强、怡雪和舒雅。天奇因为放暑假，也来给哥哥姐姐们助力。

苞米宽厚的叶子，经常把舒雅和怡雪细嫩的胳膊划出了一道道红色的血口子，经汗水浸湿，疼痛难忍；炎炎烈日下，鸟儿不敢出林、鱼儿不敢出水，连镐把、锄把都热得烫手，人还不等进到地里，就已经是汗透衣衫了，但她们谁都不叫一声苦，没歇一天工，干得热火朝天。

好大的阵势呀。龙水村的乡亲们看到杨家儿女是这样齐心协力，这样吃苦耐劳，都钦佩不已。就连个别想看杨思远笑话的人，也不得不佩服杨家教子有方。从此后，都用杨家儿女的实例来教育子女，一时间引起了不小的轰动。

这些日子，舒彤奶奶、舒彤妈感到浑身有使不完的劲儿，有孩子们在身边，把她们的心也带活了。

杨思远更是心里洋溢着幸福，看着家里每天进进出出、忙忙碌碌的几个孩子，很快将地里的农活干完，提前进入了挂锄期，嘴角露出了一丝知足而明亮的笑容。

转眼间，天哲他们就到了开学的日子，相聚很快就变成了分离。临走的头天晚上，舒彤一家和念云他们一家也都回来了。杨思远叫老伴儿摆了两桌酒席，把冯国英请了来，热热闹闹地吃了顿饭。

饭后，舒彤偷偷塞给了母亲一沓钱，并摆手不让出声。

舒彤妈愣了一下，低头看看是十张十元的票子。她心中一暖，蓦然明白了是让她给未过门媳妇初次登门的压腰钱，不由得叹了口气，暗想：要不是她，家里还真就拿不出钱来呀！

舒彤看着母亲去找未来嫂子了，这边用手掀开门帘子冲着舒雅摆了摆手。

舒雅看到姐姐摆手，满脸笑容地来到了外屋地，冲着舒彤扬起了眉毛，嘴角上翘，脸上写着：找我何事。

舒彤一见舒雅的面目表情，不禁扑哧一笑，道："鬼丫头，我还能吃了你呀？"说着，忙塞给了舒雅五十块钱，道："明天你要走，这钱你拿着。姐也没有多少了。"

其实，舒雅刚才已看到姐姐将妈妈叫了出来，然后又看到妈妈回去给未来嫂子压腰钱，就明白这钱是姐姐给的了。她知道，这些年，自己和哥哥在外面读书，一直是姐姐舍弃了自己上大学的机会在帮爸妈供他们念的。没有姐姐，他们也不可能上大学。现在，姐姐已经结婚了，还仍然这么顾着他们，她怎么好意思再接这钱呢？于是，她摆手表示不要。

舒彤拉过舒雅的小手，含怒道："快拿着，别让我生气。"看到舒雅因惧被她收拾而接了钱，这才含笑道："哼，这才对嘛。"

第六章　代人受过

16

金秋十月，那一片片火红的高粱喜滋滋地压弯了枝头，那一片片淡黄的谷穗羞涩地低垂着身体，那一片片稻田里沉甸甸的稻穗压弯了腰，就连那金灿灿的玉米也从叶子里挺出来，害羞地低下了头。正是处处皆秋色，山野唯落晖了。

这是一个丰收年。龙水村的乡亲们不知有多高兴呢。他们活跃在田野中、地头边、山坡上、场地里，割着稻子、掰着苞米、打着豆子、装着高粱。

杨思远的腰已经完全好了。他站在地头儿，目光从自家那一片片喜人的庄稼中掠过，越过了龙水村家家户户或高或矮、或深或浅的庄稼，落在了漫山遍野的枫红身上。目光一接触到枫红，他的眸色深了深，眉头微蹙，低头站在那里默然无语，不知过了多长时间，喟然叹道："唉，你，在那边过得好吗？"

这时，冯国英迈着大步走近了，问道："你在那里和谁说话呢？"

杨思远吓了一跳，但他是个处乱不惊的人，虽然额头上已沁出了细小汗珠，却慢转身、微抬头，一字一句笑问道："我和谁说话了？你看见谁在这里了？"

弄得冯国英对答不上，只好讪笑着说："和你开玩笑呢。"他上下打量着这位老搭档因腰肋骨折断而微胖的身躯，问道："腰彻底好了？"见杨思远点头，便说："我寻思着得和乡里打个招呼，今年咱们交公粮是不是叫他们来收，因为大丰收，有些村民去粮库交粮不方便。"

杨思远的眼神定了定，对冯国英道："对呀，这还真是个问题呀。行，快联系吧，早点交了好放心。”二人又将有关其他方面的事情研究了一番，方才各自回到自家地里收割去了。

这日，兰初明在地里割谷子，一不小心割到了手，气得将镰刀摔到了地上，回家让念云给他包扎。

当他捏着被镰刀割坏了三个手指头的手来到念云面前时，他的女儿卓娅看到爸爸手上的血，竟然晕了过去。

念云回头一看，女儿软绵绵地倒在了炕上，也顾不得给兰初明包手了，胡乱缠了几下就去喊卓娅。

当他们将孩子抱起摇醒时，卓娅再看到爸爸，“哇”的一声大哭起来。兰初明看着小卓娅那惊恐的眼神不寒而栗。他紧皱眉头，对着不到一岁的孩子吼道：“别哭了，哭什么！”

他这一喊，小卓娅的哭声更大了，撕心裂肺，把兰初明哭得心情烦躁，如同面临审判一样，不禁怒从心中起，忽地扑过去拎起孩子劈头盖脸就是一顿打。

念云还没反应过来，就见卓娅已经不吭声了。她扑上去护住孩子，背上挨了好几拳，疼得她眼发花，顾不上自己了，惊叫着喊道：“别打了！你把她打死了。”

兰初明听到念云这一喊，一激灵，这才住了手，愤怒的眼神渐渐恢复了常态。

夫妻俩一看，小卓娅已经晕死过去了，不到一岁的孩子，哪能扛得了一个大汉的拳击。等到她醒来之后，肿起的眼睛不敢睁，胳膊一碰就大哭，抱到卫生所，大夫一看说可能是骨折了。送到接骨大夫王立诚那里，果然是孩子的左臂小骨骨折了。

王立诚见这么小的孩子浑身是伤，血已经把全身都染红了，便问孩子是怎么骨折的。念云说是玩儿时掉地上摔骨折的。这话岂能骗得了走南闯北、身有绝艺的王立诚。他气愤地瞪了念云一眼，恨恨地说道：“虎毒还不食子哪，谁要是打这么小的孩子等于是丧尽天良。”

兰初明听了这话浑身一震，自觉理亏，不敢接言。他向来是村里的霸王，仗着身高体胖，除了老书记，谁的话都不放在心上，如今听了王立诚这刺耳的话，虽觉难听，也只好忍了。

从王立诚家出来，兰初明耷拉着脑袋，想想接骨大夫说的话，看到孩子用白布吊着的、打着夹板的左臂，后悔不已。他看到念云散乱的头发和哭肿的眼睛，便想接过孩子来抱回家。谁知他刚伸手去抱，卓娅与他四目一碰，又露出了那使他不寒而栗的惊恐眼神，吓得他缩回了双手，一种不安袭上了心头。

也可能是老天为这幼小的孩子鸣不平吧，第二天，竟然下起了雨，哩哩啦啦地越下越大，村民们只好停止了收割。这雨后来变成了雪，一直下了一个星期。

地里的庄稼还没完全收回来，有三分之一压在了雪底下，每收一棵，都非常艰难。很多农民都在雪地里一棵一棵地扒庄稼，那脸上的表情除了绝望就是哀伤，手上的冻疮流着血，仍不愿舍弃。

舒彤他们的地瓜地倒是没受多大损失。雪把地瓜秧子埋上了，舒彤他们拿着镐头一刨，红红的地瓜就露出来了，还不错，虽然没有那一年的大，但还说得过去。这给在场的年轻人增强了信心。

冯国英急得嘴上起了大泡，连夜联系乡里和粮库派车来收公粮。

杨思远见大家这么等着也不是个事，急忙召开党支部大会，号召大家把能装袋子的粮食都装到苞米仓和囤子里，如果装不下，就装袋子拿到屋里，防止雨水浇后发芽。

马正仁立马到村委会抓过了小麦克，通知大家把收回的粮食放在屋子里摊开晾干，号召党员到一对一承包的各户去看一看，帮助处理粮食。

乡里领导带着粮库的人来了，大秤下面的秤盘在车上发出了与车厢板的撞击声，很有节奏。汽车在刚刚能走开车的公路上慢慢地行驶着。由于连着下了七天雨和雪，在快到三年前塌方的地点时，只听轰隆隆一声巨响，山体连带着岩石、树木一起垮塌下来，阻住了去往龙水村的路。

村里人听到来收粮的车被阻在路上的消息，都站在村口抑制不住地失声痛哭。

等到道路抢通了，不少村民的粮食都发芽了，交上了公粮和提留，也就是刚够一家人一年吃的，根本没有余粮出去卖。这就是说，今年大家白干了一年。

乡亲们看到自己一年的憧憬化为了泡影，情绪低落极了，不快与忧伤立时就笼罩了全村。

杨思远侧身坐在炕梢的炕沿上，一口接一口地抽着大烟袋。他百思不得其解，这么个丰收年，为什么会出现这么反常的天气现象。听来收粮的人说这叫什么诺现象。他当时重复了好几遍，好不容易记住了，可现在又忘了。哎，管他什么诺呢，先解决眼前的事情要紧。

他站起身来，去了老林家里。老林的病已经在铲第二遍地的时候就好了，秋天又有些不舒服，躺了几天，好在舒彤他们抢先把他家的地收割完了。他家并没有受灾。杨思远听完这个情况，在心里赞叹舒彤想得细致周到，甚感欣慰。他又到其他五保户、困难户挨家走了走。他们就没有老林那样幸运了，庄稼都没抢出来，情况比一般人家要糟糕。

杨思远心情郁闷地来到了冯国英家里，见冯国英家里的豆子也生芽了，正在扒开晾晒呢。

见他进来，冯国英站起了身，跟着杨思远进到了东屋里坐下，两人就村里现在的情况商量一下，看怎么办能弥补一下损失，最后决定还是要先召开一个村两委会议。

目标达成一致，杨思远正要出门，就见郑大双进来了。他见她脸上没了光泽，也没了青春的风姿绰约，忽地想起了舒彤带着她大小姑子的孩子回家说婆婆流产、村里宣传计划生育的事情，一时不知说什么好了。

郑大双看到亲家公来了，很是热情，要他留下吃饭。杨思远推说有事，很快离开了。

下午，他们召开了村两委会议，即党支部和村委会会议。会议由杨思远主持。他说明了这次开会的目的。冯国英介绍了这次村民受灾的严重程度。大家的脸上都很凝重，你看看我，我看看你，其实，大家都身临其境，即使村主任不介绍，他们也明白。

杨思远环顾了一下众人，缓缓说道："发生这样的事情，其实我们每个龙水人都非常痛心！"他的脸沉得如一潭冰水，声音有些微微颤抖，"但是，主要责任在我，是我对自然灾害估计不足，预计不到，自己在家养病享福，没有为乡亲们当好参谋，也没有协助主任做好工作，使乡亲们在遇到自然灾害时束手无策，造成了无法挽回的损失。"说到这里，他难过得低下了头，当抬起头时，眼睛里泛着光，沉痛地说："我负主要责任。"

冯国英听了杨思远的发言，头低得更厉害了。屋里静得连掉根针都能听得见。少许，他抬起头来看了一眼老书记，目光掠过每一个人的脸，最后嘴角凄然上挑，道："要说负责任，我应该负主要责任。村主任是干什么的，村主任就是带领大家发家致富的。可自己看问题看表面，被今年丰收的景象冲昏了头脑，没有想到会发生这样的自然灾害，更没有及时拿出应对措施，使得今年到手的丰收化为了泡影。”

到场的村两委委员听了他俩的检讨，更加自责。他们也都觉得今年土地承包后对集体的事情想得少了，对自己的事情想得多了。于是，都深刻检讨了对这次天灾应对不力、发挥作用不好的错误。

最后，大家认为当前最主要的是安抚好孤寡老人、五保户和困难户，帮他们渡过难关，并请示上级领导给予适当的政策支持，然后将村民的情绪调动起来，搞一场文艺演出，活跃群众的文化生活，号召大家多种经营，不能完全依靠土地发家致富，要多几条腿走路，使龙水村活起来。

会议结束前，王小虎提了个建议，说舒彤他们共青团的地瓜没有受到损失，产量还不错，可以拿出来分给村民，鼓励一下。

杨思远若有所思地点了点头，目光穿过窗户望向远方，眼里渐渐闪出希望的光。

会议开完，所有参会人员的精神都振奋了，他们感觉工作有了方向，看到村民时都做起了工作：遇到天灾不怕，咱们不是还没饿死吗？咱们过年想别的办法挣钱，别垂头丧气，老天是会照顾我们的，党也不会看着我们不管的。村里人看到村干部们这样有信心，渐渐脸上也都露出了笑容。

冯国英回家和舒彤讲了今天会上有人提议把共青团的地瓜分给大家一些好过年的想法。

舒彤当然愿意，便开了会议征求大家的意见。看大家没意见，于是，年前在分鱼时也顺便给每家分了二斤地瓜。

过年时，舒雅回来了，奶奶告诉她说兰初明打孩子，老天发怒，下大雪把庄稼捂在了地里。

舒雅听了爸爸介绍的情况，又见已是腊月末了天还不冷，是个暖冬，便告诉爸爸和姐姐，这与兰初明打孩子无关，应该是厄尔尼诺现象。

在场的所有人都是头一次听说这个厄尔尼诺现象，便异口同声地问道：“你怎么知道？”

舒雅见大家一脸疑惑，便道：“我在学习农业气候时学到了这部分内容。”然后徐徐道来：“厄尔尼诺现象，是太平洋赤道带大范围内海洋和大气相互作用后，失去平衡而产生的一种气候现象。当这种现象发生时，大范围的海水温度比常年高三到六摄氏度。这就导致了全球性的气候反常，有时会引起海啸或暴风骤雨，造成一些地方干旱，一些地方水灾。”

众人听了又齐声问道：“那该怎么办呢？”

“估计今年夏天气温会偏低，雨水会大。”说到这里，舒雅看了看杨思远，眸色更加深沉，补充道：“爸，注意防涝吧！”

众人听到这里，都对这厄尔尼诺现象产生了畏惧。特别是杨思远，去年秋天的教训太深刻了，必须防患于未然。如果今年再歉收，那龙水村的乡亲们可就要挨饿了。

大年三十，晚饭刚吃过，冯国英就叫截住来请杨思远一家去他家里看春晚。听说有春晚，杨家人都简单收拾了一下，就匆忙去了。

落座之后，舒彤奶奶见小春柳正趴在炕上和她奶奶玩儿呢，没搭理自己，便在她的小屁股上轻轻拍了两下。

小春柳挨打之后回过头来，瞪着真挚的双眸，甜甜地问道：“老奶奶，你打我干吗呀？”

舒彤奶奶一双慈祥的眼睛眯成了一条缝儿，答道：“喜欢呀！”边说边观察着小春柳的反应。

“喜欢？”身穿淡粉色小毛衣、淡绿色条绒裤子、前面刘海剪得刷齐、梳着板凳头型儿的小春柳手托双腮，一双明亮的眸子看着舒彤奶奶露出了疑惑的表情。

“啊，打是亲，骂是爱呀。”舒彤奶奶像是考官难住了学生一样有些窃窃自喜。

“哦。”小春柳似是反应了过来，站起身过来抱着舒彤奶奶的脖子，将脸贴在了她的脸上，撒娇地拉着长音叫了一声：“老奶奶。”

众人看着小春柳的这个动作，都哈哈大笑起来，屋子里顿时洋溢着喜悦的气氛。然后，展开以小春柳为中心的话题，聊了半天。

他们嗑着瓜子儿，吃着糖块，或坐在炕上，或坐在凳子上，或坐在炕沿上，或站在地上，都在互相祝福、聊天，等待着春晚的到来。

晚 8 点钟刚到，就见央视最受人欢迎的主持人赵忠祥出来致开幕词，接着是四个主持人出场了。他们其中两个是相声演员叫马季和姜昆，还有一个是演小花的女的，不知叫什么名字，另一个也自然是不认识了。

节目异彩纷呈，一个接着一个，大家都聚精会神在那里观看，因为他们还从来没看过这么好看的节目。特别是李谷一的《乡恋》，让舒彤回味了许久。舒彤奶奶看到了自己喜欢的黄梅戏。杨思远喜欢看京剧。郑大双喜欢郑绪岚的《牧羊曲》。冯国英喜欢小品和哑剧。天哲和天奇他们则喜欢武术和魔术。总之，大家都在这次春晚的节目里，找到了自己的所爱，安享着幸福与快乐。

舒彤妈看看快到准备年夜饭的时间了，便和念云、舒雅回家去了。

在这欢乐的除夕夜里，还有一户人家也在安享着春节联欢会的快乐，那就是会计甄多时家。他们家的电视是王巧巧做了两年的衣服挣来的。

此时，甄多时看着电视，想起了这电视是媳妇挣钱买的，心里就不爽。电视里不管什么搞笑的节目，都引不起他的兴趣。他转动着眼珠儿在琢磨着挣钱的门路。

王巧巧抬眼看到丈夫阴沉着脸不作声。她知他是个多重性格的人，喜怒无常，便不愿搭理他，转头看起电视来。

17

正月初三，龙水村里举办了一场文艺演出。人们听说有节目看，比看场电影还热闹，都扔下了手里的活计，从四面八方早早赶到了村委会。

文艺演出由在学校里当老师的冯巧珍主持。在开始演出前，杨思远书记先上台给大家拜了年，祝贺文艺演出成功，接着冯国英上台总结了村民们辛勤劳动的表现，讲了秋天一场大雪给村民们造成的损失，检讨了村委会的错误，鼓励大家来年搞多种经营，过好日子。

杨思远坐在台下，看着热烈的场面，略显疲惫的脸上终于出现了温和的表情，嘴角不易察觉地挑起，眼里现出了淡淡的笑容。

节目在二人转《小拜年》的伴奏声开始了。只见王巧巧和马正仁两人一手拿手绢、一手拿扇子边扭边唱上台了。王巧巧唱得带味儿，马正仁唱得带劲儿。二人把小拜年儿唱活了，随着“哎哟哟，再给大家拜个早年哪”的歌声结束和二人弯腰给大家拜年的亮相，台下响起了热烈的掌声，立刻有人高喊再来一个。

巧珍没有给他们继续表演的机会，节目一个接着一个往下进行，看得乡亲们是喜笑颜开，掌声此起彼伏。特别是王小虎自编自演的《我们这一年》引起了乡亲们的共鸣。歌词是这样写的：

说起我们承包第一年，
心里呀是五味杂陈伴。
本想呀是个那丰收季，
谁知一场大雪葬田间。

春天呀，我们把地种，
面朝黄土那个背朝天；
夏天呀，我们把地铲，
汗水次次呀湿透衣衫；
秋天哟，我们把地收，
老天却和我们做了难。

眼看发家致富成泡影，
农民含泪是把苍天怨。
我们呀在心里直感叹，
为啥我们农民只靠天。

我们要过上好日子哟，
更是要打破陈规那个，
多种经营、改变观念，
不靠天呀那个不靠地，
靠着我们自己的双手，
发家致富永远奔向前。

前半段，唱出了人们的心声，不少妇女和老人们随着王小虎的歌声，想起了被大雪埋在地里的庄稼禁不住抹眼泪；后半段唱出了希望，人们想起了美好的前景又破涕为笑。

节目演出完了，人们还沉浸在剧情当中，缓不过神来。

更有马正仁编的情景剧《乡亲们抗洪救灾保村庄》，说的就是修水电站时龙水村全体村民抗洪救灾的事情，一下子把人们带到了那个岁月。当乡亲们看到共青团员们手挽着手、肩并着肩在那里抵挡洪水的情节时，顿时想起了那场大水带给人们的惊悸，禁不住再次流下了热泪。

一个半小时的文艺节目很快就结束了，在巧珍报最后一个节目时，一个眉眼冷峻、眼光炙热，却有紫色嘴唇的小伙子引起了她的注意。她往旁边一看，便看到了宋大梅的身影，一走神，说错了一个词，赶忙纠正过来，走下了台。

天哪，莫非是他？

不错！他就是夏天又来提亲的灯泡厂工人金铁军，此刻，站在台前看了巧珍主持节目时的风采，更坚定了他的决心。

演出结束了，熙熙攘攘的人群往外走着。宋大梅和金铁军站在门口等着巧珍出来，可是人都走完了也没见巧珍出来。原来，巧珍是不想见那年轻人，故意等着和爸爸一起最后出来的。

冯国英一看，人家都来了，大过年的，怎么着也得让到家里坐坐呀，便约定好了第二天让他们见见面。

第二天，宋大梅和金铁军带着四样彩礼来到了冯国英家。落座之后，宋大梅便说明了来意，说去年夏天巧珍不是说不想在城里生活吗？铁军愿意来到乡村生活，所以今天来就是想把这个决定告诉巧珍和她的父母，看看能不能再考虑一下。

郑大双一看小伙子长得还挺不错的，人也稳重，又是宋大梅的远房亲戚，知根知底儿，就是觉得到乡下生活，不知工作还要不要，怕委屈了人家，于是问道："你来我们这里，那工作怎么办呢？"

金铁军笑道："我想先休一段时间病假，在村里办个粮食加工厂，这样，两头都不耽误。"他看冯家还是半信半疑，便又补充道："我听大梅姨说咱村没有加工厂，都是用石磨，太落后了，所以才有这个想法。"

就在他们几个人谈笑之时，巧珍仔细端详着这个小伙子。说句实在的，这个人很受端详，言谈举止很沉稳，也很有头脑。他说的事情不是不可能，只是不要因为自己耽误了人家城里的工作，想到此处，便打定了主意。

当宋大梅他们征求她的意见时，便以感情是两个人的事为由推托了。

这让在场的人都很失望。但金铁军却说："我理解你。你说得对！感情是两个人的事，我今天来得有点唐突。我想先把自己的存休休完，来把加工厂办起来再说。我等着你能接受我。"

冯国英一看，村里还真是需要个小型加工厂，只是以这种方式，让人有点接受不了，便道：“还是不要来吧，要是以后巧珍不同意你们的婚事，怎么办呢？”

不想金铁军声音坚定地说：“不同意就不同意，她可以嫁给别人。我不后悔。我只是想这辈子能够为她做到这些就知足了。”

舒彤倒是觉得这小伙子很有魄力，像个做大事的人，便给巧珍使眼色，劝巧珍可以考虑。

巧珍听金铁军这样说，心中为之一惊，想阻止，当下见嫂子向自己使眼色，便明白了嫂子的意思，觉得嫂子的眼光比自己远，是不会看错的，便不再阻拦了。

冯国英对金铁军说：“村里办加工厂是好事，但也是大事，这事需要和杨书记商量了再说。你等我信儿吧。”

等到冯国英和杨思远商量办粮食加工厂时，杨思远想着厄尔尼诺现象对农业生产的影响，很想为村民们从其他地方找条出路，便同意了。

过了正月，有人来找舒彤奶奶学剪纸，杨思远叫甄多时在广播里说了一下，愿意学的可自带剪子和彩纸到他家来一起学。谁知大姑娘小媳妇来了一大群，舒彤便建议奶奶办个剪纸班。这不，在舒彤的张罗下，剪纸班还真就在东屋办起来了。

开课的第一天，大家一进门，都被墙上正中挂着的一幅画吸引了，只见这幅画上，有个身穿藏蓝色中山装的农业专家，正在给大家讲解怎样使棉花高产。专家的神情专注，笑容慈祥。在他身边的棉农更是笑逐颜开。其他棉农听说农业专家来了，都从四面八方的小道上涌来。

这画面显得是那么温馨、那么亲切。姑娘和小媳妇们见画面的下方有一行字“把党的温暖送田间”，可右下角还有一行小字就看不清楚了，有说是“东方红纺织厂敬制”的，有说是“东方红纺织厂纺制”的。大家在那里争论不休。

舒彤看看人来得差不多了，讲了几句，算是给奶奶的开班词。接着，奶奶就开始给大家讲课了。

她首先讲了剪纸前的选材，就是你要剪什么东西，是雪花还是小狗，接着是将纸对折进行勾勒，对你要剪的内容进行描绘，又讲了怎样下剪剪纸，剪完后进行揭离，最后是保存。讲完大概的程序后，她先给大家剪了一个雪花，然后就让大家选样子。

她挨个示范着剪，耐心地教，经过了一个星期的指导，到场参加学习的姑娘和小媳妇都能拿起剪子剪东西了。

金铁军还真就守信用，来到龙水村考察办粮食加工厂的厂址，最后在村两委的支持下，决定在大队部一所碾坊旁边的一个空屋子里安装机器。这样，村民们愿意来用机器加工的，就用机器加工；不愿意用机器加工的，就用碾子推，两不耽误。村里给了优惠政策，但条件是五保户、困难户和孤寡老人来加工粮食，不能收费。金铁军自是十分高兴地答应了。

地址选定后，金铁军到厂里考察了小型加工厂的设备，感觉自己攒那点钱差太多了。他只好托朋友讲情，还做了担保，自己又打了欠条，先付了一部分款，并保证赚了钱分批还给人家。卖方这才同意把设备卖给他。

过了一个星期，金铁军把设备拉来了，安装完之后，机器试转。

听到机器轰鸣声，把王小虎羡慕得不行。他围着机器转了好几圈，左看看，右瞧瞧，嘴里直嘟囔："看看，这多好，真带劲！"办加工厂一直是他的心愿，只是因为自己太穷，手里没钱，愿望就一直实现不了。此刻，他忽然站住，将机器按停下，又再起，真好像这机器是自己的似的，那爽劲儿，就甭提了。

志强也欣喜地在机器旁边转悠来转悠去，听着机器的轰鸣声激动不已。其实，这也是他的愿望；怎奈他也和王小虎一样，没钱。

周显田就更不用说了，回家直接背了苞米来做第一个加工者。

大家看着进去的苞米出来时变成了小糙子，把新加进去的苞米变成了苞米面，哈，真是神奇啊。

这把周显田乐得回去时脚步轻轻，逢人就讲，很快，不少人家都去加工厂加工粮食了。

金铁军因和巧珍没确定恋爱关系，只好吃住在加工厂。村民们随时来，他随时加工，倒省了不少麻烦，省时省力，遇到困难户、五保户还不要钱，把龙水村的乡亲们服务得乐呵呵的。村民们一传十，十传百，都对这个宋大梅的远房亲戚印象不错，本来不想来加工的也都拿点粮食过来看看热闹。

巧珍早已听说了金铁军的事。这天早上，她上班绕道来到加工厂，看到金铁军正啃着凉大饼子给村民往机器里倒粮食呢，那嚼着东西的嘴唇恢复了些许红色，给他的脸上增添了不少光彩。巧珍看到这里，一时间心里有些感动，便悄悄地走了。

一大清早，甄多时就来到了杨思远家里，说他要承包鱼塘。

杨思远说："村里现在的这个鱼塘，村民们恐怕不能同意包给别人，因为这是他们逢年过节必分的东西。你可以在自家地里挖一个鱼塘。"

甄多时眨巴了几下眼睛，问道："那要是在大桦树林下面的西龙水河上游，憋出一个养鱼塘来呢。"

听他这样一问，杨思远说："也行，只不过那里地势低，只要遇到洪水，你那养鱼塘恐怕就保不住了。"

二人又在一起想了很多办法，最后也没定下来，杨思远说："和主任商量一下再定吧。"

阳春三月，徐根清起早去喂马，见赤骏竖耳嘶鸣，拱腰抬尾，扬头不安，看到他来，用求救的眼神看着他，便站在原地掐指一算，赤骏果然已到初配龄期。他知赤骏这是要交配了，便上前摸着赤骏的鬃毛笑道："我的小公主，你是要给我生个小马驹了吧？"

过了四五天，徐根清牵着赤骏，去了邻村养着最好种马的老饲养员辛老爷子家里，随后他便隔三岔五再去一趟。

越来越接近春耕了，因老母鸡抱窝孵小鸡的数量有限，村里想用手摸小鸡崽儿卖钱的女人不在少数。这样，舒彤奶奶又开了第二个培训班，教大家用手孵小鸡崽儿赚钱。

这样，龙水村的女人们春耕前都在家里闲不住了，剪纸的剪纸，孵小鸡崽儿的孵小鸡崽儿，也有跟着舒彤去县里批发布料回来卖的，还有找其他门路的。总之，大家都被多种经营搞活了心。

舒彤坐在马车上，被颠得浑身像散了架。车在经过阴坡路段时，陡然刮起了凛冽的寒风，少顷，竟然飘起了雪花，使得她忙裹紧了墨绿色的方块围巾，又提醒和她一同坐在车上的两个小媳妇坐好。心想：今年一冬天都不冷，怎么开春了反倒冷起来了呢？

那两个小媳妇只顾高兴，全然不顾舒彤的提醒，她们是今天跟舒彤去蹚路子，并带了批发的布料回来卖的农妇。她们知道，只要她们将布料带回，就能挣钱，因此高兴得合不拢嘴。

舒彤坐在车上看到她们眉飞色舞的样子，心中不觉黯然忧虑。她很清楚，只要她们一到家，就会和自己有竞争，自己的生意就会受到影响。可是怎么办呢，年前她们就求舒彤带她们去批发市场。

舒彤本不想带她们去，可思前想后，觉得龙水村的女人很苦，吃苦受累一年到头也挣不几个钱，去年种庄稼又遭了灾，因此，这才今天带她们去的。为这事，郑小双还在生自己的气。想到这里，她轻轻叹口气，自言自语道："唉，乡里乡亲的，抬头不见低头见，怎好意思不给她们这个面子？"想到这里，苦笑了一下，无奈地摇了摇头。

经过了一夜的苦思冥想，一条计策涌上心头。一大早，舒彤就去找了王巧巧，准备联合开个服装加工厂。

王巧巧听了舒彤的建议，觉得不错。因为布料是舒彤从城里进回来的，成本低，这样做出来的衣服成本也低。王巧巧负责裁剪、加工，如果人手不够，可以再培养两个会在缝纫机上干活儿的人。她们做出来的衣服送到郑小双那里代卖，这样，有进货、有加工、有销路，一条服装链就形成了。也就是说，龙水村大多数村民的衣服就被这个服装加工厂给包下了，前景十分看好。

两人商量完后，舒彤从包里拿出了一本关于时装设计的书，递给了王巧巧。

王巧巧眼睛一亮，将书捧在了手里，翻过来覆过去看了又看，连连赞叹道："太好了，太好了。舒彤，有了这本书，我做的衣裳式样就更多了。"

舒彤笑道："那，为了以后工作方便，我就叫你姐姐了啊？"

王巧巧眼睛盯在书上，头都没抬，应声道："好好好，姐姐就姐姐了，姐姐更好。"

在春耕前，王巧巧是日赶夜赶，终于把换季的衣服赶出来了，有男人的，有女人的，有老者的，有年轻人的，有小孩子的，有老太太大襟便服领的，还有大姑娘小媳妇的花衣衫。各种款式只要能想到的，王巧巧都做出来了，往郑小双的摊床上一挂，五颜六色，很快吸引了龙水村的乡亲们。他们很多人都来这里试衣服，有合适的就买走了。因为他们估算了一下，自己买布料再找人做，这个价格是下不来的。

很快，摊床上的衣服就所剩无几了。

旗开得胜，这使舒彤、郑小双和王巧巧都非常高兴。郑小双也不生舒彤的气了，还夸她有经济头脑呢。

那些没有买衣服的，就在布摊上买了布料回去自己做，省去了加工费，因此布料生意也做得有声有色。那两个跟舒彤去批发布料的小媳妇对舒彤，真个感激着呢。

因为怕夏季气温低，庄稼减产，杨思远和冯国英又带领着男劳力们修了两个鱼塘。鱼塘修在了西龙水河的河汊位置，其中一个包给了甄多时。他每年交村里200块钱，作为村里的困难补助用。

天气转暖时，就见龙水村的女人们沿着崎岖不平的土路往村外去了。有去卖鸡崽儿、鸭崽儿、鹅崽儿的，有去卖猪崽儿、猫崽儿、狗崽儿的，有去卖剪纸的，还有去卖蘑菇、木耳的……她们或坐着牛车去，或坐着马车去，或挤在村里唯一的一辆四轮拖拉机上去——浩浩荡荡去赶集。周显田看着人们坐在拖拉机上怀里抱着东西那兴奋的样子，感觉开着拖拉机就像开飞机一样自豪。

男人们看着自己的女人出山了，也都暗暗鼓足了一把劲儿，把地里的活儿干好，好让娘们儿放心地出去为家里挣钱。

杨思远和冯国英站在山坡上，看着眼前的一切，不由得会心一笑。他们知道，自己动手，丰衣足食，乡亲们的积极性终于发挥出来了。

春播开始了，村民们你追我赶比去年起得还早。志强在电视里看到有的农村播种用扎眼器，这比弯腰用镐刨坑省力多了，便挨家挨户征求了意见，愿意买的统计上来，去了趟市里回来，各家各户就都用上了扎眼器。

这扎眼器上眼儿的距离是等间距的，不远不近，可以调，种苞米是种苞米的距离，种大豆是种大豆的距离。人们拎着它在垄上用脚一踩，坑就出来了，该撒什么种就撒什么种，真是省时又省力呀。

由于用了扎眼器，加快了春播的速度。舒彤他们共青团又开始了扩充改良地瓜地的面积。这些姑娘和小伙子们，都为去年过年时乡亲们能吃上他们种的地瓜而自豪着呢，现在，干劲儿更足了。

春季的衣服卖完了，王巧巧又赶着做了一批夏季的衣服，原来的人手不够，又雇了两个人。此时，她和舒彤点完了数儿，叫儿子和舒彤一起将衣服送到了郑小双这里来。

郑小双眼前一亮，一件件翻看着这些漂亮的夏装，还有连衣裙呢、半截袖、A字裙，真是高兴极了。当下自己在身上比画着试穿，觉得合适，便拽出一条水蓝色碎花连衣裙自己留下了。

她知道，漂亮的衣服就好卖，卖得多了她就赚钱多。现在，村民们有时一年一个人能买两三套衣服呢，不是几年前一件衣服穿四季的时候了。

舒彤他们走后，她正美滋滋地往衣架上挂衣服呢，偶尔一回头，就见王小虎和马正仁正扛着锄头一边说着什么，一边往这边来。看到这里，她不觉心里一紧，心怦怦乱跳起来，连忙低下了头。

本来，这几年，她的心已经死了，觉得一个残花败柳还是不要想入非非的好，靠着自己的劳动安心度日把孩子抚养大比什么都重要，因此上，只是偷偷地暗恋着王小虎，一心只把生意做好。

谁知正月初三那天看了王小虎的演出，这思念的藤蔓就爬满了心弦的山坡。晚上一闭眼睛，就是王小虎在台上的影子；白天一闲下来，就是王小虎的音容笑貌，就好像他住在她的脑海里一样，赶也赶不走。她恨自己没出息，尽量不让自己闲着，日子就这样滑过来了。

她正在心慌意乱地摆弄着衣服，就听一个男人的声音在问："这衣裳多少钱呢？"

郑小双忙抬头，看到马正仁正指着一件深灰色的老太太衣服问她呢，答道："三十五块钱。"一边说着，一边拿下了这件衣服给马正仁看。

马正仁反复翻看着，道："嗯，不错！我先拿着。回去看看俺妈穿着合不合适，要是合适，再给你送钱来吧。"

郑小双忙说："好好，那就三十块钱吧。"她省去了自己挣的那五块钱，给了最低价格。

这时，她听到了那熟悉的磁性声音："这衣裳真不贵哈，比城里的便宜。你这件衣裳多少钱呢？"她如同听到了惊雷，还没回答，就已脸发烧了，慌乱中抬头看了一眼一件白色带蓝格男性半袖衬衫说道："不要钱。你拿去穿吧！"

王小虎看郑小双脸上泛着红晕给出了他意想不到的答案，有些不解，疑惑地和马正仁对望了一下，笑笑说："那怎么能行呢？我先不买，就是问问。"说着和马正仁拎着锄头往远处去了。

郑小双看着王小虎身穿乳白色的长袖衬衣，挽着袖子，下身穿藏蓝色的裤子，衣服扎在裤带里，头戴一顶草帽，上写"劳动光荣"四个字，通身上下干净、利落，迈着坚定步伐的背影渐渐走远了。她不禁回味着他刚才说话的声音，想象着他的一切，痴痴地站在那里不动了。

这时，只听一个笑嘻嘻的声音惊醒了她："哟，哟，看啥呢？看在眼里拿不出来了。"

郑小双回头一看，是王巧巧，便红着脸责怪道："你吓死我了，嘚瑟，又回来干吗？"

王巧巧说："别提了，掉在缝纫机下两件衣裳。孩子们都走了，我只得自己送来。"她把衣服放在了柜台上，睨视着郑小双那绯红的脸问道："怎么，惊醒了你的好梦？"

"去你的，残花败柳，何来好梦？"这是她从电视的戏曲频道里新学的台词，不觉说出了口。

谁知王巧巧冲她一扬下巴，正色道："你现在是独身一个，找个好人家嫁了吧，自己带个孩子太不容易。"看到郑小双羞涩地瞪了她一眼摇摇头，也不再多言，转身走了。

18

太阳刚落西山，凉意袭来，田野里响起了青蛙呱呱的叫声。虽说今年受厄尔尼诺现象影响，气温低、雨水多，但庄稼长到一尺多高的时候，杨思远早有思想准备，他和冯国英去乡里开会时赊回了尿素化肥。村民们都在地里追上了化肥。天刚刚放晴一星期，高粱、大豆、苞米、谷子等作物便都疯长起来，有齐腰高了。

念云背着卓娅来铲地。到了地头儿，她把卓娅放下来，叫卓娅在地头玩儿，把一个装满了水的军用水壶放在她的面前，又把一张洋灰袋子纸铺在地上，叫卓娅坐上去，嘱咐了几句，便开始铲起地来。

这军用水壶是念云姥姥的遗物。舒彤奶奶在交给她时，说是有了它，就如同姥姥在自己身边，所以，念云便将水壶时刻带在了身边。

她最近心里又开始了不安。那天，有个朋友来家里做客，闲聊之时，说龙水村的地下煤炭储量很丰富，开个煤矿来钱快。兰初明听了眼睛一亮，一拍大腿道："得了，就开个煤矿。"这不，他地里的活儿也不干了，去城里借钱去了。念云知道，开煤矿用钱不是个小数目。他借不到钱，回来又要拿她和孩子撒气了，不知又会发生什么事情。

自从上次他把卓娅的胳膊打骨折了，她就始终在提心吊胆中过日子。但奇怪的是，只要孩子不哭，兰初明还是很疼孩子的，时常把孩子举得老高，带着孩子玩耍。

小卓娅一颗受伤的心渐渐得到了平复，弄得念云也搞不明白兰初明到底是怎么回事了。

她正胡乱猜忌着，一走神儿，一棵已到她胸高的苞米就被她耧倒了。她心疼得急忙往起扶，蹲下一看，不行了，那苞米已齐刷刷断了下来，躺在了她的跟前。

她紧闭了下眼睛，责备自己的冒失，正要站起身来，忽听苞米叶子哗哗作响，还没明白是怎么回事，就感觉后面有人将自己拦腰紧紧抱住，一张热烘烘的嘴凑了上来。她马上明白了怎么回事，便使劲儿地掰着扣在自己腰上的手，张口大喊："来人……"

话没喊完，那人用手捂住她的嘴，压低声音狠狠说道："别喊，你再喊我弄死你家小崽子。"

念云第一反应是不能连累孩子。可她一时还真就辨别不出是谁。啊，她猛然醒悟，"政府号召发家致富，你想出门路来了没有哇？"这句话，惊得倒吸了一口冷气。她急中生智，叫了声："甄哥，我依从你就是，不过咱们换个地方，这疙瘩人太杂了，不行啊。"

对方听念云叫甄哥，一时心中狂喜万分，停止了乱动的手，但仍然抱着她不放，道："去哪里？"

"你说了算。"念云回答得相当干脆。等对方一松手，她摸起锄头照着对方就砍了下来，也不管砍没砍着，反正锄头是在对方面前上下翻飞，吓得对方急赤白脸道："你不同意就算了。怎么还下死手哇？"

那男人见念云个头儿高，又有锄头在手，知道要想近身是不可能了，又怕时间长了被别人发现，只得悻悻然逃出了苞米地。

念云看对方走了，想想自己的遭遇，禁不住蹲在地上大哭起来。不多时，只听一个慈爱的声音从远方传来："念云，在干什么呢？"念云抬头一看，是干爸杨思远正向自己走来。当他来到念云跟前时，念云已经停止了哭泣，带着一张泪脸看着他，问道："干爸，你也来铲地呀？"

杨思远点头没回答念云的话，而是走到念云没铲完的地垄处接着铲下去。等到他铲到了地头儿，看着小卓娅喊姥爷，便微笑着答应了一声，问道："初明呢？"听到念云告诉他去了城里。他这才知道他要开煤矿的事，不觉沉思起来。

杨思远是趁着凉爽来查看庄稼长势的，看看在下霜前田野里的农作物能不能成熟。当下，见念云愁容满面，泪光盈盈，知她心里的苦楚不想对别人说，也不再追问，只是拉起了大锄和念云一起铲起地来。

这年夏天，杨家发生了三件大喜事：一件是天哲和怡雪都研究生毕业了，分配在北京某科学研究院工作。二是二十八岁的杨天哲娶了他的未婚妻子欧阳怡雪为妻。怡雪父母考虑到亲家的经济条件，省略了认亲等程序，拿钱让他们小夫妻出去旅游了一趟，算是结婚了。三是舒雅大学四年毕业了，没考上研究生，分配在市农业局工作。

这三件大事意味着，他们的父母和舒彤从此后再不用承担他们上学等各种费用了。

因此，杨家觉得儿子结婚是大事，等天哲他们旅行结婚回来后，补办了酒席。舒彤奶奶把自己的玉手镯从手上撸下来送给了怡雪。舒彤妈又做了两铺两盖并买了必要的生活用品给小夫妻。舒彤给哥哥嫂子买了两套高档衣服。

怡雪看到老婆婆、婆婆和小姑子这样对待自己，感动得热泪盈眶，不知说啥好。临行时，她对公公传达了爸妈的心愿，希望他们二老有时间到北京去玩儿，认认家门。

舒彤奶奶、杨思远和舒彤妈自是十分高兴，愉快地答应了。杨思远为了表达对亲家的谢意，还亲自写了一封信，让怡雪带了回去。

秋天的夜晚，天边的小星若隐若现，晚风轻轻拂着沉甸甸的稻穗，与它们低低私语，一块块苞米地的叶子也趁着晚风的吹拂来凑热闹，发出了窸窸窣窣的呼唤。

龙水村的村民们都在看青。青，是指还没有成熟的庄稼，在没有成熟之前是青色。所谓看青，就是看着自己的庄稼，不要被别人偷去。

志强坐在自家的小窝棚里，借着煤气灯的微弱光线看了一会儿机械方面的书，由机械想到了显田。他先是琢磨着显田的婚事该考虑了。显田不止一次说志强自从结了婚就重色轻友。尔后，他又忽地想起王小虎说要承包鱼塘的事，便起身找王小虎商量去了。

郑小双在姐姐家吃完了饭，收拾完了桌子，便教女儿甜甜和外孙女春柳在那里欻嘎拉哈。随着手的欻起欻落，口袋的升起降落，她的脸也一仰一俯，煞是好看，引得两个孩子也都跃跃欲试。

此时，舒彤过来跟婆婆说要给志强送饭。郑小双赶忙收起了嘎拉哈，起身下地穿上鞋道："我给他送去吧！送去我也正好回家。"

舒彤说："也好，那我就不去了。"看到甜甜跟着她妈妈站在地上，已到她妈妈齐腰高了，不禁问道："小姨，那甜甜怎么办呢？"

郑大双接言道："愿跟就跟着，愿留就留下。"

郑小双接过装了饭盒的网兜，用手扯着甜甜就走。可是甜甜被嘎拉哈所吸引，不愿意走，就留下了。

郑小双来到了志强看青的窝棚，不见人影，便拿着煤气灯出去看了一圈。正要转身往回走，脚下绊了一跤，匆忙中爬起来，忽见不远处一个人影影绰绰好像身穿乳白色的长袖衬衣，挽着袖口，衣服扎在裤腰里，头戴着草帽，上面清清楚楚写着"劳动光荣"四个大红字，不禁内心一震，心跳加速，怎么是他？

她想举起煤气灯看个究竟，但又觉不妥，便假装没看见回身往窝棚方向去了。

没走多远，感觉有人上来抱着她就往苞米地里拖。

郑小双心中一阵激动。她知道附近没别人，只有他。可她又有些疑惑，看王小虎也不像是不轨之人，怎么这么饿狼扑食似的，一上来就动手动脚，直奔主题。

她正在犹豫之际，被对方钻了空子，身上的障碍物被褪去。于是，她压抑了三年来的情感得到了宣泄，随着对方的激进而成为现实。

郑小双已经单身三年，加之对王小虎是朝思暮想，此刻她感到浑身燥热，半是激动，半是羞怯，哆嗦着双手整理着裙摆责怪道："怎么这么性急呢？"话音未落，她听到了那熟悉的磁性男中音忽然从窝棚方向传来："谁，干什么呢？"

郑小双一听大吃一惊，喝问身边人："你是谁？"

那人慢条斯理答道："我是谁已经不重要了，重要的是——你，已经是我的人了。"

"流氓。"郑小双从牙缝里挤出了两个字。

那人轻蔑地笑道:“流氓？看你刚才那骚性劲儿,也不亚于荡妇。”

“你……”听到这话,郑小双如五雷轰顶,瘫坐在地。

那人哼了一声,道:“今后你要是敢不听我的,我就把今晚咱俩的事说出去,叫你无脸在龙水村待。你永远记住,是你自愿的。”

郑小双听见这话,震惊地望着眼前人,回想起了那年割草时的情景,猛然想到了是谁。此时她羞愧难当,一阵沉默,眼睁睁看着那人沿着苞米地的垄沟往窝棚相反方向去了。

郑小双听见远方的人还在那里呼喊。这磁性声音好像是天籁一般深入心底,令她失魂落魄。她在心里祈求道:多喊几声吧！不要停止,让我再听听你的声音吧！

她知道,他的一个背影、一句话能让自己回味一辈子,可他的一个不屑或轻视也能摧毁自己的一切。

她绝望了,知道自己再也没有脸面见他了,就像是海底的鱼儿和空中的鸟儿,永远没有交集的可能,更没有资格对他有任何的非分之想了,哪怕是暗恋,都是对他的亵渎。

郑小双抬起头望向了声音的来处,只见黑漆漆的什么都看不见,身体上的疼痛与心理上的疼痛叠加在一起,大喜大悲的瞬间转换,使她的精神几近崩溃。她难过得闭上了眼睛,上牙向着下唇狠狠地咬了下去,一股殷红的鲜血从下巴处滴落到了一片苞米叶子上。她浑然不觉,一阵晕眩,什么都不知道了。

甄多时在外面转悠了半天才回到家中,进门将草帽揉搓了揉搓扔在了灶坑里,见王巧巧他们都睡着了,便换上了自己的衣服,在炕琴里拉下个枕头躺在了炕上。他那平时不带任何表情的脸上,顿时划过了一丝阴鸷的笑容。

自从那天对念云没得手后,他感到很沮丧,觉得一个男人还没制得住一个女人,确实有点窝囊。没想到的是,前些日子吃晚饭,王巧巧和他无意当中说了郑小双看王小虎的眼神。说者无心,听者有意。他是意外惊喜,详细询问了王小虎那天的打扮,并随和着赞美了几声,就在心里筹划着怎样才能够达到目的。

从此后,一有时间,他就跟踪郑小双和王小虎,寻找下手的机会。

他翻了个身,想象着刚才的艳遇和今后的继续,露出了得意与狡诈的笑容,之后,便拉下一床大花被盖在了身上,继续做他的美梦去了。

秋天，硕果累累。院子里的木板篱笆边上硕大的向日葵，已经成熟得弯下了腰。舒彤身穿一件墨绿色带白花的长袖上衣，一条黑裤子，脚上是一双黑大绒拉带鞋，正坐在院子里的一个小板凳上洗衣服呢。

她的面前是一个铝制大洗衣盆。她正在洗衣板上用力地搓着一件春柳的花衣服，右边放着一个小瓷盆，瓷盆里放着已经搓好了的衣服。小春柳上身穿一件天蓝色的上衣，红裤子，头上的板凳头已变成了两只吊辫，蹲在洗衣盆旁有一搭无一搭地问着妈妈各种问题。他们家的大黄狗正低头在那里寻觅。院子里已经晾晒了一竹竿红红绿绿的被单褥单。

正在这时，巧珍下课回家，见舒彤在洗衣服，便将背包放在了窗台上，洗完手过来端起小盆里的衣服去晾晒。

舒彤忙叫春柳问二姑好。春柳仰头乖巧地喊了一声："二姑好。"

巧珍用手拽了一下春柳的小辫答道："乖，好。"她边和春柳搭着话儿边往竹竿上晾衣服。

自从舒彤结婚来到冯家后，巧珍与嫂子相处甚好。她对这位嫂子感激着呢。她知道，当年要不是舒彤爸考虑到全村只有两个名额的代课教师，主动把舒彤的名额让了出来，自己是不会当上老师的。因为她比舒彤毕业晚，学习也没有舒彤拔尖儿，这在村里已不是秘密。当初，谁都猜测这代课老师的位置会是舒彤的，没想到老书记却让她报了到。

蓦地，大门口有个人影一闪。春柳眼尖，喊道："小姨奶奶来了。"舒彤往门口一看，哪有人影？

郑小双在家几夜失眠，头疼欲裂，便想找姐姐来排遣一下。谁知刚一进大门，就见院子里有人，心中打怵，便想回家，此时，听到春柳喊小姨奶奶，只得硬着头皮走近前来。

舒彤抬头一看果然是郑小双，吃惊道："小姨，嘴唇咋破了？脸色这么难看，连眼圈都青了？"

郑小双听舒彤这一问，眼泪差点掉下来，想想自己没有颜面对别人诉说心里的苦衷，忙把话咽了回去。

刚好巧珍晾完了衣服回来，也问小姨是不是有病了，见郑小双低头不语，也不好再说什么。

舒彤转换了话题，便对巧珍说起了金铁军办加工厂的事，内心里很佩服，问巧珍道："他来半年多了。你到底是咋想的呀？"

不待巧珍回答，只听郑小双道："只要肯下力就行，千万别找那秧子货，一辈子的幸福都葬送了。"

巧珍看了看小姨，点了点头，知道小姨这是说自己的切身体验呢，便问舒彤道："嫂子觉得那人咋样？"

"听你哥说，吃住都在加工厂，从不与别人多唠一句闲嗑，有事只和你哥还有王小虎商量，能吃苦遭罪。我看这人，靠得住。"见巧珍点头同意，又道："晚上和爸妈商量商量，明天叫他到家来吃顿饭吧，把这事早早定下来。你俩先处处，要是行，就结婚吧。不行，咱也别耽误人家。"

巧珍表示赞同，见小姨和嫂子都同意，内心里是分外高兴，便回屋里和爸妈商量去了。

郑小双见舒彤和巧珍把心思都放在了巧珍的婚事上，一颗悬着的心才渐渐放下来，也跟着巧珍进了屋。

第二天，金铁军应邀来到了巧珍家。他就像老朋友一样和巧珍家人聊了一上午，并时常把春柳抱在怀里。谁知这春柳也是，一上午谁都不找，就往他的怀里钻。

舒彤在外间忙着做饭，到中午时，已备好了酒菜，留他在家里吃饭。

整个上午，巧珍听着金铁军的谈话，不徐不疾，很有思路，仔细打量了金铁军，见他的唇色转红，显得脸上愈加白皙，侧脸的线条更显出男人的深沉与冷峻。只见他比来时清瘦了许多，不由想起他是为了自己才来村里的，自己从没去关心过他，心中有些惭愧。

巧珍的心理变化，舒彤看得很清楚，便站在里屋门口手里拿着两棵葱扒着对金铁军说："今天请你来，是我爸妈看你这半年多来为乡亲们受累了，想请你吃个饭表达点心意。当然，这也是我们全家的意思。"

金铁军听舒彤说是全家的意思，真是喜出望外。既是全家的意思，那当然也包括巧珍的意思了。他这样想着，转过头去看巧珍，正碰上巧珍那一双炙热的眼睛也在看他，心中便明白了一切，于是干咳了一声，怀着喜悦的心情掩饰着说："好呀，嫂子，那我就恭敬不如从命了。"

吃完了饭，大家送到门外，郑大双叫金铁军去送巧珍回郑小双那里，并对金铁军说道：“以后晚上要是不愿做饭，就来家里吃吧。”

巧珍听到母亲这样说，扭头看了郑大双一眼，心想：妈，你这是替我做主呀。不过巧珍虽然这样想着，还是随金铁军一起走了。两人沿着西龙水河岸走着、唠着，谈到了很晚才回家。

从此后，两人的关系在村里公开了。村里人都说冯国英家的姑娘会找对象，全找有钱的。冯国英听了这话，真是哭笑不得。

第七章 各显其能

19

兰初明在外面待了一个星期，把念云一春天卖鸡崽儿和山货挣的那俩钱儿，花得精光。令念云没想到的是，他回来那天，还带了两个人来，一进门儿，面露喜色，对念云道："快，给整点儿饭吃。"

念云正坐在炕上织袜子，不知他借钱怎么样了，急忙放下手里的针线，抬头担心地问道："借着钱了吗？"

兰初明站在炕沿前，高大的身躯挡在了念云侧面。他用手拍着她的后背，道："不用多少钱。放心吧哈。"说着抱起女儿来亲了一口，复又放在了炕上，便招呼那两位客人坐。

念云只得下炕生着了火炒菜、做饭，只听其中一个说："安上个简陋的鼓风机做通风设备就行，花不几个钱。"

另一个说："对，只开个采煤通道就能采煤，不难，不像别人说的那样可怕。米哥已经开了三年了，啥事没有。"

只听这叫米哥的人又说道："没事，有人在自己家里都能开煤矿，用不着去办什么开采许可证。申请那玩意儿呢，多费劲，上面下来一检查，啥都不合格。等到你申请下来了，按照国家标准，没个几十万下不来。谁能开得起？"

另一个说："米哥说得对。关键是看煤层怎么样，要是煤层埋藏浅，就像挖个坑一样，掘开地皮就是钱，有什么难的。"

兰初明被他俩这一忽悠，信心百倍，恨不能马上拿铁锹挖一下就见到煤。他甚至觉得一张张大票都在向自己飞来，便急不可耐地说道："那就求二位一会儿替我看看在哪里开矿合适吧。"

二人一同点头说好。然后其中一个用眼神示意兰初明说："你给米哥点辛苦费就行。我就不用了。"兰初明当然明白，哪个也不能少了。人家大老远来的，又是朋友介绍的，面子不能丢。

过了一会儿，念云把酒菜收拾上来，三人便吃喝起来。

到了下午，三人吃喝完毕，到山上各处转了一圈，看好了念云家后面不远的山坡上一个低洼处，井口就选在那儿。他俩又教兰初明怎样打巷道，到哪里买雷管、炸药等，就回去了，说是打巷道时再来。

自从那两人走后，兰初明就开始割树条、锯木头、买鼓风机、运雷管和炸药、打巷木、挖坑道，只因马上秋收了，便放下了开井口的活儿，随着龙水村的各家各户搞起了秋收。

念云几次张口，想把甄多时欺负自己的事跟他说说，都被他打断了。他一门心思要开井口赚钱，根本没想到会发生那样的事。

龙水村的乡亲们怀着对丰收的喜悦，收割了所有的庄稼。庄稼虽然没有去年那样实成，但也不错，在留足了口粮后，村民们开始用车推、用牛车拉、用马车运、用拖拉机送，浩浩荡荡地去粮库交粮了。

当天边还挂着几颗稀稀落落的星星时，大家就胡乱吃了几口饭动身了，到了下午三四点钟才陆陆续续到了粮库。一看，在前面等着排队交粮的人已弯弯曲曲站了一大排，只得耐着性子往后排。可是，都到晚上了也没有轮到他们。冷风吹得他们缩紧了衣服，啃块干粮继续等，到了半夜好歹轮到他们，粮是交上了，但粮库只给他们打了白条儿。

累了一天的乡亲们，包括杨思远和冯国英在内，手里捧着一年的辛苦换成的白条儿，是欲哭无泪。可是不管怎样还得回家吧，他们只好拖着疲惫和饥饿的身体往回走，到第二天上午终于回到了家。

等在家里的女人们怀着焦急而喜悦的心情迎上前来，当她们看到的是只有一张白条儿时，顿时傻眼了。有的无奈叹息，有的掩面而泣，有的放声大哭，有的要找上面讨说法。但当他们看到自己亲人那疲惫的眼神和干裂的嘴唇时，便将所有一切都憋在了肚子里，只得端上热乎乎的饭菜让他们先吃上一口。看到他们没吃几口就倒在炕上熟睡的面容，只能发出无奈的叹息承受着一切。

冯国英连累、带冻、带饿、带急，回家后就发高烧病倒了，在炕上躺了两天水米不进，吓得郑大双、舒彤、志强他们是里出外进想办法退烧，眼睛都累肿了。

到了第三天早上，只见他脸上的红晕退去了，慢慢睁开了眼睛，两行热泪便从他那消瘦的脸颊上流了下来。他本是个内敛而矜持的人，看到乡亲们一年的汗珠子换来的是一张白条，怎么都接受不了这个现实。

他反复在心里琢磨，大家可怎么过年呢？他觉得是他这个村主任没当好，闭目在那里自责了半天，又起来喝了半碗粥，叹息了一声，卷了支旱烟拿在手里，摇晃着去了杨思远家。

他一进门儿，舒彤妈一看亲家公来了，急忙放下了喂狗的食碗，跟着进屋道："亲家来了。"

冯国英坐定，这才知道杨思远去了离村子很远的第七生产社，只好坐在那里与舒彤奶奶和舒彤妈聊起天来。

第七社长程亮家从祖上开始种黄烟，已经有五六十年的历史了。两年前，他的老父亲曾带领七户农民成立了互助组单干，收入还不错。杨思远此去是想打听一下黄烟今年的价格怎么样，看看能不能带领着大家从这上面有点突破。

程亮是个爽快人，当生产队长多年了，今见老书记来，甚为高兴，便从箱子盖儿上拿过了用木头自制的烟盒放在了杨思远跟前。他和杨思远每人装了袋烟抽了起来。

杨思远没抽几口，顿觉这烟味道醇厚、有清香入鼻的感觉，便问道："这烟是自家种的，还是买的？"

程亮将烟袋举在空中晃了晃，亮开了大嗓门道："老书记呀，自家种的呗，能卖好价钱呢。可惜今年种少了，都种了粮食，还只得了个白条儿。"

杨思远一听这话，叹了口气道："我也没想到哇，今年粮食太多了，粮库没钱给了，只给了张白条儿。"

程亮看到老书记脸上挂着从来没有过的低落情绪，心疼道："其实，除了种自己吃和交公家的粮食，咱们可以多种点别的，也不至于到年底了不见现钱儿呀。"

"是呀，只是种什么呢？"杨思远的眼里在寻求着什么，半天道，"对了，你不是说种黄烟挣钱吗？能不能叫咱村的乡亲们都跟你种黄烟呢？”

程亮看了一眼杨思远，略微犹豫了一下，说道：“好，那就种黄烟吧。”想了想，又道：“不行啊，黄烟对土质的要求很严格，别的地方种出来的黄烟味道不一定有这么好抽。但是你家和我家在山坡上的地土质差不多，那里肯定能行。”

杨思远认真地点了点头，道：“也好，就都试试吧。来年春天你给大家讲讲怎样种好黄烟。”见程亮爽快地答应了，杨思远又和他聊了些别的，便起身告辞了。

从程亮家出来，杨思远慢腾腾地走着，觉得浑身一点力气都没有，直冒虚汗。他好歹坚持着走到了家门口，老远看见冯国英正从自家屋门出来，看到他回来了，又和他一起进了西屋。

知道冯国英这几天病倒了，加上刚才自己的不适，杨思远估计，那天去交公粮的人大多都承受不住这个打击。这种情况必须马上向乡里反映，请他们帮助解决农民卖粮打白条的事情。

杨思远接着把去程亮那里的打算和冯国英说了。冯国英听后很赞成。他们决定开春就办个黄烟种植培训班，有愿意栽黄烟的村民可随着杨思远一起种植黄烟。

李书记接到这个消息，向粮食部门沟通了几次无果，也很无奈。粮库没有钱，资金周转不开，说是大概两个月后能给钱，只能慢慢等待。

村里对卖粮打白条儿这事不动肝火的，只有甄多时和兰初明两家。

甄多时觉得自己媳妇和舒彤开着服装加工厂，每天都进现钱儿，这几个卖粮钱早给晚给都一样，不疼不痒。再说，自己承包的鱼塘今年收入也不错，使龙水村的人们随时都能吃上鱼，自己还剩下了二百多块钱。他利用这钱后来买了辆飞鸽牌自行车，每天骑着在村里跑，得意得很。

兰初明也没把卖粮打白条儿当回事，觉得卖粮能挣几个钱。他回来后就开始了挖巷道，连过年都没休息，只在干爸家吃了顿饭，推说自己头疼就回家昼夜不停地开挖。也真是皇天不负有心人，只四个多月的工夫，便见到了煤。

当他一镐刨下去，带出来的是煤面夹杂着煤块时，又换成了铁锹挖了起来，那黑乎乎的煤立即在他的面前铺展开来。他欣喜若狂，当即跪了下去，双手捧着乌黑锃亮的煤贴在了脸上抽泣起来。

哭了一会儿，他怀着激动的心情回家告诉念云说出煤了，要到城里去商量卖煤的事，同时表情严肃地告诉念云不要跟任何人讲，特别是干爸。

过了几天，城里来了一辆解放牌卡车，说是来勘测地形的，回去时拉了满满一车东西，上面盖着苫布，也不知道那车厢里装了什么。车辆行驶得很慢，路过薄冰的地方，压得咔咔直响。

兰初明拿着厚厚的一叠票子，在手上甩了甩，得意地递给了念云，道："媳妇，好好攒着，到时把这漏雨的房子换了，咱盖间瓦房。"

念云接过钱，心中半是惊喜，半是不安。惊喜的是，她从没见过这么多钱；不安的是，丈夫这钱来得不太光明。特别是不让告诉干爸，这就使她心里更加忐忑不安。

王小虎就鱼塘的事来找志强，准备在村里的鱼塘边上两人合伙儿再挖个鱼塘。这是因为村里交公粮的钱，粮库在打白条两个月后，资金周转开了就如数给了村民，这样王小虎手里就有点余钱了。自去年秋天志强打算和他合包鱼塘的事在那晚商量过后，他就活了心。另外，觉得去年甄多时包了鱼塘还算可以，虽然没挣着大钱，但买辆自行车什么的还是绰绰有余，这也比什么都不干强。

他刚踏进志强家的大门，便看见郑小双从屋里出来，忽然想起了去年夏天他问她衣服多少钱，她说"不要钱拿去穿吧"这句话，感到心里一热，又加上她是志强的小姨，便主动打招呼道："小姨来了。"

郑小双正低头开门出来，听到有人叫小姨，声音是那么熟悉，猛抬头一惊，见果然是王小虎，只随便答应了一声，便垂下眼睑急急忙忙走开了。

王小虎站在原地，回身看着郑小双的背影不知如何是好。他的眉头一皱，暗自思忖：自己什么时候得罪她了呢。难道是叫她小姨叫得不对？若论年龄，自己比她大几岁，不该叫小姨，但从志强那头论，也没错呀。他思索了一会儿，没找出答案，不觉苦笑了一下，摇了摇头，进屋里和志强商量承包鱼塘的事去了。

郑小双从姐姐家出来直接去了卖衣服和布料的摊床，正在从柜台里往外拿衣服，就听"啷啷啷"敲柜台的声音，直起腰来一看，如同见到了蛇蝎一般后退了好几步。

甄多时看着郑小双那惊恐的样子，有些玩味地笑了，暧昧地问道："我能吃了你呀？"见郑小双白了自己一眼不说话，又道："咋的，你不感谢我呀？那晚那快活劲儿，嘿嘿，我可时时都想着呢。"

郑小双两眼蒙上泪花，瞥了一眼甄多时那贪婪的目光，恨声道："你别缺德啊。"

"你少和我扯没用的，告诉你，今晚我在村委会等你。你要是敢不来，我就告诉你姐夫去。”说罢，他背着手，趾高气扬地走了。

郑小双晚上从市场回来直接回了家。她知道巧珍去了加工厂还没回家。一进门，看到冷锅冷灶，想起甄多时白天的威胁，不觉趴在炕上哇哇大哭起来。

自从那次受辱之后，她每天都怀着忐忑之心在街上强颜欢笑。她是既害怕遇到王小虎，更害怕遇到甄多时。有几次，她想和舒彤提出不干了，可是不干自己又能到哪里去呢？又怎么才能把甜甜抚养大呢？

哭了一阵之后，她恨起了自己的丈夫。

父亲病逝以后，母亲带着她和姐姐从河北逃荒来到东北，在龙水村落脚后，母女三人艰难度日。不久，姐姐即与姐夫相爱结婚。

等她待嫁之时，来说亲的媒人是纷至沓来，可她却偏偏看中了一个外乡来的二人转演员。妈、姐和姐夫都反对，说是这个人看着不牢靠。

自己当时只是看着那外乡人长得洋气，又能说会道，关键是跟着他以后不用再和土坷垃打交道了，便撇下了所有的备选者嫁给了他，硬是气得妈妈在两年后得了重病身亡。结果是不到四年，那人另有新欢强迫她离婚。

她举目无亲，只好硬着头皮带着孩子又回到了龙水村。好在龙水村的乡亲们淳朴善良，并没有嫌弃她，特别是姐姐一家更是待她如一家人。谁想遇到了这个色狼，弄到了这步田地。

她反反复复扪心自问：生命的尊严和生命的意义到底哪个重要？

对自己，当然是生命的尊严最重要；可对于一个带着七岁孩子的母亲来说，当然是生命的意义最重要。

甜甜都已经上小学一年级了，难道还要让孩子再跟着她奔波吗？

她摇了摇头，理了理思绪，定下心来，为了孩子，她得活着，哪怕是再艰难。

徐根清这几天颇费心思，几夜不敢合眼。因为他发现赤骏的乳房有溢奶的现象，常常后腿单腿站立，另一条腿轻放，看到他时两眼现出求助的表情。他知道这是赤骏要生小马驹的征兆，于是，经常手里举着煤气灯过来观望，并不时地给它加点好料。

这天，他又来观望。不想老伴儿拿着件新衣服跟过来让他试，看见他弯腰举灯往里看，不觉大声问道：“还没生呢吗？”

徐根清急忙摆手嘘了一声，道："别大声说话，赤骏现在怕声音，别惊了它。"

徐根清老伴儿探头看了看赤骏，点了点头，蹑手蹑脚神秘兮兮地拿着衣服又回屋去了。

到了十一点多钟，赤骏生下了一匹湿漉漉的小马驹。生完马驹后不久，它便卧在那里给马驹舔身子。徐根清看着赤骏那认真的样子，想起了舐犊之情，不由一笑。过了不到一个小时，看到小马驹跌跌撞撞站了好几起才站起来的可爱样子，他断定这是个小公马。

到了下半夜，这匹小马驹就会走了，摸索着去赤骏那里吃奶。看到小马驹在妈妈那里使劲儿地吸吮着乳汁，徐根清又抱了几捆柴棵子围在了马棚的周围，这才放心地回去睡觉了。

第二天，徐根清早早起来去到马厩给马填料，看到小马驹早就会跑了。赤骏总是站在马厩的边缘，看着它的孩子，生怕碰着它。徐根清不由得心生感动，进到马圈里抚摸着赤骏的鬃毛说："我的小公主，这回可委屈你了。你的功劳可真大了。"

赤骏好像听懂了他的话，看着他动了动蹄子。徐根清又微笑着为它们娘俩梳理毛发。又过了一个星期，他试着给小马驹带马笼头，对小马驹的训练也就开始了。

其他三户听说赤骏生了匹马驹，也都高兴地送来了粮食和饲草。许寡妇更是乐颠颠地围着马棚看，不肯走，当初那耍泼的样子，早没了。

今春的龙水村，大多数村民听了村两委的建议开始种黄烟。他们在程亮的指导下，在四月份就开始打苗床席苗，一个月后纷纷将黄烟栽到了地里。

当然，也有一部分村民因怕黄烟减产不敢栽，而是上山开荒种地。齐铁柱就是其中的一个。

这日，他扛着镐头来到了西山坡上，先是锯倒了几棵大树，然后将树根子清除掉，便坐在那里休息。他用手抹了一把汗水，突然间看到有个人影在不远处一晃就不见了。暗想：谁在那里干什么呢？他赶忙将新开的一片土地翻好晒在那里，就直奔那人影去了。

他怀着好奇心来到跟前一看，见兰初明正从手推车上往袋子里装煤呢，一排排的柴捆底下掩盖着的是井口，便惊诧地问道："兰哥，你什么时候开的井口呀？"

兰初明听到有人说话吓了一跳，回身一看是齐铁柱，便拉着他坐下问道："咋样，我这玩意儿来钱快，好吧？"

齐铁柱提出要进去看看。兰初明就领他进去了,他一边走,一边介绍:"你看这是我半年来挖的巷道,铁锹一动,煤就呼呼往下跑,就像钞票往怀里钻一样。这说明我挖的方向和进尺是正确的。那钱,还挣得完吗?"

齐铁柱一听,顿时来了精神,问道:"那你开采得完吗?不如我来和你搭伴干,会更快些,反正这煤也挖不完。"

兰初明本不想同意,但无奈齐铁柱已经看见了,怕他说出去,另外觉得他说得也有道理,煤是挖不完的,多一个人多一个帮手,也就同意了他的要求。两人谈好了按七三分成。兰初明分七,齐铁柱分三。为掩人耳目,每天天黑以后往外掏煤,掏了煤用柴捆压住,攒够一车一起往外卖。

20

舒彤坐着村里的拖拉机去市里开会。她是去开发家致富经验交流会的,想想自己那点事情也算不上啥经验,不觉心中有些难为情。

拖拉机遇到一个大坑用力颠了一下,她的视线不由得转到了显田身上,忽地记起志强和她说过显田的对象问题,看着显田在前面开拖拉机那全神贯注的眼神,想起他遇事爱眨眼睛的样子,不觉抿嘴笑道:"显田,你想找个什么样儿的对象啊?"

周显田急速转了一下头,又转过去继续看着前方,答道:"什么样的都行,能过日子,朴实点就行。"然后觉得自己表述得不太清楚,又补充道:"就像嫂子这样的就行。"

舒彤听了抑制不住,扑哧一声笑了出来,有意逗他:"可是这世界上只有一个我呀。"

周显田也觉得自己说话有些冒失,笑道:"我不是那个意思。嫂子,我是说像你一样漂亮、能干、会挣钱、对我强哥又好的,就行。"说完自己觉得还是不对,又说:"不用漂亮了。因为我自己就很丑,关键是得对我好。"

舒彤听着显田在那里自行解释,想想他可能又在急得眨眼睛,便不逗他了,说道:"好,那你好好挣钱,等嫂子给你介绍个好姑娘。"

"嗯,好,谢谢嫂子。"周显田说完,手上加大了油门,那拖拉机朝着市政府的方向驶去了。

舒彤开完了会，听了别人的发言真是受益匪浅，觉得自己没有白来。她决定趁热打铁，当即报了个裁剪培训班进行了一星期的学习，又买了几本时装裁剪书，临回去前决定去看看妹妹舒雅。

当她走进市政府大楼、推开舒雅办公室的门时，舒雅正低头在做各县市区农村困难补助表呢，听到开门声一转头，看到了姐姐。她蓦地站起身来，像蝴蝶一样扑过来，弄得办公室的其他人员都停下手里的工作看着她笑。

舒雅急忙把舒彤介绍给大家认识，说这就是为了她和哥哥上大学舍弃自己上大学机会的那个姐姐。接着，她又问姐姐干什么来了，爸妈还好吗，乡亲们还好吗，粮库的白条给没给钱，等等。待舒彤一一回答完了，这才拉着舒彤的手让她坐在自己的椅子上体会一下。

舒彤笑着看舒雅那虽比以前成熟稳重，但仍稚气未脱的样子，笑道："我再坐在这里，也成不了你。"

众人都用尊重的眼光看着舒彤，看得舒彤都不好意思了，忙道："我该走了。"说着把一件暗红色的、带有荷花大翻领儿的、后面有中带的条绒上衣递给了舒雅，让她试试。

舒雅套在身上，如同是量过她的身材一般合适，便笑着收下了。

舒雅把平时给爸妈买的东西给舒彤捎了回去，一直将姐姐送到大门口，才恋恋不舍地回了办公楼。

舒彤回到了家，刚进门，小春柳就扑上来要她抱。全家人都围上来问长问短。

郑大双一听舒彤又要办服装公司，不觉暗自担忧：这儿媳啥时能给自己生个孙子呢。因为当时农村政策一对夫妻如果第一胎是女孩的，还可要第二胎。她见志强也不着急，心下更是急得不行，只是不好明说罢了，不觉在那里轻轻叹了口气，兀自到外面做饭去了。

舒彤见婆婆叹气，如何不明白。因有了生春柳时的教训，她再也不想生孩子了。她怕在这偏僻地区生孩子会丢了性命，只好假作看不见。

舒彤第二天就和王巧巧商量了扩充和挂牌正规办服装公司的事，并提出公司利润是她和王巧巧六四分成，其他人按月开支，奖金另算，说完又把从市里买来的时装裁剪书交给了她。

王巧巧接过舒彤给她买的书，一边微笑着翻看，一边听她讲解，一边心里盘算着。以前自己给人做衣裳是小打小闹，操心费力，还挣不着多少钱，自从和舒彤合作，她不操心费力，每天动动嘴、动动剪子，还能照顾着孩子，钱就来了。别说六四，就是七三，她也愿意。另外，她觉得舒彤有头脑，不计较，让她感觉到踏实，这也是她不想舍弃的地方，更为重要的是，舒彤经过一个星期的裁剪培训，在业务上将来恐怕是要超过自己。因此，当即表示同意，又和舒彤一起仔细筹划起来。

首先将领导班子定下来：总经理舒彤，副总经理兼业务指导王巧巧，采买负责人冯志强，销售负责人郑小双。班子成员定下来之后，舒彤和他们挨个进行了沟通。

于是，他们开始了租场地、上报、申请、批复等环节，等到生产许可证下来一星期后，成立仪式在村小学的两间空房子门前开始了。

这天的 8 点 58 分，绮丽的彩霞映红了龙水村的半边天，美丽的白云像一条条灵动的彩绸舞在空中，给今天的成立仪式现场增添了一片火红的色彩。龙水村的老老少少都来了，各自寻找着合适的位置。

这是一个星期天，孩子们不上学，操场上很空旷。随着一阵噼啪作响的鞭炮声，成立仪式开始了。只见蒙着红绸子的“龙水彤巧服装有限公司”一行大红烫金字的横幅悬挂在正面墙上，横额下站着杨思远、冯国英、杨舒彤、王巧巧、冯志强、郑小双一排人，对面是黑压压的龙水村村民。

令舒彤没想到的是，乡里的李书记也赶来了。他们急忙把李书记让到杨思远和冯国英中间站好，仪式就开始了。

杨思远主持宣读了“龙水彤巧服装有限公司”成立仪式开始，之后是李书记和杨思远共同揭牌，然后是村主任冯国英宣读了公司领导班子成员组成；接下来是，总经理杨舒彤讲话致辞，副总经理兼总设计师冯巧巧讲话向全村人保证质量；最后是李书记讲话并祝贺，号召龙水村的乡亲们向舒彤他们学习，早日发家致富。

舒彤他们的举动，令龙水村的爷们儿有些待不住了。可是千方百计，没有钱都成了无计，只好干着急。

服装公司成立不久，舒彤给志强买了辆摩托车。志强高兴地带着显田围着龙水村的大道转了好几圈才停下来。第二天，便把做好的衣服带到县城里去卖了，又把新布料进回来，真是方便极了。

转眼到了黄烟掐尖的季节，杨思远正在地里给自己今年新栽的黄烟掐尖打杈，就见念云扛着锄头过来了。

念云来到杨思远跟前，将锄头在地上杵着，低低地叫了一声："干爸。"就不说话了。

杨思远看着心思很重的念云道："咋的啦，咋不说话呢？"

"干爸。"念云把送出去的下巴收了回来，咽回了要说的话，咬着嘴唇站在那里低下了头。

杨思远来到念云面前，语重心长道："孩子，你到底有啥难事啊，这么为难自己，跟爸说说。"

念云终于鼓起了勇气道："爸，初明他，他真开了个小煤窑儿。"

"什么，多长时间了？在哪儿开的？"杨思远惊出了一身冷汗，一连问出了好几个问题。因为他知道，开小煤窑，不出事是暴利，出了事就是人命。这兰初明胆子也太大了，想到这里，杨思远对念云说："走，你领我看看去。"

念云急摇头道："不行。他不让我说。干爸，你明天自己去看吧。千万不要说是我说的。"话没说完，便扛起锄头匆匆走了。

第二天，杨思远和冯国英去了西山，假装在山上寻找什么，转悠了半天，看到了一堆堆的蘑菇，有小黄蘑、松树伞及黏团子，心想：让村民们卖山货也是一项不错的选择。他们走着走着就到了兰初明的小煤窑井口，看到一堆柴火棵子挡在那里，便动手将它们搬开。因为里面很黑，谁也没进，便回去了。

舒彤正领着共青团的团员们在地瓜地里忙活着呢，今年的地瓜地面积比去年增长了一倍。

齐铁柱抬头看了一眼舒彤，见她正在小心翼翼地给地瓜翻秧，这是防止地瓜秧扎根不接地瓜的必要做法。

他迟疑了一下，还是向舒彤走过去，看到舒彤正在把地瓜叶摘下来放到筐里拿回去喂猪，便也摘了一大把送过去放在了舒彤的筐里。

舒彤起身见是齐铁柱，笑道："够了，够了，不劳驾你了。"

齐铁柱又看了一眼筐里的地瓜叶确实已经满了，道："唉，打溜须呗。舒彤，你看我有什么门路能发家致富呢？"因为他和舒彤是同学，所以说话比较直接。

舒彤听他这一问，用手往脑后捋了捋散下来的头发道："哦，发家呀，其实，你可以跟显田学学开拖拉机呀，还可以开个婚庆公司啊什么的，咱这地方缺这些呢，外地都有了。外面都用拖拉机耕田了，可快呢，到时谁雇你耕田不都给钱哪。"她说完了这些冲齐铁柱一笑，“不过得一步步来，不能性急。”

齐铁柱眼珠一转，眨眨眼，道：“那要是开煤矿呢，那玩意儿来钱可快。”

舒彤道：“是，开煤矿赚钱，可那成本高呀，咱们暂时开不起。”

“你姐夫兰初明就开了一个。”齐铁柱神秘兮兮地说着，补充道，“可千万别说是我说的。”

舒彤不信，笑道：“你听谁说的，没影的事，怎么没听我姐说呢。”舒彤虽然嘴上这样说着，心里还是直嘀咕，开煤矿如果投入不大，那就是偷工减料造成巷道不合格和设备简陋，巷道不结实、设备简陋就容易出事故，出事故就要有人命。天哪，她越想越怕，得赶紧回去告诉公公和爸爸。

晚上吃饭时，舒彤看到公公吃完了饭，便把他叫了出来，将兰初明开小煤窑的事告诉了他，当她知道爸爸和公公都知道了此事后，便催促他们赶快想办法解决。因为她不想看到可怜的姐姐家里再出什么变故。尽管她不知道她和她到底是什么关系。

当晚，杨思远、冯国英和王小虎三人提着煤气灯来到了小煤窑。洞口开着，他们便小心翼翼地往前行，大约走了一半巷道，就见兰初明戴着头灯、推着小独轮车正往外推煤呢。他没想到会有人来，看到他们三个人，像受惊的兔子一样惊恐，站直的身子僵在那里不知如何是好了。

杨思远用下巴指着兰初明说：“放在那里，我们一起进去看看吧！”

兰初明如获大赦一般，领着他们三人将里面参观了一番。

出来后，杨思远说：“初明，你这个想法是好的，可是千万不能偷工减料，比如你从三四米处的巷道开始打得就不结实了，送风口和排风口也不顺畅。这些都是安全隐患，得马上改进，另外去县里补个开采许可证回来。这可马虎不得。无证开采，属于犯法呀。”

冯国英也看着兰初明那漆黑的脸，道：“人命关天呀，这是大事。”

兰初明还以为他们三人来是不让他开采的呢，没想到杨思远和冯国英说了这些话，很令他感动。于是，他们走了之后，他就和齐铁柱两人开始了加固巷道、打通送风口和排风口。人手不够，他又从别的村里招了两个工人给他干活。

他没去补办开采许可证。他认为那太麻烦，管着自己的人太多。后来杨思远问起，他就说过两天补办，就这样一推再推到了秋天，也没办成。

白露刚过，村里种黄烟的村民开始割烟了，然后上架、晒烟，一年的好收成使得村民们怀着喜悦的心情做着每一项农活儿。

这天，冯国英将自家的烟晒在了烟架上，正往家走，在路上看到了兰初明，便停住脚步询问他补办小煤窑开采许可证的事。

兰初明不想让冯国英他们追得太紧，于是撒谎说："办完了。"

冯国英又嘱咐了他几句安全方面的话，便去了徐根清那里看赤骏生的小马驹儿去了。

国庆节到了，志强骑着摩托车去城里送货和进货去了。

齐铁柱想起了舒彤让他跟着显田学拖拉机的事，便跟在显田后面要学开拖拉机。他看显田不教他，一着急，痞气上来了，便道："就你那样儿的，再怎么着急，也找不着好媳妇。"

显田使劲儿眨了下眼睛，认真说道："你咋知道呢？我可是处男呀。"

"处男？你是被别人处理的男人吧？"齐铁柱咬牙瞪眼讥笑道。

显田顿时红了脸，骂道："放屁，你，胡说！我是不想娶媳妇，我怕娶了媳妇给我妈气受。"

齐铁柱歪着脑袋斜着眼，扑哧一下笑出声来，道："哼，哼，你要是等到你妈走了你再娶媳妇，那你武功早就废了，娶个媳妇来家干啥，叫人家守活寡呀？"

显田气得说不出话来，上来追着齐铁柱就打。

齐铁柱用手捂着头，只好求饶道："你是处男，你是处男，行了吧？找个媳妇好好发挥你处男的作用。"

正在这时，舒彤过来了，二人结束了打闹。显田匆忙当中教了他几招怎样开拖拉机，便跟着舒彤相亲去了。

村民们也趁着国庆节的好日子到城里去卖烟。程亮到各家各户去尝了尝他们烟叶的味道，果然不出他所料。除了杨思远家山坡上的那块地和他家的烟叶味道相同，其他人家的成色稍差一些。村民们便按照程亮的意思，成色好的，高价钱卖，成色稍差点的，低价钱卖，没有几天，都卖光了。

村民们兜里揣着卖烟叶挣的钱，心里不知有多激动。因为，这是他们一生当中头一次见过这么多钱。有的人一路上用手捂着装钱的口袋，生怕一松手，这钱就跑了；有的人一会儿用手去摸一摸装钱的袋子，看钱还在不在；有的人干脆将手捂在装钱的地方，就没拿开过。

他们喜极而泣，互相拥抱着、安慰着，然后坐着他们独特的交通工具——牛车，或是马车，心里憧憬着来年的美好日子，口里哼着歌儿，三五个人互相取着乐。他们知道，除了卖烟叶的钱，交公粮时还能得到一些钱呢，今年可真是喜上加喜呀。

杨思远也不例外。他的烟叶卖到了和程亮一样每斤五元钱的高价，竟然收入了一千多元钱。

这是龙水村的村民们开天辟地头一次挣了这么多钱。很多人家都在过年时购买了电视机和自行车，家里第一次有了余钱。

那些没种黄烟的村民，看到人家种黄烟挣了钱，心里都鼓着劲儿呢，只等来年再比高低了。

甄多时、志强和王小虎承包的鱼塘也各挣了三百多块钱。

今年的粮食也丰收了，粮库早有准备，村民们在交公粮时，就把钱按时带回来了。

舒彤他们共青团承包的地瓜，也丰收了。看着起出来的地瓜有细长条的、有两头尖中间粗的，有像兄弟一样连在一起的，姑娘小伙子们都乐得合不拢嘴。

今年的春节，龙水村的乡亲们都到城里买了年货，家家户户过了个喜气洋洋的幸福年。

21

杨思远自从知道兰初明开小煤窑的事之后就放心不下，后来又去看了几次，觉得巷道打得还算结实，其他也都可以，便不再说什么了。

过春节时，兰初明穿戴一新回来，还给他买了一桶酒和两包点心及两兜水果。吃饭时和他聊起了小煤窑的效益，说他过年就能盖砖瓦房了，建议村里也开个小煤窑增加收入。

杨思远又苦口婆心劝说他必须办理开采许可证。兰初明在杨思远的劝说下，跑了一个多月，终于办下了开采许可证。

这日，他扬扬自得地背着开采许可证正从志强的摩托车上下来，就见齐铁柱挑着两筐盘子、碗过来了，问道："兰哥，证办下来了？"

"嗯，当然。"兰初明自鸣得意地说道，转身看着筐里的盘子碗，问道："你这是干啥呀？"

齐铁柱也得意扬扬地说道："今年有了余钱了，想办个婚庆公司。"

"婚庆公司？"兰初明的眉头往上一挑，有些意外地问道，"那你还跟不跟我挖煤了？"

齐铁柱有些迟疑地说："我妈说我是独子，不让我干了。但我媳妇说再让我干一年。"他顿了顿又道："我想把这个婚庆公司筹备好了，到年底就不干了。"

兰初明的眉头一皱，轻轻点头道："也好，那我就先找人了？"

他看齐铁柱答应了，回去立马捎信叫米哥给招了外地的两个人来。这样，他的小煤窑就有六个人在采煤了。进村拉煤的车辆频繁了起来，他的票子也多了起来。

一日，兰初明扛着一根碗口粗的木头往家走，正遇上扛着镐头从山上开荒回来的甄多时。

甄多时一见是兰初明，两眼一亮迎上前去，瞄了一眼兰初明那比自己高半头的身材，问道："老弟，钱挣得差不多了吧？何必受这个累？"

兰初明将肩上的木头杵在地上，用手抹把汗水笑道："钱多了还咬人呀？"

"这，可如果挣的钱是让女人的心长了草，就不划算了吧？"

兰初明霎时眼睛睁得老大，问道："谁的女人心里长了草，你听说啥了？"

"啊，不不，"甄多时见目的已达到，便说，"就当我这话没说哈，就当我这话没说。"一边说着一边转身快步离开了。

兰初明此时看着甄多时的背影，疑心突起。他什么意思，难道是念云在外面……？想到这一层，他扛起木头三步并作两步往家赶。

山上的梨树、李子树开花了，一夜之间使山野变得一片雪白。正应了诗人岑参的诗句："忽如一夜春风来，千树万树梨花开。"念云望着漫山遍野像雪一样白的梨树、李子树，心情格外豁亮。她把去年养的四十多只鸡都放了出来，给它们的槽子里添上鸡食，便站在那里看着它们咯咯地叫着抢食吃。

念云去年没跟杨思远种黄烟，原因是种黄烟味儿太大，弄到身上油渍洗不掉，怕卓娅受不了。这时，小卓娅正在屋里拿着根铅笔画画呢。

兰初明进到院子里，将木头使劲儿往地下一放，过来用手扳着念云的肩膀，厉声问道："你在外面背着我做什么事了？"

念云被他问得丈二和尚——摸不着头脑，反问道："我背着你做什么事了？"

兰初明一听顿时火起，道："你还有脸问我？我在外面拼死拼活地给你挣钱，难道是让你在外面和别的男人发贱的吗？"

念云以为他是说甄多时强奸她那件事，就说："那不怨我。我在铲地，是他上来抱住我的。"

兰初明一听，果然是和别的男人有事，一巴掌扇过去，把念云的嘴打出血了。念云啊了一声，顿觉眼前一片昏黑，一个趔趄，倒在了地上，把在那里吃食的一群鸡吓得扑棱棱都跑到山坡上觅食去了。

在屋里画画的小卓娅听到妈妈的惊叫声，出来看到念云嘴角上的血迹，当即昏了过去。

兰初明看到娘俩都躺在了地上，他只得把小卓娅抱在怀里一阵喊叫。小卓娅醒来看到被爸爸打倒在地的妈妈，惊恐地浑身颤抖着放声大哭起来。

兰初明看到卓娅那惊恐的眼神，顿时失去了控制，对着孩子就打。正在此刻，念云苏醒过来，抢过去扑在孩子身上，兰初明那铁一般的拳头就落在了念云的身上。他低头一看是念云，气更不打一处来，拳打脚踢，把念云打得昏死过去了。

等兰初明冲动的情绪稳下来之后，急忙回屋拿来一盆凉水，冲着她娘俩就泼了下去。

只听念云哼了一声醒过来，瞪着一双迷茫的眼睛好半天不动弹，接下来，她好像是回想起了什么，转头抱着孩子无声啜泣起来。

再说甄多时，与兰初明分手之后，得意地背着手到了学校，假装是看儿子，其实是看看郑小双的女儿甜甜在一年级的哪个班。回来之后，他去了郑小双的摊床。因为扩大了业务，所以守床子的还有一个姑娘。

郑小双一看甄多时来了，告诉姑娘说自己有事，到后面去了。

这甄多时到摊床前对那姑娘说巧巧阿姨有事对郑小双说，径直到后面去了。

郑小双扭头看是甄多时，气得嘴唇乱哆嗦，道："你，给我滚出去。"

甄多时鬼魅般地笑道："女人都愿意说反话，你这是想我了。"然后抿紧嘴唇，看了郑小双很久，一字一句道："明天傍晚我在财会屋里等你。你要是不去，就去找你在一年二班的女儿吧。"

郑小双猛回头，看到甄多时一脸的阴诡之色，便垂下双眸，颓废地坐在了凳子上。

第二天傍晚，村财会室里，一切均已完毕。郑小双见甄多时因过度兴奋的脸涨得通红的邪恶样子，厌恶地转身就走。

甄多时一个箭步过去拦住了她，淫笑道："怎么提了裤子就不认人呢？这么快就想走。"

郑小双别过脸去，愤愤道："你还想要怎样？"

"哈哈哈，"甄多时发出了一阵轻蔑的狂笑，"我想怎样？你还用问吗？告诉你，这辈子跟着我吧，亏不了你。"说着，从抽屉里拿出了一沓钱递了过来。

郑小双用眼角瞄了一下甄多时伸过来的手，痛苦地紧闭了双眼。

甄多时吐了口唾沫，说道："你不要拉倒。走吧，不过你要是把这事泄露出去，我也就破罐子破摔了，到时咱俩鱼死网破，谁也好不了。"

志强、舒彤、显田和齐铁柱四人在志强家的西屋里待半天了。他们因为商量怎样办好婚庆公司的事莫衷一是。

春柳正在欻嘎拉哈玩儿，见由六块布缝的花口袋裂开了一条缝，便站起身将口袋举在舒彤跟前道："妈妈，口袋漏苞米了。"

舒彤从箱子上拿下了针线笸箩，从线板上拿了根针纫好线，在口袋的破损处敹了几针，缝好后将口袋扔给了春柳，便回转身来苦口婆心劝齐铁柱道："龙水村的地理环境与其他地区不同，太封闭，所以婚庆公司应该是以移动为好，服务上门，省了他们借盘子、借碗、买东西的麻烦，这样才能招揽住生意。"

"那服务上门咱们怎么运送那些盘子、碗什么的，要是人工搬运还不够工夫钱儿，那还谈啥赚钱了。"齐铁柱不无担心道。

"这个，我看可以让显田参与进去。他帮助你搬运所有的婚礼用品，你给他开支不就完了吗？"志强给齐铁柱出招。

显田猛地眨了几下大眼睛，摇摇头，急忙道："我可不行。拖拉机是村里的，我做不了主。"

舒彤看着齐铁柱一脸的无奈、又在那里叹气的样子，便冲显田微微摇头，笑道："你和书记、主任打个招呼，每次出车也给村里抽钱，这样，村里也就有余钱了。白天忙不开，可以清早或者头天晚上就把东西拉去，不是很好吗？铁柱他们该主持就去主持，不影响什么。”看显田在那里沉思，又道：“再说，你不是马上要娶亲了，就受点累，多挣点钱吧啊。”

显田听舒彤这样说，抬头看了一眼齐铁柱，慢慢地长舒了一口气，缓缓说道：“那，就看看他们同不同意吧。”

显田话音未落，只听一个声音响起：“我们没啥意见，只要不耽误村里公务用车就行。”正是村主任冯国英的声音。

他们一齐看向门口，一看正是冯国英和杨思远进来了。原来他们在东屋里商量事情呢，听到了西屋里的争议，便过来表明态度了。

后来，舒彤提议，婚庆公司不是一个人能办的事情，叫共青团的团员们加入进去，参加一次，给开一次工资。谁有时间谁参加，一切听齐铁柱指挥，在场的人都纷纷表示这是个好主意。因志强预备党员早已转正，所以共青团的团员们就一致同意由舒彤接任团支部书记。这是由王小虎的建议，共青团单独设书记的。

次日，舒彤给共青团员们开了会，动员大家一齐把婚庆公司办好，这既对自己有利，也对全村乡亲们有利。团员们一听有钱挣，还能帮助别人，何乐而不为呀，当然是愉快地答应了。

第三天，齐铁柱就拉着显田去了县城买折叠桌椅、横额、喜布、苫布等典礼用品去了。

半个月后，“喜相逢婚庆公司”正式成立了。不管咋样，这也是龙水村的一件大喜事，不光是共青团员们都参加了，就连老书记、老主任和乡亲们也都参加了。

村子里发生了这么大个事，只有兰初明不知道。他把念云打坏了，身上青一块、紫一块，在炕上躺了一个星期都起不来炕。

小卓娅默默守在妈妈身边一句话不说，不说饿，也不说渴，更不看他，就好像他不存在似的，这使他受到了极大的冷落与自责。

他没敢把念云送卫生所，也没敢把念云送王立诚家，看到念云敢翻身，知道骨头没事，就在家里养着了。他这些日子每天是又喂鸡鸭鹅，又得添猪食，又要做饭，还要照顾老婆孩儿，每天忙得团团转。小煤窑的井下也暂时去不了了，地里的农活也干不上了，看到大家都在忙春耕，急得他嘴上都起了燎疱。

这日，看念云好点了，不由得把这几天压在心里的话抖搂出来，问道：“你那天说谁抱你来着？”虽然这几天他仔细琢磨念云不是那样的人，可还是想验证一下。

念云听他这样问，扭头将脸别在一旁，泪水顿时溢出眼眶，没有回答。

兰初明知道不能动手，再动手自己控制不住就要把人打死了，只得耐着性子道：“你说吧，我不怨你。我知道那天不该不问清楚就打你。”

念云听兰初明这样说，心内稍稍回暖，道：“那我说了，你可不能去和他打架。”

兰初明此时只想知道那人是谁，便道：“放心。你说吧！”

念云便把去年夏天在苞米地里铲地时，甄多时上来抱她的事说了一遍。话没说完，竟抑制不住再次哭了起来，然后说道：“不信你问干爸，是他帮我铲完那块地的。我没对干爸说，觉得太丢人了。”

兰初明一听血往上撞，怒睁双眼站起身骂道：“王八犊子，竟敢欺负到老子头上了，老子去弄死他！”

念云急起身阻拦道：“你去怎么说？难道让村里人说苍蝇不叮无缝的蛋，说我也不好吗？再说，不是也没把我怎么样吗？”

兰初明气得紧握双拳在地上转了好几圈，心里的怒气终究不能解，最后一拳砸在墙上。那墙皮哗啦啦掉了一面子，他手上的好几个地方都出了血，这一拳打完，似乎是心里好受了些。

他回身看到念云把小卓娅抱在怀里，吓得闭紧双眼，蓦然想起了杨思远的话“男人打老婆是最窝囊的做法”，不过这次不是因为害怕而是因为感悟。他痛苦地过来抱着她们娘俩泣道：“念云，是我错了。我不该没问明白就动手打你。是我不好，以后不会再发生这样的事了啊。”他知道卓娅一见血就昏迷，吓得把手藏在了背后。

念云在兰初明的怀里哭得更厉害了。她能说什么呢，只能认命吧，又过了几天，便起来和兰初明一起春耕了。

第八章 尘封往事

22

龙水村的村民们看去年老书记他们卖黄烟挣了钱，今春都拼命地毁林开荒种烟。只一春天的工夫，村子周围山上的大树就被伐倒了一大片，村民们如愿都种上了黄烟。

三年一次的选举也已经过去了，大家仍然推选杨思远为村支书，冯国英为村主任。

甄多时一看去年在栽黄烟的选择上杨思远和冯国英颇得人心，也就没敢做什么文章。

这不，很快到了夏季，喜相逢婚庆公司迎接的第一个活儿就是给周显田主持婚礼。

到了吉日这天，周显田家二十桌酒席一字排开，上面摆了同样的碗筷、酒杯，就连炒菜用的大铁锅也是一样的。头天下午齐铁柱就带着人来把灶台砌好了，把该挂的婚礼红布挂好，该买的菜也都送过来摘好了，今天又起早把横额挂上，把接新娘的拖拉机装扮好，一切预备妥当。

嘿，真齐整，真喜庆呀！

人们看着喜相逢婚庆公司是集采买、布置、典礼、后期收拾一条龙，什么都不用周显田和他妈妈操心，就顺顺当当地把婚事办了，既省事，又省时，还省钱，更省心，都觉得这是个好办法。

当时，金铁军就和巧珍商量，秋天他们也要请齐铁柱的婚庆公司来给自己办婚礼。巧珍微笑着点头同意。只这一次婚礼，就为齐铁柱打了广告，以后村里再办喜事，都直接找喜相逢婚庆公司了。

齐铁柱坐在显田开的拖拉机上，往回拉着从婚礼现场撤回来的婚庆用品，心里是比吃了蜜还甜。他不得不佩服舒彤的经济头脑，暗想：要是舒彤当这个村主任该多好呀。刚有这个想法，吓得他赶忙左右看看没人，才吐了吐舌头，嘟哝道："真是昏了头了，现在的村主任是她的公爹啊。"

显田的新婚妻子叫叶佳，和巧珍是同学。他们认识也是巧珍介绍、舒彤领着见面的。叶佳在娘家就会使缝纫机，刚结婚不久，舒彤便把她安排到服装公司里去了，又顺便招了几个村里的小媳妇一起来公司。

公司刚刚和市里的几个摊位订了货，便夜里加班赶这批活儿，谁知新招上来的人马虎大意，把衣服的边儿留大了，使衣服的尺寸稍微紧了一点。

王巧巧看到后，觉得返工来不及了，就提醒了提醒，算是过关了。按说，也能糊弄过去交货，但正好被舒彤发现了，要求大家返工。

王巧巧觉得舒彤这是不给自己面子，心里很不高兴，但表面上也是和大家一起加班，重新拆开进行了返工。

交货那天，谁想人家是拿着尺子一件一件衣服量着验收的，吓得郑小双和志强大气都不敢出，暗暗佩服舒彤要求返工的神机妙算，否则验收不过关，生意从此也就砸了。

他们回去将这事说给大家听。王巧巧这才觉得质量这一关还真是一点都不能马虎的，从此，她对待质量的验收上更加严格了。

农历七月初七日，舒彤带着春柳回来看奶奶和爸、妈。还没吃晚饭，舒彤奶奶便告诉春柳，说今天是乞巧节，也是女儿节，又是中国的情人节，要春柳吃过晚饭到黄瓜架下去听牛郎和织女说话。

小春柳嚷着让小舅陪着去听。奶奶说不行，得在十二岁前才能听到。春柳非得缠着老奶奶问为什么。舒彤奶奶只得告诉孩子说古时候的这一天，女孩家都要穿针乞巧，天上的喜鹊也飞来在银河上搭桥，让牛郎和织女相会。最后奶奶又说："这都是神仙做的事情，只有小孩儿听才行，因为小孩子也是神仙，大人听了就不灵了。"

小春柳半信半疑地来到了门外，盼望着夜间快点降临，她好去黄瓜架下听牛郎和织女说话。

哪承想，不一会儿，春柳就跑回来了，告诉老奶奶她听不成话儿了，因为外面下起了好大的雨。

这时，屋里的人也都听到了哗啦啦的雨声。顷刻间，越下越大，大雨竟然变成了比手指甲还大的冰雹，噼里啪啦砸得大地和外面的瓷盆等家什乒乒作响。这冰雹下了大概有一个多小时，方才止住了，可是外面菜园子里的蔬菜和黄瓜架已经被砸得稀巴烂。

小春柳看到黄瓜秧被冰雹砸得掉落到地下或垂在架上，自己不能去黄瓜架下听声儿了，急得大哭起来。舒彤奶奶赶紧把她抱到炕上哄着。

这时，只见杨思远急匆匆进门来说道："完了，烟叶恐怕是不行了。"话没说完，又奔出了门外。

杨思远站在了烟地旁。他的心沉得几乎不能呼吸，只见长势很好的烟叶，都被冰雹打得一条条的。他上前用手托起这些像麻线一样的碎烟叶，眼眶发热，心里一阵难受，便坐在了地上。

这时，所有种黄烟的村民都出来看自己的烟地，一看这种情况，有的人是绝望地仰天长叹，有的人是跪在地上哇哇大哭。老天哪，你为什么总是和龙水人过不去呀？天哪，我们龙水人到底怎么得罪你了？到手的钱就这样被你一场雹子又砸没啦……一时间，哭的、喊的、叫的，乱作一团。

等他们哭喊够了，才发现坐在地上满脸淌汗的杨思远，有懂得的老人说他这是犯了心脏病，忙从家里拿来了药物给他吃上，这才将他送回家。

翌日，程亮听说了杨思远的病情，过来看他，并告诉他赶紧号召烟民把冰雹打碎的叶子掐掉，这样营养才能供到杈子上，杈子长好了还是可以卖钱的，能挽回一些损失。

听到还有希望，杨思远的病也好多了，忙叫程亮去村委会广播通知烟民们明天都去烟地，由他给大家讲怎样掐烟叶救灾。

第二天开始，种烟的村民们都带上了围裙，开始了把打碎的叶子掐掉的抢灾救灾劳动。

念云正在做午饭，听说干爸病了，忙进屋劝说兰初明去帮助干爸干活儿，让烟杈子尽快长出叶子来，能够换一点钱。

兰初明本不想去，但考虑到前些日子自己刚做了对不起念云的事，只好放下小煤窑的活儿去帮干爸救灾。

杨思远手里拿着一大把打下来的碎叶子，一抬头见兰初明从远处来了，很是高兴，便给他示范了怎样掐掉烂叶子。

兰初明打眼一望，满地的烟叶都成了线麻状，大家都在忙着打叶子，谁也顾不上和谁说话。正在此时，他的眼睛一亮，哎呀，那不是那个王八蛋吗，怎么他也在这里。他这样问着自己，心里就想着他欺负念云时的情景，恨恨地想：兔崽子，怎么也不能便宜了这个王八犊子。

等到天煞黑的时候，地里的人都回家吃晚饭了。他看到甄多时像有意躲避他似的，从地的另一头走了，便和杨思远打了声招呼，紧随着甄多时跟了上去。

走不多远，他看到甄多时去了村委会，心想他又有公务，暂且饶过他这一回吧，便转身回家去了。

过了几日的一个傍晚，天已黑了。舒彤给卓娅做了两套秋装，捎信叫念云去拿。念云因伤没好，不好出门，便叫兰初明去拿。

兰初明走在了夜晚漆黑的小道上，突然眼前有个人影一闪，看那走路的姿势他知道了是谁，便隐在草丛中跟踪着到了村委会的财会室。

财会室没开灯。兰初明有些纳闷：这王八犊子来加班怎么不开灯呢。正犹豫间，就见又有个人影一闪进了财会室，借着月光，他看清楚了，是舒彤的姨婆婆。天哪，他们两个怎么弄到一块去了？他这样想着，就使劲儿将脸贴近了窗户，只听里面男人说道：“哎呀妈呀，小心肝儿，你可想死我了。”没听到女人说话，之后有凳子倒地的声音，就听那男人说道：“也不是初次，怎么这么麻烦呢，快点。”接着听到有女人抽泣的声音，往下是窸窸窣窣脱衣服的声音。

兰初明强压怒火在等待着良机，估计能抓到把柄了，便一脚踹开了门，背对着郑小双把甄多时抓了个现行儿。

甄多时听到门响，如同听到了惊雷，吓得立时瘫坐在地上，裤子都没来得及提。郑小双回头见是兰初明，吃惊地张大了嘴巴，呆在那里。

兰初明上去一把薅住甄多时的脖领子，将他拽起来，骂道：“混账东西，你是想把龙水村的女人都试试吧？”

甄多时此刻早已没了那份得意，吓得用手拽上裤子，哆嗦着嘴唇，说道："是，这娘们儿，愿意的。"

郑小双一听，脸都气红了，道："你真不是人！你拿我女儿要挟我，还说是我愿意的。"

兰初明听到这里，那火气早已顶到脑门儿，气得抡起了拳头，照着甄多时就打了下来。只几拳，就把甄多时的牙打掉了几颗，满嘴淌血。

这时的甄多时，眼睛被血糊住，连话都说不出来了，只觉得头一阵阵发晕。他这时只有一个愿望，那就是兰初明别把他打残了。

他的担心变成了现实。兰初明觉得不出气，便抬起脚照着他的腿上踢去，还在小腿上连着踹了几脚，边踹边说："留着这狼腿有什么用，到处去祸害女人。"

甄多时感觉腿一阵麻木，心想：完了，腿断了，刚有这个意识，就昏过去了。

郑小双看到甄多时昏过去了，怕出人命，就伸手拦住了兰初明，说道："别打了。我们走吧！"

兰初明瞪着一双血红的眼睛，愤愤道："等等，不能便宜了这小子。"说着开了电灯。

他们静静地等了一会儿，见甄多时醒过来了，兰初明便顺手从他的桌上撕下了一张纸，将脚踏在他的断腿处，对甄多时说道："我说你写。"

甄多时艰难地扭身趴在了地上，疼得额头上的汗珠子直往下掉。只听兰初明说："我今天强奸郑小双未遂，给她造成了精神痛苦，今后若再纠缠她或拿她女儿要挟，不得好死，天诛地灭。现愿拿五百元赔偿费，算是两清，永不反悔。"

甄多时听到拿五百块钱，刚想反驳，不想兰初明脚下一用力，疼得他差点又昏过去，只得接着写。就听兰初明厉声道："写上立字为证，把你的名字写上，年月日。"

甄多时写完了，兰初明一把拿在手里，从桌上把印泥盒子拉过来，打开盖子，说："摁上手印。"

等甄多时摁完了手印，兰初明拿在手里看了看，在手上甩了两下，递给了郑小双说："小姨，拿好，看他以后还怎么欺负你？他要再敢欺负你，拿着这个去派出所告他。"

郑小双此刻头脑非常清醒。她知道自己的噩梦结束了，激动得脸上泛着红光，感激地点着头，伸手将字据接在了手里。

此刻，甄多时哀求道：“初明，看在咱们是乡亲的分儿上，你救救我，把我送到王立诚那里去。我的腿可能是断了。”

兰初明轻蔑地问道：“好，你怎么对王大夫说这事？”

“我就说，我跌倒了，你看到了送我来的。”说着，他的眼里泛出了屈辱的泪光。

甄多时从王立诚家里回来，见王巧巧在公司加班还没回家，便躺在炕上休息，两个孩子给他盖好了被子，便到西屋玩儿去了。他使劲儿抬头想看看自己被打了夹板的右腿，没想到头刚抬起来，就牵扯到腿上的疼痛，使他立马躺回了原来的位置。

不知待了多长时间，他听到了开门声，知道是媳妇回来了，便紧闭了双眼，假装睡着。听到媳妇的脚步声由远及近，又由近及远，知道她回西屋睡觉去了，心里顿时放松了许多。

这几日，不管白天黑夜，甄多时都失眠，一想到郑小双手里的字据，就感到懊恼、窝火，做梦都想不到的事情叫他摊上了，美梦变成了噩梦。更加上村两委的干部们听说他摔折了腿，都赶来看望，也不得不自圆其说，更觉无地自容。

23

在村党支部杨思远的办公室里，杨思远站在窗户前，双眸透过远方的田野望向了山外，只听坐在木椅子上的冯国英双手捧着个茶缸喝了口水，说道：“今年的黄烟长势极好，看来又是个丰收年哪。”

杨思远将目光收回，落在了这位老搭档身上，见他黝黑的头发里添了丝丝白发，便道：“嗯，只别像去年似的来场冰雹就好。”说到这里，他转了话题，“国家在去年取消了粮、棉、猪的统购派购，给了咱们充分的生产经营自主权，农产品也可以自由上市、自由交易了。我想，这会使黄烟市场更加繁荣了，有利于咱们烟民挣钱哪。”

“是呀，虽然咱们去年烟叶数量减产，但价格上做了调整，也还是很划算的。”

“种烟能使乡亲们致富，但存在一个问题，这么下去，我担心土地增多了，森林减少了，会不会遭到老天的报应……”说到这里，杨思远停住了话题。

“可是，你不让他们增加面积也不行啊……”冯国英话还没说完，只听砰的一声，门被撞开了。念云披散着头发一下撞进门来，喊了声：“干爸，出事了！”

冯国英听了噌的一下子从椅子上站了起来。杨思远一步跨到念云面前，二人同声问道："出什么事了？"

念云哭道："干爸，冯大爷，俺们家井口里面塌了，有人埋在了里面。"

"快，叫王小虎和志强他们赶紧组织人抢救。"杨思远一边说着，一边从衣服架上抓起了外衣就走，把衣服架子带倒了，摔掉了两个挂钩。冯国英去广播室喊人去了。

今年春天，当初帮助兰初明开矿的米哥来看了井口的情况，劝说兰初明把井口卖了，告诉他开矿一般不超过三年，并建议他再投资开窿，不长期开采，一样能赚钱。可兰初明见煤炭价格见天往上涨，利润太大，他经不起这个诱惑，便把米哥的话忘到了脑后，每天忙着采煤卖煤。

转眼到了秋天，他的钱积攒得差不多了，准备盖三间砖瓦房。这在龙水村还没有先例。因此，他每天乐颠颠地忙着采购备料，就疏忽了井口的管理。

杨思远来到山上，经过兰初明家时，看着兰初明买的砖、瓦等房料都堆在那里，顿时觉得胸口发闷。他稳了稳神，大步流星地去了井口。

兰初明正在组织人抢救呢，满脸的汗水，不是因他高大的身躯和别人不同，杨思远几乎认不出他来了。见到杨思远来，他简单说了几句话，就又弯腰往外清煤。不多时，村里的老少爷们儿都来了，井口内的清理加快了速度。

天黑时，终于将埋在煤里的人挖出来了。那人鼻口出血，早就咽了气。

死方家里只有这一个儿子，家属哭得死去活来，非要四十万。兰初明把所有的积蓄都算上也不过才三十万多一点儿，上哪儿去弄那十万呀，一家人愁得唉声叹气，没了天日。

过了两天，吃过早饭，兰初明对念云说："我今天去城里看看朋友们能不能帮上这个忙。"

过了三天，他胡子拉碴地回来了，只借回来了三千块钱，垂头丧气地把钱扔给念云，就叫念云给他炒菜喝酒。

他坐在地上的小饭桌前，喝呀，骂呀，一直喝到了晚上，又骂到了半夜，把自己喝得眼睛通红、眼神迷离，想想自己这三年辛辛苦苦挣的钱一夜之间就飞了，还赔上了十万。又想想自己以为可以两肋插刀的朋友转眼间变为了陌路人，更为痛心，便捏着酒杯在那里抑制不住地哭了起来。

念云不敢睡觉，趁着卓娅睡着了，便坐在炕上为卓娅补着一条蓝色小裤子的膝盖处，见兰初明在那里哭，便放下针线劝道：“钱是身外物，咱们慢慢还吧。你别太伤心了。”

“怎么慢慢还哪？那家一分钱都不少哇，少一分就要送我进监狱。天哪，念云，我该怎么办呢？”话没说完，由于用力过猛，咯哧一声，手里的玻璃杯被他捏得粉碎，血从手指的各处涌了出来。

念云一见，忙找了块白布替他包扎。由于兰初明几天来的郁闷无处发泄，又加喝了过量的酒，见念云上前来，他猛一推，就把念云推倒在了炕沿上。念云的手就摁到了熟睡的卓娅身上。卓娅被摁醒了，睁着蒙胧的眼睛看着妈妈，忽听一声：“你，这个败家娘们，你压着孩、孩子了。你眼瞎呀？”

卓娅转过头，就看到了爸爸正在滴血的手，又昏过去了。念云抱起卓娅一阵呼喊。好半天，她才苏醒过来，惨白的小脸上一双惊怵的眼睛不敢看爸爸的手，而是惊恐地看着爸爸的脸大哭起来。

卓娅惊恐的眼神触动了兰初明的神经，只见他一步跨上了炕，握紧了拳头，对着卓娅的脸就打了下来。

念云来不及多想，上前用力将兰初明一推，兰初明就倒在了卓娅的身旁，又从卓娅的身旁滚到了地上。

这时的兰初明已经失去了理智，从地上爬了几下终于爬起来，跌倒在炕沿上，嘴里骂道：“你这个败家娘、娘们儿，还敢打我了。你看我今天不弄、弄死你。”可是他由于酒喝得太多，怎么都起不来，便用手指着念云说：“我，我起、起来，弄、弄死你和那小丧门星儿。”

夜，已深了，外面凛冽的秋风刮得门窗呼啦作响。念云哄着卓娅睡着了，看着烂醉如泥的兰初明，不知明天他醒来会是怎样的结果。

无奈之下，她猛地想起了过年时，舒雅从市里农科站拿给她的一瓶农药，说这药打上草就全死了，苗却活着，正要在全国推广呢，叫她先试试。并告诉她这药毒性大，如果人碰到就要过敏，甚至中毒，嘱咐千万不要让卓娅碰到。

想到这里，念云一声叹息，犹豫着从墙角拿出了这瓶农药，没有多余的考虑，赶紧把它倒在了盆里，又按比例放了些水，戴上手套，将兰初明的衣服解开，在他的身上抹上了药水，尤其在大腿内部多抹了些。

她的内心很平静，只有一个愿望，那就是只要明天他醒来没有力气来打她娘俩，就心满意足了。她边抹药边想：你别怨我呀，过几天疙瘩就消了，不会有什么大事情的。她这样想着，抹完药后，也放心地睡着了。

谁知第二天，念云正在做饭，就见兰初明醒来，在那里捂着肚子打滚，说是恶心想吐，浑身起了红疹。她不敢怠慢，忙过来将他抱起，问他哪里不舒服。兰初明说哪里都不舒服，大概是昨夜喝酒喝多了，也没提昨晚要弄死她和孩子的事。念云看着他身上的红疹和难受的样子，觉得就是过敏，也没放在心上。

到了下午，愈加厉害，念云就去卫生所请了大夫来看，大夫看了半天不知是什么病，给他开了止痛和治疗肠炎的药物，走了。可是，到了晚上，念云见兰初明吃的饭都吐了，还是不见好转，便去找了杨思远。

杨思远详细询问了经过，觉得这事不简单，赶紧叫显田开着拖拉机拉着兰初明，由志强陪着去了县医院。

到了县医院，已经是半夜了，大夫抢救效果不好，第二天一早捎过信儿来，让家属去一趟。

念云一听，顿觉六神无主，把卓娅送到了干妈那里，简单收拾收拾，坐着志强回来接她的摩托车去了县医院。

念云跟志强急急忙忙来到了抢救室，看到大夫、护士围了一群人，顿时放声哭起来。

大夫安慰念云不要哭，详细询问了兰初明的得病经过，听完了念云讲述之后，主治大夫呼吸急促，急问道："你给他抹的什么农药？"

"大家都叫它'对草快'，瓶子上写着什么草枯。"念云小心翼翼答道。

众人一听，惊呼道："百草枯。"

念云张着嘴，皱着眉头，木讷地点头道："好像，是吧。"

当下主治大夫一声惊呼，遂对众人道："快，给他清洗身体，输液。"又转身对念云道："用盐水给他漱口，不要吃辛辣食物。"

念云从大夫的表情中知道了问题的严重性。她傻傻地站在抢救室外面，大脑一片空白。大约一个小时后，一个大夫出来告诉她说危险已经控制住了，只是不敢保证以后怎么样。

念云在医院才知道，她给兰初明抹的这种农药叫"百草枯"，是近几年才进入中国市场的，因这种农药具有见效快、伤叶不伤根、斩草不除根快速触杀等特性，且对作物、树木没有伤害而受欢迎，但对人的毒性极大，凡是中毒者生还的希望不大，所以使用时绝对不能马虎。

念云听了这些，惊魂夺魄，如同被人抽掉了脊梁一般，难以言状，头都抬不起来了。只好每天打起精神尽心伺候兰初明，希望大夫能快点把他治好。

过了两天，兰初明身上起了很多大泡，有的地方已经感染了，发着高烧。县医院经过会诊，建议他们转院治疗。

转院的第三天，兰初明的高烧退了，人很清醒。念云看了很高兴。但大夫告诉她不能乐观，说这病反复性很大，要她预备后事。

念云听到这个消息，趴在兰初明身上泣不成声。

夜，非常静，退却了白天的忙乱。兰初明睁着无神的大眼睛好像预感到了什么。他伸手将念云的手抓起放在胸前，轻声道："念云，大夫是不是叫你预备后事？你不用哭。我告诉你，这都是劫数。"

念云抬起泪眼看着兰初明，见他的脸上英俊中带着温和，比平时更加动人。此刻，他那棱角分明的唇角勾起，看着念云，继续说道："我知道，我配不上你。可你知道吗？我当初是那么爱你，你没给我任何机会，所以，我跟踪你，在小桦树林里把你强奸了，使你被迫跟了我。现在想想，这事，我当时做得太下作了。这是做损哪！你，是不是特恨我？"

这真是人之将死，其言也善。念云听到他说这些，不免摇头，用手捂着兰初明的嘴，哭着不让他说了。

兰初明轻轻拿开念云的手道："不，你让我说完。我知道，我没有几天了。人哪，得到了就不珍惜，这是通病。结婚后我想，反正你也是我的人了，怎么样都无所谓的。不知心疼你，还总打骂你，这是老天看着不公，对我的惩罚吧。"说到这里，已是泪如雨下，遂将念云的手重又拿起放在了自己的脸上，一边哭一边将她的手来回在自己的脸上摩挲着，泣道："念云，死在你手里，我心甘情愿。"

"不不，大夫不让你多说话。再说，这几年，你为了这个家也吃了不少苦……"念云急忙打断他，泪水不断地滴在兰初明的衣襟上。

"可是，你不知道，我该死。如果我不死，那我就会把卓娅打死。"看到念云惊愕的表情，只听兰初明带着浓重的鼻音说道，"你知道吗，在我小时候，大概是八九岁吧，有一天，我们五六个小孩子从地里刨苞米茬子回来，一只小黄狗从我们身边跑过，有一个小孩儿扬起手里的棍子就把小狗给打倒了。小黄狗挣扎着爬起来又跑，可我们几个没有放过它，都追着用棍子、用镐头，撵着把狗给打死了。临死前，那狗用恐怖的眼神看着我，似乎是它永远都不会放过我似的，使我不寒而栗，就停下了举起的镐头。从那以后，我不敢看狗，怕那条狗会托生了另一条狗来报复我。这事过去了很多年，我已经淡忘了，谁知卓娅每次见血昏迷后再看我的眼神，就如同那狗一样，使我惧怕、恐慌，因此，总是失去理智地打她，为的是让她的眼神从这世间消失。你说，我活着，卓娅能活着吗？这就是老天不让我活了呀。卓娅是老天代替那死去的狗来惩罚我的。”

在医院里，念云终于知道了卓娅见血就昏迷属于严重的晕血症，又见丈夫躺在病床上治愈的希望很渺茫，便深深感到了生命的脆弱与无奈，不觉悲从中来，泪如雨下。

此刻，她听到兰初明说到这里，禁不住强打起精神连连摇头，说道：“你别说了，你快别说了。”话没说完，便趴在兰初明的身上又痛哭起来。

兰初明用手抚摸着念云的头发，说道：“别哭了，明天把卓娅带来吧！我想看看她。我对不起那孩子！”见念云含泪点头，便放心地闭上了眼睛昏睡过去了。

念云第二天并没有把卓娅带去。她以为兰初明已经好了，一天二十四小时不离左右尽心伺候。他们相约等兰初明出院好了，要恩爱一辈子，再也不打仗了。

没想到的是，在一个星期后，兰初明突然出现了肺纤维化、肾脏衰竭现象，医院下了病危通知，志强这才赶快回来接卓娅和杨思远。

他们三人来到了抢救室，推门看到念云在给兰初明洗衣服。兰初明双目紧闭，瘦得已不成人形，身上挂满了各种抢救器械，听到了卓娅的声音，微睁双目，侧脸看向女儿，先喊了声干爸，接着用手搂住卓娅的脖子揽在胸前，微弱地问道：“姑娘，你吃饭了吗？”

卓娅乖乖地点头，回头看了一眼杨思远道：“在姥姥家吃的。”

“嗯，好……”兰初明想说的话太多，一时不知说什么好了，泪水不由自主溢满了眼眶，好半天，又问道：“这几天，你想爸爸吗？”

“嗯，想。”卓娅一双灵秀的眼睛紧张地看着爸爸，反问道：“爸爸，您怎么啦？”

不待兰初明回答，便听到念云在那里失声痛哭。兰初明听到念云的哭声，便点头示意她过来。等念云过来后，他紧紧地抱住她们娘俩不撒手，口里喊着："念云，祖屋不能丢。我对不起你们，我……"

他大概是觉得自己不行了，松开她娘俩，手伸向杨思远，用尽了所有力气大声喊道："干爸，拜……"话没说完，举起的手猛地垂下，咽下了最后一口气。

24

消息传到了龙水村，乡亲们都震惊了，有说兰初明该死的，有说兰初明仗义的，有说念云命苦的，有说念云狠心的，还有说他家那房子不好的，一时间说什么的都有。但更多的是人们知道了那农药的厉害，说以后不管用什么农药都要多加小心了。

兰初明虽然年轻，但因父母双亡，按照乡俗，也是在家停灵三日，便出殡了，埋在了大桦树林边他父母的坟旁。

今天正好圆坟，念云由舒彤陪着，两人提着篮子去了大桦树林，奶奶坐在炕上抱着卓娅一个劲儿地流泪。舒彤妈也陪在身边流泪。

晚饭时，杨家人都没吃几口饭就撂下了碗筷。念云满脸哀伤、头上扎着白头绳，一身泥土侧身躺在炕头。舒彤妈收拾碗筷时，手里的碗没拿住，掉在地上打了好几个。杨思远将一只脚放在炕沿上将腿支起，一口接一口地抽烟。舒彤捂着嘴在那里背对着卓娅流泪。天奇红着眼睛在那里写作业，可半天都不见落笔。

奶奶转身看着刚刚五岁的卓娅。这孩子好像知道了什么，默默地躲在了舒彤奶奶身后。这些日子，由于从小生长在暴力家庭中，她那一双惊恐的大眼睛总是审视着任何人，沉默无语。

舒彤奶奶看着看着，泪水不由自主又下来了。只见她长叹一声对屋里人说："来，孩子们，都打起精神，听我给你们讲一个故事。"

此刻的舒彤奶奶，上身穿一件蓝布棉袄，下身穿一条黑布裤子，花白的头发在脑后绾成了一个髻，面容慈祥、和蔼可亲，盘腿坐在炕上。岁月的打磨，将一个大家闺秀蜕变成了一个完完全全的东北老太太，但她脸上的从容与娴静，却时时刻刻都显示着她的尊贵与高雅。她的思绪飞回到了五十年前，舒缓而怀念的语音从她的嘴里缓慢吐出：

咱们龙水村呀，在这里居住的人都来自四面八方。有一部分是冲着长白山的人参来的。他们不管挖没挖到人参，走到这里发现了这块宝地，就住了下来。再就是逃罪过来的，这里天高皇帝远，不管以前犯下什么杀人放火的罪，在这封闭的天地里，都可以从头再来。也有逃难过来的，见这里土地肥沃，撒种就见粮食，能吃饱就知足了。因此，亲戚传亲戚，子孙传子孙，就这样繁衍了下来。

那是1935年春的山东枣庄，有一个大户人家的千金小姐名叫于红花，十七岁时由父母做主嫁给了从海外留洋归来的富家子弟杨定业。婚后杨定业在县里上班，二人相敬如宾，安稳度日。不料在1940年秋天，日本鬼子因为丢了两个日本兵下令全县搜捕。她的丈夫和世交周英杰夫妇都被枪杀了。

那时，日本人经常是因为一件小事，一个村庄一个村庄地烧杀掠抢，进行屠杀。广袤的山东大地上是一片苍凉。曹操有句诗说道："白骨露于野，千里无鸡鸣。"用在那时是最好的写照。

丈夫在弥留之际，躺在她的怀里，用手指着他们四岁的儿子要他们逃生，并要她将周英杰七岁的女儿一起带走，养大成人。说完，哆嗦着双手写下了一个地址，含恨死在了她的怀里。

于红花顾不得擦干眼泪，将丈夫放在了炕上，一口气跑到了周英杰家，见满院尸体，血流成河。她从里找到外，也没看见他们的女儿小佩兰，急得她大喊："佩兰！佩兰！"这一喊还真起作用，满脸、满身都是灰土的小佩兰从水缸后面钻了出来，喊了一声"婶子"，便跑上前抱住于红花的腿大哭起来。

于红花忙做了个制止的手势，领着小佩兰跑回了自己的家，匆忙中埋葬了四口人——自己的丈夫和周家夫妇及他们不满两岁的儿子，简单收拾了一下行装，就坐上了去往东北的火车。

按照丈夫给的地址，于红花辗转千里、跋山涉水，最后因为流产昏倒在了小桦树林里，被人救起后才来到了龙水村。等她找到舅公爹的家时，他已经离开这里了。于红花望着四周都是群山的封闭村落，终于明白了丈夫的用意，便带着两个孩子在这里住了下来，并把丈夫的头发和遗物埋在了北山大桦树林的边缘，为他建了个衣冠冢。

她，一个大小姐，又嫁了富贵人家，根本不会干农活儿。为了活下去，把两个孩子拉扯成人，她学会了上山砍柴、开荒种地、纺棉织布、做鞋绣花、织衣织袜，什么活儿都能干了。

这日，她在山上刚捡了一根大约有十厘米的干柞木棒子，正想往道上拽，忽听得一个声音在喊："大姐，救救我的孩子吧！"

在这深山老林里，谁会喊她？她觉得是自己听错了，便弯下腰扛起了木头的大头儿，准备继续往外拽。"大姐，求你救救孩子吧！"这回她听清楚了，是个女人很生硬的中国话。她急忙放下木头，在草窠子里找了起来。突然发现一个身穿黄色军装的外国女人躺在了灌木丛里，身下是一片血迹，在她的身旁坐着一个四五岁的、金发碧眼的女孩子。

这个女人用渴求的眼神望着她，说道："求，求你，救救，我的孩子吧！"看到于红花走了过来，她用手指着自己，喘息着说："我，苏联人，来，来你们这里是支援你们打日本的。我们胜利了，要，回国。我出来找孩子的爸爸，孩子的爸爸是你们，中国人。我没有找到他，却受到了追击。求你……带走吧！他们追，要杀我。"

于红花满脸疑惑："谁呀，谁追你呀？"

"快，在这里，这里有血迹。你看，大哥。"远处传来密集的枪声和人喊声。

"快，快走。她的爸爸可能在二战中牺牲了。求你，当自己女儿……"说着，从上衣兜里掏出来一张合影递给了于红花，话没说完，头一歪，闭上了双眼。

于红花看了看边缘已经被血染红的照片上的一男一女两个孩子的亲密合影，耳边听到了越来越近的喊声，知道他们循着血迹找来了，便赶快背起这个惊恐未定的孩子，下山回家了。从此，她多了个闺女。她给她起名叫于枫红，因为她是在枫叶红了的时候将她领回家的。

谁知，等这肤白身高的养女长大后，竟看上了自己的儿子杨思远。思远也好似心在她身上。二人去队里劳动一起出去，一起归来，一起去扫盲班，一起出去玩耍。可怜的小佩兰倒成了局外人，弄得整天哀思百转，满脸愁容。

于红花一看，这怎么行啊，这也对不起周英杰夫妇啊。她长舒了一口气后，将儿子叫到跟前，问道："远儿，你将来准备娶谁当媳妇啊？"

"这，哦……"显然杨思远没想到母亲会问这个问题，便认真想了想说道："娘，我想娶枫……"看到母亲那复杂的眼神，他咽回了后面的话。

没等到他说完，于红花急切地说道："我知道你的意思。那么佩兰呢，佩兰怎么办？"

“哦，这，这……”杨思远头一次将这个问题认真考虑了起来。

于红花无声地叹了口气，道：“儿子，你周伯伯一家只剩佩兰一个人了。如今我们不要她，在这千里之外，叫她怎么活呢？再说，我们先认识的佩兰，后认识的枫红是不是？我们不能对不起已经不在人世的你周伯伯一家呀！”说到这里，她红了眼圈，又往思远跟前凑了凑，语重心长地说道，“佩兰虽然比你大三岁，可她适合居家过日子呀。”

杨思远凝重地点了点头，用上唇咬着下唇，身子无力地靠在了后墙上，一句话都没说。

过了几天，于红花要给儿子和周佩兰举办婚礼了。她特意把于枫红叫到跟前，告诉了她这件事。于枫红听了这个决定，泪水顿时夺眶而出，开门跑了出去。

后来，枫红赌气搬了出去，自己找了个姓王的男人结婚了。没承想，结婚不久，枫红的丈夫去外面讨生活再也没有回来。

枫红独自一人拉扯着女儿过日子。她仍然深深爱着杨思远，给她的女儿起名叫念云。念，怀念，云，远字的谐音，意为怀念思远的意思。杨思远每每听到这个名字，便心生感动，只是自己已经娶了姐姐佩兰为妻，也只能装作什么都不懂罢了。

枫红在她的女儿七岁时得了肝病去世了。在去世前，她领着她的女儿来给她的养母认错，并含泪把她的女儿念云留在了这里，求哥哥嫂子把这孩子抚养成人。

就这样，念云成了杨思远和周佩兰的养女。

杨思远听到这里，那肃穆的脸上满是愧疚，眼里泛起了泪光，手中烟袋锅里的烟丝早已灭了火儿，竟忘了点上；舒彤妈听到这里，那朴实的脸上满是感激，真挚地喊了声娘，已是满脸泪花；舒彤听到这里，那文静的脸上满是激动，奶奶和爸爸的故事令她从中悟到了什么，含泪沉思；念云听到这里，那哀婉的脸上满是惊奇，知道了自己的出身和杨家三代对妈妈和自己的恩情，不由得哀伤恸哭。

大家终于明白，念云为什么长得高鼻梁、大眼睛、身高肤白，原来，她有四分之一的苏联血统。也终于明白，奶奶为什么给念云的女儿起了个苏联女孩的名字——卓娅了。奶奶说，卓娅，苏联语意为生命的意思。

舒彤奶奶讲到这里，已是不能自制，下地开箱子拿出了这张谁都没有看过的照片，递给了念云，颤声问道：“你们现在都已经明白了我说的故事里都是谁了。你们说说，我，该怎么做才能两全呀？”

念云接过照片看了看，已是泣不成声，手中的照片没拿住，飞到了地上。听奶奶这样问大家，她顾不得去捡，起身跌跌撞撞下地慢慢跪在地上，抽泣着说道："奶奶，您没有做错什么。您对我妈的救命之恩和对我们的养育之情，我永远都不会忘。"接着，她又转过身来，对着杨思远和舒彤妈哽咽道："干爸，干妈，感谢你们把我抚养成人。干妈，对不起了，我替我妈给您赔个不是。"

舒彤妈弯腰捡起了地上的照片，赶紧上前将念云拉起来道："傻孩子，自家人，说什么傻话呢？"

舒彤奶奶看了一眼众人，道："现在是，念云出了这样的事情。她今后怎么办？"看到大家没有理解自己的意思，又道："这四十万，还缺十万，加上初明的医药费，眼前的这一关怎么过？"

杨思远接言道："我去找死者家属再商量商量，看能不能有松动。"

过了几天，杨思远找人捎信给了那死者家属。那死者家属来后听说念云家里发生了这样的事情，又见杨思远通情达理，便拿了三十五万走了。

这五万是念云把鸡、鸭、鹅、猪和盖新房的房料等全部卖掉了，加上杨思远这两年种黄烟的钱，剩下的是舒彤将服装公司里所有的钱和乡亲们凑了一些才够的。

还完了账，一切都处理完了，在一个月牙升起的夜晚，念云领着卓娅来到了舒彤奶奶家，进门让卓娅给杨思远和舒彤妈跪下喊姥爷、姥姥，然后拉着孩子站起来，哽咽着对舒彤奶奶说道："奶奶，我把卓娅托付给您和干爸干妈了。明天我去自首。"

一家人看着念云那凄楚而决绝的表情，知道她已经做出了决定，大家你看看我，我看看你，心中是无比酸楚。

只听奶奶未语泪先流，说道："以后，就叫爸、妈吧！"

念云听了这话，心中无限的感激涌上心头，不禁潸然泪下，盈盈下拜，对着杨思远夫妇深情地叫了一声："爸、妈。"

第二天吃过了早饭，念云在杨思远和王小虎的陪同下，走进了派出所。在把她送往县里的时候，全村人都含着泪站在村口送行。

两个月后，传来消息，她被判处了十二年有期徒刑。

第九章 日往月来

25

这是一个深秋的下午，飒飒秋风带着些许的醉意掠过了龙水村的大地，将片片树叶从空中带到了地上，为满山遍野铺上了一层金黄色的地毯。

龙水村党支部办公室，一个年轻人拿着锤子正在往墙上挂规章制度的框架。

站在地上的杨思远，正一手掐腰一手指挥着："右面有点低，再稍高点。嗯，好了。"

年轻人哪哪几锤钉好，跳下地，将锤子放在了木制的、很旧的书柜上，拍了拍手上的土，回头看着墙上，说："杨书记，下午的村两委会议还开不开？"

用手捋了一下自己已花白头发的杨思远笑道："开呀，有些工作提前定下来，便于大家提前做准备，是个好事。"见年轻人点头应着，便顺手拿起扫帚将墙上掉下来的墙皮扫到了一起，抬头问道："今年来收黄烟的穆先生把剩余的钱给打过来了吗？"

那年轻人急忙从墙角拎过来撮子，弯腰将这堆墙皮土扫到了撮子里，然后站起身眯了眯剑眉下那一双深邃有神的眼睛道："嗯，昨天打过来的。不过他说有的烟质量不行，价钱低一些。再说今年种黄烟的人太多了，供大于求，来年得想办法呀。"

"好，尽快给乡亲们发下去吧！"杨思远说着从后腰上摸出了烟袋，点着了火儿吸了起来。

"老书记，我想把山上的树木伐了卖掉一些，给村里买条线，这样通上汽车，大家去城里方便些。再买两台拖拉机，来年春天用拖拉机来耕地，能省去大家不少时间。”

“这个想法好，明天再开个村民会议，征求一下大伙儿的意见，早做打算，连带卖树买线、买拖拉机的事一起。另外，如果通车，一定要先修路，这些都要征求乡亲们的意见。再就是徐根清要分马的事也得处理好了，已经闹腾了好几个月了。”

“好，我想先去看看老主任，顺便也和他说一下。”

“那好，我们一起去吧。”杨思远说着，将烟袋锅儿往烟灰缸里磕了几下掖在腰后，站起身来。

那年轻人从衣架上为他拿下了衣服披在肩上，二人一起往冯国英家走去。

到了冯国英家，杨思远见亲家母郑大双躺在炕上，清瘦的脸上两腮已凹陷进去，正在用手捂着嘴咳嗽。见他们来，用眼神示意他们坐下。

二人落座之后，说明了来意。冯国英一听十分支持。他一边和杨思远他们打着招呼，一边将手里的药碗端到了郑大双跟前，先是吹了吹，试试烫不烫，然后看着妻子喝了下去，这才坐下来说：“小虎，以后有事你就和杨书记直接决定吧，不要总是来问我了。”

王小虎谦逊地说道：“不行呀，不请示老主任心里没底。”说着调皮而虔诚地一笑。

冯国英用毛巾给妻子擦了擦嘴，又把一碗清水递给了她漱口，然后对王小虎说道：“其实，你有老书记坐镇，比我强多了，我还得老书记给撑腰呢。再说，我也不是村主任了。”

冯国英这话没错。他是去年春天换届时自动辞职的。郑大双在换届前突然咯血，检查出是肺癌晚期，因病灶在肺门，无法手术，只得在家保守治疗。

冯国英听到大夫说了这个结果，如同遇到了塌天大祸。巧兰嫁在城里，巧珍已结婚生子单过，巧月嫁在外村，巧娣在城里工作，志强和舒彤已搬出另起炉灶。一大家子人挤挤插插在一起的三间房，突然只剩下他们俩，本来就有些空得慌，现在又把她一个人扔在家里，实在不忍心。

痛定思痛后，他自觉一生欠妻子太多，又加已经五十五岁高龄，需要给年轻人进步的机会，便自动退出了竞选村主任一职。因杨思远是村书记，所以志强和舒彤也都退出竞选。这样，王小虎就理所当然被选为村主任了。王小虎原来的村委会治安委员兼青年员一职由志强担任了。

当下他们三人商量了近期所要解决的问题和来年的打算后，王小虎约马正仁去准备今天下午村两委的会议和明天下午的村民大会去了。

杨思远与郑大双说了会儿话，安慰了她一番，便出了门沿着村中间的土路向西南方向走去。

在郑小双家的东面，有一栋新盖的三间砖瓦房，红色的墙体，红色的房顶瓦，绿色的木制窗户镶着明亮的玻璃分外引人注目。这在周围都是土坯房的村子里很显气派。一辆八马力的拖拉机停在了院内，由一人高的、整齐的木板篱笆沿着菜地的边缘围了起来，给这栋房子增加了些许神秘色彩。

正在这时，一个背着书包的漂亮女孩推开了大门，刚一进院子，就大声喊妈。不见答应，正待进屋子里察看，忽听身后大门响，回身一看，惊喜地叫了声："姥爷！"

不错！这正是舒彤的新家。舒彤替念云还完了账，又调整了经营策略，增加了棉袄和棉裤等几个项目，很受城里人欢迎，便积攒下了钱，盖了这座新瓦房，今年春天刚搬过来。

杨思远刚一进大门，就听见春柳喊姥爷，便高兴地紧走几步，低头问道："春柳，放学了？"

春柳已经十二岁了，很喜欢向老师、爸妈和周围人问各种问题，当得到了满意的答复后，便兴奋不已。此刻，她将书包拎在手上，待姥爷走近，便答道："嗯，放学了。姥爷找谁呀？"

杨思远诡秘地一笑，眉头一扬，道："找你呀。"

"骗人。姥爷从来不找春柳。姥爷只找爸爸、妈妈。"春柳小嘴一噘，说罢，抢先给姥爷开了房门。舒彤正在屋里难受呢，干呕了一会儿，听见爸爸和女儿说话，带着满眼的泪花急忙迎了出来。

春柳见妈妈在，便打了声招呼到西屋里放下书包，将炕上的小饭桌搬在中间，开始写起作业来。

舒彤则陪着杨思远进了东屋坐下，倒了杯水放在了杨思远面前，问道："爸，过两天是念云姐姐的探监日，你去不去呀？"

"我得去呀，不然你念云姐姐盼不着咱们，怕要心情不好呢，听说她的病好些了。"

舒彤点头应着，说道：“也是，爸，我也去，把卓娅带去。”

杨思远轻舒了一口气，良久说道：“你还是不要去了，现在有孕在身，不要叫你婆婆担心吧。”

舒彤略一沉吟，说道：“过年卓娅就要上中学了。我想让她和春柳念一个学校，这样，春柳可以照顾她些。毕竟这孩子太内向了。这是大事情，得和念云姐姐商量一下呀。”

杨思远道：“也行，和你婆婆说一声，再去吧。”见舒彤答应了，杨思远起身回了家。

下午召开的村两委会议，很顺利，意见基本达成了一致。可第二天的村民大会就不同了。

一说卖树买车、买线，进城方便，大家都赞成。一听说是修路，大家就七嘴八舌地嚷嚷开了：“咱们哪有时间修路哇，一天到晚活儿都干不过来呢。”“我家不行，孩子她妈有病了，孩子还没人管呢。”“现在这路不是挺好的吗，能跑个拖拉机什么的就行了呗。”“我们不修，谁愿意参加谁参加。”

王小虎怎么解释，他们也不听。他们觉得这些年种黄烟家里有了电视、自行车、手表，有的人家还买了摩托车，吃穿不愁就行呗，何必修路费那么大劲儿还远水解不了近渴呢。

杨思远一看会场乱了套，便咳嗽一声道：“好了好了，乡亲们，万事开头难。我们不能只想着眼前。虽然我们比十几年前生活是好了，但和邻村相比还差远了。邻村基本都住上瓦房了，可我们村只有一户瓦房。你们说咱们差啥呢？”看到村民们安静地看着自己，便动情地说，“小虎希望大家都过上好日子，都住上瓦房，可是咱们出去卖东西成本太高，赚钱太少，外面的人也因路不好不愿意进来。我们哪里有钱盖瓦房呢？希望大家不要有小富即安的思想，更何况我们只是温饱，还没达到小富呢。”

听到这里，大家互相看着，在寻找着答案，有人问道：“老书记，我们知道主任是为我们好，也确实知道修路好，可是东北这地方冬天有时间了，土挖不动，其他三季哪有时间呢？”

王小虎答道：“等咱们卖了树买回来拖拉机，用拖拉机耕地，那才快呢，用不上多长时间就把地种完了，就像志强家的拖拉机那样，多快呀！我们就用这时间修路，耽误不了农时。”王小虎说到这里，那深邃有神的双眸向杨思远这边看了一下，补充道:“村里实行满勤奖励制度,出满勤的村民,到年末时村委会有奖励。”

村民们一听,也只能抱着试试看的态度了,便不再有人反对。

杨思远和舒彤领着卓娅来到了关押念云的监狱。核实了身份之后,舒彤先去给念云存了钱和物品。在他们等待会见念云的地方,舒彤感觉她握着的卓娅的手心都出汗了,歪头看看卓娅的眼睛在沮丧地看着地下,便用力握了握她的手,向她点了下头,示意她坚强些。

卓娅看到二姨给自己鼓劲儿,紧张的情绪缓解了很多。

不多时,杨思远他们来到了探监室,一进门,只见一行醒目的大字写着:灵魂深处的忏悔,是重新做人的开始。

身穿蓝色狱服、剪一头短发的念云坐在带有栏杆的玻璃窗前,目光急切地搜寻着她的亲人。舒彤急忙推卓娅过去,帮她拿起了话机。

念云看到身穿淡蓝色花上衣、红色裤子、头上梳着一条大马尾、个子已经长到她肩头的女儿,泪水顿时模糊了双眼,只喊了声“卓娅”,就说不出话了。

卓娅也喊了声:“妈妈。”就用手捂着嘴呜呜地哭了起来,然后她猛地将手放在了玻璃窗上,来试图抚摸妈妈的脸。

念云一见,急忙伸出手去隔着玻璃和卓娅的手心相对。娘俩哭得涕泪俱下。

舒彤跟着哭了一会儿,忙用手推了卓娅一下。卓娅似乎明白了二姨的意思,便连叫了三声“妈”,说道:“别哭了!”

念云这才止住泪,抬头看向杨思远,叫了一声“爸”。

杨思远过去拿起话筒,详细询问了念云的生活情况,鼓励她好好改造,爸、妈、奶奶还有全村人都在等着她回来呢。念云表示好好改造,不会辜负大家的期望。

念云看到爸爸的头发比上个月来时又白了许多,便动情地伸手去摸,当手触到冰凉的玻璃时,这才意识到了眼前的处境,不由得眼里又涌出泪水来。

爷俩聊了一会儿,杨思远把话筒给了舒彤。

舒彤接过话筒,早已是泪流满面了,此刻好歹抑制住情绪,姐妹两个互相问候了几句。舒彤便把这次带卓娅来的目的说了。她说:“姐,卓娅过年就小学毕业了,放完假再开学就得选择去城里的中学,我想让她和春柳去一个学校,所以来听听你的意见。”

念云知道女儿从小挨打受骂，性格内向，舒彤怕她心里有阴影受别人欺负，才让她提前和春柳一起上学的，为了卓娅的学习成绩，头几年没少为她下功夫。不觉心下思忖：当年恢复高考，舒彤、天哲和自己都想考大学，可为了能让哥哥姐姐上大学，舒彤放弃了高考的机会，虽然后来自己没考上，但舒彤却永远失去了上大学的机会。现在，为了这孩子，她不知又付出了多少辛苦，自己还有什么愿意不愿意的呢……想到这里，她含着泪感激地点头同意。念云又让舒彤给奶奶和妈妈带好，千恩万谢感激她们把卓娅带大。舒彤看看时间不多了，便把话筒又给了卓娅。

一个小时的探监时间很快就到了，当一个女警察通知念云时间到了的时候，念云疯了般地向卓娅扑来。她那斑白的头发飘起，阳光照射在上面闪闪发亮。卓娅也向念云伸着手哭着喊妈妈。一场会面就这样在撕心裂肺中结束了。

晚上，念云躺在床上怎么都睡不着。六年前的一幕幕闪现在眼前，使她从一个老老实实干活儿吃饭的庄稼人突然变成了杀人犯，每天陪伴她的只有悲哀、忏悔、沉沦和自责，这导致了她的精神严重抑郁。她绝望至极，几次想追随兰初明而去，后来在狱医和狱警的开导帮助下，情况有了好转，但一看到卓娅就控制不住，监狱里的领导便暂时不让她和孩子见面了。

她的思女之情不可抑制地像草一样地疯长。这次是她苦苦求舒彤才得来的机会。今天，她如愿以偿见到了卓娅，虽然当时有些失态，但现在想想心中竟是十分欣慰。

她长叹一声陷入了沉思。六年来，一直纠缠在她心中的结始终都没打开：自己的姥爷和爸爸还活着吗，他们在哪里？姥姥家里还有亲人吗？他们为什么不来找自己？奶奶把妈妈养大，干爸、干妈把自己养大。奶奶、干爸、干妈和舒彤又把自己的女儿养大。自己一家三代的养育恩情该怎样报答。

想到这里，她长舒了一口气，又想起了兰初明生前对她所做的一切，心中不知是爱还是恨。不对，她从来就没有恨，那么是爱吗？她不知道。她从没想到兰初明会让自己这么刻骨铭心，每当想起兰初明对她的好和离世前所说的话，便抑制不住地痛哭流涕。

世界上的爱情有千万种，不知兰初明和念云的爱情属于哪一种？

经过六年来反反复复、刻骨铭心的忏悔和救赎之后，念云觉得，无论是对爸妈家，还是对兰初明和卓娅，抑或是对乡亲们，自己都该好好地活着。因此上，就是这次见面，使念云彻底摆脱了阴影，以健康的心态迎接明天的自己。

26

上次，杨思远向王小虎交代分马问题没过几天，王小虎便和志强召集了抓到赤骏马的其余三家，到徐根清家开会。

原来，赤骏在这六年里生了四匹小马驹，徐根清家已经放不下了。再说，他们三家送来的饲料不对口味，马不爱吃，后来徐根清就不用他们送饲料了，自己上山割草搭配粮食喂马。这就等于是徐根清给他们三家白养了五匹马。可这么下去，自家的活儿干不过来，每年还得忙着给他们三家耕地，实在是费钱、费时、费力。更主要的是自己老了，已经没有了继续养下去的力气。就这样，今年初，他向村委会提出了要将五匹马的其中三匹分给其余三家，自己留下赤骏和一匹小马算是两清的要求。可是，已经协调过几次了，大家就是不同意，今天再次解决难缠的事情。

坐定之后，那三家一听徐根清还是要自己留两匹马，都极力反对，说是要把其中一匹马卖了将钱平分，剩下的四匹马一家一匹正好。

徐根清看着他们说道：“你们说要卖哪一匹呢？卖赤骏？它已经到了中年，给我们出了这么多力。我们忍心卖它？卖别的小马，那谁家要赤骏呢？你们是想把赤骏留给我是不是？可赤骏已经过了繁殖的鼎盛期了，体力大不如从前，以后能不能生小马驹还不确定。”

王小虎终于听明白了，便挨个看了他们一遍，道：“卖也行。那你们这三家要先还徐根清的饲料钱和人工饲养费，还有他每年给你们耕地的人工费用。对吧？要不人家凭啥给你们养马呀？你们又凭啥平白无故分人家的马呀？”

“那我们共同抓了赤骏呀，就是由赤骏才生了四匹小马的呀。”许寡妇理直气壮地说道。说实在话，她可没把王小虎放在眼里。她最打怵的是杨思远，其次是冯国英。她对冯国英不是怕，是掺杂了复杂的感情。

“那你们明天开始轮换养马，一家五年，十五年后的今天再来谈分马。如果，每家不能增长四匹马，或者病死了，要照价赔偿。行吧？这样公平吧？”王小虎看大家都不说话，又道，“不是你们四家共同抓的马嘛，那就要共同养。徐叔一个人养了十年了。你们三家每家只养五年，减半。你们看这样是不是很公平？”

王小虎在村里敢于坚持正义是大伙儿早有体验的，这会儿说出的话又是句句在理，谁都反驳不上来了。只好你看看我，我看看你，低下了头等于是默认。

许寡妇还想逞强，道："你说谁养就谁养啊？那得我们同意才行。"

志强听许寡妇这么一说，气愤道："路不平，有人踩。不是你说谁养就谁养的问题。我想问问，你们在座的每一位，有谁能把马养得像徐大爷这么好呀？别说养马，就是养鸡、养鸭得费多少心血呀。人都是要讲良心的，对不对？"

王小虎见大家不吱声，便放低声音接着志强的话道："够可以的了。徐叔今年快六十岁了。你们还打算让他帮你们养到什么时候呀？你们自己说吧？"

许寡妇更加理直气壮，道："他是共产党员。他应该为我们服务。"

徐根清听到这里，心中一震，泪水顿时浮上眼眶，抖动着嘴唇一句话都说不上来。

志强一听，生气说道："共产党员是为人民服务的不假，但不是为你个人服务的。"

许寡妇紧跟一句："我也是人民当中的一员。"

"你代表不了人民。中国人民向来都有传统美德。他们仁爱孝悌、诚实守信、见利思义、勤劳朴实，他们是己所不欲勿施于人。你这样自私自利的人要是能代表人民，你得把中国人民祸害成啥样儿呀？"

许寡妇从没听到过这样的话。她始终认为组织为她做什么都是应该的，一时间对答不上来，气得暴跳起来，用手指着志强道："你个小王八犊子！你爹还没这样对我呢。"

志强忽地站起身，用手指着许寡妇，回敬道："你再敢骂我，我起诉你。"

曾经替徐根清养了几天赤骏、又送回来的那人一看事不好，要是志强起诉，会把他们也牵涉进去，急忙立起身说道："志强，你别生气了。就按每家一匹分，剩下的两匹给徐哥吧。我同意。"在场的另一人也急忙说同意。

许寡妇一看他们两家都同意了，气得白了志强一眼，气哼哼地说道："那得我们先挑。"

徐根清带着泪眼看着他们应道："好，好，你们先挑吧。"

就这样，他们三家分别牵走了三匹母马，剩下了赤骏和它头胎生的儿子。闹腾了好几个月的分马风波就这样结束了。

王小虎在回去的路上忍不住对志强笑道:“真没想到,分个马匹,还能谈到为人民服务上来。今天要是你不来,我恐怕还真应付不了这个女人。”

志强摇了摇头,笑道:“那怎么办?要想主持正义,就得纠正不正义,才能匡扶正义。”

王小虎听了志强左一个“正义”,右一个“正义”,哈哈大笑道:“志强,我看让你当这个治安委员真是太合适了,最起码有正义。”说完,二人不由得都哈哈大笑起来。

舒彤清早起床,刚推开门,就见鸡鸭鹅都欢声叫着向自己跑来,便将拌好了的饲料分别倒进了三个槽子里,那鸡鸭鹅便一窝蜂似的到各自的槽子里吃食去了。她见小黄狗独坐门旁用乞求的眼神看着她,便回屋里拿了块两和面的大饼子搓碎拌了些菜汤端给了它,那狗就摇着尾巴扑过来趴在地上吃了起来。她又生火把猪食热了下,端出来倒到了猪食槽子里,这才进屋做饭。在做饭的空当儿,扫了地,擦了碗柜、缸盖、锅台和锅盖,烧开了暖瓶水。看着锅里的粥还没好,便去西屋里喊春柳和卓娅起来洗脸,然后自己洗了脸搽了点雪花膏。见春柳已把饭桌搬到了炕上,她便把做好的小糙子粥端到炕沿上,盛了四碗放到桌子上,又把两和面的馒头捡到盘子里端上来,再把炒的白菜和鸡蛋也收拾上桌子,这才开门喊在菜园子里干活儿的志强回屋吃饭。

吃完了早饭,志强和孩子们都走了。舒彤也按照正点上班了。到了服装厂后,她先给大家开了个早会儿,看看昨天有什么问题要解决,今天有哪些任务要完成。开完了早会儿后,舒彤要先向郑小双了解一下市场的需求情况,然后和王巧巧研究一下衣服的款式和下剪的套数,最后到缝纫工作间去现场指导和检查。一般她都在缝纫间和工人们在一起,商量研究怎样达到市场需求,顺便解决她们工作和生活中存在的问题。

快到中午时,她要回家给郑大双和两个孩子做饭。她知道公公今天去了市里给婆婆抓药,便想给婆婆做点好吃的。最近,她让卓娅搬过来和春柳一起住,便于上下学方便和补习功课,也减轻父母的负担。中午做好了饭,她又喂了鸡鸭鹅狗猪,在等孩子时稍事休息了一会儿。

中午,等到孩子们吃过饭走了,舒彤将盛好的饭菜拿好匆匆赶去了婆婆家,进门将饭盒放到了箱子上,又到外间拿个盆将一服中药泡了进去,然后进屋喝了口水，又给婆婆端过去一杯水放在了炕上，把饭盒打开盖，这才过来将婆婆扶起吃饭。

郑大双怕舒彤用力，便扭着身子不让她扶，说道：“我能起来，别伤着孩子。”

舒彤笑道：“妈，我是金枝玉叶呀，那么娇贵。好好吃饭吧啊。”见郑大双接过了饭碗，舒彤又问：“我爸抓药几点能回来呀？”一边说，一边从头上的搭杆上拽下了一条毛巾，给婆婆擦了擦嘴。

“大概得天黑吧。志强呢？”郑大双说着，眼神瞟向了舒彤的腹部，问道，“这些日子还难受吗？”

舒彤笑笑，说道：“妈，不难受了，挺好的，能吃能睡。”接着补充道：“哦，对了，妈，志强去了六社，说是他们社要合作种人参，叫小虎哥和志强参谋参谋去了。”

郑大双放下了饭碗，说了句“好”后深深一叹道：“我也是过来人，怎么能舒服呢。小彤啊，谢谢你为郑家怀了这一胎。”郑大双知道，这是她刚检查出病来的时候拉着舒彤的手，求她为郑家再生个孩子，舒彤才怀孕的，所以她说谢谢她。

郑大双说对了。如果不是她有病求舒彤为冯家再生一胎，舒彤不会再要孩子了。因为生春柳时给她留下了太深的阴影。志强也发誓决不让舒彤再生孩子了。他们觉得有一个女儿就够了，关键是看她出息不出息。

此刻，舒彤拉过婆婆干瘦的手在手里抚摸着，心中有些凄楚，眼眶发热，说道：“妈，快别这么说，这是做儿媳妇应该做的。只是我这些年忙，有点晚了。”舒彤怕婆婆伤心解释道。

郑大双殷殷地看着舒彤，眼泪就悄没声地流下来了。她默默地摇着头，就像是一个孩子那般依赖地看着舒彤又抿着嘴满意地笑了。

舒彤看郑大双吃完了饭，收拾下去，陪婆婆说了会儿话，就去外间给婆婆煎药了，顺便将婆婆刚换下来的衣服洗了晾在了竹竿上。等药煎好了，她把它放在了搁板上，便叫婆婆休息，给婆婆盖好了被，正要去服装厂，却见志强来了。

舒彤和志强交代了几句，就匆匆去了服装厂，因为下午有件重要的事情等着她解决。

志强见舒彤药已煎好，衣服已洗好，妈妈已经睡着，就拿起扫帚把院子扫了，然后进到菜园子里开始拔起草来。他知道，由于妈妈生病，可苦了爸爸了，又要做饭，又要熬药，还要做家务，而他们这些做儿女的，上班的上班，教学的教学，嫁在外村的嫁在外村，就连小姨也是身不由已，经常外出跑业务，根本没有时间来照顾妈妈。

晚上，舒彤拖着疲惫的身躯回家做晚饭了。吃过晚饭，她正在给两个孩子补习作文，志强推门进来。舒彤便问："咱爸回来了？"

"回来了。"志强看着舒彤脸色不太好，问道："下午开会什么事呀？"

舒彤说："现在衣服不好卖了，卖服装的都从辽宁西柳直接进货，衣服和布料都是批发价，比咱们卖给他们的还便宜，所以人家卖完咱们这批货，就要去西柳进货了。"

志强一听，着急说道："哎呀，这不是面临着服装厂的生存问题吗？"

"是呀，所以要赶紧想办法，看怎么能解决这个问题。"

"那，不行，我也去西柳进货。要不咱自己批发回来自己卖呗。"

舒彤长舒一口气，道："看看吧，看情况再说吧。"说到这里，舒彤叫春柳她们回西屋里睡觉，又道："咱妈瘦得厉害。不行，咱们轮班和爸一起照顾吧，咱爸一个人太累了。"

志强点头称是，听见小黄狗在外面扒门的声音，便下地去开门放它进来，接着，和舒彤商量起去辽宁西柳进货的事来。

第二天，郑小双搬回姐姐家的西屋和姐夫一起照顾姐姐，其他的子女也都轮班过来。郑大双看着家里人来人往心里踏实，心情好多了。

杨家今年的春节过得真够热闹。天哲带着媳妇和五岁的儿子回来了。舒雅和天奇也回来了。天奇去年已经大学本科毕业。他学的是金融学，分配在外省的一家证券公司工作。奶奶又和他的孙子、孙女一个屋、一铺炕睡觉了，喜得她是不住地里外屋忙活，尤其喜欢她的重孙子。

她的重孙子喜欢乡下的雪，穿着一双红色的小棉皮鞋，在院子里的雪地上嘎吱嘎吱地踩来踩去，冻得小脸蛋通红，留下两行清晰的小脚印儿。她跟在他的后面在地上踩来踩去，留下了两行不规则的大脚印儿。可那眼神呀，是怎么都离不开重孙子的身影，根本不像一个七十多岁的老人。

年三十晚上，杨思远侧目仔细端量着自己的两个儿子，看到比哥哥还高些的天奇，眉目疏朗，愈加显示出杨家子孙的坦荡胸怀，不觉内心欢喜。在老伴儿进屋拿红纸的时候，他用下巴指着自己的小儿子让她看。老伴儿明白他的用意，不觉抿嘴偷笑。

舒彤奶奶一回头，看到了这老夫妻的默契，不觉一笑，忙向杨思远一扬下巴，又和重孙子玩儿去了。

少顷，杨思远按照母亲的意思，带着天哲和天奇去给父亲和枫红上坟。枫红的坟和杨思远父亲的坟离得不远。

当年，舒彤奶奶又返回到山上去找枫红妈妈，可惜没有找到，只找到了一个带血的军用水壶。

临下山时，杨思远让他们哥俩去到兰初明的父母和兰初明的坟上烧烧纸，算是替念云和卓娅尽一份孝心。

天哲看到今年家里炕梢添了米色的大立柜，炕上是新换的牡丹花炕革，窗户也换了锃明瓦亮的玻璃，家里过年的年货很丰富，就连锅台都用水泥抹得溜平锃亮，厨房里还多了个碗架柜，不觉问道："妈，今年爸挣了多少钱呢，家里添了这么多东西。"

舒彤妈笑呵呵地说："不多，大概净剩了两千多块钱吧！"

"哎呀，家里有那么多存款呢？"天哲、天奇和舒雅同时叫了起来。

舒彤奶奶瘪一瘪嘴，说话了："怎么，光兴你们有钱，就不兴我们有钱啦？"她顿了顿，眉开眼笑，"现在这日子好着啦！"

天哲一边答应着说："对对，奶奶，好着啦。"一边把礼物分给大家：给奶奶、爸爸和妈妈的各是一套衣服，给舒雅的是一件葱心儿绿的绒线毛衣，给天奇的是一块手表，给卓娅的是一件深紫色条绒棉大衣。分完了这些，怡雪从银色的提包里拿出了五百块钱，双手递给了奶奶。

大家一看，都想逗奶奶开心，便笑道："奶奶，我们也想要，怎么没有我们的份儿呀？"

舒彤奶奶笑而不答，顺手抽出了一张给了卓娅，又抽出了一张给重孙子，然后抱着她的重孙子上炕玩儿去了，给了大家一个后背，惹得大家笑声不断，都说奶奶偏心。

在吃年夜饭的时候，舒雅说现在农村种地用农药除草很方便，节省时间，提议要爸爸尽快动员村民用农药除草，不能一朝让蛇咬，十年怕井绳。

天哲也说，这次回来发现村里植被破坏得很厉害，要爸爸抓一抓这个问题，否则引起水土流失就得不偿失了。

两个孩子提出的问题，杨思远不是没考虑过，只是真正实施起来很麻烦。经过他们这一提醒，他倒是觉得过了年和王小虎商量一下，是该抓一抓了。

吃完了年夜饭，天哲他们一家三口去舒彤那里休息了。

春节过后，舒雅要回去上班了，奶奶偷偷把舒雅拽到一旁，问道："什么时候给奶奶领回来个孙女婿呀？"

舒雅笑而不答，见奶奶着急，才又说："奶奶别急，到时候就给您领回来了。"

"还不急，都急白毛儿了，你都三十岁了。你爸妈也不好意思问，就我这老婆子不怕。"舒彤奶奶嘟囔道。

27

冰雪刚刚消融，东龙水河山上伐木的油锯一声轰鸣，惊醒了龙水村的村民，这声音和树木倒地的声音一直响了一个多月，声声都震击着乡亲们的心鼓，拉木材的车也来来回回走了一个多月，方才恢复了平静。

杨思远到山上一看，那像刀削般刚毅的脸上顿时严肃了起来，大踏步走到正在伐最后几棵树的人身边说道："你们是哪里的？难道不懂得伐大留小、伐歪留直、保持间距、保护小树的说法吗？"

那人停下了手中的油锯，吃惊地看着杨思远，另一个站在他旁边像是负责的人说道："我们就是要伐最好的树木，要是给你们护林，到这里来干什么？至于保护小树什么的，我们顾不了那么多，也没时间耗在这上面。"

杨思远听后顿时脸涨得通红，吼道："不行，你们不能走，必须给我们包赔损失，负责把踩倒、砸坏的小树给补上！"说着弯腰将一棵被踩倒的小树扶起来，道，"连起码的伐木常识都不懂，还伐什么木头？"

此刻，甄多时在离他们不远的地方看着杨思远来到了山上，急忙躲到一棵歪脖大树后面去了，一丝诡异的笑容挂上了嘴角，忽地，笑容消失，眸中充满了冰冷，让人看了有种惊怵的感觉。

那对方伐木负责人轻蔑地说道："这你可说了不算。你们王主任和甄会计答应的。你算老几呀，口气不小。"

杨思远一听顿时火冒三丈，大声吼道："我不管是谁答应的，今天这事处理不好，你们别想走。"话没说完，大手一用力，抢下了对方手中的油锯。对方一看这架势，也没敢抢回来。顿时，他们僵持在那里了。

不多时，王小虎气喘吁吁来到了山上，一看山上的植被破坏吃惊不小，便明白了老书记为啥发火了。

他的到来，对方知道了杨思远的身份，不免把嚣张的气焰减了几分。王小虎责怪他们道："你们可以伐最好的树木，但你们不能这么糟蹋林子呀？"

对方张嘴想要辩解，但好像有难言之隐，便闭上了嘴巴。最后，因为对方还有一部分钱没给，但木头已经拉走了，主动权在对方手里，只好承诺多给一万块钱算是补偿。

杨思远怕他们赖账，剩余的木头没让他们拉走，等钱到账户了，才告诉王小虎让他们把木头拉出了龙水村。

这事过后，杨思远详细询问了监督伐木的经过。

原来是王小虎和马正仁在山上监督的。因马正仁的女儿生病，他和媳妇在城里陪着孩子住院呢。王小虎最近因张罗备耕的事特别忙，就把这事交给了甄多时，没想到弄成了这样。

杨思远听到这里，有些明白了原因。他的心一紧，不愿说出这个名字，因这十年来他总感觉甄多时哪里不对，可又找不出毛病来，以前曾听冯国英说甄多时不地道，他俩只好是处处小心，事事提防。

因村里没有懂会计专业的，所以还得暂时用他。舒彤倒是自学过会计，可她是书记的女儿，主任的儿媳，是不能担任村委会的会计的。徐根清的小女儿倒是学了会计专业，可惜在外面找到了工作，不回来了。

想到这里，他无奈地叹了口气，说："小虎，这次卖树的钱要另外公布账目。卖多少钱、花多少钱都写出来贴在村委会的黑板上，让大伙儿监督，最好连发票贴上。在钱的问题上，你一步都不能放松啊。"

"好，放心吧。"王小虎认真地答道。

"作为村主任，既要相信每一个人，也要怀疑每一个人，必须擦亮眼睛啊，用人要用脑分析，否则，一错就全错了。"杨思远还想再说什么，但终究是觉得没抓到把柄，遂将到嘴边的话咽回去了。

王小虎很快买回来两台牵引式的手扶拖拉机和铧犁。春耕时候，他和显田、志强三人开着手扶拖拉机，在地里为那些劳动力差的村民犁地。当然，志强开的是自家的拖拉机。

三台拖拉机一过，哇，太快了，一上午，就犁好了一大片地，村民们高兴得都指手画脚站在地头儿观看。他们犁好了劳动力差的村民家里的地，又帮助没有马匹的人家犁地，好嘛，也是很快就犁好了，最后竟然帮助有马匹的村民犁地。

许寡妇本来心里还打着鼓。她看到志强他们三人在那里你追我赶地给大家耕地，便在心中暗想：一年前分马时，自己在这小子面前耍过赖，也不知他今天能不能报复我。谁知第二家就轮到了她家，还是志强亲自开着拖拉机给她犁的，就好像他们之间从没有发生过什么一样。

许寡妇内心有些感动，看来这小子和他爹一样，仁义。

这天，齐铁柱刚做完了一档送女儿出阁的仪式，带着喜悦的心情来到了田野里。他看到显田开着手扶拖拉机那神气的样子，也想要学一学。以前显田曾经教过他一次，几年下来早已经忘了。

显田想起上次自己由于相亲没好好教他，这次便爽快地答应了。

他让齐铁柱坐上了拖拉机的座位，耐心地教他怎样把住扶手儿，怎样启动油门，怎样关火儿，又看着他犁了几垄地。在一块水田耙地时，显田正想叫齐铁柱下来自己上去给他讲解示范，这时，有人来找显田，说是他妈犯了心脏病，叫他赶快回家。

显田这几年可谓是样样顺心、事事如意。结婚后，媳妇给他生了个大胖小子。他在去市里办事时捎回来各种生活用品，母亲便在自家开了个小卖店，同时给乡亲们看病也不耽误，还能照顾着孩子。

现在，显田听说妈妈有病拔腿就往家跑，跑了几步又回来对着齐铁柱大喊：“哎，我回家了。你先下来吧，明天再教你。”

齐铁柱把手往上一挥，不耐烦道：“走你的吧，没事。”

就在齐铁柱开着拖拉机走到地头要拐弯的时候，田埂上有块石头，弯儿没拐过来，拖拉机的扶手就撅了起来。齐铁柱一看扶手撅起来了，没松手，很想摁下去。这拖拉机的扶手便连同他一起举在了半空。这时,拖拉机的发动机还在转,带动的耙子就把齐铁柱的大腿内侧给刷掉了好几条肉,亏得他脑瓜灵活,及时关掉了发动机,才保住了一条命。

当乡亲们把齐铁柱送到家里去的时候,他妈妈看到血把下半身的绷带都染红了的儿子,放声大哭。

齐铁柱却忍住钻心的疼痛安慰妈妈说:“妈,别哭了。我没死在井口里,也没伤着骨头,还不是托您的福,已经万幸了。”一句话,把他妈妈说得立刻止住了哭声。说完这话,一歪头看到女儿正惊怵地看着他,不敢上前,急忙示意媳妇赶快把孩子带到了东屋里。

村委会召开了紧急会议,就拖拉机的事情重新做了规定:1.新人不许私自开拖拉机。2.新手学拖拉机必须有王小虎、志强和显田他们三人中的一人在场,完全熟练了才能操作。3.春播后,办个拖拉机学习班,每个想学的人都可以学习。

今年由于有了拖拉机参与了春耕,也就加快了春播的速度。等春播完了,小苗还没长出来,不能铲第一遍地。王小虎便领着人去修路了。他雇用了一台铲车来将危险的地方都重新修好了。但是跑线车没批下来,因为客运必须由交通局管理,他们说龙水村的路还不具备跑长途的条件,所以这事就耽搁了下来。

一天,舒雅回来了,带来了她的同事,想给乡亲们讲讲关于杀草农药的使用问题。没想到的是,大家听说是这个内容都不来了,说算了吧,念云的教训够深刻的了。

李书记也派农科站的技术员来讲解,但龙水村的村民就是不为所动,就连杨思远和志强他们也都不太有信心。

急得舒雅脸都红了,只得做爸爸和姐夫的工作,让他们先试行。舒雅的同事只好给杨思远和志强讲了安全使用农药的方法。

他们抱着试试看的态度,怀着忐忑的心理在两块地上喷洒了农药。由于他们喷洒得不均匀,有农药的地方没长草,没喷到农药的地方都长了草。杨思远和志强都认为是农药不好使,便把地又铲了一遍。

村里人看到杨思远和志强在喷洒农药的地里又铲了一遍地,都窃笑起来,庆幸自己没有费这二遍事。

志强在喷洒过杀草农药的地里反复查看着、琢磨着、回想着，哪些地方长了草，哪些地方没长草。蓦然间，他大声呼叫起来，“天哪，这药好使。”因为他发现：凡是喷洒到农药的地方，没长草；凡是没喷洒到农药的地方，就长出了草。

这个发现使志强几乎是一溜小跑找到了杨思远，激动地把这个好消息告诉了他。杨思远听了很高兴，觉得这是解决乡亲们脸朝黄土背朝天的关键。志强又把这个消息告诉了王小虎，让他再做做村民的工作。王小虎也十分高兴。因为，农民的“三铲三耥”，简直就把腰都早早地累弯了。

经过了杨思远和王小虎做思想工作，龙水村的村民都表示等二铲和三铲的时候，看看如果确实好使，可以试试。

第二铲，杨思远和志强连同王小虎三家均匀地喷洒了农药。果不其然，地里基本不长草，只有极个别地方长了草，他们又补了一遍药，草很快枯萎了。

不铲，也就意味着不用耥，那剩余的时间可以做其他活计，这节省了多少劳力呀。村民们眼看着他们三家不用铲地，也不用耥地，真是羡慕极了。有的人家在第三铲时跟着使用了农药，果然是地里的草都死了，庄稼却长得好好的。

志强从西柳进货回来之后，回家看到妈妈虽然不咳鲜血了，可连饭都吃得很少了，便开着拖拉机和冯国英带着她去了省城的肿瘤医院。

在医院里，经过检查后，大夫说是癌细胞已经扩散了。冯国英决定住院治疗，给郑大双办了入院手续。半个月后，嫁在外村的巧月抱着孩子回来照顾母亲。因舒彤已到了预产期，郑大双便把志强往家撵。

志强看着已经一个星期不能吃饭的妈妈，瘦得皮包骨头，每天靠着哌替啶止疼才能活下去，喝口水都哇哇地吐出来，此刻连眼睛都睁不开，却还惦记着舒彤，不免眼眶发热，仰面而泣。

他的心真是两难哪：自己就这样离去，母亲病重实在不该，可妻子早已到了预产期，如果自己不回去，万一发生意外，一生都后悔莫及。

冯国英见志强犹豫，不想惊动妻子，便给志强收拾了东西递给他，示意他快走。

志强在临行前，看到三妹的胳膊上有道鞭痕，便问巧月怎么回事。巧月说是做饭时被锅沿烫的，并把志强推出了病房。

志强走的这晚，郑大双很清醒，破例吃了一碗粥，还有几块肉，连冯国英拿在手里的鸡蛋也接过来吃了。吃完饭，她饶有兴致地和丈夫说话，嘱托后事。

冯国英含泪点头，哽咽无语，只好坐在床前，握着妻子的手，半天啜泣道："大双，我知道，我今生欠你的。你怀孩子是为我，你打掉孩子还是为我。来世，我们还做夫妻，你为夫，我为妻，让这辈子你遭的罪我都替你重新来过。"

郑大双听了这话，泪水涔涔而下，将头埋在丈夫怀里，呜咽恸哭。

志强还没进村子，在小桦树林旁看见了宋大梅。她正捡蘑菇刚回来，因她家在铲第三遍地时也使用了除草农药，所以有空出来捡蘑菇。志强向她简单问了村里的情况后，便要走。

宋大梅叫住了他，说她看舒彤的身子像个双胞胎，问他准备了双份的被褥没有？见志强摇头表示不知，便催促他去预备小孩子双份的衣物。

志强听了宋大梅的话，半信半疑，心想：反正多买了预备着也能用，便开着拖拉机来到了市场，却不见小姨郑小双，一问，说是去了自己家。他立刻有了一种预感，急忙买了几样小孩子的毛巾被和小衣服等，赶回了家里。

他刚走到门前，还没进屋，就听到了孩子的哭声。这哭声很响亮，似乎是要向这世界证明，我来了。志强听了格外高兴，拉开门，几步迈到屋里。

郑小双正在将孩子打成了个蜡烛包，见志强进门说道："快来看，这是你儿子，多强壮。"

志强听了这话很高兴，正想近前去看舒彤，没承想接生婆却大叫起来："不对呀，好像还有一个。天哪，果然还有一个呀。"话没说完，就见一个小生命像鱼儿一样游到了这个世界上。

接生婆将脐带剪断，拎起孩子小脚照着后背拍了几下，这孩子"哇哇"的第一声啼哭顿时溢满了屋角。她满脸笑容对舒彤说道："舒彤，我接生这么多年了，你是第一个在龙水村生双胞胎的女人。"

舒彤妈含着泪惊得张着嘴，看看这个小外孙，又看看那个小外孙，竟然不知说什么好了。

志强站在屋中央，这突如其来的喜讯惊得他站在原地，张着两手在那里傻乎乎地笑着。这时，只听接生婆问道："还有没有小夹被了？"他这才反应过来，一步冲过去，将手里的东西一股脑儿递给了接生婆。

舒彤见接生婆打开了有小孩被子、衣服的小包裹，真是喜出望外，没想到他还这么心细。她本来和志强商量着说去县医院生孩子的，因为自己属于大龄产妇，又觉胎动太频繁，谁知婆婆有病，两个孩子要上学，厂里生意还出现了问题。这不是，还没等志强回来去医院，小家伙儿们就急着出生了。

当下，志强反应过来，将脸探到舒彤耳旁笑道："我的常胜将军，你可真厉害哦，给咱老冯家生了两个儿子。咱妈要是知道了，不知要多高兴呢。"

众人这才想起询问郑大双的病情，听了志强的介绍，不觉都在那里唏嘘不已，感叹生命的脆弱。这时，接生婆收拾好了一切，等志强给了喜钱，便回去休息了。

这里郑小双急忙下地点火给舒彤做饭吃。志强照顾着舒彤和两个宝宝。舒彤妈回家送信去了。正巧春柳和卓娅从姥姥家回来了，见炕上一下子多了两个小孩子，便惊喜地用手摸摸这个，动动那个，觉得好玩儿，然后看着妈妈问道："妈，怎么是两个呀？"

志强见舒彤疲惫没搭话，便逗春柳道："那你说为什么是两个呀？对了，春柳，有了两个弟弟，爸妈以后就不喜欢你了。"

春柳一摇头，冲着爸爸歪头反驳道："才不是呢，稀者为贵。他们是两个，我是一个，公主。"

志强和舒彤都笑起来。志强道："对，咱是公主啊，咱金贵。他们臭小蛋子，不金贵。"

卓娅也上来趴着看看这个的脸，说是像姨父，摸摸那个的嘴唇，说是像二姨。

舒彤看她俩没有太大的排斥感，便催她俩去西屋预习初中课程了，并说过两天检查课程，看谁学得好。

五天后，郑小双和志强去了省肿瘤医院。一进门，看见郑大双微闭双眼，靠营养液维持着生命。巧珍夫妇、巧兰和巧娣也都围在身边，便感觉不好，他几步迈到郑大双病床前，喊道："妈，我回来了。"

郑小双也控制不住地含泪呼喊道："姐，姐姐，我来了。你睁开眼睛看看我呀！"

已经昏迷了三天的郑大双听到了儿子的声音，似乎是有了知觉，睁开双眼，抬了下手，好像要和志强说话。志强知道妈妈要说什么，便上前握住妈妈的手，脸贴在她的耳边颤声说道:“妈,妈,舒彤生了,双胞胎,都是男孩儿。”

郑大双嘴角上扬,眼角淌下了晶莹的泪珠,之后,慢慢合上了双眼,头一歪,离开了她挚爱的亲人。

屋里顿时传出了哀恸欲绝的哭声,人们顿时忙乱了手脚。

郑大双已经埋在大桦树林七天了,和她的母亲做伴长眠在了一起。冯国英每天都来坐在她的坟前说上几句话,然后看着坟上的新土发呆。

这日,他忽觉背后有人按了他的肩膀一下,回头一看,是亲家杨思远来了。不知怎的,见了杨思远,他的泪水夺眶而出,竟双手捂脸抑制不住地抽泣起来。

杨思远紧挨着冯国英坐下,看着他哭了一会儿,便拍了拍他的肩膀说:“生死乃生命中的常事,每个人都得经历,可我们活着的人还得活下去。你可要节哀呀!”

冯国英点点头,又摇摇头,说道:“道理我都懂,可是,走不出来呀。”

杨思远将他拉起,拍了拍他身上的土,说道:“走,去看你孙子去。”

这是龙水村自家庭联产承包责任制以来第五次村支书选举大会,也是一次特殊的支部书记选举大会。乡里的李国凡书记和吕镇宁乡长都来了。

李书记主持了会议,真挚地说道:“龙水村的全体党员同志们,今天,是你们选举新一届村党支部书记、副书记大会。我们大家都知道了,这次选举前,根据程序你们已经把候选人的条件在村务公开栏中公示了,支部大会的推荐表也都填写了,把符合条件的人选也都上报给了我们。今天我们就召开这次党员大会,希望你们能投出宝贵的一票,选出你们心中的好书记,带领大家发家致富。”

李书记讲完了,党员们都高兴地鼓起掌来,跃跃欲试。然后是投票、计票程序,选出来的结果还是老书记杨思远。

当李书记宣布这个结果的时候,杨思远眼含泪花走到了台前,对着和他一起奋斗的老少党员深鞠一躬,然后道:“谢谢!我谢谢大家对我的信任,也谢谢今天李书记和吕乡长的到来。大家对我的这份信任我会永远记在心里。”

党员们你看看我,我看看你,都觉得老书记这话好像有点不对劲儿,就连志强都疑惑地看着自己的老丈人。

只听杨思远满怀深情地继续说道:“我是一个穷孩子出身,四岁时父亲死在鬼子的枪口下，母亲千难万险带着我们逃难来到了龙水村。是党把我培养成为一名光荣的共产党员，是龙水村的河水养育了我，是龙水村的乡亲们帮助了我。我从不到三十岁当支部书记开始，至今已经二十六年了。这里面的新党员，大多是我看着出生的，乡亲们的信任就是对我作为党的工作者最大的鼓励。但是，我考虑再三，觉得自己文化水平有限，跟不上时代的步伐，再说年龄也大了，不能带领大家尽快致富，所以，今天提出辞职。请大家理解，并另选年轻有为、文化水平高的人为书记，尽快带领大家发家致富。"说着，走了下去。

人群中有人喊道："我们支持老书记，不再重选！"有人立即附和道："我们不重选，没有人能比得上你。"

杨思远重新走上台，鼻音浓重："大家不要坚持了。我已经决定了，不是要和大家分离，而是要为你们过上好日子做坚强后盾。放心吧！我的同志们，我的心永远和你们在一起。"

众人听了都感动得说不出话来，有的人在低头抽泣。

李书记一看这种情况和吕乡长商量了一下，然后说道："我看这样吧，既然老书记已经提出来了，我们就尊重他的意见吧。大家酝酿一下，一星期后，重新选举。"

散会后，杨思远破例留下李书记和吕乡长在家里吃了顿饭。因为李书记和吕乡长马上都要调到别的地方去工作了。他们今天是来借着选举这件事情向杨思远告别的，没想到却遇上了他辞职。

下午，送走了李书记和吕乡长，杨思远来找他的老搭档冯国英，见冯国英正在舒彤家逗孙子玩儿呢。他的两个孙子都八九个月大了，正坐在炕上舞动着小手和冯国英闹呢。

自从婆婆去世之后，舒彤便让公公来自家居住，因春柳和卓娅已在县里住宿上中学，所以吃住都比较方便。

杨思远也跟着逗了会儿孩子后，便招手让冯国英到西屋里来，冯国英问杨思远为什么要辞掉支部书记。杨思远对他说了一个想法。

冯国英听了，先是吃惊地看着杨思远，然后问道："能行吗？"当杨思远把另一个想法告诉他时，冯国英那消瘦的脸上终于露出了一年多都没有的笑容。

下午，这老哥俩坐在了龙水村东面的山坡上，俯视着全村，搜寻着他们大半生的心血几乎都用在了这片土地上的每一户人家,回想着家家户户所发生的故事,心潮起伏。

冯国英将眼神收回到泛着银光的、清凌凌的东龙水河水上面,说道:“咱们不能总是蹚河呀,明天修座桥吧!”

“嗯,正好我家里还有以前积攒下的木头。”杨思远若有所思似的答道。

一星期后,志强当选为村支书,支部其他人员暂时未变。

许寡妇在听说杨思远不当书记后,是闷闷不乐。当初,在冯国英辞掉村主任后,许寡妇回家偷偷哭了。她觉得冯国英不当村主任白瞎了。现在,又听说杨思远辞掉了村支书,她在感情上有点接受不了了。因为她觉得杨思远正义,有同情心,其实她也知道自己有时做得很过分,但杨思远的心胸就像辽阔的海洋一样包容着她。她觉得他们都是好干部。

第十章 寒门学子

28

志强低头往家走着,心里却犯了难。暗自思忖:他夫妻俩带春柳一个孩子时都不容易,何况还有妈妈帮助做饭、带孩子。现在是带两个正在到处爬、到处抓的淘小子,没有了妈妈的帮助,又要兼顾服装厂、地里的活计和共青团的工作,本来就忙得不可开交的舒彤,要是自己再帮不上她,不知怎样才能将这个家维持下去。

对于志强被选为村支书的事,舒彤也同样犯了难。她支持志强的工作呢,两个孩子实在是一个人带不过来;不支持他的工作呢,又怕他辜负了全村党员的信任,心里不免惆怅起来。

炕上一片狼藉,外间屋是锅朝前、盆朝后一片乱糟糟。她顾不得收拾,便用腿绷带子拴在了两个孩子的腰上,另一头拴在窗户的把手上,让他们在炕上玩儿,自己则在外间闷闷不乐地洗衣裳。

舒彤奶奶听说孙女婿被选为村支书,马上就想到了孙女的难处。她对正在窗台上浇花的舒彤妈说:“志强被选为村支书,家里的事情可能就顾得少了。不行咱俩去帮帮她呗。”

舒彤妈将花浇完了,放下水瓢看着婆婆,问道:“怎么帮呀,娘?”

“我看咱俩就像上班一样,每天早晨去她家,晚上下班回来做饭,自家的活计赶早赶晚儿干,你看行不行?”

“这可不行。娘,您年龄大了,不能再干那么累的活儿了。实在不行,我去吧。”

奶奶咧嘴一笑，露出了有一个黑窟窿的一排牙齿，道："他们是两个，你怎么照顾，总还得吃饭吧？"看舒彤妈不吱声，又说道："你想想，舒彤为了她哥姐和这个家做出了多大的牺牲，现在她遇到困难了，咱能看着不管？"看舒彤妈还在犹豫，便建议道："这样，咱俩去。你做饭洗衣，我看孩子，累不着。"

舒彤妈看看实在不行了，也只能点头答应。于是，婆媳俩去了舒彤家。舒彤刚把衣服洗完，累得正坐在那里喝水呢。舒彤妈和舒彤一说，舒彤摇头不同意，说奶奶岁数太大了，怕把奶奶累坏了。

舒彤奶奶把孩子的带子解开，一边逗着两个宝宝玩儿，一边说："我们不是来和你商量的，是来告诉你，明天我和你妈就来上班了。"说完，也不待舒彤同意，就和舒彤妈回家了。

等到志强回家的时候，舒彤便把奶奶和妈妈来的事情说了一遍。志强听了笑道："她们都那么大岁数了，怎么能行呢？"

夫妻二人说着，开始忙着给孩子洗澡、洗刚换下来的衣服、收拾家，一直忙到半夜方才休息。

第二天，舒彤奶奶和舒彤妈不到八点就到了。舒彤奶奶上炕盘腿一坐，将自已做的小玩具往两个孩子面前一放。两小家伙立即被吸引住了，都跟着老奶奶一起玩起来。舒彤妈对志强和舒彤说："你们该干什么干什么去吧，中午你们的爸爸都回来吃饭。"

舒彤和志强互相看看，不相信道："妈，能行吗？"

"行不行的，干着看呗！"舒彤妈早已把笤帚拿在手里扫地了。

中午，等他俩回家时，看到妈妈已经把饭做好了，两个爸爸一人抱着一个孙子玩儿，饭也已经收拾上了。更令人惊喜的是冯建韬、冯建勋小哥儿俩，还换上了干净的衣服。

舒彤赶紧给小家伙们喂口奶。然后，一家人便乐呵呵地在一起吃饭了。

从此后，两位白发老人互相搀扶着，早晨迎着朝阳从村北面往南走，晚上带着夕阳的余晖从村南面往北走，成了龙水村里的一道风景。

杨思远和冯国英也是忙不停闲。他俩承包了龙水村东面的山林。此刻，他们正趁着阳春季节在山上忙着栽树呢。树苗是杨思远拿了一万块钱让志强到外地苗圃买的。他们先是共同刨好了坑，然后杨思远把一棵棵针叶落叶松小树苗栽到坑里，用脚将土踩实。冯国英则跟在后面提着水桶浇水。两人的神情，神圣而专注，好像已经置身于世外。

志强为了让全村的人去除顾虑，用好除草农药，便让舒雅再一次请那个农业专家来给乡亲们上一课。因为去年有不少人家已经有过实践经验了，估计这次一召集，大伙儿就都到了。

这个农业专家叫曲博轩，上次来给大家讲课的就是他。他通过上次来龙水村的印象，感觉这里的村民对新生事物接受得很慢。于是，他详细讲了这次推广的除草农药——百草枯的优势、特点、适用范围、使用方法和注意事项，并特别强调了配药、喷药时要有防护措施，戴胶皮手套、口罩，穿工作服，如果不小心将药液溅入眼睛里和皮肤上，要马上清洗等问题。

龙水村的乡亲们通过曲博轩的讲解，加上去年杨思远、志强和部分村民的试用，现在对百草枯已不再那么恐惧了。

为了让龙水村的村民对科学有进一步的了解，曲博轩决定第二天为大家加一节课"植物知道生命的答案"。他的开篇是这样说的："敬爱的龙水村乡亲们，今天我来给大家讲一讲'植物知道生命的答案'这个内容。首先，我想问在座的每一位，类似在人类身上表现出来心智的某些特性，在植物身上会存在吗？"他用真挚而期待的眼神望着大家，期盼着大家的回答。

村民们你望望我，我望望你，摇头表示不知。

曲博轩在桌子上挥着手，笑笑说："答案是肯定的。英国生物学家达尔文，大家都知道吧，他发现了植物是有眼睛的，并且它的眼睛长在苗梢上。不信，大家可以回去做个实验，如果将植物的茎尖掐掉，那么它只能向上生长，如果不掐掉，它是会向着有光亮的方向生长的。另外，植物不仅能看到光亮，还能够区分颜色，那么，植物的眼睛长在哪里呢，就长在每一片叶子上。植物的叶子就如同动物的眼睛，可以感知光线方向、强度和颜色的变化，并对光做出反应，使植物在变化的环境中将生长调节到最佳状态。所以啊，植物和人一样，是有'视觉'的。"

龙水村的乡亲们从来没有想到他们种的庄稼和长在山上的花草都是有眼睛的，不禁瞪大了眼睛看着曲博轩，想要他讲得更仔细些。甚至有的年轻人还在心里惦记着回去做这个实验，看看是不是事实。

曲博轩看到这些年轻人的神态，就知道他的课程起作用了。他更加来了精神，侃侃而谈:“植物不但有眼睛,也就是视觉,植物也是有嗅觉的。给大家举一个例子,催熟水果的小诀窍,大家知道吗?呵呵,不知道啊?那好,我告诉你。你只要把青涩的梨和苹果与成熟的香蕉放在一起,梨和苹果也很快就成熟了,这是因为梨和苹果闻到了香蕉成熟的味道,然后,就都跟着争先恐后地成熟了。还有哇,植物是可以说话的。如果几片叶子当中的一片受到了虫害,它会发出警告,那么周围其他叶子就会长出防止这种虫害的物质,以抵御这种虫害的侵袭。”

讲到这里,他顿了顿,咽了口唾沫,接着说道:“还记得我们小时候吗,我们总听大人们告诫不要碰没有成熟的瓜果,碰了就不长了的话吗?老实说,我当时一直不相信,有次特意去摸了几个不成熟的果子,它们果然就不长了,有的甚至死亡了。我不明白是怎么回事。后来才知道,被触碰就停止生长,是植物用以保护自己、适应特殊环境的能力。打个比方说吧,生长在山脊上的植物,大多长得低矮而粗壮,这就是植物因受到环境的胁迫,不得不限制枝条发育以保全自身的结果。另外,植物还能辨别上下。比如,一棵植物被大风吹倒,经过了一段时间的调整,它仍根部向下生长,尖部向上生长,回到直立状态……”

这个农业专家认认真真地从植物具有嗅觉、触觉、本体觉、记忆几个方面来举例,生动地讲述了植物是有意识的,它们以一种独特的演化方式来适应这个世界,一直讲到每一个人都要尊重、爱惜自然界的另一种生命,也就是植物。又讲到人是自然的一部分,不要破坏自然,最后讲到人与自然的和谐共处,才能建设好美丽的家园而结束。

他整整讲了两个多小时,没喝一口水,给龙水村的乡亲们结结实实上了一堂生动的自然课。他的课讲完了,掌声雷动,叫好声不绝。

接下来,有的人上来问:“菟丝子没有叶子,是不是就没有眼睛啦?”有的人上来问:“植物有耳朵吗?”曲博轩都一一做了回答。

看到这热烈的场面,听到这入心的话语,舒雅有些吃惊。她没想到这个平时不声不响的年轻人,竟然有着这么丰富的内涵。

在舒雅周围,大概由于父亲、哥哥和姐夫都很出色,所以她常常把他们三人合起来的优点拿来和身边的男人比较。爸爸的阳刚之美、哥哥的儒雅之美、姐夫的俊逸之美,任何一个男人这么一比,不知要差了多少。所以,她是宁缺毋滥,对谁都不动芳心。

她这一走神，不知何时王小虎已站在眼前，过来请她和这位农业专家一起去吃饭。舒雅站起身来，正要跟着走，就见这位农业专家说道："就不需要麻烦主任了，我想去舒雅家看看。"

正好志强在身边，连忙用手揽在曲博轩的后腰上，说："好，好，就去舒雅家。"

志强和王小虎陪着曲博轩来到了杨思远家。其实，杨思远和冯国英也来听课了，只是坐在后面，谁都没注意到。

他们到了舒雅家后，舒彤妈刚从舒彤家回来，一看来了客人，忙炒了几个简单的小菜，烫了一壶酒，大家在一起吃喝起来。

舒雅向大家介绍了这位农业专家。他原来是省农科院下派来指导农民发家致富的。他不但懂种子、农药，还懂栽培木耳、养鸡、养蜂等技术，可谓是个多方面人才。

当下志强听了十分高兴，便诚恳请他指导村民们种木耳和养蜂。

王小虎在喝点酒后，也问如果今年不用三铲三耥了，想去城里找个活儿干，不知舒雅和曲博轩能不能帮忙之类的事情。

曲博轩愉快地答应了，说到时再联系，又详细讲了养蜂的经过。还说如果种木耳，现在木头种植比较好，是纯绿色的，没有化学成分，但他说今年错过了砍木头的最佳时机，已经晚了，一般砍木头是在冬至前后砍树，并说冬天他再来告诉大家怎么选树种。

因为回去有任务，第二天，舒雅就陪着这位农业专家走了。

临走前，王小虎问舒雅是不是要给曲博轩点讲课费。当舒雅将这话转给曲博轩时，他的脸红了，忙摇头表示不要。

从此后，龙水村好多村民每掐一朵花，都要考虑植物是有生命的，要保护，便带着神秘的心理缩回了手。

29

春耕和春播之后，在铲第一遍地之前，村民们按照农业专家讲解的要领给地里打了农药，果然是地里不长草，只长苗。这对于祖祖辈辈都与土坷垃打交道的农民来说，简直是一步登上了天。

正在这时，舒雅来了信儿，说是为他们联系好了一份活儿，盖房搭架子。王小虎一听，这活儿好干，便组织村里的男人们到城里打工去了。村里的女人们一看他们走了，咱们差啥？也收拾了收拾，怀着好奇的心理跟着走出了大山。

生于斯，长于斯，葬于斯，是龙水村乡亲们世世代代生命的循环。如今，他们要走出这大山，能不能创造生命的奇迹，就看运气了。

一天，回到市里的曲博轩，忙完了单位的工作后，在快下班时推开了舒雅办公室的门。

舒雅急忙让他进屋坐下问有何事。曲博轩说要去给志强买蜂群，教他养蜂。

舒雅从墙上取下了挂着的外衣，向科长请了假，便跟着他走了。

看好了蜂群，谈好了价钱，在回来的路上走累了，二人便坐在那里休息。

看到曲博轩累得满脸汗水，舒雅笑吟吟地问道："博士啊，你这帮忙要不要报酬呀，汗波流水的，累成这样儿？"舒雅把博轩改了一个字，变成博士了。她觉得这样叫着很贴切，也很好玩儿。

曲博轩擦了一把汗，慌忙摇头，呵呵一笑道："要什么报酬？不要，不要。"

"哦，那我可得代表龙水人民谢谢你啦！"舒雅抿嘴笑着歪头看着曲博轩说道。

曲博轩听舒雅这样说，像是告诉舒雅，又像是在回忆："你不知道，我三岁时死了爸，是妈把我抚养大，家里穷的呀，是什么都没有。为了我，我妈一辈子再没嫁人。是党和乡亲们供我上的大学，又读了研究生。现在，我能够做点事情了，还好意思要报酬？"他看舒雅静静地看着自己，又重复了一遍，点点头，加重了语气道："真是不应该要呀。"

其实，舒雅不是不相信他，而是突然觉得眼前这个男人在她的心里蓦然高大起来。她觉得他的骨子里好像体现出了爸爸的阳刚之美，他的内在里好像展现出了哥哥的儒雅之美，他的外表里好像映现出了姐夫的俊逸之美。这一发现不要紧，舒雅竟觉得，他对于她来说是难得的了。

等舒雅回到办公室的时候，有同事调侃道："舒雅，我看这个曲博士对你有意思呀，不然怎么老来找你呢，你是不是考虑考虑呀？"由于舒雅叫他曲博士，大家也都跟着这么叫了。

舒雅笑道："哪跟哪呀，人家是想帮助我的家乡致富呢。"嘴上这样说着，心里却感觉到甜滋滋的。

舒彤自去年以来,服装市场受到了冲击,虽然想尽办法弥补,有点成效。但今年志强当了村支书以来,就没有时间去沈阳进货了,货源又成了问题。因此,她很想将服装厂转型,可始终都找不到合适的门路。

这日,舒彤奶奶突然生病了,舒彤妈在家照顾奶奶,舒彤只好自己在家一边带孩子一边洗衣服。

天哪,这俩小家伙儿把天都要捅翻了。一会儿,这个不知什么时候去到了外屋地,把手里的棍子捅到了水缸里;一会儿,那个把手伸进洗衣盆里,甩了舒彤一身脏水,还看着她笑。

他们刚刚学会走路,好奇心驱使他俩不停地在地上跌跌撞撞地行走,不停地闯祸。跌倒了爬起来继续淘气,一会儿就把一身干净的衣服弄得像从泥土里滚出来一样。

舒彤只得把他们的衣服换下来再洗,一转身,其中一个又摔倒了,还坐在地上哭。气得她很想抓过来揍他们一顿,但看着看着,突然笑了,又突然哭了,眼中的泪水潺潺而下。

她猛然醒悟到:奶奶和妈妈得付出怎样的辛苦,才把这两个小家伙儿带得这么好呀?不行,得必须想办法不能让她们再受累了。

舒彤洗完了衣服,给两个孩子做了辅食,在喂他们吃饭时想:今年大家都去外面打工,好多人家的孩子没有人管,自己何不办个幼儿园?这种想法一出,她顿时高兴起来,因为这样她可以把这两个宝贝儿子放到幼儿园里去了。奶奶和妈妈就可以解脱了。

傍晚,舒雅捎过信儿来,说曲博轩已帮助把蜂群买好了,让志强带人去取。可是,舒彤做好的饭菜热了两次,志强和公公也没回来吃饭。她很纳闷,想出去看看,无奈带着俩孩子走不开。

到了深夜,志强终于回来了,进门一脸的怒气。舒彤一看急忙问:“这是和谁怄气呢?”

志强进门将外衣脱下挂在墙上,愤愤道:“巧月她老公公,太不像话了。”

原来,巧月嫁了邻村她的高中同学宋有福为妻。因两人都没考上大学,在学校时互相印象都不错，前几年宋有福来提亲，巧月就答应了。

嫁到他家之后，巧月才知道，她的公公原来是个车老板，鞭子甩得很好。可他不光用在牲畜身上，还用在了老婆孩子身上，稍不如意，就甩鞭子。他的鞭子有长有短、有粗有细，根据距离用哪根鞭子。

有一次，他在家里训斥老伴儿。老伴儿觉得在儿媳面前丢了面子，就顶了他几句。他拿起鞭子啪啪两下，就把老伴儿抽得鲜血淋漓，躺倒在地，当时把巧月吓得差点昏过去。

巧月在娘家时，从没见爸爸训斥过哪个儿女，如今到了这样的人家，只得提心吊胆过日子，好歹挨到她生了这个女儿，鞭子总算没落到她身上。

去年，巧月得到二姐捎信儿，说是妈妈病重，便哭着跟婆婆说要去医院照顾妈妈，正巧被她公公听到了，要她快去快回。巧月惦记妈妈病情心中难过，就说道："我不一定，爸，我妈的病太厉害了。"

她公公斜愣了一下眼睛，狠狠说道："你嫁过来，就是宋家人。你妈有病你去看她行，但不能在那里长时间待，家里的活儿没人干。"

巧月气急，说道："我嫁给你儿子，也没卖给你家。我妈有病，凭什么不让我去伺候？"

她公公一听，这还了得，没王法了，大声喊道："你还学会扣帽子了。我就不让你去。你今天走一个我看看！"

巧月这时已把其他放在其次，一心只想去见妈妈。她收拾了收拾，抱着孩子就往外走。那鞭子啪的一声就甩到了巧月的后背和胳膊上，雪白的胳膊立刻起了一道鞭痕，冒出了血汁。巧月被抽得眼前一黑，差点昏倒。她丈夫一看不好，上来护住她，喊道："你快走！"

这就是在医院志强看到她胳膊上有鞭痕的原因。因妈妈病重，自己不能尽孝，所以巧月也不敢添乱告诉任何人。

她公公自那次事件后，总是看她不顺眼，提出以后家里的饭由她做。前些天，村里搞了个用芦苇编工艺品的培训班，她很想学，就去参加了。因为课程放得晚，她又在那里学了会儿怎样收口，便忘记回去做饭了。

她公公在家左等不回，右等不归，便背手拎着鞭子来到了教室，看到她在那里聚精会神地学习编东西呢，根本没有要回家做饭的意思，气得一鞭子甩过去。巧月吓得一躲，没抽着。她公公更加来了气，接连两三鞭子抽过来，鞭鞭带血。巧月疼得浑身颤抖，躺倒在地。

在炕上躺了三天，巧月伤心至极，觉得这日子没法过了，便领着孩子偷着回了娘家。

冯国英正在菜园子里拔菜，想一会儿送到舒彤那里做晚饭，看到巧月回来便跟进了屋。

看到爸爸，巧月松开孩子，失声痛哭。冯国英一看巧月满身伤痕，便找人捎信儿让志强回来了。志强一看火冒三丈，立刻要去找巧月公公算账，被冯国英劝下了，说要等等，看她丈夫是个什么想法。要是以后在一起过日子，还是一家人，闹腾大了叫人家笑话。志强只好愤愤然作罢。

舒彤听到这里，吃惊不小，没想到都什么年月了，巧月公公还这么霸道不讲道理，不觉也替巧月的婚姻担忧起来。

就这样，巧月带着女儿住在了西屋里。冯国英只得在家里陪她，不来儿子家吃饭了。

过了两天，志强带着徐根清等人去把蜂群拉回来并安置好。因为，徐根清春天时看到拖拉机耕地太快了，感到养马受到了威胁。他要早做打算，因此想跟着志强养蜂。

志强把蜂群拉回来之后，曲博轩也跟过来了。他教会了他们蜂群的排列和怎样饲养，便回去了。

今天是婆婆去世一周年的日子。东北有长周年短百日之说，意思是在给故去的人做百日祭奠的时候，一定不能延迟，只能在百日当天或百日之内祭奠。如果是在做周年祭奠的时候，一定要晚一两天祭奠，表示舍不得或很怀念的意思。

舒彤在家里做好了一切祭奠用品，正在装篮子，听见门响，一看冯国英进来了，便问道:“爸，您看行吗？”

冯国英瞄了一眼，答道:“行。”就进屋和舒彤商量明天祭奠的事了。商量完后，舒彤在外收拾，冯国英看着一对双胞胎孙子坐在那里玩儿，便想起了郑大双的遗愿，不禁在那里伤感起来。

舒彤进屋看到公公在那里流泪，便岔开话题，和他商量起要办幼儿园的事。

冯国英听了舒彤的打算觉得可行，最起码他家就有三个孩子：志强家两个，巧珍家一个。

他们俩正在商量办幼儿园的事，可巧王小虎来找志强，说是巧珍找他要修缮学校的事想和志强商量。遇到了老主任，就先和老主任商量吧。

村里卖树挣了钱，没买成客车和专线，还剩下一部分钱。冯国英的意思是：一部分用来修缮学校，再买几十张新桌椅；一部分用来修缮村两委的房子，因为那房子快要不行了；一部分用来买台大拖拉机，这样便于村民运输。

王小虎本来是放心不下村里的事，从城里赶回来看看的，没想到遇着了巧珍，说是学校的土墙酥了，有倒塌的危险，所以他才着了急。他觉得其他事情都可以拖，学校的事不能拖，因为雨季马上要来临了，只好向工地请了假，在家里张罗修缮学校的事。

志强一听也着了急，当天下午就去城里拉料去了，一连两天都在忙着备料。他妈妈的周年祭奠也没顾得上参加。

第三天，志强、王小虎和留在村里的村民，不管男人女人，凡是能干活儿的，都到学校里来干活儿。巧珍在那里建议着、忙碌着。因为巧珍早在五年前就已经转正，现在已经是一名副校长了。

半个月后，学校的墙坚固了，门窗换了新的，屋顶换了新瓦，新桌椅也已到位了，整个学校经过这一修缮，焕然一新。

修完学校后，还没来得及修村委会的房子，雨季就来了，这项计划只得搁浅。还算幸运的是，村委会的房子没有倒塌，只是塌了个窟窿，有好几个地方漏雨了。天晴之后，王小虎领着人很快就修好了。

过了雨季，舒彤便挨家挨户调查愿意送幼儿园孩子的数量。这一调查，竟然有三十多个孩子没人照顾，都愿意送幼儿园。

舒彤和冯国英商量后，经过了做小床、饭桌、板凳等筹备工作，一所简陋的幼儿园就暂时开在了服装厂的一个剩余工作间里。幼儿园由显田媳妇叶佳负责。其他人员没有活儿干时也来帮忙做饭，带孩子。这样服装厂的人也能开出工资了。

30

东北的十二月份，大雪封山，齐腰深的积雪夹杂着飕飕的西北风，那天是要多冷就有多冷，吐口唾沫还没落地就已成冰。甭说上山砍木头，就是待在家里坐在炕头儿上，也得腿上盖床棉被才行。

这是一个晴天，大雪厚厚地挂在树枝上，被人一碰，便钻到人的脖领里，瞬间融化。曲博轩手里拿着锯和斧头，与志强、王小虎他们带着龙水村想栽培木耳的乡亲们在森林里穿梭，专门找七八年以上、处在中年阶段树龄的椴木砍伐，砍倒之后又把它们运到山下去。由于森林里的积雪太深，行动不便，加之对木头的要求太高，还要求间距，所以砍了一上午也没砍倒多少棵树。

曲博轩看到这种情况着急了，也不休息，中午从地上抓了把雪就着雪水吃了点干粮，带领着大家继续找符合标准的椴树，一直到天黑了才下山。

看到他这么能吃苦耐劳，志强和王小虎对他是刮目相看，都在心中暗想：原以为他的知识渊博，柔柔弱弱，肯定是手无缚鸡之力，没想到农活儿一点儿都不差。一个书生都这么能干，咱们庄稼院里出来的男人差啥？因此，他俩也是紧随其后，不敢怠慢。

晚上，曲博轩在山上的表现就传遍了全村。村民们都说曲博轩是好样的，教育孩子念书就要念到这个份儿上才行。因此，在龙水村的地界上，孩子们念书出了两个榜样：一个是杨天哲，一个是曲博轩。

舒彤奶奶也听说了这个小伙子的表现，她把给儿子没做完的布鞋放在了大腿上，抬头向正从姐姐家回来的舒雅问道：“小雅，跟你一起来的那个小伙子有没有对象呢？”

舒雅刚一跨进门槛，听奶奶这么问，便停下脚步，呵呵笑起来，道：“奶奶呀，人家有没有对象跟咱有啥关系呀？”

奶奶把眼一瞪，说道：“该想想你自己的事啦，都多大了？我像你这么大的时候，你爸都十多岁了。”看舒雅被她说得脸红了，不禁放缓语调道：“我看这个孩子不错呀。”奶奶审视地看着舒雅说道。

经过了三天时间的早出晚归，虽然没有砍够数量，但因工作的需要，曲博轩要回去了。他只得让大家把砍倒的木头剃了枝都运到山下堆放，告诉大家要想再砍木头，一定要在这一星期内砍完，并说来年三月份他再来告诉大家怎样种木耳。

下午，他急急忙忙让舒雅带着他去看了舒彤的幼儿园。在幼儿园里，舒彤向他介绍了办园的初衷。他看着孩子们一张张的笑脸，也露出了纯真的笑容，对舒彤讲了他在寄宿学校的经历，然后根据实际情况提了些合理化建议，直到杨思远过来请他到家里吃饭，才跟着杨思远和舒雅走了。

明天他们就要返程。晚上，舒雅陪着曲博轩回到了志强家里住宿。因春柳和卓娅在县里上中学，志强家的西屋空着，曲博轩就住在这里了。

看到舒雅来送他，志强和舒彤打了个招呼就回到东屋里去了。

曲博轩坐在炕沿上，不好意思地冲舒雅笑笑，从他的背包里拿出了针和线，在开了线的袖口上缝了起来。

舒雅站在地上，看到曲博轩才四天就皴了的手和脸，又看到他在那里补衣服的神情，不觉再次感动，便上前接过他手里的针，说道："我帮你缝吧！"

曲博轩神情顿了一下，有些腼腆地说道："嗯，那，就不好意思了。"

舒雅很快替他缝好了袖子，一低头，将线咬断说："好了。"看到曲博轩在那里看着自己不说话，脸微微发红，又道："赶快娶个媳妇吧，好让你媳妇照顾你。"

曲博轩接言，正色道："娶谁呀，我家没钱。谁会跟一个家徒四壁的人过日子呢？"话没说完，倒像是一个做错了事的孩子一样在那里低下了头，与他在课堂上讲课的神态完全判若两人。好半天，又补充了一句："再说，也没空。"

曲博轩的这个样子深深触动了舒雅，使她感到了贫穷对一个男人的自信心有多重要，于是说道："你说得也不一定正确，天下还是有很多不把钱看重的女孩子的。"

"有倒是有，只是没被我碰上。"他忽然觉得舒雅在这里，自己这么说话有点不礼貌，便说，"不，也有好的。"

他本是无心。谁知舒雅听了这话逼问道："你说这好的在哪里呀？"

"啊，这……"他想说"就是你呀"，可他不敢说，因为那样意思就变了，因此急得满脸通红。

舒雅笑道："这么说，连我也不是那好人了吗？"

曲博轩这时反应过来，连连摆手，说道："你不是。你当然不是了。你是好人。"

舒雅这才笑道："我哪里不是啦，你又没有验证过？"

曲博轩这时心跳加速，手足无措，不知如何应答才好，竟坐在那里低头无语了。

舒雅看到他这个样子，想想他累了这么多天，也该休息了，便要告辞回家。谁知曲博轩也不呆，拿起衣服和帽子说要送她回去。舒雅心中暗喜，没有拒绝。

翌日，他们早早回到了工作单位，各自忙各自的去了，但心里都有了微妙的变化。

巧月都回来好几个月了，她的丈夫也没来接她。眼看要过年了，她的心里像被挖空了一样难过，经常看着孩子发呆。

她不知道，在她走了不到一个星期，宋有福就和他爸爸说要来接她回去。谁知他爸爸把眼一横，道："你敢？你要是接她回来，我把你俩一起打出去。"宋有福只好待在家里，不敢来了。

这日，他拿了兜里仅有的几块钱，买了两斤苹果，说是邻村有事，把他爸骗过了，才敢跑出来看巧月和孩子。

他来之后，夫妻二人是抱头痛哭，连那可怜的孩子也抱着他爸爸的腿哭。

哭声把冯国英引来了。他过来一看，听说了这个情况，便告诉他说："你要是不能接巧月回去，那就来我家吧。西屋就给你们住着了。"

这宋有福答应得挺好，在这儿住了一夜，可回去后再也没来。巧月每天是唉声叹气、拿东忘了西地挨日子。

大概过了年的二月末吧，他又来了，还是没有接巧月回去的意思。正巧被志强和巧珍碰到，气得志强拿起铁锹就要拍他，吓得他顾头不顾腚地逃跑了。

三月初的一天，曲博轩来了，是从别的村子里赶过来的，带着一身泥。这次舒雅单位忙，没有跟回来。

他来了之后，和志强他们选好了耳场，然后召集所有种木耳的人将去年砍的椴木截成段儿，并码成井字形架进行干燥。大约过了十天，他又亲自给村民们打孔、接种示范。村民们在他的示范下，很轻松地就把木耳种好了。最后，在盖塑料布发酵的时候，他给村民们讲了盖塑料布的作用和不能让雨浇的注意事项，又讲了发酵后的处理，便急急忙忙走了。

送走了曲博轩，志强问王小虎今年春播后，是外出打工还是在家养木耳。王小虎拿不定主意，因为外出打工来钱快，但不稳定，在家种木耳来钱慢，便决定再出去一年试试，不行就不出去了。

但是，龙水村的大姑娘小媳妇大多不愿意出去了。因为在城里打工，大多是当保姆和清洁工，这些活儿都是长年干的，而她们只有春播完才能出去，秋收时还得回来，谁家也不愿意短时间内就换人，因此挣的钱不多。她们看到志强种木耳，觉得很不错，还能避开农忙季节，活儿也不累，所以有很多女人都跟着志强在家种木耳了。

志强看到她们虽然愿意种木耳，但因钱少，投资不大，每家单干，势单力薄，不好管理，便征求了大家的意见，按照每人的投资数目算成股份合在一起干，这样就等于是成立了合作社。大家觉得这个办法很好，便推选了志强为社长。

五一劳动节的头几天，天哲回来了，他是回来接奶奶和爸妈去北京的。在半个月前就来了信，说是奶奶和爸妈年龄大了，要接到北京去看看。

这是多么美好的事情呀，去祖国首都看看是杨思远盼望了一辈子的、梦寐以求的事情，就连舒彤妈都激动得几夜合不拢眼。但奶奶说什么也不走。她说自己已经快八十岁了，不能拖累儿子，所以不去。

舒彤等人轮番做工作，怎么都做不通。杨思远知道母亲为自己吃了一辈子苦，如果这次不去，以后怕是真的没时间了，便认真地说："娘，去吧，您身体还硬朗着呢，都能给小彤看孩子，还不能去北京看看吗？再说，您不去，我和她妈怎么能去呢？我们也就不去了。"

天哲说："对呀，奶奶，我就是背，也要把您背去。"

要背着奶奶去北京的还有一个人，这个人就是曲博轩。他是来看村民们种木耳这个重要程序的，那就是把发酵后的椴木排在潮湿的地方这一关合不合格。因为这个过程很重要，如果湿度不够，木耳就会长得很薄，产量低。

舒彤奶奶尤其喜欢曲博轩，看他每次到龙水村来，不管多忙，都要到家来和她聊上几句，因此，猜测他可能喜欢舒雅。现在听他也这样说，便同意跟着天哲去北京了。

第一次出远门，舒彤妈的心慌慌然，找东落了西，收拾了好几天才收拾完。

于是，志强开着自家的拖拉机，将五个人送到了火车站，然后回去张罗修村委会的房子去了。

果然，在上火车时，曲博轩抢着将奶奶送到了车厢里。他说去北京他就没有机会再孝敬奶奶了。

经过了两年多的相处，杨思远一家都对这个年轻人的印象不错。送奶奶他们上车后，曲博轩上了另一趟火车，回到省城他的单位汇报工作去了。

杨思远他们刚一到北京，亲家就在车站等候了。他们刚一出北京站，见亲家和亲家母站在那里迎接，便急上前握手相见，寒暄过后，便上了汽车，来到了天哲的家里。

天哲的家在北京三环内的一栋五层楼上，大概有七十平方米，是单位分的房子。

落座之后，大家互相问候，再叙家常。杨思远看到孙子已经上小学了，非常懂事，心里是极其欣慰。当说到杨思远不当村支书、在家栽树的时候，没想到亲家和亲家母都竖起了大拇指，非常赞同。

休息了一天后，因为天哲和怡雪都上班，就由亲家和亲家母陪着他们游了故宫、颐和园、天坛等名胜古迹。在游长城的时候，只有杨思远去了。舒彤奶奶和舒彤妈感觉太累了，没去，在家休息了一天。

次日，当杨思远站在万众瞩目的天安门广场上的时候，心几乎是要从胸腔里跳出来。他向往了一辈子的圣地，如今在自己快六十岁的时候终于站在了这里。他透过泪眼看着天安门城楼上那毛主席画像，想起了 1949 年 10 月 1 日那天，毛主席在天安门城楼上庄严宣布“中华人民共和国成立了”的那一刻，想起了无数为中国人民的解放事业牺牲的革命先烈，禁不住老泪纵横。

他凝望了宏伟的人民大会堂，仰望了庄严的人民英雄纪念碑，凝视了肃穆的毛主席纪念堂，环顾了壮观的中国革命博物馆和历史博物馆。此刻，他感觉到，自己是世界上最幸福的人了。

他就那么痴痴地站着，好像时间定格在那里一样，转着圈儿反复地看了又看，脸上挂着泪，忘记了周围的一切。

亲家看出了他的痴情，于是，一边引导他们近前观看，一边给他们讲解。

翌日，天还没亮，天哲正好休息，便带着奶奶和爸妈去看升国旗。当国旗护卫队从天安门城楼出来的时候，全家人的视线就一直跟着护卫队的步伐、分列式和国旗在移动。随着五星红旗的冉冉升起，杨思远激动的泪水再次涌了出来。他感到自己的灵魂都得到了升华。

舒彤奶奶和舒彤妈的眼里也泛起了幸福的泪花。奶奶流着泪仰头望着猎猎生风的五星红旗说:“亏得来了，不来可真后悔啊。啊，咱们的国家现在是多么强大呀。”她想:要是五十五年前祖国这么强大,思远的爸爸就不会被日本鬼子杀害了。想到这里,竟然也抑制不住在那里抽抽搭搭哭起来。杨思远见老娘在那里哭,便略收敛了自己的情绪,过来劝解。

说来也怪,以后所有的景点,舒彤奶奶居然和他们一起走下来了。倒是舒彤妈有些体力不支,要经常歇一歇。

他们在北京待了十天。亲家还不让走,请他们吃了全聚德的烤鸭、火锅和其他各种名菜,临走时又买了许多特色礼物给带着,特意买了晚两天的车票,才放他们回来。

临行前,这个革命了一辈子的军人欧阳伟,在送杨思远他们去车站的时候,从兜里拿出了一万块钱递给他。

杨思远吃惊地看着这位第一次见面却非常投缘的亲家，伸手轻轻将钱挡了回去,说:“亲家,我不缺钱。你给我钱干啥呀？”

“你拿着,算我给龙水村乡亲们做的一点贡献。等过几年皓森大一些了,我去你那里和你一起栽树,吃嫂子做的农家饭。”说着,将钱再次递过来,扬一扬下巴,道:“拿着吧！”

怡雪见杨思远不拿,便接过来塞到了舒彤妈的背包里,说:“妈,替我爸收着吧！我知道家里没钱。”

怡雪爸爸再次诚恳地说:“是我捐给龙水村种树的钱,务求亲家代收吧,替我尽一点心意。”

杨思远便让舒彤妈收了这钱,一行人这才往车站去了。

舒雅和曲博轩在车站焦急地等待着,火车今天晚点了。曲博轩总往火车来的方向探头探脑地看。舒雅看着他那着急的样子,取笑道:“博士,你那么着急干什么呀？就好像我不存在似的。”

曲博轩这才回过头来,看了舒雅一眼,不满道:“你在我眼前,我还看不着？”

舒雅一听,故意气他:“哎,我说,呆子,你爸咋给你起这么个名字呀？博轩,博,指博学多才;轩,指文质彬彬,有非凡成就。你们家对你得有多大的期盼呀,才能起这么个名字。”

没想到曲博轩终于正过脸来，一本正经答道：“嗯，这你可就说对了。我的老爷爷是举人出身。我的爷爷念过私塾，后来他带着我们闯关东来到这里。临终前，他对还没生下我的妈妈说：‘孩子生下来要是个男孩，叫他博轩，继承他老爷爷的遗志，将老曲家的光荣传统发扬下去。’你说，我爷爷不是把他所有的希望都寄托在我身上了吗？”

舒雅看着曲博轩那真挚的样子，蓦然间有些感动，不再逗他了，默默地点了点头。

正在这时，车站里响起了播音员的声音，列车马上就要进站了。舒雅和曲博轩赶紧去了车站的出口处。

第十一章 云开雾散

31

根据曲博轩的指导，志强带领大家翻棒，都已经翻过好几次了。翻棒就是将种着木耳的木头从上面翻到下面，目的是为了调剂菌丝的温湿度，让菌丝生长得更加均匀。

在和大家的接触中，志强发现了一个问题，那就是现在的年轻人入党积极性不高，便对身边的人做了调查：显田认为自己不够条件，离党员的标准差得很远，所以不写申请；齐铁柱不但认为自己不够条件，还认为入党交党费吃亏，所以不写申请；舒彤以前有过这个想法，但总觉自己做得不够，想等距离党员的标准差不多了再写，所以没写申请；还有不少的年轻人认为入党没用，自己又不当官，所以不写申请。

志强调查完了之后觉得问题很严重。自己入党时，多少非党员都把自己能成为一名共产党员视为最幸福的事情。他们努力了一辈子，只为加入党组织，能够有更多的机会为人民服务。现在，就连自己身边的人都对入党这个问题不积极。他觉得自己自从被选为村支书后，把精力都放在了抓村民致富这件事情上，忽视了党建问题。于是，便放下了手中的活计，去找徐根清商量。

徐根清听完了志强的话，使劲吧嗒了几下大烟袋，说："是得抓抓了，先办个党员和积极分子学习班吧，把所有的青年人都召集上，讲讲党史，上上党课，给能入党的年轻人加强一下党在自己心中的位置。"

志强听徐根清这样说，赞成道："好，办完了这个班，我想咱们再搞个活动，活动就叫'一帮一、一对红'，就是一个党员帮一个积极分子进步，年末搞个总结表彰。叫小虎哥出点钱，给买个笔记本、钢笔、影集什么的，奖励一下。"

徐根清说道："这个主意好！"说着，他叹了口气，"志强，我今年六十多岁了，帮不上你多少忙了。我想这个副书记和组织委员还是让曹玉才来干比较好。"

"你再干两年吧！我觉得玉才抓生产行，政治理论水平还差点，再锻炼两年吧。他刚上来。"

经过了志强给大家讲党史、徐根清讲朝鲜战场上的艰难困苦、老林头的忆苦思甜三个半天的培训，龙水村的青年人还真是有触动。

"一帮一、一对红"活动名单公布后，显田找到了志强，使劲儿眨了几下他的大眼睛，问道："我，能写申请吗？"当看到志强鼓励地点点头，又说："那我哪方面做得不好，你可得帮我。"

齐铁柱凑上前来，眉毛一挑："就我这样，二虎吧唧的，能当党员？别给党员抹黑吧。"他捂着嘴、歪着头、斜着眼看着志强问道。

志强生气，说道："你不努力，还是不入吧，别真给党抹了黑。"

齐铁柱受了刺激。心想：刚才显田和其他小青年问你，你都鼓励，唯独我问你，你这么贬低我。瞧不起谁呀？你们能入，我为什么不能入？想到这里，也不说话，和徐根清借了本《党章》回家自己看去了。

党员和非党积极分子培训班，舒彤没能参加。两人忙到很晚，孩子们睡下之后，志强便对舒彤说了这次办班后大家的积极性，特别说了他用激将法使齐铁柱去向徐根清借党章学习的事。

舒彤听了禁不住笑道："你要是能让齐铁柱入了党，那我就真服了你。"接着正色说道："唉，入党是我一生的夙愿，可我现在带着俩孩子，不能为党做更多的工作，能提申请吗？"

志强正在叠一摞刚晾干的小孩子衣服，叠好后顺手将衣服递给舒彤，说："其实，怎么都有时间的，只要是挤。"看到舒彤把他刚递给她的衣服放到了被架里，又道："以后家务活儿我多干点，起早洗衣服。你晚上不要洗了。你写吧，不努力永远都不够标准。"

舒彤正把小孩子的衣服倒腾出来再倒腾回去叠好，此时，看着志强笑道："真的？你已经干得够多了，哪能再起早？”

志强脱鞋上炕将被褥铺好：“真不真的，看行动吧！”说着，将孩子的小被往身上拽了拽，一翻身，睡着了。

舒彤看他累成这样，忙上炕给他把孩子的小被换成了大被，也休息了。

一星期后，舒彤、显田、齐铁柱等七人提交了入党申请。

紧接着，秋收开始了。王小虎和部分出去打工的村民回到了村里和大家一起搞起了秋收。

忙过了秋收后，乡里来了指示，说农民不用上缴公粮了，大家听了非常高兴。志强对徐根清和王小虎说：“尤其要抓住今冬农民不用上缴公粮这个时机，给大家多鼓劲儿，把‘党在我心中’这个主题抓上去。”

他俩都很赞成。王小虎说：“应该开个村民会议，和党员活动一起抓，会更好。”

于是，志强和徐根清、王小虎共同抓了党支部建设、非党积极分子的培养、组织生活会等，使龙水村党支部的工作有条不紊地进行着。

又快到了冬至这个节气，王小虎决定不外出打工了，因为乡里和村里总有事找他，这两年大都是志强替他做了许多工作，才使他能安稳地在外面干活。他觉得村主任是不适合离开村子的。所以，便跟着想种木耳的村民由志强带着到山上砍树去了。

念云因为在狱中表现极好，减刑两年，还有几天就出狱了。

杨家接到这个消息，真是欣喜异常，都在做着迎接念云回来的准备工作。志强听说了这个消息，和王小虎一商量，便安排显田组织贫困帮扶志愿组的人去给念云修房屋。因为现在贫困帮扶志愿组组长是冯志强，副组长是王小虎，常务组长是周显田了。因此，志强把这项任务交给了他，并把早上舒彤给他的钱也一起给了显田。

杨思远原本想等念云回来时再修不迟，谁知这一提前回来，还真是措手不及，也只得让帮扶志愿组的成员们去干这项工作了。

显田带着大家来到念云十年不住人的、破败的茅草屋前。

他们看到满院萋萋衰草，北墙即将倒塌、屋顶几处塌陷、窗户纸拉着风匣、门板已裂缝，烟囱已倒下的衰败情景，想想他们夫妻的遭遇，顿时神情黯然，心情复杂。

显田不想让大家难过，便喊了一嗓子，安排一拨人去修墙、拔草、糊窗户，一拨人去割苫房草、买玻璃。正在这时，杨思远来了，打开了屋门。还好，念云竟将所有的物品都用塑料布盖了起来。屋里只是有少量灰尘，这是舒彤妈经常来打扫过的痕迹。

一星期的时间很快就过去了，北墙已修好，整个窗户已换下，安上了淡黄色的窗框和明亮的玻璃，门板已修结实，刷上了和窗户一样的淡黄色，烟囱已立起来，屋顶换上了整齐的新草，院子里的草已拔净，屋里也擦拭洁净——屋里屋外焕然一新。

杨思远和舒彤在去接念云之前，先到了舒雅家。舒雅已经和曲博轩结婚了。

那是今年夏天的一个下午，夕阳照着木架上黑油油的木耳，木耳长势极好，过些日子就能采摘了。曲博轩看了很高兴，告诉志强采摘后怎样晾晒，便和舒雅匆匆去了杨家。

今天，他的心情分外激动。他是来求婚的。杨家人都很满意这个才华横溢而朴实的小伙子，就同意了。曲博轩见杨家人都同意，便和杨思远说了自己家里很穷，恐怕要委屈舒雅之类的话，并说要借钱筹备婚礼。

杨思远听到这个情况，就阻止了他，说不用筹备婚礼了。让他领着舒雅先去拜见他的母亲，然后回去登个记，就算结婚了。

曲博轩感到这样很对不起舒雅，可舒雅和舒彤妈也坚持这么做。奶奶更是坚持这么做。他也就同意了。

他们在拜见曲博轩的母亲时，老人家是十分高兴，拉着舒雅的手上下打量着看，然后把自己手上的一个银镯子撸下来送给了舒雅，流着泪说亏待这么好的姑娘了，一定要她收下。

舒雅只好收下了，临行前给老人家留了点钱，又回到了龙水村。这时，舒彤和妈妈也已经把舒雅结婚的东西预备好了。他们将这些东西带回去，装扮了舒雅单位照顾他们的宿舍改成的新房。一个半月后，在同事和领导的祝福下，他们举行了简单的婚礼。

此刻，舒彤把妈妈带给舒雅的东西放在了地上，环顾了一下屋里的摆设，便来到床边坐下。

舒雅看到爸爸和姐姐来，非常高兴，又是倒水，又是让座。

杨思远一边打量着这间屋子，一边问曲博轩哪儿去了。

舒雅说又去了别的村里，已经三天了。还说他们前些日子接到了哥哥和弟弟从外地邮来的钱，结婚没有外借钱，还略有结余，日子过得挺好的。

杨思远看着女儿幸福的样子，没有说什么。舒彤倒是嘱咐了妹妹一些过日子的常识。二人这才离开舒雅家去了关押念云的监狱。

这天下午，杨思远和舒彤站在监狱的大门口，当念云提着自己的东西走出来的时候，一抹瘦弱的身影被光线拉得斜长，头上的白发在阳光的照射下发出耀眼的光芒，与她那白皙的皮肤交相辉映。可有谁知道，一个有着缕缕青丝的清纯美少妇，经过了十年的牢狱生活，变成了一个满头银发的中年妇人，这里面包含着多少痛苦的挣扎与磨砺。

念云走近前来，回首凝望了这所自己生活了十年的地方，心中是五味杂陈。少顷，她回转身来，清澈的眼神望向杨思远，嘴角扬起了弧度，轻轻喊了声："爸。"又看向舒彤，亲切说道："你们来了。"

杨思远和舒彤带着念云去了县中学，看望了正在读高一的春柳和卓娅，然后回到了龙水村。

念云在干爸家吃完了饭，舒彤妈让她住在自己家。念云说是先回家看看。当她由舒彤陪着回到自己家的时候，登时眼睛一亮，被眼前的一切惊呆了。

舒彤解释说："这是显田带着帮扶志愿组的团员们来给你修的。奶奶说让你回来住在家里，可妈妈说你闲不住，养个鸡鸭鹅什么的不方便，就给你把这屋子重新修了。你想住在家里就住家里，想住这里就住这里吧。"

念云点头应着打开房门，屋里也已收拾得干干净净。她将手里的东西扔在了炕上，一屁股坐在了炕沿上，好像一颗心落了地，含泪道："小彤，好舒服呀！真是谢谢你们了。"

她们在屋里看了一圈后，舒彤要念云回家。念云一看，爸妈连柴火和粮食都给准备好了，便告诉舒彤自己不回去了。舒彤只好自己回家了。

念云再次环视了这间她和兰初明在一起生活的屋子，一种不可抑制的思念涌上心头。她从炕琴上拽下了一床兰初明的被褥，将它紧紧地贴在了脸上，然后趴在了边角沾着灰尘的被褥上大哭起来。

不知哭了多长时间，看看天色已黑了，便从外面抱进来一捆柴火开始烧炕。忽然，兰初明把她的药罐子踢碎了的画面，兰初明告诉她自己打了柴火叫她煎药的画面，兰初明打卓娅的画面，兰初明为她倒水端饭的画面，都在她的眼前交替呈现。她使劲儿摇了摇头，仍然挥之不去。于是，她带着蒙眬的泪眼，望着灶坑里熊熊的烈火，泣道："初明，你，你难道就在我的身边吗？好，那我就在这里守着你！你陪着我！我们一辈子不离不弃！好不好？"

次日，她手里拎着个篮子，里面装了祭奠用品，来到了北山上，老远看见兰初明的坟前有个人在烧纸，是个有着窈窕身材女子的身影，便暗自纳闷：初明没有亲戚，也没有兄弟姐妹，是谁在这里呢？

等她走近一瞧，惊在了那里，原来是小姨郑小双。

郑小双被兰初明解救之后，从甄多时的魔爪下挣脱了出来，过上了正常人的生活。虽然甄多时后来也去纠缠过几次，但只要她提起去派出所报案的事，甄多时便恼怒而怨恨地走开了。当她得知兰初明死了之后，大哭了一场，每年的清明节和阴历十一这天都来祭奠。因阴历十月一日被称为"冥阴节"，谓之给故去的人送寒衣的节日，与清明节、中元节并称为三大"鬼节"。

此时的郑小双为兰初明烧了寒衣和纸钱之后，正待起身，蓦然发现身后站着个人，不觉惊叫一声，镇静下来一看，眼前之人非常熟悉，仔细辨认，方才认出是念云。

郑小双吃惊地看着念云的满头白发，急忙上前相认。郑小双并未和念云提及兰初明救她一事。她觉得丢不起人。她只告诉她是去姐姐那里路过才来看看的。

念云当然十分感激。通过交谈，方知今天是冥阴节，好在郑小双已经烧了寒衣，想必初明也不会挨冻了。她这样想着，便将篮子里的祭品摆上供好，烧了纸香，叫郑小双先走，说是自己再坐一坐。

郑小双走了之后，念云默默地坐在兰初明的坟前，从上午一直坐到中午，从中午又坐到日落偏西。不知何时，一阵风吹来，坟前面的纸灰盘旋升起，又打着旋儿往别处去了。

兰初明忽地站在念云跟前，又隐去了。念云张大了嘴巴看着他，周围的空气似乎都凝固了。她喊了一声："初明。"就见兰初明若隐若现的脸带着殷切的希望，说道："好好活下去！我挚爱的人，你要……"念云又大声喊道："初明，初……"

正在这时，一个声音把她唤醒，抬头一看，是杨思远，方知刚才是一场惊梦，便揉着眼睛喊了一声"爸"，不觉泪如雨下。

杨思远面色黯然，伸手将念云拉起来。念云只好落寞地跟在杨思远后面回家了。

因为是初冬，为了解决念云的生活问题，舒彤只得让念云先在幼儿园里上班。

32

志强和小虎送走了来收木耳的人，内心里感到非常高兴。木耳连着两年丰收，凡是种木耳的人都有了或多或少的收益，照这样下去，乡亲们致富是大有希望的。

两人站在耳场的边缘。此刻，志强背对着一排耳架对王小虎说道："过些天又到了砍树的日子，我们还砍不砍树了？"

王小虎叹了口气说："不砍怎么办呢？乡亲们在这上面尝到了甜头。再说，你连襟不是还要教咱们种蘑菇和人参吗？"

"今天，我老岳父找我了，说树再这么砍下去，对森林有很大的破坏作用。"志强望着远处去年新安装的、一排排架设高压电线的银色铁架，然后长叹了一口气，"唉，怎么办呢？他说北京我天哲嫂子她爸都投钱让咱们植树造林，可咱们自己还在破坏。"

王小虎笑道："老书记说得没错。但只是要发展，就不会保持原样。咱们暂时还就木耳和烟叶尝到了甜头。你说，怎么能够停止呢？你看今年，老书记家还有甄会计和程亮他们好多家都盖起了新瓦房，多好呀。"

志强听了略微迟疑了一下，嗯了一声。他的目光穿过了重重叠叠的山峦，望向了远方。因为晚上熬夜工作，早上早起给孩子洗衣服，超负荷的劳累使他脸颊的轮廓比以前更加鲜明了，这就显得他那精致的五官更加立体生动。

王小虎已经看出了志强的消瘦，在提醒他要多注意休息后，便和他一起去找第四、第五生产社的社长商量提高水稻产量的事去了。

在幼儿园里，看到孩子们吵吵嚷嚷幸福的小脸，念云想起卓娅小时候的样子。卓娅像他们这么大时，从不哭闹，也不敢大声说话，最高兴的时候只是淡淡一笑，根本就不像是那个年龄的孩子。

想到这里，她的眼眶湿润了。她又想起了兰初明所说"我活着，卓娅能活着吗"的话，不由得又在那里感叹。正在这时，邮递员来给了她个邮单，叫她去取东西。

当她看到这个东西的时候，真是喜出望外。这是舒雅给她邮来的她们自己研究的小鸡孵化机。她看了几眼说明，激动得双手发抖看不下去了，站在那里稳了稳神，然后找志强来帮她拉回家去了。

第二天，村里的很多人都来看这个孵化机，一起研究着怎样使用，把这个一次能装 78 枚鸡蛋的孵化机里装满了各家送来的鸡蛋。

舒彤奶奶闻听孵小鸡出了个新式武器，也由舒彤妈扶着来看。她用手摸着这孵化机，听着念云讲解着它的功能，笑得眼睛都眯成了一条缝儿。半天，终于看着舒彤妈说道："看来，老祖宗留给我的那个本事，不好使了。"

杨思远和冯国英正在山上清林，给树木打杈，以便使树木长得更好。他们把打下来的树枝用榆树条子捆成捆儿，放到往山下去的小路旁，干完活儿再捎到山下去堆好。志强他们来就拉走了。自己家烧不了，送给老林头他们那样的人家，因此，他们在村里仍然有着很高的威望，谁家遇到解不开的事，还是都找他们聊一聊。

杨思远上次从北京回来后，心里激动了好长时间，把在北京的所见所闻对冯国英及村里的老少爷们儿讲了一遍，希望大家都能亲自去看看。特别讲了北京天安门前的升、降国旗时间，是根据北京的日出日落时间定的这个内容，使龙水人更感到新奇和亲切，也都跃跃欲试，说等有钱了，一定去看看北京城和升降国旗。

现在，杨思远站在阳光透过林梢照在一排排幼苗的山坡上，抬眼看着一棵棵长势极好的针叶落叶松小苗，在这片幼林中间，竖着一块醒目大字的牌子，上写：欧阳伟之林。

杨思远看到这里，咧开嘴笑了，暗想：老亲家，等你来了，让它们来欢迎你吧。

正在这时，忽听王小虎的声音，他侧耳听了听，果然是喊他，便和冯国英走下山来。

王小虎在山下等着他俩，说是乡里周德海书记和姜浩鑫乡长来了。他们是李书记和吕乡长的继任，这次来主要是想恢复兰初明开的小煤窑生产问题。杨思远和冯国英一听，也就随着王小虎去了村委会。

到了村委会，两位乡领导和志强早已等在那里，见面互相做了介绍。落座之后，周书记说为了发展九曲河乡经济，想把小煤窑恢复起来，另外再开两个，算是乡里和村里共同发展的。当初，这小煤窑是杨思远和冯国英在位时开的，所以找他们来了解情况并征求一下意见。

杨思远一听，倒吸了一口凉气，说道：“哎呀，那小煤窑已经十多年没进人了，原来的巷道和通风设备就不合格，现在里面是什么样子还不知道。再说，重新开采，怕乡亲们忌讳死了人，不进去呀。”

冯国英听了杨思远的话，心里很认同，但没吱声，低着头在那里抽烟。

姜浩鑫乡长接过话题道：“这好办，原来的矿井从外面雇人干。再开两个新矿让龙水村的人干。”

志强想问问要是龙水村的人不干怎么办呢？但话到嘴边咽了回去，因为乡领导刚提出个建议，自己就持反对意见，不太好。

杨思远他们看到两位乡领导对开小煤窑的积极性很高，也便不反对了，提了些建议算是同意了。

开小煤窑牵涉到念云，因为原来的小煤窑是兰初明开的。当乡长他们找到念云征求意见时，念云只有一个想法，就是看能否给点钱还账。

乡里领导了解了念云的现状后，答应将来卖了煤给她一些费用，算是对兰初明在龙水村找到煤的奖赏。

念云当即同意了。出狱后的几个月，她的情绪调整过来了，身体也恢复了很多。她看到了卓娅的健康成长，看到了新修的整洁房屋，看到了乡亲们对她一如从前的关爱，这些都是别人没有的，唯独她有，便常常激动地想：自己是多么幸运呀。她暗暗发誓：要回报龙水村的乡亲们，回报她的娘家——杨家的每一个人。

十年的牢狱生活，使她充分认识到了自由和尊严的珍贵，所以，每天除了在幼儿园上班，还用孵化机孵着小鸡崽儿，又跟着志强到山上砍了几天树种木耳，忙得不可开交，浑身像有使不完的劲儿。

念云孵化机里的鸡蛋经过了二十一天的孵化，终于变成了小鸡崽儿。念云发现，孵化机孵出的小鸡崽儿成活率高。她把是哪家送来的鸡蛋孵出的小鸡崽儿就送还给哪家，又装了一箱鸡蛋，准备孵出小鸡崽儿后在自己和干妈家养活。

现在，最使念云担心的是，自己还能不能领到承包地了。她想种庄稼，再跟着干爸栽点黄烟。她觉得，自己是离不开土地的。

念云所担心的事情没有成为现实，村委会很快就给她分了地。原因是今年有些村民把地包给了别人种，甚至撇下了新开的荒地，夫妻双方都到外地打工去了。

他们的常年外出，也给舒彤的幼儿园增加了难题。这些打工的年轻夫妻，有的把孩子托给了奶奶、爷爷或者是姥姥、姥爷，有的直接送到舒彤的幼儿园。这不，不到一个月，就有十三个孩子要求长托了。

舒彤在家里做着饭，对幼儿园的长托问题感到进退维谷。她坐在小板凳上，用手里的小棍儿往灶膛里拨着柴火，心里反复问着自己：收呢，责任太大，况且夜里照顾孩子非常辛苦，一日三餐都得操心；不收呢，这些孩子没有人管，身心健康和成长都成问题，将来不但是自己生活有困难，弄不好还会给社会增加负担。

由于她走了神，锅里的饭都溢了一锅台也没发现。这时，忽听门响，她才醒过神来，急忙把锅盖打开，转头一看，是她的三小姑子巧月进来了。

巧月进来，就站在那儿看着舒彤急切地问道："嫂子，听说幼儿园要办长托？"

舒彤看着巧月，疑惑地反问道："你问这干啥？"

巧月答道："办长托夜里要有人照顾孩子起夜啥的，我想干这个活儿。"

"这怎么能行？你还是要回婆家去的，再说咱爸也需要你照顾。"舒彤不无担心地说。

"嫂子，我已经和他离婚了，前天办的手续，哪儿也不去了。"巧月说完，黯然神伤，低头落泪。

原来，宋有福回去几次想劝说爸爸把巧月接回来，可巧月的公公认为打出来的媳妇、揉出来的面，媳妇不打不听话，因此就是不同意把巧月接回来。巧月回娘家已经快三年了，宋有福始终没来接。她绝望至极，捎信让宋有福直接去了乡里办了离婚手续。

舒彤听到这里，心中替巧月惋惜，不觉叹道："那宋有福也真是的，就不能到这边和你一起过日子吗？"

巧月摇摇头道："嫂子，这正是我要和他离婚的真正原因。他爸怎么样都是老人，咱不挑他。但作为一个男人，连自己的媳妇都保护不了，这么没主见，跟着他也是个窝囊废。所以，嫂子，这婚不离不行啊。"说到这里，她话题一转："真的，嫂子，就这么说定了，如果办长托，我愿意干这个活儿，夜里值班，白天在家照顾爸。"

舒彤算是勉强同意了，并说："爸不用你照顾，叫他到我家来吃饭吧。"

次日，舒彤把办长托班的打算在幼儿园里开会说了，没想到念云和孙晓蔓也愿意值夜班。就这样，舒彤的幼儿园就加了长托班。念云、巧月和孙晓蔓每人一晚轮流上夜班，白天不上班。孙晓蔓因丈夫在外地打工，便带着孩子在幼儿园里值夜班，白天还可以干自家的农活儿，觉得很划算。

为了使幼儿园走上正轨，舒彤起草了《幼儿园长托管理制度》《幼儿园园长管理制度》和《幼儿园长托管理合同书》等相关文件，把对员工的要求、上课内容、活动内容、生活内容等都做了相关规定。她又到市里的幼儿园里学习了管理经验后，回来对员工进行了培训，这才开始了正式招生。

服装厂的生意越来越不好，舒彤相继做了调整，裁减了一部分人，保留了衣服成品定制一项，剩下的人只做棉袄、棉裤、棉被和床单、被罩等，没想到销量却是出奇地好。

33

暑假的时候，春柳回来了。她听说小姨父会讲故事，在家等啊，盼啊，这天终于等来了。曲博轩来找志强商量人参选地的事。刚进门，就被春柳拽着衣襟笑嘻嘻地推着坐在了炕沿上，又倒了一杯水双手奉上，央求道："姨父，您可来了，急死我了，给我讲个故事呗。"然后，拿起了笔记本和钢笔认真地看着曲博轩。

曲博轩看着眼前这个聪明伶俐的姑娘，忍俊不禁，笑道："丫头，哪有这么逼着人讲故事的？"话虽是这么说，还是把植物和人一样是有生命的、要共存的内容又讲了一遍。

春柳不是没学过这些知识，只是解析得这么深奥她还是第一次听到，又缠着他讲了些别的内容后，提出了一个大家都关心的问题：水果被催熟的真正原因到底是什么？

曲博轩笑笑，说道："你还真是个'十万个为什么'哈。好，那我就给你讲讲。水果闻到'同伴'发出的成熟味道后，会争先恐后地成熟。煤油加热也能够催熟柑橘。你知道为什么吗？因为煤油烟中含有乙烯，植物大多数的组织和器官都能产生乙烯。仅仅是空气中飘浮的微量乙烯，就可以使敏感的水果成熟。乙烯作为一种植物激素，既保证了种子的传播，也促进了植物的衰老和器官的脱落，让植物有规律地延续着一个又一个生命的周期。这，就是水果被催熟的真正原因。"

春柳瞪着她那好奇的、像小姨奶奶一样具有魅力的眼睛还想细问，却见曲博轩站起身来，说道："好了，小好问，等我有时间再给你讲哈。我还有事情。你过两天去看你小姨吧。她挺想你的。”

春柳高兴地答应着去看小姨，不过她得和卓娅商量了一块去，现在只好将曲博轩放行。曲博轩走了之后，春柳这才想起妈妈让她接弟弟回姥姥家，便放下笔记本，冲出了门外。

暑假的时候，卓娅也回来了。这孩子非常懂事，总是帮妈妈洗衣、做饭，喂鸡、喂鸭，还跟妈妈到地里给黄烟浇水、打杈，给苞米喷药，给妈妈讲学校里的故事，小嘴嘚嘚嘚地和念云说个不停。

念云乐得嘴都合不拢了，内心被一种甜蜜充盈着，看着女儿那双文静而美丽的大眼睛真挚地望着自己，常常是眼中溢满幸福的泪水。

卓娅没和春柳去看小姨，整个假期都在陪妈妈。在临走前，她劝说念云不要太劳累了，应该把不重要的活计减掉一些。

念云告诉卓娅说："这算什么，妈妈在监狱里干活，要很晚才休息，第二天很早就起床了。可我每天都是超额完成任务，为的是减刑，给我宝贝女儿一个温暖的家。"

卓娅听妈妈这样说，泪水顿时盈满眼眶。她在舒彤奶奶等亲人的厚爱下，在春柳姐姐的影响和帮助下，在老师和同学们的关心下，终于走出了阴影，现在是个非常健康的孩子。此时，她用手抹了把泪水，撒娇地用手搂着妈妈的脖子说道："妈，我走了。您不要太累了。您看咱村的变化多大呀？每家都添了新家具，买了电视机、拖拉机，好多人家还盖了新瓦房，烧上了煤。多好呀！等我毕业了挣钱给您花。"

念云不住地点头，只听卓娅说道："还有，老奶奶、姥姥她们年龄也大了。妈，你经常回去帮她们干点活儿吧！"念云听着把头点得更厉害了。

龙水村经过了十五年的家庭联产承包责任制，现在的种植结构已经进行了很大的改动，调整了优质高产农作物苞米的面积，加大了特色水稻的种植面积，扩大了黄烟的栽培面积，增加了木耳的种植架数，发展了养蜂、养鸡、养鱼、养猪，还有粮食加工厂、煤炭业、服装厂、婚庆公司、幼儿园等，可谓是多措并举，一同推进。

自从村里的小煤窑开工之后，志强是提心吊胆，每天都到三个矿井里督促查看各项安全措施，好在总算是一切正常。现在，志强除了党务还负责煤矿和木耳两项工作，王小虎抓农业生产和其他工作。

这日，他听说是自己的连襟和县里的农业技术员来了，正在第六生产社指导村民们种植人参呢，便骑着摩托车赶到了那里。

因第六社位于龙水河的第二大支流三道湾两岸，此处地形半阴半阳之坡较多，而人参的特性恰是喜在冷凉、半阴半阳之处生长，所以曲博轩便为第六社的村民们选了种植人参来发展。

志强下了摩托车，爬到半山腰儿，看到曲博轩正和大家一起平整土地呢。他正搬着一块石头往参畦外的地方艰难地挪着步。社长曹玉才和其他人也都干得热火朝天。

志强等他放下石头后喊了一声。曲博轩听见喊声回过头来，见是志强，用袖子抹了把汗水，微笑着来到了志强的面前，憨憨地叫了声："姐夫，你怎么来了？"

志强答道："我怎么来了？听说你来了我就来了呗。你把舒雅一个人放在家里头放心哪？她可是怀着孕呢。"

曲博轩低头腼腆地一笑，说："我妈来了。再说她也不用我妈管她，也就是做个伴儿吧。"接着，他抬起头来一改腼腆的神态，对志强道："对了，经过试验，柞树和白妞子树种木耳产量更高。一会儿下山，我们去耳场看看。"说完，他向县里来的技术员小韩嘱咐了几句话，便和志强直接去了耳场。

他们到达耳场的时候，两人同时惊呆了。只见蓝天白云的苍穹下，绿树青山的背景前，一个身穿半袖白底带橙色小花衫和湖蓝色裤子、梳着高马尾的女子正在低头查看着木耳。她白皙的脸庞被夕阳映成了粉红色，专注的眼神里满是温润与探索，整个人和周围灰黑的耳场色调形成了鲜明的对比，构成了一幅精美的图画。

志强看到眼前的场景，顿时怦然心动，不觉呆在那里说不出话来了。就在志强看出她是谁来的时候，曲博轩早已喊出了声："那不是大姐吗？"

志强惊喜地点头，心想：她怎么上这里来了？还没等他答话，曲博轩就大喊了一声："大姐！"

舒彤闻声抬起头来，那修长的马尾便跟着垂到了胸前。她一甩手将它们送到了背后，然后站起身来笑道："你们怎么来了？"

志强他们走到她跟前问道："你怎么来了？"

舒彤眼含笑意道："我这次参加培训，有个外村去培训的积极分子是种蘑菇的，发了家。他说可以帮咱们发展种蘑菇。我从乡里回来就直接来看看你们木耳种得怎么样了。”

“怎么样了？”志强和曲博轩同时问道，问完两人对视一笑。

舒彤点头赞道：“不错，长得厚实、很大。”说着，舒彤把几份文件递给了志强。因舒彤和显田去乡里参加非党积极分子培训班刚回来，这才把文件捎回来的。

志强笑道：“这还用你操心！博轩种得比谁都好。可咱村现在这个情况已经没有人来种蘑菇了。大多数男人和年轻女人都出去打工，剩下的都在井口里，就连种木耳也都是中老年妇女了，你们服装厂和幼儿园又占去了一部分。我就剩老弱病残了，就连马正仁都出去打工了。你说，哪儿来的劳力做其他的呀？”

舒彤听了不觉为龙水村的未来担心。良久，她才秀眉微蹙，说道：“得想法子解决呀。”因为她是知道村里出去打工这个潮流的。她的长托班就是因这而产生的。

他们研究了一会儿，也没想出个好办法。最后，舒彤说：“办法总是有的，实在不行，我带领年龄稍大点的妇女干干看吧！”

舒彤看他俩都没吱声，忽地想起了什么，问志强道：“马正仁他姑娘的病好没好呢？”

志强叹了口气，不无担心地说道：“好什么呀？高烧时间太长，离医院太远，耽误了，把孩子烧傻了。马正仁就为还账才出去打工的。”

“真白瞎那孩子了，长得真稀罕人。对了，她的眉眼还有点像念云姐姐呢。”舒彤叹息着说道。

志强答应了一声，便陪曲博轩去看奶奶他们了。舒彤叫曲博轩走时到她家拿着她给孩子做的小被褥等，就去了幼儿园接孩子了。

舒彤来到幼儿园一看，郑小双对面站着个大姑娘。这姑娘身材和郑小双差不多，只是比她还高些。

郑小双看到舒彤来了，便让姑娘过来叫嫂子。等这姑娘一回头，舒彤发现这正是郑小双的女儿甜甜。甜甜大学毕业了，分配在县里的一个企业做会计工作，今天回来先把这喜讯告诉了妈妈。

互相问候之后，舒彤带了孩子回家，刚到门口，见巧娣夫妻带着孩子正站在门口等着她呢。

原来，因志强和曲博轩都在杨思远家，杨思远就和冯国英一起去了杨家。巧珍在学校，巧月在幼儿园。这样，巧娣回家来就找不到爸爸和姐姐们了，只得先到哥哥家里来。

巧娣高中毕业考上了大专，毕业后分在了一家工厂工作，就在四年前，嫁给了和她一个铝轮毂厂当工人的同学，今天是回来看望爸爸和哥哥姐姐们的。

当下舒彤急忙把门打开，把他们让进屋里休息，自己生火做饭。巧娣也来帮忙洗菜。三个小家伙一见面，并不陌生，吵吵闹闹玩在了一起。

到了晚上，冯国英、志强和曲博轩回来了。巧珍、巧月和金铁军听说巧娣回来，也都来了。一家人坐在一起高高兴兴地聊了会儿天，便回去休息了。

翌日，曲博轩起早去了县里，因为县里要举办一个食用菌培训班，请他去讲两天课。

后来，舒彤才知道，巧娣他们这次回来，主要是因为亚洲金融危机，造成了她和丈夫工厂的铝轮毂过剩、企业开工不足、产品找不到出路，他们面临着下岗的处境才回来的。他们是想回来看看家乡有没有发展，也是顺便来向二姐夫取经的。

第十二章　天灾人祸

34

这是一个空灵的清晨，天刚蒙蒙亮，万籁寂静，夜已悄悄隐去，破晓的晨光正在以自己的方式唤醒着沉睡的龙水村人。

志强醒来，揉着惺忪的眼睛，想起了县、乡两级传达的文件精神，说是受去年厄尔尼诺现象影响，今年可能有灾情发生，要各村积极做好防洪准备。

他知道，统计资料表明，每当发生厄尔尼诺现象时，第二年就会出现南北两条雨带，一条是长江以南地区，一条是北方地区。而龙水村，恰就在这北方地区之内。

志强伸了个懒腰，感到天闷得出奇，刚交六月，就像进入三伏天一样让人感到压抑。他没有太多时间考虑，给两个儿子盖了盖被，没顾得上吃饭和洗衣服，便叫显田去广播室召集人到耳场收耳晾晒了，自己则先去耳场干了起来。

才刚刚干了两天，天就下起了小雨，小雨又转中雨，一直下了二十几天不停。耳场的村民们都急得嘴上起了疱，夜里睡不着觉，盼望着天早日晴起来。

这日，雨忽然停了几天，可人们还没缓过神来，就又下起了大暴雨。这大暴雨直线似的一连下了三天，将龙水河的水位涨到了历史从来没有过的高度。

龙水村乡亲们的心，都提到了嗓子眼。志强和王小虎赶快组织人到坝上去抗洪。杨思远和冯国英也加入到了这个行列。

幸亏龙水村所有的河堤在这些年里年年加高，修得十分牢固。村里的男人们组成几支巡逻队日夜巡视着、守护着、加固着，使龙水村暂时度过了七月初和七月底的两次特大洪峰。

这是八月初的一个下午，雨刚刚停。两个月的抗洪使大家都已疲劳至极，倒地就睡。志强看到这个情况，便要大家暂时回去休息了。

谁知半夜下起雨来，就好像天幕被捅破了一样，那雨就像瓢泼一样直泻下来。

杨思远被惊醒，急忙穿起雨衣，拎起铁锹就往外走，刚走到西龙水河东岸，就见徐根清穿着雨衣从对面走来。

刚刚踏上河堤的徐根清看到了杨思远，便大声喊道："老书记，不行啊。这雨下了两个多月，地已经吃饱了，没有了蓄水能力，再这么下去，村子不保哇！"

杨思远走近徐根清，听他这样一说，歪头想看看天，立即被雨水灌满了眼睛。他用手撸了一把脸上的雨水，说道："哎呀，那怎么办呀？大伙儿才刚刚休息呀。"

徐根清说："实在不行，也得叫起来，都让他们躲到山上去吧，趁着还能过去河。"

杨思远说："等等再说吧。走，咱们先各处看看！"说完，便与徐根清在河堤上巡视起来。

过了一个多小时，这龙水河的水就看着往上涨，而大雨仍没有停歇的征兆。正在这时，志强和王小虎也都来了。他们一商量，决定动员乡亲们上山。

一说离开自己的家到山上去，乡亲们不愿走哇。他们要守着自己的坛坛罐罐，因为他们根本就不相信大水能把村子淹没。再说，到山上去，吃什么，住哪儿呀？

顾不了那么多了，村两委的干部、党员们只好敲锣打鼓挨家挨户动员大家走。程亮和甄多时负责把前几次抗洪时乡里留在这里的帐篷运到了山坡上。

奶奶接到这个通知，对舒彤妈说："快走吧，我活这么大岁数，没见过这么大的雨水。扔不下也得扔啊，咱别给孩子们找麻烦。"

舒彤妈听见这话，按照村里的通知，把粮食袋子用塑料布包好，搬到了炕上去。她搀扶着婆婆，背着粮食，拿了火柴等必需品，和显田妈及部分乡亲们跟着负责撤退的显田走了。

显田妈临走前，叫从她家路过的村民们带上了方便面、矿泉水、面包等所有吃的，直到货架子上空了，才离开家门。

惊慌的村民们在黑暗中惊叫着、呼喊着、喘息着、互相扶持着都涌向了这里。

他们来到了东龙水河边，河水已到膝盖以上，因这里河床浅，水流缓，共青团员们在这里安上了好几条绳索。早有共青团员在那里背着年龄大的老人和孩子过河了。

不管是谁，男人们背起老人和孩子就走，年轻的女人们则拽着绳索自己过河。不到两个小时，村民们已经撤得差不多了。

龙水河的水还在上涨，一棵大树带着几棵小树不情愿地被洪水拖进了旋涡，沿岸的泥土、牲畜、房屋、巨石不时被咆哮着的洪水揽进怀里，随着翻滚的浪花向下游奔去。

志强让舒彤和年龄大点的人去山上安排住处，自己和王小虎在这里查点人数。蓦然间，他们发现巧珍和李云英没来，便对身边的齐铁柱说："咱俩会水，回村去接接她们吧！"又对王小虎说："你在这头接应。"

齐铁柱听完了这话，身子早就已经没在快到大腿根的水里了。

村子的低处已经变成水上公园，水在慢慢地往上升，高处也变成了水泽。一些家畜跑到了烟囱脖儿上和房顶上，路旁的树木被大风吹得七扭八歪，有的连根拔掉，房子上的草也被掀开了……

他俩沿着村子开始快速地搜索着，在搜到第四条街的时候，忽然看到巧珍背着一个女孩子，李云英搀扶着老奶奶，领着一个小男孩在大雨中艰难地行走着。

这女孩子的腿是在回家喊奶奶和弟弟撤离时，被倒下的大树砸骨折了。她的奶奶一直守护着她和两岁的弟弟没走成。他们是朝鲜族人，父母都去外地打工了，只剩这祖孙三人。

巧珍和李云英是在查看过河学生的数量时，发现少了这个父母不在身边的学生才回来找到他们的。

当下，他俩看到她们后，志强急忙把体沉的老奶奶背在背上，一溜小跑抢先渡过了河。这时，齐铁柱也把巧珍背上的女孩子送过来了。

奔腾的洪水在河床里咆哮着，将巧珍和她背上的小男孩儿一次次地打回。急得金铁军眼泪都出来了，嗓子都喊哑了，扑到水里要过河去救。

志强一把拉住了他。因为这时的浊浪再次袭来，河这面的人过不去，对面的人也过不来，就那么眼睁睁地看着河水往上涨，看着对面河堤内村里的水也往上涨。

李云英见巧珍没了力气，便将孩子接过来放在自己背上，用绳子把他和自己系紧，双手拉着绳索往对面走。

志强一看不好，抢下去拉着绳索走到了李云英跟前，将小男孩儿背在自己背上，让大家拉开距离往对岸走。

在快到对岸时，水面上漂下来了一条眼镜蛇。这条蛇高昂着头，不时地吐着蛇信子，随着洪水瞬间就冲到了志强他们跟前。小男孩儿一看到这条蛇，吓得狠命挣脱了志强的脊背。

巧珍跟在志强的后面，一边用手拉着绳索往前走，一边保护着孩子。说时迟、那时快，她一见孩子要掉进水里，便一把抓住了孩子的后背，甩在肩上，用尽了力气往河对面送。这时，一个大浪扑来，把志强打得睁不开眼睛，辨不清方向。

齐铁柱看到这个场面，急得发了驴脾气，不顾众人反对，一纵身跳下去将巧珍和孩子送到岸边用力一推，自己就被大浪打得无影无踪了。

就在孩子即将掉到水里的时候，李云英一惊，也急忙去抓孩子，孩子没抓到，却被刚才把志强打得辨不清方向的大浪打得松开了紧握绳子的双手，随着又一个大浪一起扑向了湍急的河水。

瞬间，时间凝固了，天空一片寂静。人们睁大了眼睛看着眼前发生的一切，顿时惊呆了。

王小虎歇斯底里大喊了一声"云英"，就要往河里跳，被金铁军和显田强行拉住。因为他不会水，只好流着泪、跺着脚、眼看着奔腾的大水将自己的媳妇卷走了。

俗话说：水火无情。坡上的人们望着翻滚汹涌的洪水就要漫过堤坝，淹没村子，都流下了绝望的泪水。

当志强回到岸上后，惊魂未定，才知水中一连失去了两个人。痛定思痛后，志强说什么都不让任何人再下水了。他拿起绳索和镰刀，对身边的人说道："快，随着我到下游去找。"

志强和王小虎他们急忙沿着河边往下找。到晚上时，发现齐铁柱在下游七八公里的地方，抱着一棵小岛上的大树，奄奄一息。万幸的是，他还没死，只是头部受了重伤。

他醒来看到志强的第一句话就是："志强哥，你看我做得够不够一个党员的标准？"

志强含泪点头，道："够，够了。"看着齐铁柱那欣慰的表情，忙伸手把他拉进怀里，泣道："我的好兄弟，你做得很好。"

志强是用拖拉机里带做成的救生圈和绳索与众人一起将他救上来的。但，王小虎媳妇，大家一直找到天黑，也没发现她的踪影，第二天继续找，还是没有找到。

县、乡两级政府根据暴雨的程度和龙水村的地形，带着部队和民兵往这里赶，可是，半路上公路的坍塌将他们阻挡在了路上。

急得周德海书记和姜浩鑫乡长眼里都冒火呀，让首长命令部队赶紧开山修路！

万幸的是，龙水村并没有被淹没，堤坝上涌上来的水和蓄积的水沿着两边的排水沟又被泄出去了。

原来，杨思远和冯国英在人们渡河的时候又回来了。他俩想看看村里有没有人被落下，结果河水涨势太快，回不去了。

他俩找了个高处暂时坐下歇息。杨思远望着堤坝里的河水上涨，村子里的低处被淹，十分焦急，说道："老哥儿，咱村子里还有不少是土坯房，这一淹，以后大伙儿的日子就没法儿过了。"

冯国英看着远处的龙水河下游，问道："那怎么办，泄洪？可如果泄洪，只能在西龙水河下游泄，那徐根清、小双、舒彤他们三家的房子就保不住了。"

"唉，那地方堤坝外的地势低，不会出现倒灌现象，还好弄开，就舍他们三家保全村吧。"说着，他扛起了镐头，拿起了钎子，告诉冯国英："再拿两把铁锨吧！"

这两位六十多岁的老人说完，朝着西龙水河的下游走去。龙水村就这样保住了，可是，徐根清和郑小双家的房子坍塌了，舒彤家因是砖瓦房，地基又高，便保留了下来。

冯国英的左腿因滑倒摔骨折不能动了，杨思远的腰因用力过猛闪坏也不能动了。

杨思远躺在堤坝上，轻轻地说："老哥儿，我感觉我快不行了。我的腰一动不敢动呀。"

"哎，你别不行呀。你得坚强。我告诉你哈，自从大双走后，你就是我的精神支柱，你要是不行了，我怎么活呀？那，咱俩互相给点力量吧！"冯国英说着，咬着牙艰难地挪动着右腿爬过来靠近了杨思远，那额头上立即冒出了亮晶晶的大汗珠子，刹那间，与雨水混合在了一起。

杨思远带着微笑侧脸看向冯国英，然后又望向天空。刹那间，雨把他们身上的泥全洗干净了。

冯国英侧身躺着，拉了拉雨衣帽子的前檐，使雨水不能直接灌进脖子里，然后举起了左手，用雨衣袖子挡住了下在杨思远脸上的雨水，笑道：“要是洪水漫过堤坝，咱俩可能就被冲走了。”

“那你要抱紧我，咱俩就死在一起吧！来世还做好兄弟。”杨思远说着，用左手拉起了冯国英的右手，两只粗糙的大手紧紧地握在了一起。

冯国英听后热泪盈眶，哽咽着声音，用力应道：“好。”

老哥俩就这样躺在了泥水里，手拉着手接受着雨水的洗礼，然后疲劳地闭上了眼睛。

当救援人员发现他们时，看到了两位白发苍苍的老人那满是皱纹的脸上，显现出的是慈祥与安宁，都感动得流下了热泪。

解放军的一个首长做了个停止的手势，说道：“别动，让老人家好好休息吧。”

瞬间，天地间一片寂静，人们都在静静地保持着原状。

少顷，只听周德海书记小心翼翼地说道：“不知他们是不是还都活着呀？”

只这一句话，大家拥上前来，仔细观看，一颗提起的心这才放了下来。

大水退却后，人们从十几里外发现了王小虎媳妇。她已经离开了人世。

20 世纪最大的洪水给松花江流域造成了无法估量的损失。龙水村的乡亲们也经历了一场百年不遇的洪水大考验。

太悲惨了——他们的黄烟被淹了，苞米冲倒了，水稻贴在了地上，耳场连木头都冲跑了，房子进水了，房盖上的草没了，西龙水河西岸的耕地变成了岩石裸露的河漫滩，真是满目疮痍。

乡亲们下山望望地里的庄稼，瞧瞧村里一片狼藉，看看郑小双和徐根清已是一摊泥的房屋，瞅瞅自家的残垣断壁，想想为了救孩子牺牲的王小虎媳妇，都跪地痛哭，那可真是喊天天不应、叫地地不灵呀！

念云望着这间经过了这场大雨的洗礼还屹立在西山上的茅草屋，心中顿时涌起了无限的感慨。她知道，如果不是显田他们去年给她重新整修了房屋，这间屋子早就变成了一摊泥水了。

她把躲在山上的大小鸡重新唤回来，把山坡上地里的庄稼扶起来，追上了化肥，又把冲垮的土地平整好了，种上了白菜和萝卜，准备秋收之后，分一些给乡亲们。

35

当县、乡抗洪人员到达的时候，龙水村唯一的一座桥已经没影了。他们立即动手帮助修好了桥梁，看到乡亲们都很安全，村子也保住了，松了一口气。当听说王小虎媳妇为了救孩子牺牲的时候，都沉痛地低下了头。

由县、乡两级领导参加的追悼会在县殡仪馆举行。县长讲话，当即号召全县教师向李云英老师学习。

在场的乡亲们都失声痛哭，因为她是他们眼睁睁看着她为了救孩子被洪水卷走的呀，怎能不痛心？

李云英老师就这样突然走了。王小虎沉浸在悲痛之中不能自拔，望着两个孩子那怅然若失的样子，心都碎了。

看着正在收拾东西读高一的儿子，他怯怯地问："明天就走吗？"

孩子抬起满是泪痕的脸，答道："是的，爸，我不敢在家里待。我想我妈。"

王小虎一口气没上来，咽了口唾沫，望着这个和春柳一年出生的半大小子，长叹了一声："也好，到那里好好学习。"

他一转身，进到西屋，看到女儿也在收拾东西。听到声音，女儿抬起头来，看着他说道："爸，我也走了。学校里课程紧。"说着，用手在脸上不停地抹眼泪。

王小虎知道，他们是接受不了这个现实，想尽快离开这个到处有着他们妈妈气息的家。可他们哪里知道，他们的爸爸是多么希望孩子们能多陪他一天，哪怕是一天也好啊。

从天而降的丧妻之痛让王小虎几乎丧失了生活的勇气。古语道：男人一生最痛苦的三件事莫过于：少年丧父，中年丧妻，老年丧子。

王小虎就摊上了一件。可是，为了孩子，他咽下了所有挽留的话语，也吞下了所有的悲哀与苦痛。

漆黑的夜，将白天的疲劳与喧嚣淹没在了黑暗中。在龙水村民返回家园的第一个晚上，志强躺在炕上听着舒彤和孩子们均匀的呼吸声，心潮起伏。

这次洪水对他可谓是醍醐灌顶般的触动。他深深感触到了老书记杨思远平时的工作是多么扎实——洪水退却后，堤坝却依然挺立。如果不是他顶着众人的反对，几十年的坚持——不管有多劳累困苦，年年都修河筑坝，这次龙水村在第一次洪峰来时就被冲刷成一片废墟了；如果不是他冒着生命危险将西龙水河下游的堤坝破开，龙水村现在也已经在地平线上没有任何痕迹了。

这次洪水对他可谓是醍醐灌顶般的触动。他深深感触到了乡亲们是那么可爱可敬。他没想到，他们在面对大灾大难时是那样齐心协力、毫不畏惧。李云英老师为了救孩子，献出了自己宝贵的生命。显田妈妈将自己小卖店里所有的物品无偿地分发给大家。就连一向斤斤计较的许寡妇都主动帮助别人拿东西，把自己的干粮分给别的孩子吃。大家真正体现了共同抗灾、舍己为人的高尚品质。

这次洪水对他可谓是醍醐灌顶般的触动。他深深感触到了人必须保护大自然的重要性。最显著的例子是西龙水河西岸美丽的风景已不复存在。原因是近二十年来，大家都在开荒种地，将层次分明的依依柳林变成了耕地。这次大水一来，所有的耕地都被冲刷得岩石裸露，一片荒凉。

深切痛悟之后，志强觉得自己的工作欠缺了很多，很多。

他猛然醒悟到：乡村的工作来不得半点的虚伪与浮夸，村干部虽然官小，但牵涉到这一方水土的幸福与否和人命关天哪，马虎不得。他要做一个像杨思远那样踏踏实实为龙水村乡亲们服务的人。

想到这里，他在心里为龙水村的建设筹划了一番，便翻身闭上了眼睛。

从第二天开始，他不急不躁，带领着乡亲们在恢复生产、建设家园的每一项工作上，都稳扎稳打，从长远考虑。

解放军和民兵一起，帮助村民们支起了帐篷，搭好了锅灶，清理好了淤泥，就返回了各自的岗位。

因国家给受灾村民救灾补助，因此，龙水村的房屋建设要等着城建部门下来考察、规划后才能翻盖。他们暂时还住在帐篷里，好在大家在撤退前都将粮食等用塑料布包好放在了炕上，没有被水淹到，加上救灾粮食，暂时吃的不成问题。

两个月后，乡里举行了抗洪救灾表彰大会，龙水村党支部和村委会受到了集体表彰。其中李云英老师被追认为烈士，杨思远、冯国英、齐铁柱和冯志强被评为先进个人。

杨思远、冯国英和齐铁柱还受到了县里的表彰。前两个人因为受伤没有参加表彰会，是由志强代替参加的。

表彰大会开过之后，舒彤、显田和齐铁柱被吸收为预备党员。

徐根清看着这个和自己“一帮一，一对红”的小伙子成为一名合格党员，非常高兴，语重心长道：“铁柱，不光在形式上入党，更要在思想上入党才行啊！”

齐铁柱激动得哭了，他对着他的入党介绍人狠命地点点头，一本正经道：“放心，徐叔，铁柱不是从前的铁柱了。”

徐根清知道齐铁柱已经成熟了。他拍了拍齐铁柱的肩膀，表示出了极大的信任。过了几天，他正式向志强提出来让年轻党员——第六生产社社长曹玉才接替他成为副书记和组织委员。

这日，齐铁柱干完了自家的农活儿，便到奶奶家去了。他要去看奶奶家还有什么活儿要干，因为姑父马正仁和小姑都在外面打工，家里今年十岁的小表妹就交给了她姥姥带，家里的重活儿都是齐铁柱过来帮忙干。

齐铁柱一边给奶奶劈着柴火，一边和小表妹玩儿。他发现今天小表妹不爱说话，坐也坐不住、站也站不稳，脸上总是皱着眉头很痛苦的样子，也没在意。因为他知道她在五岁那年感冒发烧，因路途遥远耽误了治疗，后来有些呆呆傻傻的。小姑父和小姑出去挣钱就是为了要给她看病。

奶奶来和齐铁柱聊天，看到外孙女的神情不对，总是把手伸向裆部，便把她叫到西屋里想问个究竟，可怎么问，孩子都说不清楚。

一天晚上，奶奶在给外孙女洗内裤时，发现了血迹，颜色都已经暗淡了，不禁心中惊诧：难道这孩子这么小就成人了吗？

她把外孙女叫到跟前来，孩子摇头表示不知。到了晚上，看到孩子还是不安，便脱下孩子的内裤一看，惊呼道：“这是哪个遭天打五雷轰的干的事？”

齐铁柱奶奶知道出了大事，便问孩子是谁欺负她了。孩子用手指着她家的西面。

齐铁柱奶奶大吃一惊，难道是他？她家的西面邻居正是甄多时家。可甄多时已经五十多岁了，他的两个儿女都已经二十多岁了。他怎么可能干这种伤天害理的事呢？更何况，临走时，马正仁还把丈母娘和女儿托付给他照顾呢。

齐铁柱奶奶慌了，一夜未眠，第二天天刚亮，这个快八十岁的老人跌倒了两次，才在地里找到了她的孙子。因为她的儿子在去年已经病逝了。

齐铁柱赶忙叫上自己的母亲一起去了马正仁家。当齐铁柱他妈看到脱下内裤的孩子时，眼泪顿时就下来了。

齐铁柱气得浑身颤抖，大骂畜生，来到了甄多时的家。王巧巧说甄多时清早去了鱼塘。齐铁柱出门时顺手拎起他家墙根的一把铁锹，就去了甄多时的鱼塘。

齐铁柱奶奶一看不好，赶紧去喊离他家不远的周显田。显田一听紧随其后也去了甄多时的鱼塘。

甄多时此刻正坐在鱼塘边上抽烟呢。他庆幸自己又一次占到了便宜。

本来，和郑小双的事当时让兰初明抓住了，心想这下可完了，还不得一辈子让他抓住把柄，受他欺负？不承想兰初明这小子命短，叫他老婆给药死了，真是天助他也。现在，这个孩子倒是个很好的尤物，可以多玩几年。一是嫩，二是呆傻说不出来啥。就是说出来啥，马正仁因为伐木头的事有把柄儿攥在自己手里，谅他也不敢把他怎么样。

虽然他自己也觉得这事做得不太地道，但谁叫她长得有点像一个人呢，再说那样的呆傻丫头反正将来也嫁不出去。

他正在这里得意呢，不想齐铁柱拎着铁锹就冲过来了，到了他跟前二话不说，举起铁锹就砍，铁锹砍到石头上崩得火星四溅，吓得他一翻身爬起来就跑，边跑边喊："救命呀，齐铁柱杀人啦！"

显田跟在齐铁柱后面，冲上去使劲抱住齐铁柱说："别冲动，砍死他是要偿命的，不值个儿。"

齐铁柱那发热的脑袋听显田这一说，陡然降了温，大喘着气道："好。要不我非要这畜生的命不可！"因为强行压下隐忍的怒火，他气得手臂在不断地颤抖。

经齐铁柱这一闹腾，全村人都知道这事了。郑小双和念云听了都不寒而栗，天哪，他又做出了伤天害理的事了。但大多数人不相信，说谁能对一个十岁的呆傻孩子下得去手呢？

就连王巧巧都不相信，要当老公公的人了，和自己都多年没有夫妻之实了，还能对一个孩子？所以，当她的两个孩子向她求证的时候，她说："不可能，肯定是那孩子记错了。"

舒彤奶奶也不相信。但是到了晚上，事实证明这是真的了。于是，她召开了家庭会议，给她的子孙们再次讲怎样做人。

她盘腿坐在炕上，把每一个人都看了一遍，严肃地说道：“真没想到哇，咱村出了这样的败类。做人哪，一定要讲伦理道德，不讲伦理道德与畜生无疑。《左传》里面有句话叫‘人弃常，则妖兴’，意思是说，人要是把伦常舍掉，这个社会就变成了妖魔鬼怪的社会了。对个人来讲，什么是常道？仁、义、礼、智、信就是常道。违反了常道，就是妖魔鬼怪了。就像甄多时，一个五十多岁的男人，竟然去侮辱一个十岁的小女孩。真是天理难容啊，天理难容！枉费了我对他小时的一片苦心……”舒彤奶奶说到这里，眼眶里涌出了泪水，浑身颤抖着说不下去了。

杨思远看到母亲这样痛心，不觉鼻子发酸，上来劝道：“娘，这是他自己走的路，咱们管不了那么多，你快别伤心了。咱杨家的子孙是会把您的话记在心上的，放心吧！”

众人也都纷纷上来劝解，舒彤奶奶方才渐渐恢复了平静。

齐铁柱听了志强的话，没有再动粗，而是报案了。就在公安局取证阶段，马正仁夫妇回来了。他们看到可怜的孩子遭受这样的侮辱，心如刀绞，正要去找甄多时算账时，不想甄多时倒是先找上门来了。

啪，啪！马正仁二话不说，左右开弓打了甄多时两个大嘴巴，骂道：“畜生！你还是人吗？我把孩子交给你，你却做出了这种丧尽人伦的事来！”

甄多时现在不求别的，只要不去蹲监狱就行。只见他用手捂着发烫的脸，眼里现出乞求的光，说：“你先别发火了，商量正事吧！只要你不让我进去，我把剩下的那三万五千块钱也给你。实在不行我离婚，娶了她吧。”

马正仁没想到他能说出这么厚颜无耻的话来，脸都气红了，大声斥道：“我姑娘才多大点儿？她就是死了，也不嫁你这种败类！”

甄多时央求了半天，也不见马正仁松口，便说：“那你可就别怪我不客气了。你不仁，我也不义。”说着，出了房门，去了村委会。

马正仁也随着甄多时出了房门，去找杨思远和志强，举报了 1993 年春天，村里卖木头时甄多时贪污四万块钱，还给自己五千块钱的事实，并当场还给村里三千元，剩余的两千元当即向村委会打了借条。

王小虎这几天晚上总是失眠，右眼皮一直在跳，弄得他是心烦意乱。为了能够让自己睡好觉，他白天带领村民拼命干活，可晚上一躺到炕上仍旧头脑清醒，媳妇的影子就浮现在了眼前。这不，下午听说了甄多时强奸马正仁女儿的事更是烦躁，收工回来，头疼得厉害，也没做饭，便躺在炕上开始犯迷糊了。

吱嘎一声，门开了。王小虎抬头一看来人，便有一种不祥的预感。他勉强按捺住内心里的烦躁坐了起来，道："你来干什么？"

甄多时还没到王小虎跟前，就扑通一声跪下了，说道："主任，救救我！"

"我救不了你。你看你干的这是人事？"说到这里，他抿了抿干裂的嘴唇，非常厌恶地皱起了眉头。

甄多时又道："现在说这个有什么用呀，你把我保住了，才能保住你自己。"

"我保不了你，个人做事个人当。"

甄多时一看，站起身来，心狠狠一沉，道："那你就别怪我不够意思了。"

王小虎没明白甄多时说的什么，追问道："什么意思？"瞬间，他反应过来了，静静地看了他半天，忽然哈哈大笑。这笑声里充满了一种颓然沧桑的感觉，让人听了不寒而栗，漠然道："你，随便吧！"

甄多时走后，王小虎从箱子里拿出了那一万块钱，去了村党支部。

甄多时被带走了，在被带走前，他返还了贪污的三万五千块钱，然后去了趟杨思远家。

还没进门，听到舒彤奶奶的说话声，他的瞳孔不由自主猛地收紧，额头上的汗珠滚落下来，痴站了一会儿，自知无脸面再见杨家人，反身回了自己家。

进了家门，王巧巧和孩子都不理他。他深知自己这次闯了大祸。忽然间，他感觉自己有些悲哀，挤出了两滴眼泪，这个四十多年前在班级里学习上的尖子，怎么沦落到了这种地步？

他的祖籍在河南省，出生于一个地主家庭，妈妈是这家地主婆儿的陪嫁丫头，因长得很有姿色，被这地主强奸了。这地主婆儿知道了自己的丈夫对陪嫁丫头做出了这种事，不但不责怪他，反而对陪嫁丫头百般刁难，打骂自如。

后来，地主发现这丫头怀孕了，便强行要纳这丫头为三房。不久，他妈妈便生下了他。本想能母以子贵，没承想他的大娘和二娘怕他将来和他的两个哥哥争夺家产，硬是想尽各种办法要害死他。他就是在这种每天担惊受怕、吃不饱、穿不暖、挨打受骂的日子里长到了六岁。

秋天的一个早晨，趁着他的大娘回娘家，他爸爸把他们娘俩叫到了跟前，对他们说："你们走吧，不要等到我将来不行的那一天，你们就走不了了。"说着，从兜里掏出了二十块钱递给了他妈妈，又把一个包袱从炕上拿起来："这是我平时攒的衣裳和你们的零用东西，你以后可以改了给孩子穿。"

他妈妈接过这二十块钱，知道家里在土改时已经没收了土地和浮财，有这些钱已经十分不易了，便含泪将钱揣在了怀里，又将包袱背在了肩上。可是，到哪里去呀，举目无亲，她不由得急得哭了起来。

只见他爸爸从炕沿上站起身来，第一次拥抱了他们娘俩，说道："你就买去东北长白山附近那些地方的火车票吧，听说那里有宝物人参，有肥沃的土地种庄稼，饿不死人，先叫孩子保住命吧！"

他妈妈跪倒在他爸爸面前，拜了三拜，起来时满面泪痕，言说以后等孩子长大了回来看他，说完拉着幼小的他踉踉跄跄去了火车站，一路忍饥受冻撞到了龙水村。

他们刚来不久，全国就解放了。没人知道他们的历史，他妈妈和他过上了正常人的日子。很快，他也上小学了，在学习上极其刻苦用功，因为他怕再过挨打受骂的日子。这也是他后来因算盘打得出色而能当上大队会计的原因。

这样的日子过了十三年，在他十九岁那年，妈妈得了重病去世了。临走前，他妈拉着他的手说他是苦出身，叫他永远记住党的恩情，并让他有机会回去看看他爸爸，说完，撒手人寰。

从此后，他一个人过着孤苦伶仃的日子。舒彤奶奶看他可怜，经常给他补衣送饭，逢年过节都把他叫到家里，当自己的儿子一样疼着。

后来他在她家看上了一个比他大三四岁的、非常洋气的女孩，无奈那女孩从来都不正眼看他，人家爱杨思远。他只好听从舒彤奶奶的话，娶了心灵手巧的同村姑娘王巧巧为妻。

婚后，他发现生活平淡得像一杯白开水，这使他的心里极不平衡，又想起了他曾经爱过的那个女孩，可她已不在人世，便不免对她的女儿想入非非。

唉，他叹了口气，懊悔地想：完了，这下全完蛋了。都是自己要小聪明、太放纵自己，才落得今天这个下场。

36

村两委就村里出了这件伤风败俗的事召开了会议。志强很痛心，觉得这是自己忽视了法制教育而造成的。王小虎则强调对村民进行一次法制教育，立即得到了大家的响应。他正在讲着话，杨思远和乡里周德海书记带着纪委的人员进了会场。

因为甄多时在被刑拘时，举报了王小虎受贿一万元的事实。

看到他们到来，王小虎立即明白了一切，便随着他们到另一个屋里去接受调查了。

三天后，志强和显田正扛着一根木头准备给徐根清盖房子，就见一批熟悉的面孔走了过来。

吴晓津从电视上看到家乡遭灾的新闻后，以最快的速度从天津赶来了。他找到了志强，带来了当年在这里下乡的所有知青和志愿者，来帮助龙水村的乡亲们恢复生产、建设家园。

吴晓津看到志强他们仍然要给徐根清盖草房，便建议盖砖瓦结构的房子。志强告诉他政府给拨了救灾的钱，但大多数村民不舍得花，想要来年投入生产。这次是徐根清非要盖间草房子先住着，大家才动手的。

志强告诉吴晓津，郑小双搬到了姐夫家和巧月住在西屋里。徐根清夫妻暂时住在自家的西屋里。

吴晓津一听到这个情况，就劝徐根清更不要着急，等着盖好房子。他从包里拿出了天津集资的二十六万元现金，又拿出了他企业的周转资金二十万元的卡递给志强，要他给乡亲们建设家园用。

天哲、天奇和舒雅都为奶奶和爸妈邮回了钱，帮助渡过难关，也帮龙水村的乡亲们发起了捐款救灾，达到了十万余元。怡雪爸爸欧阳伟又捐了一万元钱，帮助恢复林区建设。

因会计甄多时已被刑拘，村主任王小虎和副主任马正仁都停职检查，因此，志强只得让曾经是会计的中专毕业的金铁军暂时代理会计，并让他收了这些钱，一一打了收条。

龙水村的乡亲们看到这些曾经在这里下过乡的知青回来了，都高兴得不知说什么好了，对建设好自己的家园更有信心了。

王小虎犯的是非国家工作人员受贿罪。因他受贿金额不大，已退还了所有的钱款，又是自首，且当时不是用受贿的钱来换取利益，认罪态度深刻，加上他媳妇刚刚离开了他，所以按照刑法进行了从轻处理，并没刑拘，只是县乡两级党委做了罚款两千元和撤销党内外一切职务、留党察看两年的处分。马正仁也被做了罚款五百元、撤销党内外一切职务、留党察看一年的处分。

处理决定下来后，王小虎感慨万千，没想到自己一时的不慎，竟挨了处分还给群众造成了不好的影响，看来叔叔说的“不义之财君莫取”是多么正确。

在他刚被选为村主任时，叔叔王立诚瘸着腿来到他家，告诉他一定要为村民多干事，千万不要贪取不属于自己的东西，并说了“不义之财君莫取”的典故，告诉他要自重，千万不要给老王家丢脸。

在 1993 年春天卖树的时候，按照杨思远的意思，让买方一定要按照在保护森林的前提下伐树。王小虎也是这么跟买方谈的，不承想马正仁因女儿生病住院没有监护好。王小虎以为有了甄多时在场没啥事，谁知后来森林破坏极其严重，被杨思远发现了，买方多给了一万元钱算是了事。

其实，当时对方并没有付给龙水村全款，为了应付杨思远，他们贿赂了甄多时，给了他五万块钱，让他帮助撒谎，还多伐了三天树。甄多时怕这事以后被王小虎知道了不好办，过后便给了王小虎一万块钱，说是买方感谢他的。

王小虎认为自己没有拿公家的利益和对方做交易，对方这是给自己的好处费，拿了也无所谓，就收下了这一万块钱。暗想:孩子们念书不愁了。

当甄多时把五千块钱递给马正仁的时候，马正仁激动得手发抖，因为他的女儿有了医药费。就这样，他们三个人同时犯了法，只是轻重不同而已。

他知道，叔叔是个自尊心非常强的人。前些年孩子上学走了，西屋里空下来，他和媳妇让他到自家来住，他都不来，说是孩子回来了不方便。如今，再想起叔叔的话来，如警钟长鸣，时刻敲击着自己的心鼓，后悔晚矣。他不敢去见叔叔，只得来见杨思远。

杨思远的腰还没好利落，见到他来，勉强靠着墙坐起，抬眼看到这个一向利落、刚强的汉子，因最近受到的打击太重，变得面色无华、嘴唇干裂、胡子拉碴，很是心疼，便要舒彤妈倒上水来，招呼他坐。

王小虎在炕沿上刚刚坐定，歪头去看老书记的一刹那，二人目光相对，便抑制不住心头压抑已久的浓郁伤感和痛楚，泪水像小溪般流了下来。

杨思远让他脱鞋上炕，轻声唤着："小虎，别哭，好孩子，别哭！"

王小虎听见杨思远叫他好孩子，心中更加抑制不住，哭得更厉害了，好半天才止住了泪，道："老书记，我辜负了您的培养，弄到了这个地步。"

杨思远伸手替他擦了把泪水，说道："没有人永远不犯错误，犯了错误改了就是好同志。不过，一定要分清犯法和犯错误是两回事。这个法，咱是要命都不能犯的。"

王小虎先是深吸一口气，尔后狠命地点点头："是的，老书记，可当时咱不懂呀。唉，咱吃了法盲的亏。"

只听杨思远又苦口婆心劝道："也是，小虎，你是我看着长大的，也是我一手培养的。其实，你一直都表现不错，只是一时对自己没严格要求，做了不该做的事。"说着，他眸色逐渐深沉，又道："两年的时间恢复党籍，你，就从没入党开始严格要求自己吧！"

王小虎听了这话，心中顿时一震，感动得眼中又蓄满了泪水，坚定地说道："好，我就从一个合格的党员开始做起，请老书记放心吧！"

杨思远点了点头，道："我相信你！小虎，一定要振作起来。我知道，这两件事摊谁身上都要命，可要命咱也不能认输。因为咱是男人……"由于腰疼得厉害，他话没说完，就疼得咧着嘴说不下去了。

王小虎之前没注意到杨思远的腰疼得这么厉害，额头上渗出了细小的汗珠，等他抬头一看，才发现老书记都坐不住了，于是，便脱鞋上炕，将杨思远扶着躺下了。

王小虎看到老书记的腰，想起他是为了保住村子才这么拼命的，不觉眼睛有些湿润。

这时，舒彤妈进来了，要留王小虎吃完饭再走。杨思远也希望王小虎能够留下来吃饭。

王小虎不好意思麻烦人家，坚持要走。就在这时，志强带着吴晓津等人进来了，看到王小虎说道："到处找你呢，没想到在这儿呢。好吧，一会儿一起去我家吃饭吧！舒彤已经做好了。"

王小虎正待说话，就见吴晓津上来拥抱着他和他打招呼，这使得王小虎的心里感到热乎乎的。

吴晓津和志强干完了活儿，便带着知青们赶过来看看老书记，一时间屋里屋外站满了人。大家你一言、我一语地聊起了家常，这使杨思远的心里感到十分温暖，没想到这些孩子们离开这里都十八年了，还在龙水村最困难的时候伸出了援手。

今年已是八十岁的舒彤奶奶听见西屋里热闹非凡，便过来看看，当看到这些知青的时候，已经认不出他们来了。因为他们经历了从青年到中年的过渡阶段，容颜上有了很大的改变。

这些知青们可都还认得奶奶，一看奶奶出来了，便随着奶奶来到东屋里，一时间东屋里也热闹起来。

志强看看时间差不多了，便招呼大家离开了老岳父家，来到了自己的家里吃饭。

王小虎随着大家来到了志强家，看到在他家吃饭的有差不多三十个人。郑小双和巧珍在那里帮忙呢。齐铁柱把他婚庆公司里的盘子、碗和桌子都搬来了，真是热闹极了。

大家分三张桌子坐了。两个小家伙儿已经五岁了，他们绕着三张桌子跑，使屋里更加喧闹起来了。

正在这时，门开了，进来了一个满身泥水的人。大家定睛一看，这不是曲博轩吗？曲博轩刚从邻村赶来，一进门便拍拍两手的泥土，说："我来晚了。"

大家都说不晚。志强急忙将他介绍给大家。吴晓津和知青们一听说是舒雅爱人，便感慨唏嘘。他们走时，舒雅才念高中，一转眼，都有孩子了。

舒彤听了笑道："他俩是大龄青年结婚，要不然孩子早打酱油了。"说得众人不由得大笑起来。

曲博轩嘿嘿笑了两声，坐在了王小虎的旁边，从兜里掏出了红、蓝两辆小汽车分别给了俩孩子。建韬、建勋看到小汽车，奔跑着拿到屋里玩去了。

大家说起了今年的灾情，志强告诉曲博轩说耳场连木头都冲跑了。曲博轩劝他不要着急，说自己这次带来了锯末子栽培木耳的技术，既省木料，产量又高，现在可以做准备工作了。

在座的人一听，都十分高兴。这时，饭菜好了，志强为了感谢知青们提了一杯酒，大家便开始吃饭了。吃饭时，大家又说起了从前的事情喜笑颜开。

郑小双忙完了最后一道菜才上来吃饭。她来时，正好王小虎那桌上有个空位，曲博轩和大伙儿叫她过来坐。她瞥了一眼王小虎没过去坐。可就这一眼，使郑小双那颗平静了多年的心又起了涟漪。

因为龙水村的特殊情况，再怎么忙，周书记还是亲自参加了村民选举村主任一事。志强主持了村民的选举，最后选出了程亮为村主任，副主任兼宣传委员周显田，治安委员兼民兵青年委员齐铁柱，妇女委员杨舒彤，会计金铁军。

因周书记在这里，志强也把支部的其他两个委员在党员中进行了选举。副书记兼组织委员是曹玉才，纪律监察委员兼宣传员是程亮。

第十三章 枯木逢春

37

龙水村的乡亲们起早贪黑，经过了一秋天的苦干，修好了自己的房子，盖起了蔬菜大棚，种上了萝卜白菜等秋菜，进行了各种生产自救，就连小煤窑也经过清理开起来了，生活总算走上了正轨。

到了冬天，村民们也都不闲着。曲博轩和县、乡两级政府派来的技术员一起，对乡亲们进行了挂袋木耳的培训，并联系了盖大棚的铁架子和锯末子等原料。

万事俱备，只欠东风。种木耳的工作基本就绪，但是没有钱是万万不行的。经过了这次水灾，村民们原来的积蓄已经所剩无几，根本拿不出钱来购买大棚和锯末子等材料，这使得这项发家致富路暂时走不通了。

这晚，志强从来没回家这么早，晚上吃过了饭，便躺在炕上休息。

舒彤看着志强消瘦而疲惫不堪的面容，心疼不已，说道："要是太累了，就早点休息吧。你这些日子这么拼命，神仙也受不了呀。"

志强重重叹了口气，说道："不拼命怎么办？我们不能什么都等着国家来解决吧。"

舒彤看到他的脸颊有些赤红，便过来摸了摸他的额头说："你发烧了，吃点退烧药吧。"说罢，去写字台上的抽屉里拿了药出来，又倒上了水一起端过来，给志强吃了下去。

半个小时后，志强的烧退了，看着在他的身边不停地闹着让他讲故事的两个儿子，不觉对舒彤说道："唉，什么都有抵押的，就是没有抵押孩子的。要是有，把他俩也抵押出去,等这俩淘小子长大了,抵押期也到了,再把他们赎回来,该多好呀。”

舒彤一听,扑哧一声笑道:“你这是让贷款愁得病了。何不让周书记帮你协调一下呢,要是不行,再给李书记打个电话。他在县里,咱们的事,他指定能管。再说啦,吴晓津他们给的钱不是还没用吗?开个村民大会商议一下,把这钱就算是投资给木耳场,全村人都受益,也行啊。”

志强一听,立即坐起身来道:“可也是啊,吴晓津他们给的钱现在已经移交给农村信用合作社了。等我请示一下书记,算作投资用在种木耳上,看行不行。”

这晚,志强总算是睡了个好觉。第二天就打了报告去找曲博轩一起到乡里去了。

志强还没回来,晚上,巧娣和她的丈夫来到了哥哥家。原来,他们被企业买断了,巧娣和丈夫双双下岗。舒彤一听这个情况,便劝他俩要想得开,并说了金铁军撇下了城里的工作,现在生活得也不错,要他们去找金铁军了解一下情况,看看怎样创业好。

巧娣夫妻二人听了舒彤的话,第二天便来到了巧珍的家。

只见大水过后,巧珍家的三间大瓦房收拾得比以前更漂亮了,新抹的白灰墙,明亮的窗户。二姐夫正拿着一把大竹扫帚在那里扫雪呢,方正的脸上冻得通红。他已经把院内和通往外面的路都清理好了,正在加宽。道路两旁堆起了高高的雪墙,周围的银白世界在阳光的映衬下,分外眼亮。

见巧娣夫妻二人带着他们的女儿来,金铁军便将扫帚倚在窗旁,跟进屋来。

看到屋里崭新的家具和井然有序的摆设,巧娣不仅心里暗暗赞叹二姐夫的居家能力。二姐是 1986 年秋天嫁给金铁军的,结婚第二年夏天有了他们的儿子橙橙。因这孩子生下来长着一张橘红色的、胖乎乎的小脸,他的爸爸便给他起名叫橙橙。已经读小学六年级的他正在写作业,看到四姨来,喊了声四姨,又低下头去继续写作业了。

巧娣和她的丈夫坐定之后,打量着屋里的一切,问道:“二姐去哪儿了?”

金铁军拿起炕上的笤帚扫着身上的雪,道:“去了学校。学校经过大水一淹,怕挨不过来年的雨季。上级来考察时说是拨款盖所新学校,这不,拿着上级的规划研究去了。”

巧珍将孩子放在了炕上,便把这次来的目的对二姐夫说了,希望二姐夫给拿个主意。

金铁军听了，略微沉吟，说道："现在机会有的是，就看你们干不干了。想当初，我为追求你二姐办了停薪留职，厂里很多人瞧不起。后来厂子不盈利，现在他们也买断了，还不是和我一样。可话又说回来，别看我现在干这个加工厂还行，可据我分析呀，将来大型机械一入咱们村，我这个饭碗也就没了。所以，我也想趁早再找个其他的门路干干。"

听他这一说，巧娣夫妻二人顿时心中豁亮，急问："那二姐夫，你想干啥呢？"

"我听说，咱哥他连襟说是除了栽木耳，还可以种蘑菇、种草莓。我不想和大家一起种木耳，怕种多了卖不出去。咱这个地方种草莓投资太大、路途太远，卖不出去就坏了。所以我想种蘑菇。"说到这里，金铁军笑了笑又道，"你们要是不嫌弃，等我考察好了，咱们两家可以合伙儿干。"

巧娣夫妻二人听了十分欢喜，下岗的焦虑顿时减轻了几分。他们又就国家的经济发展趋势交换了看法，不觉已是中午。金铁军麻利地炒了几个小菜，正在收拾桌子，就见巧珍回来了。巧娣夫妻和二姐一阵寒暄，在二姐家吃过饭，便回她爸爸家去了。

刚过完年，传来了甄多时的消息，他对所犯的罪是供认不讳，犯非国家工作人员受贿罪和强奸幼女罪，被判处有期徒刑十二年。

王巧巧听说了这个消息，当时就气得晕了过去，等稍微好点后，立即和他办了离婚手续。

他们的儿子本来快要结婚了，但女方父母听说了这件事，说什么都不让女儿嫁给这样的人家，婚期也取消了。王巧巧无奈，只好给儿子拿了一些钱，让他离开村子到城里打工去了。

他们的女儿羞于见人，每天躲在家里哭眼抹泪，不肯出屋，粉嘟嘟的小脸立时变得憔悴不堪。

这日，王巧巧有心无肝地在家中拿起了剪刀，想把最近压的活计赶一赶。她拿起了一件棉裤的料子，裁了没几下，想起自己几十年来起早贪黑苦心经营的一个家，就这样被甄多时毁了，顿时气得把剪刀扔在了地上，坐在那里哭了起来。

二十岁的女儿甄艳丽听到妈妈哭泣，出来在妈妈跟前站定，含泪说道："妈，咱们离开这个村子吧！我不想在这里待了。”

王巧巧抬起头来，看着可怜女儿那凄楚的泪眼，点了点头，说道：“好。”便站起身来，准备收拾东西带着女儿离开龙水村。就在这时，听见有人敲门，王巧巧开门一看是舒彤，也不作声，引着舒彤到屋里坐下。

舒彤是来和她商量加入种植木耳合作社的，见扔在了地上的剪刀，便哈腰拾起，又见娘俩都哭红了的眼，便明白了是怎么回事。

前两天，村里种木耳的贷款批下来了，吴晓津他们的捐助款用于种木耳也得到了县、乡两级相关部门的同意。县民政局的负责同志告诉他说，如果按照吴晓津他们投资算，只要两方签个合同协议就可以使用这笔钱了，就这样，志强也和吴晓津商量好了，就差管理的人手。

志强负责井口的事情，暂时不能再管理面积这么大的耳场了。程亮带领大家种黄烟和抓农业生产，也没有时间管理耳场了。大家就一致推选舒彤来当这个木耳合作社的社长，因舒彤和王巧巧合伙开了彤巧服装有限公司，所以，舒彤需要来征求王巧巧的意见。另外，她也是特意来看望王巧巧的。毕竟她们在一起合作了很多年，感情上也是很融洽的。

见舒彤来说种植木耳的事，王巧巧含泪问道：“你说，我哪还有脸在这村里待呀？呜呜，你说，他多丧良心呀，我在家里整天这么灰头土脸、拼死拼命地干活，他……”

舒彤听她这样说，也顿觉心酸，想想王巧巧的确是为了服装公司没日没夜地干，这事放到谁身上也受不了，于是打断她，劝道：“怎么没脸待呀，又不是你犯了啥错误。再说了，离开这里，你去哪儿呀？还不如顶过这一阵子风头，也就好了。风平浪静之后，还不是各过各的日子。”

“那，舒彤，主要是孩子过不了这一关哪。”

舒彤道：“那就过两天叫艳丽跟我在木耳场干吧，先跑个腿、记个账什么的，不能让孩子就这么在家待着。行不？”

王巧巧抽了一下鼻子，说道：“行啊，也就是你抬举她了。只是不知她能不能记好这个账。反正她爸看她前年没考上大学，在家教她来，会不会的我也不知道。”当下便把她女儿甄艳丽叫到舒彤跟前来，说了舒彤让她跟着在木耳场做事。那孩子犹犹豫豫地答应了。

舒彤看着长得很像她妈妈的艳丽，转头对王巧巧说道："不会也不要紧。我可以教她。"又回过头来对艳丽说道："后天你就去上班吧！"看到孩子答应了，这才和王巧巧又说了会儿话儿，回家去了。

舒彤走后，王巧巧感到心中宽慰，当下打消了离村出走的念头。

舒彤从王巧巧家出来，便往公公家这边来，巧月在幼儿园里上班，她想过来看看公公的感冒好没好。谁知还没进大门，发现一个人影先她开了大门。她不自觉地倒吸了一口凉气，谁呀，怎么这么眼熟？她这样想着，也跟着进了大门，推开房门，便看到许寡妇站在那儿正关心地询问公公的病情呢。

见到她来，许寡妇脸唰地就红了，一时不知说什么好。倒是冯国英招呼舒彤坐，问舒彤这些天都忙什么了，孩子怎么样等。

舒彤一一做了回答，又询问了冯国英的病情，也同许寡妇打了招呼，便起身要往外走。

恰在此时，郑小双推门进了里屋，一看好几个人，不觉笑道："姐夫家里今天好热闹呀。"一眼看见许寡妇在屋里时，立刻冷下脸来，不说话了。

冯国英拿着京剧里的腔调说道："老朽感谢你们的关心也。"

众人都笑起来。许寡妇看到这么多人在这里，一时不好意思起来，推说有事，早走了。

她走后，郑小双的眼里满是疑惑，问道："姐夫，她来咱家干啥呀？"

冯国英叫她这一问，也答不上来了，说道："她就是来看看，也，没什么事。"

看到郑小双还想问，舒彤急忙打断她道："小姨，我想把服装厂交给你管理，不知你愿不愿意？"

郑小双道："待会儿再说。"然后又说道："姐夫，你娶谁我不管，只要你幸福。但是许寡妇不行，她不是善良之人。"

冯国英不好意思道："人都是在变的。有的人能变好，有的人能变坏，就像甄多时一样。再说，也没想到要娶谁。除了你姐，我这辈子不会再娶任何人了。"

郑小双道："接触也不行，我就是不放心。俗话说：'试玉要烧三日满，辨材须待七年期。'别看她这次抗洪中表现得好，要长时间来看呢。"然后转向舒彤："你说呢，舒彤？"

舒彤呵呵一笑，说道："小姨，服装厂的事，你到底是咋想的呀？"

郑小双挽起了袖子，说："行，再商量。我先给你爸做饭吧，晚上去你家说。"说着，去了外屋舀水做饭去了。

舒彤跟了出来，将从外面抱进来的柴火放在了灶坑前，对郑小双说："小姨，我爸今年已经快七十岁了，身边有个人照应不好吗，你干吗弄得他那么尴尬呀？"

郑小双听了笑道："我也知道他有个人好，但就是不能找人品不好的人进咱家门，晦气。"

舒彤一看，一时还真做不通郑小双的工作，便和冯国英聊了会儿天儿，回家做饭去了。

舒彤在家里一边做着饭，一边想：公公在村里是很多女人的心仪对象，可为什么单单对刁钻、不讲理的许寡妇有偏袒心理呢？难道他们之间有特殊的情愫？

38

阳春三月，天渐放暖。村支书志强和村主任程亮带着村里的男人们帮着舒彤他们苦干了几个月，并在曲博轩和县、市两级技术员的指导帮助下，耳场的大棚盖起来了，十万袋木耳菌也已入各棚就位，剩下的工作就交给了舒彤带领着老人和留守的妇女们干了。

杨思远的腰已经好了，在帮助志强他们盖完大棚后，就和冯国英上山了。因去年几个月的大雨，植被不好的地方有轻微泥石流出现，原来的小树被冲跑了。他俩今天是来补栽的。

栽到大约十点钟时，两人累了，便坐在那里休息。杨思远不自觉地从腰后摸出了烟袋锅儿点燃抽了起来。冯国英也掏出一张纸卷了旱烟抽了起来。恰在此时，杨思远看到眼前有个蚂蚁洞，便想往后躲一躲，无意当中胳膊碰到了冯国英拿烟的手，烟卷前面的火被碰后掉在了干透的草上。那草立即被点燃了，忽地一下子着了起来。

杨思远和冯国英一看，来不及多想，上去一阵踩踏，又用衣服扑打，这才将火扑灭。

扑灭了火之后，两人看着对方的花脸大笑，互相指责是对方引起了这场火。最后，两人笑着达成协议：以后在植树造林时，不管怎样忍不住烟瘾，都不准抽烟。

两人约定好后重新坐好，只听冯国英问道："你说舒彤她们搞的这个木耳能行吧？我总觉得锯末子这个玩意儿，能靠谱？"

杨思远望着山下的村庄，说："我考虑能行。现在科学都多发达了。你看，就拿种地来说吧，拖拉机耕好地后，用扎眼器扎眼，在扎眼时就播种了，连化肥、农药都上好了，然后用滚子一压，掩就封好了。还没等到苗出来就打上农药，光长苗不长草，下过雨再打一遍，就等着秋收了。"

冯国英深有感触地说："是呀，秋收时还用收割机，脱粒时又用脱粒机，哪像咱们那时少下一点力气都不行啊。哎，现在当农民可真幸福哇。"

杨思远听冯国英这么说，转身看着他哈哈大笑起来，取笑道："怎么，你羡慕了？那你再回去种地呗。"说到这里，话锋一转，"嗯，也难怪年轻人都出去打工了，你说，种上地干啥呢，现在锄头用不上了，全年挂锄了。所以呀，舒彤她们种木耳多好呀，既不离家园，又能挣钱，还不耽误种地，这是个好办法呀。"

冯国英用手将一棵身旁的杂草用力拔掉，站起身来说道："干着看吧，要是能行，当然是好了。"然后伸手将杨思远拉起来，说："哎呀，我这感冒刚好，还不太有力气，想回家吃完饭躺一会儿。"

杨思远听他这样说，应了一声，扛起身旁的柴火，两人下山了。

他俩刚下山，就看到程亮正领着人拆大棚呢。原来，种菜在龙水村不赚钱。因为路途远，早晨起早将菜运到市场时，已经是下午了，卖不完还得住一宿，第二天菜就蔫了，更卖不出去了，因此，村委会决定把大棚拆了种苞米。

他俩到了岔道口，正要分开，就见王小虎迎面走了过来，说是去小煤窑和志强商量点事。

冯国英看到王小虎那郁郁寡欢的样子，特意嘱咐了几句话才和杨思远各自回家了。

冯国英正走着，忽听一句"你干啥来"的问话，吓了一跳，抬眼一看是许寡妇，便道："刚从山上下来，去栽树来。"

"你不是这几天不舒服吗？我给你烙了几张饼，你拿回去吃吧！"

冯国英看到许寡妇举在眼前的、塑料袋子里油汪汪的饼，说道："你吃吧！孩子们能给我烙呢。"

许寡妇听冯国英这一说，泪水立即在眼圈里打转，说道："你难道真怕孩子们说吗，从此我们就不来往了？我现在都不敢到你家去，已经在这里等大半天了。”

冯国英一看许寡妇流泪，慌忙道：“不是。我是想叫你吃。”

许寡妇用力吸了一下鼻子，说道：“你不吃，我还吃啥呀？”

冯国英为难地说道：“你不要对我太好。我现在心里装不下别人，只有大双。”

“我知道，我没想取代她。她都走了六年了，你已经不年轻了，得需要个人照顾。我只想照顾你。还不行吗？”说完，许寡妇又将包着饼的塑料袋儿往前递了递，另一只手抹了把泪水，期待地看着冯国英。

冯国英看到许寡妇抹眼泪，心里柔软了几分，再没说啥，伸手接过用塑料袋包着的饼，问道：“你还有吗？”看到许寡妇点头，便将双手背在身后，往家里走去了。

再说王小虎和他俩分开后，信步来到了西山根下。沿着山路往上走了一段路，便看到了一个院落，满院子的鸡散在山坡上，一群鸭、鹅在房前不远的池塘里觅食，淡黄色的门窗和明亮的玻璃显得是那么洁净、协调，房前屋后的菜地整理得杂草全无，所有这一切都表明这家的主人是非常勤劳的。

他很纳闷：这难道真是念云的家吗？正在寻思着，就见念云一身素装，一头花白头发在脑后高高束起个马尾垂在胸前，正端着盆出来倒水，脸上带着恬静、温暖的笑容。看见他，她淡然一笑，问道：“小虎哥，你怎么到这里来了？”

王小虎一惊，答道：“哦，我到井口来看看，找志强有点事。”看见念云哦了一声，关门进屋了。王小虎站在那里好半天没动，暗想：要是再多说两句话该多好啊！他已经好久没有要与人说话的欲望了。今天见了念云，不知为什么，蓦然间想起了妻子李云英。妻子活着的时候，也把家收拾得干净利落，脸上也总是带着恬静、温暖的笑容。

呆站了一会儿，他迈开步子往山上走了几步，又返回来走了几步，犹犹豫豫去了耳场。看到舒彤她们在忙，帮助挪了几下木耳袋架，便回家了。

一进门，冷锅冷灶，屋里冷冷清清的没有热乎气，他这才想起早上因为自己难受没烧火做饭，一直躺到快中午的时候才起来去找志强。他想和志强说说离开村子去外面打工。他觉得在家里天天想着关于妻子的一切，永远都走不出来。没想到在山坡上遇到了念云，这使他来了勇气。他觉得念云真厉害，十年的牢狱生活并没有击垮她，反而使她更加成熟和坚强了。

人哪，没处在相同环境里的时候，是感受不到对方的处境的；一旦处在相同的境遇里，方能真正设身处理解为对方，也才能够体会出对方到底有多令人敬佩。

现在王小虎对念云就有很深的感悟：天哪，她一个女人，无意当中杀死了丈夫，十二年监狱生活减刑到十年，出狱三年默默地过着自己的日子，抚养着孩子，不等不靠，把日子过成了诗一样的美。她，才是真正的赢家。我，一个大男人，难道还不如一个女人吗？想到这里，他觉得身上有了力气，开始生火做饭了。

他，忽然做出了一个决定，不走了。他要像念云一样，在哪里跌倒，就在哪里爬起来。

不知为什么，费了好大劲儿做好了饭，却觉得没有胃口，又不想吃了，便将饭菜收拾下去，也没有脱衣服，迷迷糊糊地睡着了。

到了后半夜，他自己烧醒了，将所有的被褥退去，还是热，下地喝了碗凉水，吃了两片药躺下了，觉得浑身冷得打战，不觉又将所有的被褥都盖在身上，又迷迷糊糊地睡着了。

晚上，志强很晚才回到家里，听爸爸说中午遇到了王小虎去找自己有事，心想：他怎么没去呢？好歹挨到第二天早上，也没来得及吃饭，便急急地去了王小虎家。

一推门，见王小虎躺在炕上，身上堆满了被子蜷缩在一起，脸烧得通红，浑身直哆嗦，便一个箭步跨上了炕，抱起了他喊道："小虎哥，小虎哥。"

王小虎听见喊声，迷迷糊糊地醒来，"哦"了一声，又闭上了蒙蒙眬眬的眼睛。

志强伸手一摸，额头烫得厉害，来不及多想，背起了王小虎就去了卫生所。

大夫一量体温，39.5摄氏度，吓得赶快用了退烧药挂上点滴。

志强看着自己的好朋友从去年夏天妻子走了以后，特别是受到处分以后渐趋衰老而消瘦的面容，十分难受。他给王小虎盖了盖被，又倒了杯水用嘴吹了吹，递到王小虎嘴边，小声说道："小虎哥，喝口水吧！不喝水体温还会上升的。"

王小虎听了志强似远似近的话，睁开了血红的眼睛，迷离地看了一眼，便疲倦地闭上了。

志强顺手拿来个羹匙半勺半勺地舀着水，往王小虎嘴里送。

王小虎也就吧嗒着嘴喝了几口之后，便摇摇头表示不喝了。

志强一直守在王小虎身边，看着这个曾经是多么刚强的汉子，如今被中年丧偶和党内处分两件大事击倒，不觉深刻体会到王小虎的孤独与痛苦，继而也跟着眉头愈加拧紧，深深替王小虎惋惜。

正在这时，一个村民找来，说是郑小双的前夫，正在冯国英家和郑小双纠缠。

志强只好托来人帮助照顾一会儿王小虎，自己向父亲家走去。

还没进门，就听到有个男人在说："小双，你就那么狠心吗？你就跟我回去吧！我已经知道错了。她也早就走了。咱们回去和孩子一起过呗！"

"你想都别想。你忘了我是怎么从你家里出来的了？"

"那都是过去的事了。我以后改了还不行吗？回去吧，你看咱们的女儿多好。"那男人乞求道。

志强听到这里，一步跨进门里，定定地站在那个男人面前，直视着他，一句话不说。

郑小双立刻说道："好不好的与你有什么关系，你从来都没管过她。你走吧，不要再来了，我们没有可能了。现在孩子大了，你才来要求复婚，早干啥来？"

那男人还想纠缠，只见志强往他前面一站，眉毛一挑，说道："我小姨请你走呢，你没听见吗？"

那男人看到高大的志强，猜到了这可能就是郑小双的大外甥、龙水村的党支部书记，不敢继续待在这里，便羞惭地低下头走了。

正在这时，金铁军来了，和郑小双的前夫撞个满怀，便看了他一眼，心想：这人怎么这么冒失呢。进屋见郑小双正和志强说这事呢，看到他来，便停止了议论。

金铁军并不在意他们所说的事情，他想要把村里出去打工没人种的地租下一块来种蘑菇，是专门来找志强商量这事的。

志强听后觉得可行，说下午要和程亮研究研究再定，便和金铁军说了要郑小双去他家居住。他是不想让小姨的前夫再来纠缠。金铁军听了这个情况，二话没说，就帮助郑小双把行李搬到自己家里去了。

志强安排好了一切之后，又回到了卫生所，这时，王小虎的点滴也已经打完了，便送他回家。

回家后，志强看王小虎醒来，便问他找自己干什么。王小虎便把要离开村子到外地打工的事对志强说了。志强听了用上牙咬着下唇，好半天说道："也不是不行。如果今年夏天孩子回来了，你怎么办？"

王小虎带着还没完全退烧的赤红脸，摇摇头说："我不走了。"接着，他把去山上看到念云的感触都对志强说了，并说念云是他见过的最坚强的女性。

志强听了王小虎的话，不知是喜还是忧。喜的是，如果他们能生活在一起，念云不用再那么孤单，王小虎也会重拾生活的信心，当然是皆大欢喜；忧的是，他看出了小姨郑小双多年前就对王小虎有意思，如果他俩成了，不知小姨能不能够承受得住这个打击。

39

一个月后，村里的小学在西龙水河西岸山坡的一个平台上开始挖地基了，和它一起挖地基的还有村委会和徐根清及郑小双等三十几户村民的房子。

两个月后，金铁军在龙水村的蘑菇大棚盖起来了。他是一边开加工厂，一边种蘑菇。当然了，曲博轩没少出力，整天忙在各个乡里、县里奔走指导。

显田要将小卖部扩大成超市，因母亲年龄大了经营不过来，便让他媳妇叶佳回去经营超市去了，也好看管自己十三岁的儿子，他准备考初中。另外，这几年村民们购买拖拉机、播种机等农具，好多村民请他修理农具，他每天也忙不过来。

这样，舒彤就让巧月来管理幼儿园，巧月由此升为彤巧幼儿园园长。因女儿上了小学二年级，她便吃住都在幼儿园里，没事时就钻研婴幼儿开发智力的书，工作非常敬业，这在村里的家长中间很快就传开了。

很多家长把在家里自己带的孩子都送到幼儿园里来，让孩子学习一些基础知识，开发一下大脑，为上小学打下一个良好的基础。因此，幼儿园里的人数陡然上升。

舒彤见到这个情况非常高兴，为巧月提升了工资。

王小虎在那次生病好了之后，有一天，无意当中来到了念云家的门前。因卓娅今年高考，暑假即将来临，念云正在给她做夏装，看到王小虎站在院子里，便迎出来说道："小虎哥，你怎么来了？"

王小虎内心一热，假装以找志强为借口，却又夸起了念云的鸡养得好，说着便随念云来到了屋里坐下。见屋里屋外，干干净净，一尘不染，便夸道："你是怎么能够干这么多活的呢？家里家外收拾得这么干净。"

念云低下了头，一会儿又抬起头来，说道："小虎哥，其实，这不算什么。人，没有享不了的福，也没有遭不了的罪。在监狱里，我为了减刑，拼命干活，每天只睡四五个小时的觉，也过来了。你不知道，监狱里的警察挽救了我，再说爸爸他们家和你们对我这么好，我不好好表现，也对不住你们呀！"

王小虎听了这话，浑身一震，好似脱胎换骨般来了精神。他略坐片刻，便告辞走了。从此后，每每遇到挫折，一想到念云，便感到浑身充满了力量。

他不再自怨自艾，那剑眉下一双孤独无助的眼睛，又变得深邃有神起来。他干完自家的活计，便去走访慰问孤寡老人、五保户、困难户，帮他们干活，陪他们聊天，帮助显田他们发挥贫困帮扶志愿组的作用，这使他在龙水人心中的威信很快提高。

转眼到了夏季，艳丽跟着舒彤工作已经半年了。不管走到哪儿，舒彤都带着她，时时鼓励，处处关心，使艳丽的心里渐渐恢复了自信。

这日，她跟舒彤去了几次城里联系卖木耳事宜，看到城里的女孩子打扮得非常时髦，便买了件红色短裙套装穿上。赶巧和舒彤去奶奶家送东西，被奶奶发现了。

舒彤奶奶戴起了老花镜，眯着眼睛、弯着腰、背着手围着艳丽转了一圈，道："艳丽呀，这衣服怎么这么小啊，连肚脐都盖不上。裙子还那么短，都要露屁股了，没有布料了呀？"

艳丽被奶奶看得不好意思，说道："奶奶，不是的。城里都时兴穿这个，天热。"

舒彤奶奶听了这话，便拉艳丽坐下，说道："孩子，过去女孩子是什么都不露的，因为女孩子有羞耻心。只有男人才光大膀子、露大腿，再就是妓院里的女人是袒胸露背的，不值钱了。现在虽然是新社会，也不能太过。穿个连衣裙什么的不是很好看吗？穿得这么露，就不显庄重了。"

听奶奶这一说，艳丽有些吃不住劲，不觉脸红一阵、白一阵。她想不到这些，只觉得城里人穿自己也穿才显得比村里人洋气。

舒彤奶奶不管艳丽能不能吃得住劲，接着说："人啊，要知道羞耻，要知道哪些该学哪些不该学。要是不知道羞耻，什么坏事都能做出来了。听说现在有的小女孩出去坐台，这不是把自己的幸福都葬送了吗？艳丽呀，奶奶看你穿平时的衣裳最好看啦。"

艳丽听奶奶说这些话都要哭出来了，好歹挨到舒彤奶奶把话说完，几乎是一溜小跑着回家换下了这套衣服，后来再也没穿过。

她走后，舒彤看着艳丽的背影，道："奶奶，您说得太重了些。"

舒彤奶奶道:"咱们不能看着这孩子走歪路,她爸已经那样了,要是这孩子再出差错,巧巧还能活吗?她妈妈当年那是多好的姑娘呀。咱们宁可得罪她,也得让这孩子走正路。"

舒彤听完奶奶的话,赞成地点了点头。第二天,她给艳丽买了《财务成本管理》《会计基础》和《经济学》三本书,叫艳丽有时间看书,年末接管木耳场会计。

从此,艳丽上街再也不敢买袒胸露背的衣服,一心只想把业务学好。王巧巧还没看到艳丽穿红色套裙呢,听奶奶说了为孩子穿那套衣服的事批评了她,只在背后偷笑。

王小虎的儿子从城里的高中毕业回来了,他因妈妈的突然离世没有考上大学。可怜的孩子,在人生的紧要关头,缺失了一步。

他回来后,王小虎要他跟着自己去收木耳,给庄稼打药,给黄烟掐尖。他倒也心甘情愿地每天跟着爸爸干起了农活儿。

春柳和卓娅也回来了。假期还没满,春柳就接到了计算机专业的大学本科录取通知书。

卓娅因差了几分没被录取。念云只好找到曲博轩,说宁可花钱,也要让卓娅上大学,请他给协调一下,念个小语种的专业。

曲博轩只好找到在大学当了副院长的同学给予调剂,这样才把卓娅给录取了。

快开学时,卓娅也收到了俄语专业的大学录取通知书。接到通知书后,卓娅别提多高兴了,知道这是妈妈给争取到的机会,心想一定要为妈妈争光。

在春柳还没走之前,她到妈妈管理的耳棚去观察了一番,怎么端详都觉得神奇,这么一个小袋子怎么就长出木耳来了呢?

有一天,她终于在大棚里面逮着了妈妈,便向妈妈提出了这个问题。

舒彤知道这个"小好问"女儿如果不给她答案,她是会追着你不放的。于是,便耐心地讲解了菌袋的来源:"菌袋的制成啊,首先要有锯末子。锯末子主要以桦木和柞木为主,再就是核桃秋子也行,被粉碎机粉成碎末,就变成了锯末子。但这时还长不出木耳来,还须上搅拌机再加上麦麸、石膏、石灰、豆粉等配方营养料进行搅拌,变成了'食用菌培养料',再进行装袋、灭菌、注入菌种等程序,才能长出木耳来呀。小好问,你以为找个袋子就长木耳呀?"

春柳笑道:"哎呀,这么麻烦哪,还是科学好哇,一个袋子就能长出木耳来,厉害。唉，早知道学农业多好哇，像我姨父和小姨他们，还能为家乡做贡献。”春柳说完，带着遗憾的表情做了个鬼脸，然后，又带着这种遗憾离开了龙水村去上了大学。

在送春柳和卓娅上大学的那天，王小虎和念云都来了。郑小双看到了王小虎的眼神总是瞟向念云，心里咯噔一下，天哪，为什么会是这样，难道是他爱上了她？

怎么可能？她是坐过监狱的人，他那么优秀。他们是从什么时候开始接触的？他们从哪里找到了共同语言？一连串的问号把郑小双搞蒙了，不觉开始生起念云的气来。

念云不知何故，看到郑小双在那里收拾碗筷，便也过来帮忙，不想被郑小双给了个后脑勺。她又转到她的前面来，说道：“小姨，我收拾吧，您歇着！”

郑小双还是不吱声，又把后背给了念云，弄得念云看着她的背影不知如何是好。

正在这时，王小虎和舒彤出来了，看见念云在那里尴尬，郑小双气哼哼的样子，王小虎显得很吃惊。舒彤也很吃惊，心想：小姨怎么对着念云去了。她急忙上来打圆场，说：“小姨，快来，我收拾。您歇着吧。”

郑小双甩了甩手上的水，说：“不用了。”擦了擦手也没看舒彤，回屋里去了。

王小虎对念云说：“你回家吗？我去送你吧？天已经黑了。”

念云说：“不用了。我和卓娅一起走。”说着，看了一眼卓娅。

王小虎还是叫上儿子，送念云母女回家了。一路上，他俩没话说，倒是两个孩子很聊得来。

郑小双回到家里是一夜未眠，这一发现对她来说不亚于八级地震。尤其是看到念云母女和王小虎父子一起走了，更是承受不住这个打击。她哭一会儿，感叹一会儿，懊悔一会儿，等到天亮时才睡着了，不想起来上班就已经迟到了。

王巧巧有事正等着郑小双拿主意呢，不想等到九点多了也没来，便有点不太高兴了。暗想：舒彤拖着俩孩子，如果不是孩子生病，什么时候来晚过？你轻手利脚的还来晚。

她正这样想着，就见郑小双带着一双熊猫眼满脸冰霜地进了门。

王巧巧看到郑小双这样，不觉来了气，也不搭理她了。回到了自己的裁剪案旁，拿起剪子裁起衣服来。

郑小双一看，王巧巧是找她有事呀，怎么见她来了，反倒走了呢？便走到王巧巧的裁衣案板前，问道："你找我，有事？"

王巧巧摇摇头道："没事。"说完把剪刀往裁衣案板上一扔。

郑小双一见来了气，道："你摔谁呢？有事说事，干吗摔摔打打的？"

"有事说事，找谁说去？你几点来的？舒彤叫你负责，连时间都不遵守，还负什么责？"

郑小双听她这样说，当即两个人吵了起来。应该说，王巧巧不是处在心情低谷时期，不能和郑小双吵，而郑小双不是遇到烦心事，也不能和王巧巧吵。恰巧她俩都赶到一起了，便越吵越凶，谁都不让谁。

这事后来被舒彤知道了，分别做了思想工作，才使她俩和好如初。

郑小双在和王巧巧吵架后陷入了沉思：我这是怎么啦？本来迟到就不对，和人家吵什么呀？哼，幸福都是自己争取来的。自己什么时候争取过呀，自己爱慕人家，暗恋了这么多年，只有自己的心知道，人家根本就感觉不到，所以，人家对自己不来电也正常。怨这怨那，怨自己吧。

这年的秋天，舒彤、显田和齐铁柱成为了正式党员；这年的冬天，王小虎的儿子胸前戴上了大红花参军离开了龙水村。

第十四章 因地制宜

40

推土机、钩机、装载机、轧道机等修路的机械设备,沿着山外已经修好的水泥路在逐渐向村里推进,轰隆隆的炮声响彻了山谷,震得林中的鸟儿在飞、水中的鱼儿在跳。龙水村的乡亲们这些日子是脸上带笑、心中喜悦,因为国家的村村通工程,城里的公路就要修到山里来了。

村里的年轻人好奇,骑着摩托车到山根下去看,一条隧道就要打通了,外面堆了很多碎石、渣土等,施工人员住的白墙红瓦的临时工棚整齐地排列在那里,给封闭的龙水村增添了一抹亮色。

年轻人中就有冯建韬、冯建勋小哥俩。这是一个星期天,他们非让爸爸骑着摩托车带他俩来看看。志强因为太忙不能久留,这不,看了一会儿,便带着小哥俩往家走了。

路上遇到了周显田,两个孩子非常喜欢他们的周叔叔,便兴致勃勃地向他讲述了他们眼中隧道工程的宏伟和奇特。

周显田听了孩子们绘声绘色的描述,抑制不住心中的喜悦对志强道:“国家对咱们农民可真是照顾到家了。去年取消了农业税和提留,开始了直补,还为村干部补贴工资,今年又为咱们修路,听说还要通电话。国家投入了五千亿的工程呢,给咱们下这么大的本钱,咱可真得好好干哪。”

志强边叫他的两个儿子上车,边说:“是呀,是得好好干哪,咱们赶上了好时代。

我想把我家的拖拉机换个 10 马力的，现在这个有点小，不够用了。”然后对显田招招手说：“走了啊，一会儿有个会。”

显田应了一声，也走了。他刚才听说志强要把他家的拖拉机换成 10 马力的，心想：我家的也该换换了，到时也买个 10 马力的。这样想着，就找齐铁柱商量去了。

志强带着儿子们往家走，半路上遇到了巧珍。两个孩子一看到巧珍，就大喊着“二姑”，要下车。下了车后，他们又把修隧道的好奇事和二姑讲了一遍。志强这才启动了摩托车往家走。

巧珍别了哥哥及两个侄儿，往学校里来。这是一栋建筑面积 5000 多平方米的、红色的四合院学校。校园的正门是电动门和围墙，进入大门是带有塑胶跑道的绿色操场，迎面是面向全村的体育馆，北面是教师办公的综合楼，南面是用回廊连接综合楼的教学楼。综合楼、教学楼、体育馆一律是铝合金窗户的四层楼房，结构紧凑、布局合理。

这是国家投资盖了两年才盖起来的，在当时是一所比较先进的乡村小学校。

巧珍每次来到学校心情都很激动，此时进得校门来，看到一群孩子在那里打篮球，一群孩子在跳绳，一群孩子在玩老鹰抓小鸡，一群孩子在奔跑，有几个孩子上来同她打招呼，问校长好。她颔首示意，同孩子们微笑着问好，走进了综合楼的大门。原来，老校长已经在去年退休了，巧珍成了龙水小学的校长。

她今天刚好从县里参加教育工作会议回来，要赶着落实几项任务，便和主管教学的副校长及主管后勤的副校长商量事情去了。

志强回家见舒彤不在家，便嘱咐他的两个儿子赶紧写作业，就去了煤窑。龙水村和乡里开的煤窑由原来的三个变成了五个，本村人不够，又雇了外地人来干，这就使志强格外操心，必须投入更多的精力来管理。

舒彤此刻正走在自家去耳场的路上，微风将她的米黄色外衣撩起。她看到，两旁的庄稼长势极好，苞米刚刚抽穗，豆荚已经挂在豆梗上，水稻也已冒出了浅绿的穗头，高粱黄绿的头穗儿也从宽厚的叶子里钻了出来。一排排的大棚静静地伫立在一眼望不到边的田野之间。往左一瞧，龙水河西岸的山坡上，龙水小学的楼房高高耸立，村委会的楼房也矗立在小学和绿化带的掩映之中，旁边的三十几户清一色的、砖瓦结构的民居排列有序。她知道，这个地方新盖的村委会、学校和民宅，都是五年前龙水村受灾时国家拨款盖的。这是龙水村的新区。往右一望，龙水村平原上有少数黑色或黄色的草房杂居在红色的砖瓦房之间，给这片民居增添了丰富的色彩。

“好一幅浓重的乡村画面！”舒彤看了家乡的变化，不禁赞叹道。

一想到家乡就要通公路了，她走路的步子更轻盈了。因为，一旦村里通了公路，木耳和蘑菇的价格就再也不受买方压低价的限制了，可以卖个合适的价钱。龙水村的好山好水可以引来大批的游客。总之，龙水村就活了。

她这样想着，不由得加快了脚步，来到了木耳大棚，见艳丽带着大家正在给木耳喷水呢。看见她来，每个人都停下了手里的活以求答案。

艳丽走过来，问道：“舒彤姨，公路什么时候通啊？”

舒彤巡视了一圈，笑道：“快了。你们这么性急呀？”说着，转过身来问道：“我大姐没来？”

艳丽摇了摇头，道：“是呀，不知为什么，她从不缺工，今天却没来。”

舒彤说道：“我去看看。”说着，便出了大棚，去找念云了。

念云正在家里犯愁呢？原来呀，王小虎经常来看她，两人很谈得来。王小虎也非常关心她，有什么好吃的都带给她。她呢，为了回报王小虎，也给他缝缝补补的，五年下来，感情日益加深。但他俩的感情始终没有突破底线，比朋友浓些，比恋人淡些。

前几天，王小虎忽然告诉她，说有个重要的决定要告诉她，要她有个思想准备。

自从听到这话后，念云就开始心神不宁。昨天晚上，她把放在箱子里的兰初明的照片拿了出来，用毛巾仔细擦了擦放在了箱子上，望着照片上浓眉大眼的兰初明在含笑望着自己，便开始目光迷离。看着看着，她又把照片拿起贴在了胸口上，泪水禁不住潸然而下。

出狱八年来，她把所有的痛苦和思念压在心底，觉得只有把女儿抚养好了，就是对兰初明深爱的最好报答。她从没想过自己的后半生里还会有别的男人。因此，白天超负荷的劳动把她累得倒头就睡，心里只默念着还款、报恩，日子也就这么过来了。在供卓娅上学的期间里，除还完了所有的欠款，还略有结余。她住在和兰初明结婚的茅草屋里，觉得这样活着很充实。

谁知王小虎的闯入，使她一颗安之若素的心起了涟漪，不知如何应对好了。此刻，她再次问自己，是否能够接受另一个男人？她的答案是含着泪水摇了摇头，觉得这是不可能的。她甚至觉得自己都是为兰初明而活下来的。经过这一夜的折腾，念云起得很晚，就没去耳棚上工，现又在那里拿着兰初明的照片看呢，不觉又是泪水涟涟。

恰在此刻，舒彤推门而入。念云听见开门声，吓得急忙把照片藏了起来。舒彤见念云脸带愁容，眼中惊慌，笑道："姐，什么东西这么害怕我看呀？"

念云见是舒彤，忙把背在身后的照片拿了出来，默默无语地递给了舒彤。

舒彤接过照片一看，叹了口气，问道："是姐夫的。什么时候照的？"

念云道："是那年我们结婚时他照的。"然后问道："你怎么来了？"

舒彤看着她，关心地说："你没去上工，我过来看看。"

见念云眼中溢出泪水，便问："怎么啦，出什么事啦？"

念云便把这几年王小虎对自己的关心和前几天说的话告诉了舒彤。然后道："我以前觉得，他对我的好是出于对爸的尊重。你说，他那么优秀的人，会跟我这样一个蹲过十年监狱的人产生感情吗？"

"姐，不是有句话叫'一切磨难，都将成为个人的财富'吗？我觉得正是这些磨难，才使你特别坚强、特别有耐力，有一种成熟的美，吸引了小虎哥，他才爱上你的。这没有什么不可能的呀。"

"舒彤啊，可我的心已经死了，那还能去谈什么爱呀、恋呀的，再也装不下别人了。你姐夫虽有缺点，可我就是放不下他。"

"我知道。你为了姐夫已经守了十八年了。王宝钏等薛平贵不也就等了十八年吗?可你不想想，卓娅在哈尔滨读研究生，她恐怕是不能回龙水村来了。你今年快五十岁了。小虎哥也已五十多岁了。他的儿子参军回来分配在县武装部，女儿大学毕业嫁在外地，他也是孤身一人。你们互相有个照应有啥不好呀?再说啦，你看小虎哥多重情义呀，长得又帅气!多少女人都追不到呢。咱小姨不是爱了小虎哥几十年了，都还没个结果呢？"

念云听了这话，哭着说道："正是因为这个，我才不能接受呢。那就让他跟咱小姨呗！"

舒彤听了不觉笑出声来，道："感情的事哪是推来推去的呢，有时自己都说了不算。你以为小虎哥是你的私有财产呢，就把他赠给小姨了？"

念云也觉得自己这话有些幼稚，一时红了脸，在那里抿嘴笑了。

舒彤觉得念云一时恐难转过这个弯来，便又劝了一阵，告诉说奶奶想她了，叫她回去看看。

念云便和舒彤一起出了大门，往舒彤奶奶家去了。各自分开，舒彤去了王巧巧家。

再说甄多时，自从进入监狱以后，同监室的人瞧不起他，经常趁着看守人员不在欺负他。家里的人没有一个去探监的，这使他丧失了改造的决心。前一段时间，志强去看过他两回，他情绪非常不稳定，经常蹲小号，还自杀过。志强便让舒彤来做做王巧巧的思想工作，让她领着孩子去探监，以便让甄多时在里面好好改造。

谁知王巧巧听了后马上摇头说："不可能。他死了更好，孩子没有他这个爸。"

舒彤怎么劝都不听，只好隔几天再去。就这样一连去了三次。王巧巧见了舒彤，哭道："舒彤，并非我绝情，实在是他做的事情太不是人了。我去了别人会怎么想，还不是要瞧不起我？"

"不会的。是他做的事又不是你。你要是去了，配合他改造，监狱里的警察会很感谢你的。"

"真的吗？他们不会瞧不起我？"王巧巧瞪着哭红的眼睛问舒彤。

舒彤点头道："他再不好，也是孩子他爸，给他个机会吧。要不我陪你去。"

王巧巧摇摇头说道："不用，你让我再想想吧！"

徐根清年龄大了，腿脚不好，不能在山上养蜂了，便把蜂箱卖给了马正仁，只在家中种苞米和跟着舒彤种木耳。

马正仁自从女儿出事以后，再也没有出去打工。两口子除了种地之外，便跟着舒彤种木耳和养猪，现下接了徐根清的几十箱蜂箱，放在了杨思远和冯国英包的山上养着，倒也累不着。

这日，徐根清穿着米黄色的衬衣，外加一件黑色夹克衫，藏蓝色的裤子，脚上一双崭新的黑色布鞋。花白的头发剪得干净利落，脸上的皱纹像一张老树皮一样彰显着七十年的风霜，只是那一双目光炯炯的眼睛还能看出当年的风采。

老伴儿坐在明亮的窗户旁，望着山下的村落，回头见他如此打扮，便问："你干啥去呀？"

徐根清一边开了防盗门出屋，一边答道："出去走走。"出了门，他便走在了去往王小虎家的小路上，正好碰到了骑着摩托车到各户走访的志强。

两人打过招呼后，徐根清说道：“志强，我现在不养蜂了，想在家里办个养鸡场，不知行不行？另外，我也想把编土篮子和编背筐的手艺传给年轻人。公路马上通了，以后他们会用得着。”

志强一只脚踏在地上，一只脚蹬着另一块踏板，说道：“这是好事呀，行。不过您年龄大了，不干也行了。国家对咱们有粮食直补和良种补贴。您只跟着舒彤种木耳就行了。”

徐根清说：“我做点力所能及的吧，不然等见了马克思，再就没有机会了。”

“行，等咱们商量商量。我还有事，你找程主任商量一下吧。”说着，将另一只脚提到踏板上，便一溜尘烟走远了。

徐根清没去找陈亮，却去找王小虎商量去了。

下午，志强来到了党支部，推门进屋，将今天的走访记录从包里掏出来放在了桌子上，然后在那里进行汇总。

这时，显田推门进来了，说是商量要买大型农机具的问题。因去年末国家给大型农机具购置补贴，所以显田觉得公路修通之后，大型农机具会有用途。他想明天去乡里办理贷款。

志强听了显田的建议，觉得可行，便放下汇总，与他商量起购买农具的事情来了。

奶奶眯缝着那双浑浊的老花眼，纫了几次针也没纫上，吧嗒了几下嘴，拿着针和线来找舒彤妈。舒彤妈也纫了几次都没纫上，便说道：“娘，现在市场上什么样的鞋都有，您就别给他做了，太累了。”

“哎呀，我知道什么都有，可他最爱穿我做的鞋了。再说，我现在在家里什么都不干，只怕闲坏了，做双鞋累不着。”

正在此时，只听门响，进来一个人，舒彤妈一看，说道：“快，来了纫针的人了。”

等那人进来后，奶奶笑道：“她也不年轻了。唉，时间不饶人呀！念云是不是快五十了？”

念云接过奶奶手里的针，一边往里纫线一边答道：“奶奶，我虚岁今年正好是五十呀。”

舒彤奶奶和舒彤娘同时笑道：“你看，也不年轻了吧？”

等念云给舒彤奶奶纫完了针，舒彤奶奶便劝念云找个好人家嫁了吧。舒彤妈也说这些年苦了她了，一个人，有合适的就嫁了吧。

念云明白这是舒彤搬的救兵，不觉心中一热，但同时也感到处在两难的境地。

41

在临近年的日子，志强领着他的两个儿子去了他们的奶奶郑大双的坟前。这是志强第一次把孩子们带到这里来。

周围雪中的蒿草在风中摇曳，坟旁的白杨树已然更加挺拔。志强抬头看着一眼望不到树梢的参天大树，不由得想起母亲在世时的音容笑貌，顿觉喉中哽咽。好半天才缓了缓情绪，看着两个孩子说道："建韬、建勋，来，这，就是你们奶奶的天堂。她离开这个世界的时候，正好是你们出生第五天。你们奶奶为了等你们出生，硬挺了四天，一直等到了你们出生的消息，才含泪离世。"

两个孩子已长到志强腋下那么高，抬头看着爸爸严肃的表情，都郑重地点头。

志强弯腰将供品摆好，点燃了香和纸，边烧边说："妈，今天儿子把您的孙子们带来了。他们已经长大了。从此后，就让他们经常来看望您，给您送钱吧。"言罢，双膝跪地，哽咽无语。

两个孩子听爸爸这样说，不觉泪水涌出眼眶，口里喊着奶奶，看到爸爸在那里跪下，也一边一个跪好，随着爸爸双手合十举过头顶，拜了下去，连磕三个头。

跪拜完毕，志强看香火已燃得差不多了，便又双手合十，说道："妈，您看到可爱的孙子了吗？他们很好。您在天堂，保佑他们吧。"

腊月二十九，王小虎推开了念云家的大门，给念云送来了过年用的东西。

念云一看，不由得脸红心跳。她没想到王小虎还会来看她。

那是两个月前，王小虎满怀着对生活的憧憬来到了念云的家。落座之后，见念云正在包饺子，便笑着打招呼，说自己这几天正想吃饺子。

念云含笑示意，不多时，便将饺子端了上来，又炒了两个小菜，叫王小虎先吃。她又收拾了一会儿才上来。

酒过三巡，菜过五味，王小虎喝得差不多了。他醉眼蒙眬地看着念云，说道："念云，还记得我说过有个重要的决定要告诉你吗？"

念云一听，顿时将脸埋了下去，默然无语，不做回答。

王小虎眼睛直直地看着念云，道："念云，你别不好意思。五年多了，我对你的心，你还不明白吗？我，想娶你。"

念云尽管早有思想准备，但听了这话还是内心一震，便道："小虎哥，我拿你当好哥哥看的。我从小就很崇拜你。"

王小虎一听，心中极为振奋，迫切地说道："那好呀，你说我们什么时候结婚吧？"

念云踌躇了半天，道："小虎哥，我不是那个意思。你让我好好考虑一下，行吗？"

王小虎一张脸涨得通红，将手里捏着的酒杯慢慢放下，一把抓住念云的手腕子，吃惊道："你对我没有意思？你不喜欢我？"

念云急忙摆手道："不是，我喜欢你！但我只是把你当哥哥看待，从没想过别的。"

王小虎一颗火热的心，顿时冷到了冰点。他那么聪明的人，如何不明白念云的意思？此刻，他瞪着惊诧的眼睛，问道："你，心里，还是，放不下兰初明，是不？"由于激动，他的声音有些颤抖、结巴。

念云抽回了在王小虎手里的手，咬着下唇，流着泪，用力地点着头，微弱地说道："小虎哥，对不起！"

王小虎眼中慢慢溢出泪水。他忽地记起了不知是哪个名人说过的话："爱情是很容易考验的，如果对方不以同样的爱情来回报你，那就是暗地里在轻蔑你。"想到这里，王小虎长出了一口气，痛苦得闭上了眼睛。过了好长时间，他睁开眼睛，冲念云点了点头，然后慢慢地穿鞋下炕，伸手去拽外衣。

念云看到王小虎那么痛苦，便一把拽住他的衣服，哭道："小虎哥，你别这样！你这样我心里难受。你再给我点时间吧，好吗？"

王小虎摇了摇头，用手慢慢将念云手里的衣服抽出来，穿上鞋，开门消失在夜色里。

从那天起，他就没再踏进念云家半步。今天看到他来，念云当然心里十分高兴，伸手接过他手里的东西，两人还像以前那样说话聊天，但明显都感到别扭。坐了一会儿，王小虎便起身告辞。念云很想挽留，但觉得挽留下来还是同样的结局，不免把留在嘴边的话咽了回去。

王小虎心中很坦然。那天，他从念云家出来，一边走，一边骂："兰初明，你个王八蛋。你是几世修来的福？打她骂她，死了这都快二十年了，她还这么一心一意对你。你小子真该含笑九泉了。"

回去之后，虽然痛苦了这么些日子，但是，他还是放不下念云，希望她过得好。这不，明天就是大年三十，他还是提着东西来看她了。临走，他没有一丝一毫的怨恨与懊悔，而是觉得能够看到她幸福就知足了。

他踏着小路的积雪，脚下发出积雪被挤压的声音，去了老林头家里。

这年的春节，杨家的子孙们又都回来了。奶奶的背有些驼了，但是听力很好。听到外面有人踩雪的声音和孩子的说话声，便说："怕是天奇回来了。"

果不其然，不一会儿，就见天奇领着孩子，带着媳妇进门了。他的媳妇是和天奇一个单位的，在证券公司工作。他们的女儿已经上小学二年级了。

本来，他们想早点回来，因为单位里临时出了点业务问题，天奇只好留下来处理，这样，就在腊月二十九才赶到家。

奶奶看见花骨朵儿一样的重孙女向秋，一把搂过来问道："小秋哇，冷不冷啊？"

杨向秋在奶奶怀里搓着两只小手，绘声绘色答道："老奶奶，我跟你说，可冷了，脚都冻坏了，又疼又痒。我们来时的路上，车陷在了雪坑里，是爸爸和妈妈帮助推上来的。"

众人都哈哈大笑。已经上高三的杨皓森对表妹杨向秋说道："别着急哈，小公主，咱老奶奶家快要通公路了，过年咱再回来，就好了。"

舒彤奶奶看着这个快要撵上叔叔高的大重孙子，说道："是呀，小宝贝，你哥哥说得对！过年你再回来，就不用这么遭罪了。"

杨思远看着母亲和她的重孙子们在一起时的快乐，便含笑偷偷拽了拽两个儿子的衣襟，去给他爸爸上坟去了。

舒彤妈忙活着给儿子们安排住宿。杨家三间大瓦房又在房头接了两间，才算勉强住得下。因为，孩子们都大了，年代不同了，再也不是一铺炕住四五个人的时候了。

正月初二，天哲和天奇都没走，等着舒雅回来。因为去年舒雅的婆婆有病，他们全家都没回来。念云和卓娅三十晚上就是在这里过的，也没走。到了正月初二这天，舒彤、舒雅姐妹俩一起回来了，桌子上和地下立刻摆满了各种礼品。

家里一下子多了八口人，奶奶的屋里又装不下了。奶奶一把拉过春柳问道："丫头，你还在北京跟着你大舅混呢？"

春柳说道："老奶奶，不是我跟着我大舅混，是我住在大舅家里，在北京当北漂呢。国家现在对毕业生不负责分配工作了，我得自己创业呀。"春柳自豪地说。

舒彤、舒雅、天奇的孩子，都还小，一见面，自然都到西屋里玩儿去了，只有皓森、春柳和卓娅留在舒彤奶奶屋里和大人们聊天。

舒雅刚坐下，舒彤便问舒雅婆婆的病怎么样了，舒雅说难说，这些年总为婆婆的病花钱，曲博轩还总不在家。现在省农科院正考虑他们两地生活的难处呢，能不能照顾，还不确定。曲博轩听到舒雅在说这件事，也不好意思地低下了头

因为是过年，所以各家都吃两顿饭。中午一过，念云和舒彤、舒雅三姐妹开始做饭、炒菜，天哲和天奇媳妇帮忙打下手，很快，饭菜就好了。

舒彤妈分了两桌摆在了舒彤奶奶屋里的炕上和地下，每桌有猪肘子、鲤鱼、小鸡炖蘑菇、香辣肉丝、猪肝、肉皮冻、拔丝地瓜、酸菜炖排骨、蒜苗炒鸡蛋和凉拌豆芽十个菜。

天奇看到这么多菜，望着孩子们花花绿绿的衣服，对妻子说道："你看现在咱家吃饭、穿衣都不成问题。可是，在我小时候，只有过年这天才能吃上一顿像样的饭，也只有过年，才能穿上一件像样的衣服，而且，没有可比性。"

天奇媳妇一边点头一边说道："怪不得你平时生活那么节俭呢。"

舒彤奶奶听了二孙媳妇的话，往这边瞄了一眼，没吱声。待了一会儿，便说："虽说如今这些饭菜都是家常便饭了，但还是要节俭。"

全家十九口人，热闹极了。舒彤奶奶带着儿子、儿媳和孙子、孙女们在炕上这桌坐了。曲博轩和孩子们在地上这桌坐了，因为他不会盘腿。念云和舒彤也在地上这桌坐了，因为她们要照顾孩子们吃饭和给炕上的人拿拿递递、端茶倒水。

在开席的时候，奶奶用她那满是皱纹的老手端了一杯白酒，看着全家说："今天是团圆之日，我先和大家喝杯酒。在喝酒之前呢，我要说句话，《易经》开头的第一章就说：'经常行善的家庭，必定会有多余的福报传给子孙。'认为'积善之家，必有余庆。积不善之家，必有余殃'。这也是我杨家的传世之言。我从二十一岁上守寡，带着你们的爸爸妈妈闯东北，就是靠着这句话成就了咱杨家一大家人，也希望你们要世世代代传下去。我今年已经八十八岁了，不可能陪你们一辈子。记住了，我可爱的

孩子们，‘积善之家，必有余庆’，这，就是我留给你们的传家宝。”

奶奶见众人一片欢呼声，都高高举杯、颔首同意，这才举起手里的酒杯，说了声：“干。”大家也都纷纷举杯，一饮而尽。

接下来一边看着 37 英寸的电视机播放的节目，一边互相敬酒，桌子上洋溢着幸福的笑容和热烈的话语。

吃完了饭，奶奶把念云叫到跟前，问道：“你和王小虎的事怎么样了？”

念云不好意思地说道：“奶奶，让您操心了。我觉得不行啊。”然后面露沉色，“您说，我把他杀死了，现在再和别的男人过，不丧良心吗？”

舒彤奶奶叹了口气，道：“你是心里过不去这道坎儿。是不？”看念云点头，又道：“也是，我二十一岁上守寡，也过来了，但是很不容易呀，孩子。”

天哲在临走前，给爸爸留下了五千块钱，要他护林用；怡雪也将她爸爸的一万元钱转给了杨思远，说要为龙水村人民发家致富出一点力；天奇也给了爸爸一万元钱，要爸爸投入森林的养护；舒雅看到大家都有钱给，不好意思起来，说道：“爸，我也没什么给您和妈的，把我的心留在家里吧，陪着你们！”引得大家一阵大笑；舒彤一看，从兜里拿出一万元钱递给了杨思远：“爸，这算我和小雅两人的。”念云也满脸含笑，将五千块钱递给了杨思远。

杨思远将儿女们的钱一一照收，说了句：“好哇，如今你们都挣钱了，这钱我也就收下了。”

第二年的春天，从县里通到龙水村的公路全部贯通了，连村里的土路都变成了水泥路。

在施工队撤离的那天，龙水村的乡亲们喊着口号欢送，并把家里的鸡蛋和好吃的送给工人们拿着。

送走他们后，村里的人们又欢呼庆祝，很多人家买了酒菜，大家在一起吃喝起来，庆祝公路修到了自家门口。

显田在第二天就去买了中型拖拉机，美滋滋地在新修的公路上开着回来了。他回来后，请巧娣的丈夫郝立邦给保养了一下，便开着在自家地里种起了苞米，引得村里的人们在那里羡慕。郝立邦和巧娣已经在工厂买断了，回来跟着二姐夫种蘑菇。因为他在铝轮毂厂工作时很爱钻研，不但会开车，还会修车。

王小虎看大家都喜欢这新播种机，便提出来，谁家用显田的农机种地，可以付费。因为这是人家显田自己家里的，个人承包了，不能像以前似的总是无偿服务。村民们问完价钱后觉得划算，有不少人都雇显田给他家种地。没想到，只一春天，显田就挣了三千多块钱。

当他媳妇接过显田递过来的钱时，高兴地说："天哪，要是这样，不出四年贷款就该还清了。"

郝立邦看着显田的在地里奔跑的拖拉机，忽然有了个想法，对正在看着拖拉机跑的王小虎说道："我想开个农机修理站，你说行不？"

王小虎的目光并没有收回，羡慕地说："显田的大播种机真好，太赶劲了。"然后才回头对郝立邦说："现在国家政策这么好，买农机具还给补贴，干什么都是大好的机会呀，买吧。"

郝立邦由衷地说："那你也买一台呗，不是可以贷款吗？"

王小虎不无遗憾地说："咱村的土地是有限的，都买就挣不着钱了。"

王小虎正说着，一扭头看到王巧巧带着她的女儿正没精打采地从公交车上下来，忙走过去问："嫂子，他在里面怎么样？"

王巧巧摇摇头，说道："不怎么样。这次看到我和孩子，能好点吧。"

"那你有时间就去看看他吧！不管怎么样，不能让他自暴自弃呀。"

王巧巧没吱声，点了点头，心情沉重地回了家。

42

有句话道：人世间没有比单相思更悲哀的事情了。郑小双就是如此。她从三十岁上开始，曲曲折折爱了王小虎二十多年，人家都单身了快七年，他们之间也丝毫没有进展，除了绝望还是绝望。她自己，是死的心都有了。

也许是老天不负有心人吧，这日，她从服装厂回家，正走到学校门口，看见王小虎从老林头家出来，正与他相遇，来不及想别的，只得硬着头皮打招呼。因这地方的房子都是国家给盖的，所以郑小双和老林头夫妻成了邻居。

王小虎见郑小双跟自己说话，便问道："小姨下班了？"

郑小双也不管小姨不小姨了，胡乱答应了一声，便道："都走到家门口了，到屋里坐会儿吧！”因为她知道，再不说话，恐怕这辈子都没有希望了。

王小虎顿了一下，很不想去，但碍于志强的面子，不得不答应下来，跟着郑小双一拐弯到了她的家。

坐定之后，王小虎看到郑小双的家也收拾得十分干净整洁，简单地问了问孩子和服装厂的情况，便起身告辞。

郑小双怀着一颗激动的心送了出来，情急之中用干粮布子包了五六个大肉包子递给了王小虎。

王小虎摇头不拿，硬被郑小双塞进了怀里，便不好意思再推回来，只得接在了手里，开门出去了。

郑小双刚才给王小虎递包子的时候，蓦然间感到指尖上的接触使自己刻骨铭心，只觉得胸腔中涌起一种难以言喻的感觉，不觉脸红心跳。

王小虎走后，她彻底陷入了沉思，觉得王小虎既然接了包子，就说明一定是有心。她这样想着，便拿起镜子看看镜中的自己：头发仍然黑亮，皮肤仍然白皙，睫毛仍然浓密，眼睛仍然顾盼生辉。于是，她放下了镜子，对自己说：这辈子，就拼死争取一回吧。

过了六七天，她买了上好的猪肉，包了一屉包子，晾好了，拣了形状好的装在了饭盒里，用一个蓝色布包装着，一路忐忑不安地来到了王小虎家。

可惜的是，王小虎不在家。她就坐在门前的一块木头上等着，渐渐有了些困意，便在那里打起盹儿来。

不知过了多长时间，王小虎从地里回来了，老远看见一个身材纤巧的女子，怀里抱着一个蓝色的布兜坐在自家门前，暗想：谁家的女子走错了门儿？

等走近一看，这不是小姨吗？怎么会在这里？她的睫毛上挂着晶莹的泪珠，白里透红的脸上因睡意正浓显得分外恬静。

王小虎蓦然想起了村里人都说龙水村有三大美人。一个是念云，长得天生丽质，具有灵性之美；一个是舒彤，长得含蓄温婉，具有古典之美；一个是郑小双，长得风姿绰约，具有妩媚之美。她们都不再年轻，但都保持着经久不衰的魅力。今见郑小双，果然如此。其实，在王小虎心里，村里还有两个美人。一个是郑大双，已经不在了；一个是王巧巧，已经衰老了。

王小虎不好意思叫醒她，正在那里胡思乱想着，就见郑小双醒了，便笑道：“小姨怎么来了？”

郑小双一见是王小虎，大脑顿时一片空白，结结巴巴地说：“我，我，是来给你送包子的。”

“送包子？不用呀，我有吃的。上次你的包子包得真好吃。谢谢你啦。你快拿回去自己吃吧！”

郑小双揉揉眼睛，皱着眉头，说道：“我拿来了，怎么能拿回去呢？你快留下吃吧。”

王小虎没办法，只得开门让郑小双进了家门。

一进王小虎的家门，郑小双的心就开始突突直跳，屋里的气息使她无名地紧张。她打量着屋里的一切，惊慌地坐在了炕沿上。

王小虎拎起带有天蓝底红牡丹花的暖水瓶，给郑小双倒了一杯水递给她。

她慌忙接了，红着脸说了声“谢谢”，就不知该怎样表达了。

如果说，以前王小虎不懂郑小双的心思，但通过这两次包子的接触，终于明白了一些。他猛然想起，郑小双让他把衣服拿回去穿不要钱，听到他叫小姨不高兴，看到他在哪个桌就不上哪个桌吃饭等，今又见郑小双拘束的样子，便恍然大悟。

他看着眼前的这个丽人，想起了自己的妻子和念云，不觉心中凄楚，沉下脸来说道：“以后，你不要来了。包子，我自己会包。”

郑小双正沉浸在喜悦里，根本没看出王小虎的不悦，说道：“你包，不是还得麻烦？这事女人干起来顺手。”说着，也不待王小虎回答，立起身来，开门走了，弄得王小虎话没说完，杵在那里了。

还没春播完，杨思远就和志强去买了树苗回来，又买了种子，要在自家山上的地里建个小苗圃。这不，把县里管林业的技术员都请来了。

中午，他们刚下山，就遇到了程亮。程亮最近身体不好，经常头晕，是来对志强提出辞去村主任职务的。

志强看到程亮脸色不好，最近消瘦得厉害，便答应了，并要他赶紧去县医院看看，回去之后，便立即向镇里打了选举村主任的报告。

龙水村的乡亲们在选村主任那天，都兴致勃勃地来了。他们要选出他们心中的村主任，就连老林头、许寡妇这样不经常参加活动的也来了。

志强主持了会议，简短的开头之后，几个竞选者都上去演讲一番，接着大家的投票就开始了。在唱票的过程中，王小虎一路领先。

大凡一个人的成熟，都来自许多痛苦的经历。王小虎在经历了数次变故之后，内心变得十分强大。此刻，他听着显田喊他的名字，左右看了几遍，内心十分平静。

当志强公布王小虎为龙水村新一届村主任时，他那颗波澜不惊的心霎时被乡亲们的信任感动了，眼中顿时涌出了点点泪花，跑步来到台上，嚅动着嘴唇说道："谢谢乡亲们对我的信任。谢谢！我绝不会辜负你们的期望，绝不……"说到这里，说不下去了。

没有豪言壮语，没有决心保证，有的却是感激与深情，乡亲们用热烈的掌声给予了回报。

就这样，王小虎经过了七年的努力，重新获得龙水村乡亲们的信任，也使他重拾了生活的信心。

王小虎刚一上任，就和志强商讨怎样协助贯彻落实今年国家准备安装电话村村通、老弱病残土地的转让等问题，像上了发条的钟，浑身有使不完的劲儿。

郑小双对王小虎选上村主任自然是万分高兴，激动得又是一夜未眠。

几十年来，她默默地承受着巨大的孤独与落寞，也默默地领受着生活的无奈与不甘，不接受任何男人的示好，也不接受任何媒人的牵线搭桥，心中独守着对这个男人的绝世爱恋，因此，决定再搏一回。

她挖空心思想了几次去王小虎家的方法又都自己推翻了，最后，觉得还是去送包子最合适。

她又选了上好的猪肉，精心包好了包子，给王小虎送去了。这次很幸运，王小虎刚从黄烟地里掐尖回来，累得水都没喝一口，就躺在炕上休息。她见门没锁，便敲了门进来。

王小虎听见敲门声，刚坐起来，就见郑小双推门进来了，手里拿着上次来时拿的那个蓝色布兜，便不高兴地皱起了眉头，勉强说道："你来有事啊？"

郑小双一看王小虎皱着眉头，心像掉进了冰窟窿，没回答，慌张得站在那里不动了。

王小虎见郑小双一副木讷的表情，便站起身来，道："有事说话呀，怎么不说话？”

郑小双红着眼，委屈道：“给你包子……”看到王小虎一副不理解的神情，便咽回了后半句话。

王小虎想起了上次她没让他说完话就走了，便气愤地说道：“你以后不要给我送什么包子，你送来我也不吃。”

郑小双听了，倔强地嘟囔道：“不就是个包子吗，至于生那么大气吗？”

王小虎听郑小双这样说，气急了，大声吼道：“包子是你的，凭什么让我吃？这个家，我不希望再看到你。”

郑小双听了王小虎的话如五雷轰顶，绝望至极。这是她早就预料到的，也是她迟迟不敢表白的原因。

她只觉得精神恍惚，一时头脑不清楚，眼前一阵阵发黑。稍待片刻，只见她无力地倚在了门框上，一字一句地从嗓子眼儿里挤出了这么几句话：“你知道吗？我从二十多年前，你到我家给我安电灯那天就喜欢上你了，但我从来没敢对你说，因为你有家庭，后来你又喜欢上了念云。我知道，我是个离过婚的女人，不招人喜欢。但我等了你这么多年。你知道吗？我为了你曾经在别的男人那里失过身……”话没说完，她双手捂住脸在那里呜呜哭了起来，水蓝色布兜啪的一声掉在了地上。

王小虎听到“我为了你曾经在别的男人那里失过身”这句话十分不解，惊问道：“怎么是为了我在别的男人那里失过身？”

王小虎见郑小双不回答，渐渐冷静下来，心里稍稍有些感动。他起身来到郑小双身旁，拿了条毛巾递给了她，轻轻问道：“别哭了。你再说一遍，怎么是为了我在别的男人那里失过身？”

郑小双就抽抽搭搭，把那天在苞米地里受甄多时侮辱的经过讲了一遍，几次泣不成声。

王小虎听了郑小双的话大吃一惊。他几乎不敢相信，怎么都想不到这个女人为了自己受了这么多年的委屈，一时间感动得眼眶发热，一句话都说不出来了。

郑小双哭了一会儿，知道他们之间的感情完了。一个强大的声音在提醒着自己：他不会要一个不洁的女人。于是，一转身，便开门跑了出去。王小虎这才反应过来，匆忙追了上去。

他在自家院里的大门处追上了郑小双，将她拦腰抱住，说道：“对不起了，让你受了这么多年的苦。”

王小虎热乎乎的气息传导在了郑小双的脸上，顿然让她感觉到了自己血液里的每一个细胞都与他有着共鸣，不觉又是一阵眩晕，便闭上了眼睛。她深深吸了一口气，这魂牵梦绕的气息就像一股强大的电流，冲击着她的全身，使她再也没有能力反抗了。

王小虎抱着郑小双软绵绵的身子，呼吸急促，看到郑小双那浓密的、像一把小刷子似的睫毛和梨花带雨的脸庞，深吸一口气，便松开了双手，对她说道："进屋说说话吧！"

进屋后，王小虎双手摁住郑小双的肩膀，让她坐在炕沿上，自己站在她面前，问道："你为什么不去告那个畜生？"

郑小双抬起满是泪痕的脸道："我去告他，人家问我为什么不拼死反抗？我能说是因为你吗？那不是把你牵连进去了。"

王小虎听到这里，痛苦地闭上了眼睛。他怎么都没想到，这个美丽的女人会对自己情深至此，不觉一行热泪顺着那饱经风霜的脸颊流下。默默地，他伸出了双臂，将郑小双紧紧拥在了怀里。

村民们种完了地后，木耳还没长成，有几天清闲时间，村里便安排徐根清办编土篮子和背筐的培训班，受到了妇女们的欢迎。舒彤又建议，让巧月把在婆家学的、用芦苇编织工艺品的手艺也传给了龙水村的妇女们。从此后，龙水村的乡亲们冬天就有活儿干了。

这是十月中旬的一天，建韬、建勋小哥俩坐在炕上看电视。他们家的电视机已经换了三次了，这是42英寸的纯平电视机，新闻联播里播出了载有两名航天员的、神舟六号载人飞船发射成功的画面。

长相有些像奶奶和爸爸的建勋看了非常激动，喊道："哥，我将来好好学习，就当一名航天员。"

长相有些像妈妈和爸爸的建韬说道："好哇，只是必须改掉你那毛糙的毛病，学习不好，人家部队里是不要的。"

舒彤在外地蒸干粮，听了小哥俩的对话，心中窃喜。她知道这是哥哥在督促弟弟学习用的激将法，不觉感慨岁月的流逝，由两个孩子忽地想起婆婆去世已经十三年了，公公仍然孑然一身，是到了该成全他和许寡妇的时候了。

第十五章　重任在肩

43

龙水村公路通车的第二年，电话也通了。在通电话的当天，舒彤奶奶拿着红色的电话给天哲打、给舒雅打、给天奇打、给枣庄的亲戚们打，好半天也不放下，急得舒彤妈里外走，也没轮上。还是杨思远看到老伴儿太着急了，便提醒了母亲。舒彤奶奶这才满脸歉意地把电话给了儿媳妇，嘴里唠叨着："老了，老了，不中用了。"

舒彤妈拿过电话，还没说话，就哭了，弄得电话也没通成。第二天又打通的，和孩子们都聊了一会儿，算是减轻了她这些年对孩子们的牵挂之情。

这天，志强到几家老弱病残的家里看看通电话的情况，看到小姨家里的门开着，便走进去看看。

这一看不要紧，竟站在那里呆住了。只听王小虎道："你这做大米饭的手艺不比包包子差呀。"又听小姨柔声说道："只要你愿意吃，我都给你做。"还听王小虎说："别介，等我有时间也露两手，做给你吃。咱俩谁有时间谁做。"

听到这里，志强心想：进展得还挺快的，他俩什么时候好上了？只得干咳了两声，进得门来，站在王小虎面前，道："原来小虎哥也在这里呀，我还到处找你呢。"

郑小双急忙放下手里的筷子，打断道："志强，从今往后，你再不能叫他小虎哥了。"

志强歪着头看着王小虎，很不情愿，眯缝起眼睛，一抬下巴，道："那叫你什么呀？"

王小虎满脸带笑地看着志强，眉毛一挑，道："你随便啦。什么姨父啦，长辈的称呼啦，哈哈，叫得越早才是越孝顺呀。"

志强哼了两声，生气道："美得你，等你们到举行结婚典礼那天，我也还是要叫你小虎哥。"

王小虎一拍大腿，笑道："好，结婚典礼那天，你就得给我改口。"说完，下地笑着跟上志强走了。

他俩来到了老林头家里，看到已经八十多岁的老林头守在电话旁流泪。一问，才知道自从去年他的瘸腿老伴儿去世以后，养女再也没回家来过。他不知道她住在哪里，也不知道她的电话号码，想给她打个电话都打不成。老人家现在已经行动不便了，是需要人照顾的时候了，可养女却不尽赡养义务。

志强和王小虎对视了一下，不知如何是好，因为他们也不知道这个没良心的养女住在哪里。

王小虎来到郑小双家里，叫郑小双做饭带着老林头的份儿，按时送到他的家里，等村里开个村委会研究一下解决办法再定。

在村委会的会议室里，大家对老林头这样的事七嘴八舌议论不少，拿不出个正经主意。有说让每家轮流送饭的，有说让郑小双照顾着大家给钱的，有说起诉他养女让她把他接到家里养老的。

舒彤听了这个情况，觉得这都不是彻底解决问题的办法，于是说道："我看建个养老院行不行？"

一听说建养老院，委员们提出的一大堆问题又来了：院址建在哪儿，谁来照顾这些老人，钱从哪儿出，等等。

舒彤看到大家着急的情形，说道："其实，可以从小到大呀，先在学校的空教室里改成双人间，作为临时养老院，村里卖木耳还有部分余款，用来买些被褥等临时用的东西，再给在那里上班的人开工资。等以后人多了，有钱了，可以自负盈亏，也可以拉赞助。"

这时，王小虎说话了。他说："舒彤这个办法好，他们都是为龙水村做过贡献的人，该有个幸福的晚年。再说，将来我们谁都得走这一步。年轻人只有一个孩子，大多都在城里，咱们还能去城里生活吗？所以，开这个养老院，也是为咱们自己今后做打算。"

舒彤补充道:“五保户的待遇他们自己仍然享受,房屋、土地产权仍归他们自己所有,让他们放宽心、好好享受晚年。”

大家一听,正合自己心意,就一致同意了暂时用养木耳剩余的钱开养老院。

第二天,又召开了村民大会,乡亲们是一致举手同意建这个养老院。他们觉得这也是他们的归宿。

下午,王小虎、舒彤带着孙晓蔓去了县里参观了两所养老院,并带回了规划图。

紧接着,筹备工作就开始了。两个月后,春晖养老院正式开张了,连王立诚在内一共是七位孤寡和行动不便的老人。因孙晓蔓在幼儿园里极其有爱心,所以舒彤便把孙晓蔓从幼儿园里调出来任养老院院长。

宋大梅年龄大了,不能去种地了,把地给了孩子耕种,自己请求去养老院帮助照顾老人、做饭去了。

这些老人的地暂时种不了,都租给了王小虎,王小虎的土地耕种面积便一下子增加了很多。

王立诚和其他几位老人的房子腾出来后,租给了村里开农家乐。这样,这些老人可以用租房子的钱来付养老院的费用,余下的钱自己可以存起来,这就真正从根儿上解决了这些孤寡老人的难题。

在养老院成立的当天晚上,老林头坐在床上捂着脸大哭起来,说他晚上能睡着觉了,再也不怕自己死了都没有人知道了。

鉴于这个情况,杨思远等原来村两委的人和老年人有时间都到养老院里来,同他们聊天、下棋、打麻将,腿脚好的还利用体育场的便利条件进行体育锻炼。

这年夏天,随着曲博轩朋友的来访,带来了好多城里来度假的人。因为有了准备,就安排在王立诚等人的家里居住,到齐铁柱家的饭店吃饭。齐铁柱家在公路开通后就开了龙水村第一家大饭店。

这些来度假的人看到龙水村的山水很漂亮,都流连忘返。更没想到的是,这些人发现了念云的茅草屋后,竟然都在房前屋后拍起照来,晚上还要求住在这里。更有几个带着画本的人竟然坐在草房前画起了素描。这使得念云本想秋天拆掉草房的想法落空,草房没拆成,只得在房子的一百米外又盖起了三间大瓦房。

至此,龙水村的村民们都住上了宽敞明亮的大瓦房,而只有念云一家的草房保留了下来。

念云心中释然，喃喃自语："初明，咱们的祖屋终于留下了。你可以一辈子陪在我的身边了。"

齐铁柱看到每天来来往往的人，忽然有了个主意。他用汽车履带打上气做了个皮筏子，让几个人坐上去试试。结果，从龙水河上游一直漂到了水库里，时间长达近两个小时。遇到急流险滩，客人们高兴得哇哇大喊大叫，兴奋异常。

这使齐铁柱欣喜异常。他要承包龙水河这段河流，搞个漂流旅游，当即得到了志强和王小虎的同意。

第三天，齐铁柱就到外地去考察漂流旅游项目去了，回来搞起了漂流旅游，当年就挣了六千多块钱。村里帮助齐铁柱搞漂流的小伙子们，只这一项，每人就挣了近三千元。

和齐铁柱一起去考察项目的还有巧珍。她去主要是联系秋天小学毕业的学生去县里上中学的事，其中也包括她的两个侄子。

龙水村在旅游这个项目上是旗开得胜，虽然很原始，但吃、住、玩一体，也使客人们赞不绝口。

旅游结束了，木耳也摘完了，在秋收前的一个傍晚，王小虎和郑小双二人一同来到了冯国英家，向冯国英征求意见，想在上冻前去登记结婚。

冯国英当然十分高兴，妻妹有了归宿，这是他最挂心的一件事。也可能是爱屋及乌吧，出于对郑大双的爱，使他格外疼爱这个小姨子，如今她的婚姻大事终于解决了，便是一百个同意。

志强和舒彤、巧珍、巧月、巧娣听说小姨今天带着王小虎来登门认亲，便都过来了。大家在一起吃了晚饭，听王小虎说要去登记，便吵吵嚷嚷张罗着要举行婚礼，说小姨等了他一辈子，一定要他明媒正娶把小姨娶回家。

郑小双劝大家说："算了吧，小虎的女儿前年刚结婚，儿子还没结婚，需要钱。登个记就行了，不要破费了。"

无奈志强他们不依，所以，第二天他们就找了齐铁柱商量婚礼的事。

志强最近常感到腹痛，已经好长时间了，就在给王小虎和郑小双筹备婚礼期间的一天早上，发现了便中带血。这天，是结婚的正日子，他强忍住身体的不适来到齐铁柱的饭店，帮助大家布置现场，安排座位。

到了下午，郑小双在女儿和甄艳丽的陪伴下，身穿蓝色风衣，脚踩红色高跟鞋，将显田去接她的拖拉机甩在了身后，自己来到了婚礼现场。

婚礼现场门口没有收礼的桌子，也没有记礼单的人员，每个进现场的人都发一个装着喜糖、喜烟的红包，好多村民都问在哪里赶礼。分配座位的人一笑，说道：“待会儿村主任会告诉大家在哪儿赶礼。”

婚礼现场迎面是一个大屏幕，上面是“王小虎先生和郑小双女士结婚庆典”一行红色大字非常显眼，下面是他们漂亮的结婚照。不多时，吉时已到，主管音乐的人放起了《步步高》的音乐。

齐铁柱身穿一套白色西装，天蓝色衬衫，打着红色的领带，右手持话筒上场了，看见台下坐着舒彤奶奶，舒彤妈，老书记，老主任，王小虎的女儿王玉玲、儿子王玉华，郑小双的女儿甜甜，还有郑家老老少少和乡亲们都来了，不觉有些紧张，拿着话筒的手微微发抖。

随着热烈的《百鸟朝凤》音乐和开头语后，齐铁柱请出了今天的主角王小虎和郑小双。当郑小双发髻高绾、薄施粉黛、穿着一套红色的晚礼服，含羞带笑地挽着西装革履的王小虎出场时，人们惊呆了，说这是才子佳人出场了，台下响起了热烈的掌声。

男方长辈王立诚讲话，女方代表冯国英讲话，证婚人杨思远讲话。当进行到新娘新郎讲话时，王小虎激动地拿过话筒，说：“感谢乡亲们来见证我和小双的幸福时刻，也感谢我们的孩子们支持我们走到一起。你们的到场就是给我们最真挚的祝福，这深深的祝福已经够我们这两个年过半百的人享用一辈子的了。我会永远记住这份真情的。但是啊，一会儿婚礼完事后，请乡亲们不要给我赶礼。我也不备酒菜，希望大家多多理解并原谅！”说完，冲着台下一拱手，又拉着郑小双向台下深深一鞠躬。

乡亲们你看看我，我看看你，自古以来哪有参加婚礼不赶礼和不备酒席的？少顷，便明白了王小虎的意思，立即，都使劲儿地鼓起了掌。

夫妻二人一拜天地，二拜乡亲，夫妻对拜，喝完交杯酒之后，齐铁柱便高喊道：“王小虎先生和郑小双女士结婚典礼礼成。”

这时，只见志强几步跨上了台，他拿起话筒说道：“乡亲们，咱们村主任和新娘为了感谢大家对他们的理解和支持，将婚礼省下的酒席钱两万块钱捐给了春晖养老院，让我们以热烈的掌声感谢他们吧！”

说到这里，郑小双从兜里掏出了一摞钱递给了王小虎。王小虎双手递给了志强。志强双手递给了孙晓蔓。

婚礼简单而热闹，等乡亲们散去之后，新娘与新郎的亲人和杨家人留下来共进晚餐，也算是给两家人在一起加深感情的机会，更是给孩子们与双方一个相处、相融的时间。

念云来到郑小双跟前，举杯说道："祝小姨新婚幸福！"郑小双转身不无担心地问道："光祝我幸福，他呢，你不祝他幸福，你叫他啥呀？"

念云嚅动了好半天嘴唇，还是难为情地叫了一声："小虎哥。"

郑小双听了苦笑道："天哪，跟了你，我都降辈儿了。"引得志强哈哈大笑："他是小虎哥，你是小姨，让他管你叫小姨，不就不降辈儿了。"

王小虎一听，这还真拿不住他，叫他将了一军，故作生气道："志强，你等着啊。不尊长，不爱幼，可不是咱们党的优良传统啊。"

后来，这事传到了镇里和县里，周德海书记还在党员先进性教育大会上表扬了王小虎，要党员们都向他学习，移风易俗，简单办婚礼。

44

为了贯彻好"八荣八耻"社会主义荣辱观，县里召开了总结表彰大会。志强在会议结束后，去医院检查了一下，结果出来后把自己吓了一跳。医生告诉他必须手术治疗。

到家后，他没有同舒彤讲自己的病情，而是在全村召开了村民大会传达了会议精神，又让舒彤将"八荣八耻"的内容打印出来，在会上每人发了一份，号召大家争做践行"八荣八耻"的好村民。

做完了这些工作后，他来到了爸爸家里，将检查结果递给了他。

冯国英接过一看，顿时惊呆了，额头上立即渗出了细小的汗珠，好半天才哆嗦着双手将检查结果递回到志强手里，问道："舒彤知道不？"

志强接了单子，说道："不知道。我没告诉她。"

冯国英说："不能瞒她。你也瞒不了。什么时候动手术？我陪你去吧！"

志强说："还有好多事情没办完呢，等处理完了再去吧。"

冯国英着急道:“不行,你今晚就得和舒彤商量,明天把工作交代一下,后天就去吧。这事不能拖。”

吃完晚饭后,冯国英把杨思远找来了。杨思远先看了诊断书,两道浓眉拧在了一起,然后递给了舒彤。

舒彤刚在外屋里忙活完,擦了擦手接过诊断书一看“肠癌”两个字,便哭了起来,抽抽搭搭说道:“不会吧,是不是弄错了?”

杨思远说:“舒彤,别哭了,面对现实吧。先解决问题要紧,不行,我看叫你哥联系一下到北京去治疗吧!”

看到舒彤和冯国英点头,杨思远当即拿起了电话打给了天哲。

天哲接到这个电话后,感到很难过。他告诉爸爸他给联系一下,然后回话。

第二天,天哲回了电话,说已联系好了北京肿瘤医院,但是得等床位手术。

半个月后,志强由冯国英和舒彤陪着去了北京,一个星期后,做了结肠摘除病灶手术,住院观察了两个星期后就出院了。出院住在怡雪爸爸家里,又观察了一个星期,这才返回龙水村。

从家走时,天还稍暖,等他们返回龙村时,正赶上降温,东北的大地上已是白雪皑皑了。尽管有思想准备,但志强还是感到刺骨的寒冷,幸亏来接站的显田给他带了件军大衣,才帮志强渡过了这一关。

志强生病的消息不胫而走。好多村民都来探望,其实,他们知道志强的病是饥一顿、饱一顿吃饭不及时活活累出来的。

舒彤何尝不知志强是这些年累的。他和她抚养双胞胎儿子,操心村里的工作,尤其是五座小煤窑的管理,让他日夜担惊受怕。每次看到他拖着疲惫的身躯去小煤窑,她都劝他歇歇再去吧,可他每次都说不能让兰初明的悲剧重演。没想到,壮年时期的他却得了这个病。想到这里,舒彤是痛不欲生,责怪自己明明知道他这半年瘦得厉害,却关心太少。

镇里领导知道志强得了肠癌手术从北京回来后,便来看望了他。冯国英趁机向他们提出不能再让儿子担任村支书的建议。几位镇领导说回去考虑考虑再做决定。

大夫根据志强的病情,建议志强不做化疗,在北京抓了中药回来吃,按时定期去复查,所以志强手术后在家里吃中药恢复治疗。

好在两个儿子今秋已去了县里上初中,不用再叫舒彤操心了,可以一心一意来帮助志强治疗恢复。

为了志强的病，冯国英暂时搬到志强家的西屋里住下了。他要帮助舒彤来照顾自己的儿子。

一日，志强觉得身上有了点力气，便起来收拾了一下，想去趟村党支部。

冯国英两手端着药，看见志强穿衣服，问道："干什么去？"

志强伸手接过父亲的药碗，道："爸，我想去趟党支部。"

冯国英看着儿子，脸上带怒，说道："不行。你不能再操心了，有事让小虎来，你们商量，先把工作交出去吧！"

志强只得喝了药，给王小虎打了电话。下午，王小虎来了，他俩按照中央有关"生产发展、生活宽裕、乡风文明、村容整洁、管理民主"的文件要求，仔细研究了协调推进村里各方面建设贯彻执行等相关事宜。

还没商量完，志强浑身冒虚汗便拿个枕头躺了下来。王小虎看到志强还是很虚弱，便说："你以后别操心了。有事给我打个电话就行。"

王小虎还没走，就见曲博轩推门进来了。他拿了一包葡萄苗子过来，问舒彤要不要试栽一下。

舒彤摇摇头说："暂时什么都不干了，等你姐夫好了再说吧。"

冯国英伸手接过来，说道："你干你的，我在家照顾他就行了。"

曲博轩听冯国英这样说，才向舒彤介绍起这葡萄的种植季节、栽培方法和带来的经济效益等。

志强听了两眼放光，说："舒彤，你可以一试。这葡萄喜欢土质疏松的沙壤土。我看你们这么多年来改良的地瓜地就很合适。"

舒彤笑道："你就别操心了。我还不知栽不栽呢。"

曲博轩说："要栽，也得过年四月份以后，先栽几棵试试，成功了再大量推广。"

就这样，舒彤不同意试验栽葡萄，冯国英和志强同意试栽一下看看，最后也没定下来栽或者是不栽。

舒彤奶奶听说了志强的病情，由舒彤妈陪着进门就哭，说什么都不让志强再管村里的事了，一定要在家好好养病。

镇里开会研究决定，让王小虎暂时代理一段志强的工作。这样，王小虎就成了村支书、村主任一肩挑了。

到了来年的四月份，舒彤还是听从了公公的建议，将葡萄试栽到了龙水河西岸的地瓜地里。因为，原来自家、娘家，还有部分公公家的地都是志强一个人种的，现在不行了。家里有两个孩子上初中，再加上给志强看病，家里的积蓄所剩无几，自己不挑起这个大梁，就没法过日子啦。

为了增加效益，节省时间，舒彤学会了骑摩托车和驾驶拖拉机。王小虎和显田看到舒彤这么拼力，都很心疼。

按照志强的建议，将地租给王小虎种，舒彤只领着大家种木耳，经营幼儿园啥的就行了，但是冯国英和舒彤都不同意，认为农民不到万不得已，不能放弃土地。

这日，舒彤把所有的地都种完了，便提前回到了家。进门一看，许寡妇在自己家里帮助公公做饭呢。她穿着件深红色带白花的衬衫，正弯着腰往锅里放白面馒头，公公在那里烧火，还很协调，便打了个招呼，进了里屋。

进里屋一看，志强脸上挂着霜，一脸的不高兴。舒彤知道志强这是嫌许寡妇到自己家里来了，便劝了几句，给志强量了量体温，坐在那里休息。

到了中午吃饭时间，许寡妇帮助冯国英做好了饭菜，便走了。吃饭时，冯国英也没吃几口，就撂下了碗筷。

因志强有病，一家人也不好再说什么，这事也就放下了。从此后，许寡妇再也没到志强家里来。

而巧月、巧娣倒是经常来帮助爸爸和嫂子做家务，照顾哥哥。

七月份，王小虎去镇里开会，拿回了国务院下发的《关于在全国建立农村最低生活保障制度的通知》文件，回村调查上报。

他回到家里，见郑小双没在家，屋里刚洗的衣服晾在院子里还在滴着水，是他和叔叔王立诚的。电饭锅里的饭还在保着温，一碗炒豆角用盘子反过来扣着，一盘炒豆腐用钢化玻璃小盆儿扣着。

王小虎知道，这是给他留的午饭。自从王小虎和郑小双结婚以来，郑小双对他的照顾是无微不至，也对叔叔非常孝敬。一有时间，她不是在姐夫那里分担姐夫和舒彤的负担，就是在养老院里帮助孙晓蔓照顾老人。

真是难为她了。王小虎这样想着，到屋里坐下，拽过一个枕头，想躺一会儿再起来吃饭。可他头还没挨到枕头，就听电话响了，拿起接听，一听说是第二个小煤窑出了事故，第四生产社社长沈跃进的儿子沈新乐捂在里面了，头立时就大了，也顾不得吃饭，擦了把汗，骑上摩托车就往山上跑。

到了里面一看，这是侧面塌方，沈跃进和大伙儿满头大汗在那里挖掌子面坍塌下来的煤呢，好在塌方面积不大，如果救出及时，或许还有生命。王小虎问还有谁在里面。他们说只有他一个人。王小虎便抢过铁锹像疯了似的往外倒着煤。

随着他和所有人脚下铁锹的快速翻腾，面前像小山一样的煤堆在快速地减小。到了晚上，煤堆被挖得刚刚能和里面通开一条缝了。

沈跃进抢先爬进去一看，儿子被上面滚落下来的一块大石头砸住了，腿动弹不得，已经昏过去了。沈跃进用手一摸儿子的口鼻，好像还有气息，便破了嗓子似的大喊："主任，还活着，快带撬棍进来。"

王小虎让大家不要乱动。他和两个壮年汉子爬进来用撬棍撬开石头。沈跃进将儿子拖了出来。大家一路小跑把他送进了卫生所。

大夫给处理了皮外伤，止了血，送到养老院里去了。王立诚用夹板给沈新乐固定住了小腿的骨折处，又给他吃了接骨的药，才算安定下来。

次日，王小虎来看沈新乐的腿伤，王立诚瘸着腿给沈新乐调好了药端给他，说："我已经老了，等过几天把这个手艺传给你吧！你也好为咱村的人应个急！轻来轻去就不用去城里了。"

王小虎看着叔叔衰老的容颜和缓慢的动作，终于答应了下来。他又让显田开着拖拉机拉着沈新乐到市医院彻底检查了一下，没有大事，才回来安心养伤。

通过了这次事故，镇里觉得龙水村的工作面铺得太大，王小虎一个人还真是忙不过来，决定选个村支部书记。

选村支部书记这天，镇里周书记提前来了。在投选票之前，周书记讲了这次选党支部书记的重要性，接着党员们的投票开始了。

程亮监票，显田在黑板上画票，除了原副书记曹玉才有三票之外，其余全是舒彤的票。

舒彤一看，忙摆手对周书记说道："我不行啊，家里有个病人，还有服装厂、幼儿园和木耳场，现又开了个养老院，再说理论水平也不行啊！还是玉才书记干吧！"

周书记看到舒彤那诚惶诚恐的样子，笑道："这不都是证明你很能干吗，再说，这是大伙儿选的，不是我任命的。"

舒彤急得不知如何是好，她回身望望爸爸，爸爸在向自己点头；转身看看公公，公公在向自己投来赞许的目光；抬头瞧瞧王小虎，小姨父在向自己颔首鼓励；左右瞅瞅全体党员，全体党员向她伸出了热情的双手鼓掌。

副书记兼组织委员曹玉才看看火候已到，高声宣布：“我们热烈祝贺杨舒彤同志当选为龙水村新一届党支部书记！”

周书记看到舒彤被全体党员选为书记，非常高兴地讲话祝贺。原来，他考虑到龙水村现有党员的能力和舒彤的实际情况，早就打电话与杨思远和冯国英及志强沟通好了，又提前来和杨思远做了全面的了解，才做出了这样的决定。

45

听说龙水村通公路了，小外孙也上了大学，欧阳怡雪的爸妈决定来龙水村看看老亲家，圆自己多年的梦。

这是一个风和日丽的下午，欧阳伟老两口带着简单的行李箱走下了公共汽车。

一下车，一股热浪扑来，怡雪妈赶快将一条毛巾递到欧阳伟手里。欧阳伟边擦着汗，边环视他要找的人。

杨思远、冯国英和志强早已等在车站，见他们下了车，便迎上前去握手寒暄。

欧阳伟便把给志强捎的一大包药递给了他，并询问了他的病情恢复情况，之后便和老伴儿说说笑笑跟着杨思远他们来到了他的家里。

听说儿子的老亲家来了，舒彤奶奶赶紧让舒彤妈搀扶着自己来到院子里迎接贵客。

欧阳伟老远看到舒彤奶奶站在那里，几步跨上前来，双手握着奶奶的手说：“哎呀，老人家，哪好意思劳驾您出来接呀？”怡雪妈妈也上来与大家热情问候，一边夸着小菜园儿收拾得干净，一边跟着进了里屋。

文质彬彬的怡雪妈妈问志强道：“舒彤怎么没来呀？”

志强道：“唉，她呀，太忙了。自从当上这个村支书后，经常熬夜捧着书本看，走访调查，画表格，做统计，甚至把龙水村的三百六十三户人家家里有几口人，在哪里住，收入多少，基本情况都标注得一清二楚。”

在场的人听后都吃了一惊，杨思远转头问道：“这么用心？”

“是呀，这可能就是男人和女人的区别吧，再加上她从高中毕业就坚持看书。

嘿，当年她要是参加高考，肯定能考上。看她没去考，我也放弃了。我俩相约要建设家乡，没想到，看这形势，不学习还真就跟不上了，连我也得向她学习呀。”

说者无意，听者有心。杨家在场的每一个人听到这些话，心里都是咯噔一下。尤其是杨思远，更是内心里感到对这个女儿有些愧疚。

下午，稍事休息后，欧阳伟夫妻又到房前屋后观看了杨思远家的菜园子、猪圈、仓房、苞米楼子、鸡窝和狗窝等，见鸡鸭在地上撒欢觅食，篱笆旁种着许多不知名的红、黄、粉、白、紫五颜六色的野花争奇斗艳，面瓜、角瓜秧带着大大小小的瓜顺着搭起的藤架一直爬到了屋顶。抬眼望去，夕阳早已退却了白天的炽热，将柔和的金光洒在整个田野里，烟囱里冒出的缕缕青烟，在空中渐渐倾斜隐去，偶尔有几声狗吠从远处传来，一切都显得那么静谧、柔美。

欧阳伟不觉赞道："亲家，久违了，好美丽的景色呀！"

杨思远听了说道："那你就和亲家母搬到乡下来吧，反正也有房子住，有粮食吃，什么都是现成的。"

吃完了晚饭，舒彤才匆匆忙忙过来看望从北京来的客人，说这几天正落实上报贫困人口纳入低保的名单呢，最后再核实一遍，相约三天后再来陪客人参观一下龙水村。

第二天，杨思远和冯国英陪着欧阳伟来到了他们承包的山上。

当欧阳伟看到"欧阳伟之林"几个大字的时候，内心不觉一震。第一批树种已经十二年了，小松树长得郁郁葱葱，有两人多高了；第二批树种已经九年了，已长得有一人多高了；第三批小树种已经四年了，也已过了腰间。

欧阳伟兴奋地说："亲家，我的钱是捐给龙水村的，怎么还写了名字呀？"

杨思远笑道："写名字是为了让后人知道，前人栽树、后人乘凉，把这个传统发扬下去。幸福，是靠世世代代人不懈努力得来的。"

又转过了一个山坡，欧阳伟又看到了杨天哲、王念云等五兄弟姐妹的幼林，各成一片，便问道："你们两个人是怎么完成这么大工程的？"

"简单。"冯国英不待杨思远回答，笑道，"孩子们回家，哪次都要到这山上来劳动，什么季节干什么活儿。"

欧阳伟若有所思地点点头，说道："那我明天就来补上这一课。"

杨思远听后哈哈大笑，说道："那好啊，老亲家，那可是求之不得呢。"

欧阳伟夫妻在龙水村住了半个多月。欧阳伟和杨思远、冯国英三个人几乎都是在山上和苗圃里度过的，给森林和苗圃里的小树喷药、做护林防火警示牌、安装封山育林标志牌等，忙得不亦乐乎。他老伴儿则和舒彤奶奶聊天、帮舒彤妈妈做饭，参观了小学校、卫生所、服装加工厂、养老院、农家乐、幼儿园、超市和耳场等，并就存在的问题提出了一些中肯的建议。

临走，欧阳伟留下了几条建议：一个是给杨思远的，建议他把一部分荒山栽上果树，变成果园，近期就可见经济效益；一个是给舒彤的，建议他们把木耳深加工，远销国内外；一个是给王小虎的，建议尽快把西龙水河浑浊的河水治理好，发展好旅游业。

但是，他们都知道，这三项建议，非一般气力可完成，只能作为远期目标一步步来实现。

在欧阳伟夫妻走的同时，志强也跟着走了。他要到北京去复查病情，陪着他去的，是他的爸爸冯国英。

时间，在一天一天地推进；秋意，也一天一天地浓了起来。可是，舒彤试栽的葡萄并未结果，有一两棵结果的，也只像豆粒儿那么大，没几天，就落了。

曲博轩来考察了半天，不知问题出在哪里，只好把土壤带回到实验室里去了。

舒彤没有时间考虑这些，上午接到孙晓蔓的电话，说养老院里人手不够，让她再增派人员过来。吃过中午饭，她便骑着摩托车急匆匆去找马正仁，希望他能够支持女儿出来工作。这是她早就记挂在心里的事。

当她把这个想法说出来时，马正仁夫妻二人都惊呆了，一起摇头问道："能行吗？"

"行啊，你想啊，你们不能养活孩子一辈子吧。如果不给她创造机会到社会上去锻炼，等你们不在了孩子怎么办呢。养老院里都是老人，况且孙晓蔓和宋大梅都有责任心，能照顾好她。她只要会做饭、洗衣服，给老人拿个药、倒个水啥的就行了。将来嫁个好丈夫，也能好好生活一辈子。"

马正仁听了舒彤的话，茅塞顿开，看了妻子一眼，说道："哎呀，这倒是个好办法哈。这孩子经过了这些年的治疗，生活自理不成问题，做简单的工作也没问题。要是能行，还真是以后不用愁了。"

马正仁夫妇结婚八年才有女儿晓晴，视如珍宝，没想到五岁得病，十岁惨遭祸害，如今能有个生活的出路，自然是去了一块心病。

马正仁妻子当即把晓晴叫了出来。跟晓晴出来的还有一个小女孩，五六岁的样子，这是马正仁的大女儿出事后的第三年，他们生了第二个女儿。舒彤一见，晓晴已出落成一个亭亭玉立的大姑娘了，和她妈妈站在一起，一般高。

舒彤上前拉着晓晴的手，笑着点头道："好，那明天你就跟你爸去养老院上班，好吧？"见晓晴温婉地点头，便与马正仁夫妇告辞出来了。

从马正仁家出来，她脚下生风，又去了金铁军的蘑菇大棚，找到了巧娣夫妻。

今年是个丰收年，乡亲们的果实卖不出去，怕是要受损失，所以舒彤问郝立邦能不能考虑买台四轮运货汽车来帮助乡亲们运货。因为龙水村只有他一个人有大车驾驶证，这样既可以自己挣钱，也可以解决乡亲们的燃眉之急。

郝立邦在二姐夫的支持下，犹豫了很长时间，还是同意了。过了几天，他凑足了钱款，买回来了一辆四轮大货车，开始为大家运载货物。

最紧迫的事情解决了，舒彤长舒一口气，骑着摩托车回到家里来，生火做饭。

天将黑下来，外面下起了淅淅沥沥的小雨。舒彤将柴火抱进屋里来，放到了地上。看到鞋底没有半点灰尘，便想到了村里还有好多人家的院子是泥土的，一下雨，肯定会沾满泥泞，走到哪里带到哪里，主人不卫生，客人也不喜欢。应该想办法尽快将家家户户门前的土路换成水泥路，实现硬覆盖。这样才能提高龙水村村民的生活环境，也为来旅游的客人提供了方便。

她正在那里想着，院子里响起了说话声，原来是志强和公公从北京回来了。

从二人进屋的脸色看，都面带笑容。一问才知道，经过了一年的治疗，这次复查的结果很好。但大夫告诉他们有五年的风险期，过了这五年才算是真正好了。

舒彤听到这样的结果自是十分高兴，炒了几个菜，三人吃了起来。

冯国英一边吃饭一边说在北京的见闻。就在这时，电话响了，是大儿子冯建韬打来的，询问爸爸在北京的复查情况。少顷，电话又响了，是女儿春柳打来的，是向爷爷、爸爸和妈妈报平安的。不多时，小儿子冯建勋又打来了，说是往爷爷家打电话没人接，挨个问候了一遍，特别是爸爸的病情，听说复查很好，这才挂断了电话。

冯国英和孙子、孙女通完电话，由孙子的年龄忽地想起了郑大双已经走了快十五年了，不觉在那里黯然神伤。

舒彤看出了公公的心事，便叫志强进屋里去休息了。她见门帘子放下来，便说道："爸，其实，你应该找个人照顾了。"

"唉，全家人都不同意，她怎么进这个家门呀？"冯国英无奈地说。

"工作是可以做的呀，爸，你可以开个家庭会议，把你的想法对大家说一说。我想他们会同意的。"

冯国英若有所思地摇了摇头，拿起桌上的碗喝了口水，就听舒彤又说："爸，明晚我给你召开个家庭会议，你说话，我帮你。"

冯国英听到这里，扑哧一下咧开嘴笑了，顺手点上一根烟，道："好，那我走了啊。"出门便消失在了月色中。

第二天，吃完了饭，郑小双、王小虎、巧月以及巧珍夫妻、巧娣夫妻都按时来到了志强家里。志强看到陆续到来的家人，感到纳闷，便问坐在炕梢的王小虎道："哎，怎么这么齐呀，一起来了？"

王小虎摇摇头，用下巴指了指冯国英，与志强对笑了一下。

等大家都坐好之后，舒彤站在门框旁，用手往脑后捋了下头发，笑吟吟地开口道："今天，我按照咱爸的意思，请大家来商议点事情。因此，请大家本着客观的态度来决定你们的观点。下面请爸讲话。"

众人蒙在鼓里，响起了稀稀拉拉的掌声。从这掌声当中可知，这可能是冯国英这辈子讲话中掌声最少的一次。只见他清了清嗓子，未曾说话，先深深叹了口气，道："按说，这事不应该麻烦大家来，但我做事向来磊落，如果不能征得你们的同意，我也是照样不会快乐。"

众人听到这里，似乎是明白了些，都面面相觑，低下了头。

"我想说的是，你们的妈妈已经去世快十五年了，我从来都没有忘记过她。但是，我老了，需要有个伴儿，每天陪我说说话，有病时能给我端个水、拿个药，在我走路跌倒时能扶我一把，减轻你们的负担，也就知足了。"

听到这里，舒彤故意说："爸，这事没问题，我们都支持您。平时我们都很忙，没有更多的时间照顾您，找个人陪伴您是应该的。"

她知道，志强这时肯定拿眼睛瞪她呢。她也知道小姨心里肯定不高兴。她故意不看他们，做出很轻松的样子，用手掸了掸袖口上的灰尘。

冯国英看了看舒彤，动情地说："我知道，你们不喜欢她，嫌她没有你们的妈妈漂亮，也没有你们的妈妈贤淑。可是，你们知道吗？我现在这个年纪，长相已经不重要了，看着暖心就行。你许姨这近十五年来对我是关怀备至，为了我她一直没嫁人，已经改了很多毛病。我觉得一个人能为自己做这么多，就不易了。其实，人与人之间看着好像很亲密，可是又有多少人在真正关心你呢？”他看了看众人，又深深叹了一口气，说道，“这就是我的想法。我再说一遍，我永远都爱你们的妈妈，但我在这世界上的时日不多了，只希望能有个伴儿陪伴到老。”

“是呀，爸，许姨对你的情义也是无价的。她等了你这么多年，也真是难得。”舒彤说到这里，转身对郑小双说：“小姨，人老了都很难的，有个伴儿互相照应着点，其实是件很幸福的事。您说对不对呀？”

郑小双听舒彤这样说，只得说道：“姐夫，我心里始终认为她比不上姐姐。其实仔细想想，姐姐再好，已不在人世了。能有个人和你做伴，只要你愿意，我不说啥了。”

王小虎听郑小双这一说，赶紧附和道：“听姐夫的，我没意见。”

众姊妹一听小姨和姨夫都没意见，也都点头同意。只有志强坐在那里不吭声，气得脸都紫了。

舒彤心中窃喜，不由得说道：“好了。我们家志强是最孝顺的了，他更会同意。”说到这里，她提高了嗓门说道：“全票通过。”

志强是又好气、又好笑，暗想：你这是和爸早商量好了，给我下套呢，于是瞪眼赌气说道：“你这是开会选举呢？”

冯国英眼眶发烫，说道：“谢谢你们，我最亲的人，谢谢你们能理解我！”他想说谢谢舒彤，看到舒彤在向自己使眼色呢，便咽回了后面的话。

舒彤不理志强，趁机说道：“那，明天晚上，还是在我家，请许姨过来全家一起吃个饭吧。”

郑小双说道：“别急，等他们登记了，咱们也举行个仪式吧！”

第十六章　拳拳我心

46

龙水村的乡亲们忙了一年，终于有了喘息的机会，尤其是在外打工的人员，也都回到了家乡。

吃过早饭，他们收拾了收拾，就往小学校这边来了。冬天的清晨，阳光被包围在云层里，空中飘飘洒洒的雪花，纷纷往人们的脸上扑来。因为今天是村民大会，村委会的会议室不够用，便借用了小学校的会议室。

九点钟刚到，村民大会准时开始了。首先，舒彤在会上传达了“科学发展观”的具体内容：第一，以人为本的发展观；第二，全面发展观；第三，协调发展观；第四，可持续发展观。并就这四大内容展开讲了主要内涵和核心思想，最后结合本村的实际情况讲了具体应用。

她端起桌上的茶缸呷了一口水，在结束语中这样说道：“村两委之所以要在今天的会上再次强调这些内容，是想给回乡过年的乡亲们补上这一课，因为龙水村是你们的根。你们虽身在城里、心系家乡，希望你们配合做好家乡的科学发展，为家乡的发展出一份力。等你们老了，回到家乡来，安享晚年，也算是家乡的功臣。”

乡亲们听到舒彤这样说，都热烈地鼓起掌来。那些外出务工人员，本来对这次村里开会也让他们来参加是有想法的，但听了这话心里也都感到暖洋洋的。

接着，王小虎将这一年的工作做了总结。哪家今年发了家，哪家今年有特殊贡献，哪家农家乐开得好，村里今年都做了什么，还有哪些不足，来年的打算是什么，总结得这叫全面呀。听得乡亲们是聚精会神，都希望主任下一个能提到自己的名字，可谓是调动了大家的积极性，士气高涨。

然后，曹玉才副书记上来宣布了发家致富和精神文明表彰名单，就见程亮、周显田、齐铁柱三人组织人员上台领奖。

最后，是领奖人员齐铁柱和王念云代表发言后，这次会议就算是圆满结束了。人们带着喜悦的心情，互相鼓励着要来年再加一把劲儿，争取上台领奖。

会议结束后，王小虎通知外出打工人员留下，接着是第二个会议的内容——农民工返乡回归现场交流会。

舒彤看着眼前穿戴一新、坐得七扭八歪的外出务工人员，开门见山道："很不好意思把大家留下来，可我这话不说总觉得对不住大家。"接着她问道，"你们在外面一个月能挣多少钱？"当听到大家有回答三千的，有回答两千五的，有回答不到两千块钱的时候，便问齐铁柱道："你今年收入多少？"

齐铁柱自豪地回答："饭店、旅游、种地、婚礼主持，还有木耳分红，除了吃喝家里一切开支，大概净剩十五万多吧。"

舒彤又扭头转向艳丽，问道："你呢，艳丽？"

艳丽道："我种木耳，有时也帮我妈做衣服，还到养老院帮忙，都挣工资。一年下来大概每月平均也是四千余元吧。"

舒彤听了他们的话，说："你们想想，出去是挣这些钱，在家挣的比这还多，可是在家不用租房子和买菜、买粮食，等于是每月净剩三四千块钱。虽说是从去年春天开始国家重视农民工问题，不也有挣的钱拿不回来的现象吗？更何况，在家还能照顾老人孩子，活儿也不累，又没有风险，为啥不在家里干呢？"

现场有个大胆的人听了舒彤的话，问道："真的能挣这么多钱吗？"

舒彤叫艳丽公布一年的木耳场账目，就把在场的人听得目瞪口呆。舒彤又告诉大家，耳场所结余下来的钱开了养老院。接着，舒彤让大家进行讨论。最后，舒彤、王小虎和显田领着大家去木耳大棚、蘑菇大棚和养老院进行了参观，并把木耳和蘑菇每人分了一袋拿回去品尝。

大家看着手里的木耳和蘑菇，看到这一年来家乡的变化，深有触动。有很多人当即表示不走了，要加入建设家乡的大军，有的人因遗留问题表示处理完了再回来。大家都满怀着希望回家过年去了。

舒彤看着渐渐散去的人群，问王小虎道：“巧巧姐家的儿子没回来呀？”

王小虎的目光在人群里搜寻着说：“没有，这孩子大概从他爸爸走了就没回来过。”

“那咱们去做做她的工作，让她儿子回来呗？”

王小虎一想到甄多时欺负郑小双就气不打一处来，道：“你去吧，我不愿意去她家。”

舒彤不知就里，以为是王小虎不愿去单身女人家里，也没在意，告诉他排几个小节目，正月初一到养老院去慰问一下，就回家了。

她累了一上午，中午回家时，春柳已经做好了饭，正在家里看书呢。志强去了爸爸家。建韬、建勋也不知跑到哪里去了。

她简单吃了点饭，嘱咐了春柳几句，下午便去了王巧巧家。进门把前几天刚烙的一包黏火烧放在了外间搁板上，问了一句：“艳丽呢？”

王巧巧说：“谁知道呢，也不说一声。”忽然想起了什么，恨恨地说道：“对了，好像是去了养老院，还说要好好表现争取入党呢。有那样的老子，还能入党？真是痴心妄想。”

舒彤打断她说：“哎，巧巧姐，不对呀，老子是老子，小子是小子，不能一概而论，你不能打消艳丽的积极性呀。”

“还打消极极性，今年都介绍三个对象了，一个都没成。两人一相对象，行了；一处知道有这么个爸，黄了。你说，将来这丫头可咋整呀，都二十八啦，得臭家里啦，还不知愁。”

舒彤一听，吧嗒了一下嘴，吃惊道：“艳丽二十八啦？”

“可不？你说摊上这么个爸，这么好的姑娘连媒人都没有，操透啦。她哥也是，到现在不敢回家。你说我们娘们儿做啥损了，摊上这么个王八蛋。”

舒彤一听，赶紧问道：“他在外面好不好呀？”

“好啥呀，前几天打电话回来哭了，说他那对象还在等着他，说他想家。你说我咋跟孩子说呀？都三十四五岁了。”王巧巧悲悲切切道，“舒彤妹妹，要不是你这么关心我，我可能早就活不下去了。”说着，又在那里抹起眼泪来。

舒彤看王巧巧这样说，心中难过，不觉眼眶发热，说道：“快别这么说了，乡里乡亲，都是应该的。”然后站起身来，拿了毛巾给王巧巧擦着脸，道：“叫他回来吧！现在国家政策多好呀！种地不交税，一亩地还给补好几十块钱，还有植补，咱农民到了好时候啦！你叫他回来，如果姑娘的父母实在不同意，我去做工作，叫他们早点结婚吧。”

王巧巧停住哭泣，满脸疑惑，问道：“能行？那死老头子可犟呢。能同意？”

“怎么不行？你看现在，咱村谁还拿艳丽下眼看啦？”

王巧巧点点头，说道：“也是。那还不是你在那里罩着她。那好，要是那样，我可打电话叫她哥回来啦。”

“回吧，有活儿干，再结了婚，在你跟前儿，你还放心不是。”舒彤边说边往外走，又对跟出来的王巧巧说，“叫孩子回来过年吧！”看到王巧巧点头答应，便放心地去了爸爸家看望奶奶去了。

晚上回到家里，春柳又把饭做好了，舒彤见状笑道：“看来我姑娘行了哈，能帮妈干活了。”

春柳比以前文静多了，看到妈妈比较劳累，就让爸爸教着自己做饭，这几天正实习呢。现下听妈妈这样说，便道：“这才哪儿跟哪儿呀？我还想多帮帮妈妈呢。”

原来呀，志强有病去北京治疗，舒彤怕影响春柳没让大家告诉她实情。她是这次回家从小姨奶奶嘴里知道的。她很感动，感到妈妈实在太不容易了，承担了爸爸原来三家所种的地，管着那么多事，又当了党支部书记，还得照顾生病的爸爸。而他们姐弟三人竟什么都帮不上，只能给家里添麻烦。

“是吗？那你要是真正想帮助妈妈，就给妈妈领个帅女婿回来吧！二十七八的大姑娘，该处个对象了。”以前，舒彤见奶奶催舒雅，觉得有点好笑。现在，她终于理解奶奶的那份苦心了。

“妈，像我这么大的姑娘北京有的是，还算小的。好多三十多岁了还不找男朋友呢。哪像咱村，二十多岁就结婚了，整天带个孩子，一点发展都没有。”

舒彤正待回话，就见两个儿子回来了。他们是去村里做社会调查、完成学校布置的作业去了。她看着已经快要和姐姐一般高的小哥俩，说道：“把调查记录拿来给我看看。”接着，她便耐心地指导起孩子的调查报告来。春柳也不时地插话。一时间，屋子里就弥漫起了学术氛围。

正在此刻，志强推门进来了。他见娘儿四个在那里研究调查报告，兴致大增，也掺和进来说了几句。不料他的大儿子说道：“你这样说不对，爸，这个方法过时了。”

志强生气道:“谦虚点,浑小子,什么过时了,任何问题都是可以有多个解决方法的,不信问你妈。”

舒彤见父子俩争论,很有意思,便想调侃一下志强,道:“方法当然也有过时不过时之说呀,要与时俱进嘛。”

志强一听,舒彤这是在孩子面前故意让他难堪呀,不觉高声道:“哎,我说杨书记,你给我搞概念替换呢,是不是?我是教育孩子解决问题要考虑到很多个方法,不对吗?你的意思是非要用那所谓的最先进的方法呗?可是你知不知道,同样的方法用在这件事情上是合适的,也就是先进的,而用在另一件事情上就是不合适的,也就是不先进的。多学几种方法有什么不好吗?”

舒彤看到志强那像斗公鸡一样的面孔,说道:“冯书记,莫生气。咱俩争论争论有什么不好呢?再说了,我说的任何事情都需要与时俱进,不能老拿着旧观念、旧思想来用一辈子。有什么不对吗?”

这时,还没等志强反驳,春柳说话了:“爸、妈,其实你们说的都没错,只不过是说的两个问题。”

建韬也瞪着他那像妈妈一样具有魅惑力的眼睛,说道:“对,姐姐说得对。”

志强瞥眼看到舒彤勉强憋住笑的面孔,知道上当了,嗔怪道:“真有你的,当了书记了,还学坏了。”

一句话,舒彤再也忍不住,笑得前仰后合。三个孩子也都大笑起来。这个五口之家,很少有争吵,即使有分歧,最后也会因为舒彤处理问题的艺术性而化解了。

之后,他们一家五口人准备年货去了。每年过年,虽然都是到公公家过年,但是舒彤都准备了丰盛的年货,以备四个妹妹回来享用。

自从郑小双嫁给了王小虎之后,过年都在王小虎家里过。因为王小虎的孩子们回家来过年。只有等到初三时,他们才带着孩子们过来。而这时,舒彤一家五口已去了自己的娘家。

大正月初一,舒彤就和王小虎、妇女委员辛玉芝带着演出队来到了养老院与老人们一起观看节目,给他们分发礼品。

显田年前就和孙晓蔓去了趟市里,把养老院老人们的衣服和日用品都购置回来。孙晓蔓带着宋大梅和马晓晴年前就给老人们预备好了过年吃的东西,样样齐全。

辛玉芝是1998年发洪水时牺牲的李云英老师救的那个小男孩的母亲。听说李老师为了救自己的孩子牺牲了，她含泪回到了村里，再也不出去了。因为有文化，又热爱妇女工作，在舒彤被选为村支书以后，替补当上妇女委员的。

舒彤看到马晓晴在里里外外地忙活着，小脸蛋儿红扑扑的，在这里干得很好，不觉拉着她的手问长问短给她鼓励。

临走，老林头眼含着热泪拉着舒彤的手道："你就是我们的亲姑娘啊！"又对王小虎说："你们想得太周到了。谢谢你们呀！"在场的老人们也都怀着感恩的心情，随着老林头纷纷将他们送出了养老院大门。

出了养老院大门，王小虎问道："舒彤，你说，咱可不可以再增加几个节目，给乡亲们演一场？"

舒彤说道："好哇，用四天的时间排练，正月初五演。那就让显田通知吧。"

显田高兴地点点头，说："好。"便一溜小跑去了村委会。

47

由于今年有很多外出务工人员留了下来，舒彤决定种50万袋木耳。她把大棚的人员重新做了调整，加盖了新的大棚，刚领着人把木耳袋挂好，就到了栽培葡萄的季节。

她按照曲博轩的指导，早在整地时就施用了腐熟有机肥和适当的过磷酸钙，这才小心翼翼地把葡萄苗栽上了。

志强经过一年半的治疗与康复，只要不是太用力的活计都能干了。今天跟舒彤来栽葡萄，看她那小心谨慎的样子，不觉笑道："大胆栽吧，今年肯定结葡萄。"

舒彤正在浇水，听志强这一说，直起腰来问道："为啥呀？"

志强一歪头，道："因为我来了呀。"见媳妇狠狠瞪了自己一眼，便道："哎，开个玩笑，说真格的，我想买辆车开。"

舒彤又站起身来问道："什么车呀？"

"小轿车。来回开个出租什么的，也帮你挣点钱，维持这个家。"

舒彤打断他的话，说："你快行了吧，还没好利索呢，先别折腾了。"

村里的共青团员们远远看到两任老团支书都来到这里，便围过来观看。

听到他们这样说，现任团支书沈新乐笑道："杨书记，你买了也没用，都不会开呀，听说没有驾驶证，人家都不让上路，还罚款。"他的腿早好了，自从上次出了事故，他爸不让他下井了，所以今天领着共青团员们按照老传统过来整地，准备过些日子栽地瓜。

志强这才说道："对呀，那咱们先去市里学习驾驶，然后再买车呗。"

沈新乐说道："行啊，等种上地咱们就去学。"又一想，"不行啊，要是来了旅游的人怎么办呢？"

舒彤说："你们该去去吧！五六月份旅游的少，还能应付过来。"

就这样，村里的年轻人在志强的带动下，去县里的驾校学习驾驶去了。

还没等他们学会，就接到了显田的电话，说是汶川地震了，叫回来捐款。捐完款后，大家没心情去学了，就利用业余时间跟着郝立邦学，每个人都学了个半拉架儿，就放弃了。

2008 年 8 月 8 日，举国上下沸腾的日子，奥运会在北京开幕了。大家的心情随着奥运会的举办终于好了起来。等到奥运会结束，他们才怀着激动的心情去了驾校考试。

可惜的是，只有志强、显田和沈新乐考过了，其余的人员还得补考。因为村子里来旅游的人数增多，舒彤只得把他们都撤回来了。

念云现在是村里比较富裕的家庭。她今年没有加入村里的合作旅游，而是自己开起了农家乐。

她把三间草房修整一新，把窗户旁挂上了绿色的大牡丹花被面，把房檐上挂起了一排红色的灯笼，把一串串辣椒和高粱、谷子挂在了屋前的墙上和每间屋里显著的位置，把一串串苞米挂在了院子里，又把一大排红灯笼沿着小路挂下去，一直挂到了池塘。这一装饰，十足的农家院风格就出来了。

从五月份种上地起，家里的客人就不断，没有办法，她又把自己三间瓦房的另一间也加入进去，还是不够分。很多客人都争着抢着要住她家的房子。

她是按照每天吃住一百元钱要价的，新杀的鸡和鱼另算。客人宁可晚些天来，多给钱，也要住在她家里，这使念云每天忙得团团转，采买还得齐铁柱来帮忙，也就顾不上参加耳场的工作和村里搞的旅游了。

这天，念云正在做中午饭，就听东屋里要续水，西屋里要针线，自己正在炒菜走不开，正好舒彤来了。

舒彤急忙给东屋里续上水，给西屋里拿上线，过来看着念云忙得满头大汗，便帮她忙了一中午，总算是把这一拨客人打发出去漂流了。

舒彤一看，城里人这是返璞归真啊，愿意住原始的农家院。过了两天，她便召集大家过来参观念云农家院的布置，也学着念云那样尽量装饰些农家里的东西，顿时起到了一定的作用，虽没念云那土坯房逼真，但不管怎么说，还是缓解了念云家客人拥挤的现状。

念云的农家乐，给舒彤的启发很大。她觉得要想搞好旅游，还真得下一番功夫，不光是硬覆盖的问题。一个大胆的计划在心中升起，她便回家画出了一张草图，并写了"龙水村旅游规划图"几个字。

舒彤拟完了龙水村旅游发展计划，便出门去找王小虎商量，看看就集体林地家庭承包责任制的合同，是不是要重新补发一下。

临出门前，因为天热，她开了大立柜的门，见里面五颜六色的衣服挤得放不下，只得拽出一件葱心绿的薄纱连衣裙穿上，顺手从写字台上拿起一块水蓝色的手帕，将波浪式的披肩发束好，便出了家门。她刚走到小市场，就见王巧巧一脸喜悦迎上前来，说她儿子秋天结婚，还说一定要请舒彤去当证婚人。

舒彤停下脚步，问道："女孩的爸妈同意了？"

王巧巧长舒一口气，道："同意了。唉，要不是你，这俩孩子就算完了。你去了三趟，苦口婆心地劝说，他们才给了这个面子。要是我们，人家还不得骂出来呀。"

舒彤听说女孩家同意了，不觉心中暗喜，又和王巧巧说了服装厂的事，便蹽开步子去了村委会。

一个星期后，杨思远签订了龙水村东山林地承包七十年的合同。他看着合同上写着七十年后届满还可继续承包的字样，心里像吃了蜜一样甜。

这是一个星期天，天高云淡，王巧巧的儿子甄煜起的婚礼在齐铁柱的大饭店如期举行。

到了这天，新娘的爸爸和远房哥哥都来了。村主任王小虎亲自和志强接待了他们。这是通过舒彤做工作王小虎才同意来的。服装厂和幼儿园的职工都来贺喜。二十桌酒席也算坐得满满当当。

在春节前，当甄煜起听到他妈妈打电话说村支书舒彤阿姨让他回村时，就在电话里放声痛哭。王巧巧劝也劝不住。是啊，她太能体会到儿子顶着巨大压力在外漂泊的一颗心了。儿子在电话那头哭。她在电话这头哭。

后来，还是儿子心疼妈，停止了抽泣，说道："妈，告诉我杨姨，明天我就买票回家。"

春节一过，舒彤便把他安排到耳场上班了。由于离开家乡十年，好多年轻人他都不认识了，陌生感特别强。艳丽便领着哥哥到处转转，看看家乡的变化。后来，舒彤多次找机会和他聊天，了解了女方家的情况，才做通了思想工作。女方的爸爸才同意他们的婚事。

这婚姻来之不易，使得王巧巧母子倍加珍惜，因此，酒菜订的都是上等的好酒好菜。

舒彤过来看后说是太浪费了，让换了普通酒和家常菜。

当婚礼主持人齐铁柱拿着话筒宣布婚礼开始时，音乐声起，新娘挽着父亲的手臂走向红地毯的中部。当新娘父亲将女儿郑重地交给女婿甄煜起时，甄煜起顿时鼻子一酸，眼眶发热，一声谢谢爸没说出来，便哽在喉中，泪水顺着脸颊淌了下来。

他的新婚妻子一看大喜之日丈夫的失态很是心疼，便主动上前挽起他的手臂带着他走向了婚礼台。

人们看到新郎在灯光的映照下已经有了些许白发，不禁深深感受到甄多时对孩子的伤害有多大，都在心里默默为这一对新人祝福。

当婚礼程序进行到证婚人讲话的时候，舒彤快步走向了婚礼台，她拿起了话筒说道："乡亲们，感谢你们能来参加煜起的婚礼。煜起是个好孩子，他的婚姻却是来之不易。他和新娘共同坚守了十年的爱情感动了新娘的爸爸和我，所以，我愿意做这个证婚人为他们证婚。希望这一对小夫妻结婚以后，孝敬双方父母，勤俭持家，互敬互爱，相敬如宾。也祝愿他们新婚幸福，百年好合，永结同心。更希望在座的每一位乡邻都要疼爱他们，帮助他们，使他们早日走上发家致富路。谢谢大家。"

舒彤讲完话后，所有在场的人都明白什么意思，立刻响起热烈的掌声。

王巧巧自始至终眼泪没干，等到让她上台讲话时，她拿着话筒的手哆嗦不停、泣不成声。齐铁柱只得替她讲了感谢和祝福的话。

台下的人看着台上当年一向年轻漂亮、心灵手巧的王巧巧，在甄多时出事后迅速衰老了下去，不禁心生怜悯，感慨人生无常。

郑小双心中暗想：都说男怕入错行，女怕嫁错郎，这话一点也不假呀。王巧巧要不是嫁给了甄多时，该是多么幸福的一个女人啊。

王念云心中暗想：知人知面不知心。巧巧姐要是知道甄多时对别的女人做了那么多出格的事，该是多么伤心绝望呀。

在监狱里的甄多时，此时应该不会想到，由于他自己贪图一时享乐给妻子和孩子带来的伤害吧？否则，他也不会做出那么丧尽人伦的事来。

当所有的程序走完时，王巧巧来到亲家面前低语了几句。她的亲家频频点头同意。

最后，齐铁柱领着王巧巧和新郎、新娘给大家敬酒的时候，王小虎来到舒彤面前说了几句话，就去了台上。

等到敬完酒之后，齐铁柱声音有些激动地说："乡亲们，新郎的妈妈王巧巧同志为了感谢大家、特别是历届村两委的干部们这些年来对他们家的照顾，特意把这次婚礼省下来的一万两千块钱捐给了龙水小学。让我们以热烈的掌声谢谢她，感谢她对孩子们的关爱！"

这时，王巧巧走上台来，恭恭敬敬将一万两千块钱交给了王小虎，然后，向台下深深一鞠躬，又向舒彤和亲家深深一鞠躬，便眼含热泪回到了台下。王小虎下台后将钱交给了冯巧珍。

婚礼结束后，喜宴开始了。为了不让王巧巧一家太过冷清，人们都留下来吃了这顿家常喜宴，为的是给刚刚回到家乡的新郎和刚嫁过来的新娘增加一点生活的信心。

傍晚时分，天下起了小雨，一对老人在蒙蒙细雨中的小林荫道上散步。

夕阳将一高一矮两个身影拉得很长，只听那高个说道："王巧巧真是不易，她的儿子终于结婚了，算是了却了一块心病。"

又听那矮个的看着那高个的侧影，眸底都是柔光，说道："可不是，一个女人带着俩孩子过日子，真难哪。"

"是呀，你那些年是怎么过来的？"高个停下身来，慈爱地看着矮个问道。

"我，唉，也就是活着吧，没疼没热，为了孩子，还得活呀。不是有句老话嘛，'男儿无妻财无主，女无丈夫身无依’嘛。我那时就是个没有任何依靠的可怜人哪。”

“那，现在不感到没有依靠可怜了？”高个问完，嘿嘿一笑。

“唉，要说那时完全没有依靠也不可能。那时你就是我的精神支柱嘛。”

高个正待说话，恰在这时，马正仁迎面走了过来，老远就打招呼：“冯主任、冯婶吃完饭溜达呢？”

两人同时答道：“是啊。你干啥去呀？”

马正仁说道：“天冷了，我想把蜂箱搬回家。冯婶，你比以前瘦多了。”

在场的三人听了都笑起来。冯国英急忙说道：“好，快去忙吧！”这一高一矮正是冯国英和新老伴儿许凤瑛。原来，许寡妇的名字叫许凤瑛，只因守寡多年，人们就把她的名字忘了，只叫许寡妇。她和冯国英结婚后，人们恢复了她的名字，同时，又多了许多个称呼，冯大娘或者冯婶等。

冯国英和许凤瑛早已在春天时就登记结婚了。冯家人说要办一下，但许凤瑛说什么都不同意，只同意两家在一起吃了顿饭，把杨思远请去当个证婚人，就高高兴兴地搬到了冯国英家宽敞明亮大瓦房的东间里，结束了她二十七年的孀居生活。

舒彤看到未来婆婆这样通情达理，只得让服装厂挑上好的料子给公公和许凤瑛都做了冬夏、里外各两套衣服，又新做了两铺两盖，把许凤瑛和她的儿女高兴得什么似的。因此，两家人关系处得十分要好。

当下，两人看天下起了小雨，徐凤瑛便问：“国英，回家吧！你这几天老是咳嗽，不要冻着了。”徐凤瑛比冯国英小十多岁，因此对冯国英是十分关心。

冯国英听到这话，慢慢转过身来，在新老伴儿的陪伴下，往家走去。

48

舒彤来到了镇政府，拿着她的旅游计划找姜浩鑫镇长。轻轻敲门之后，她进了姜浩鑫镇长的办公室，见办公室里还有两个人正在与镇长商量着什么，便静静等在一旁。

那两人走了之后，姜镇长冲舒彤点头，让她坐，然后问道：“杨书记，怎么今天有时间来了？”

舒彤笑着和镇长打完招呼，然后把自己的旅游计划递给了他。

镇长仔细看过之后，说道："太好了，只是资金怕要成问题。"

"姜镇长，资金可以慢慢解决。我主要是想请专家在盖民居方面给个合理化建议，做个长久打算。"

姜镇长点头说好，便拿起了桌上的电话，打给了县规划局。很快，他就给舒彤联系好了去县规划局要找的人。然后，姜镇长把旅游计划递给了舒彤，说道："听说你们村的养老院办得不错，我想组织各村去看一下。"

舒彤摇头说："还不行，等我们办好了，你们再去吧！"

"养老院一般都是县里和市里办，像你们在村里办的少，都认为自己没有条件来办。你们不是办得很好吗？人老了不愿离开家，你们自己的问题自己解决，这多好呀。所以我建议各村都向你们村学学，多为老年人考虑。"并告诉舒彤不急，等忙过了秋收再组织大伙儿去。

舒彤答应了镇长后，在路上就开始琢磨着怎样完善养老院的工作。回到村里刚下车，就见大家都在自家的葡萄地里摘葡萄呢，走近一看，每个人都吃得眉开眼笑，便笑道："好不好吃呀？光吃不说话。"

大伙儿都连连点头说："好吃，好吃。"有人顺手递给了舒彤一串葡萄。

舒彤正要往嘴里送，就见志强从另一趟葡萄架旁走了过来，问道："怎么样，我说今年一定结葡萄了吧？特别甜，我组织乡亲们来尝尝，过年有愿意种的，咱们负责教。你尝尝看。"

舒彤这才将一粒葡萄放到嘴里，顿时满口生香，甜而不腻，好吃极了，不禁赞道："嗯，不错！真是不错！我看这葡萄就叫'龙水蜜汁'吧。"然后大声说道："今年栽得少，过两天就是八月节了，每家摘点，别嫌少，剩下的送到养老院里去。等过年春天谁家愿意栽葡萄的，我们负责教会，到时咱们再一起品尝。"

众人听了舒彤的话，都各自摘了几串拿着，表示来年一定跟舒彤夫妻学栽葡萄，这才纷纷离去。

志强摘了一筐，除了送养老院的，还给老岳父、爸爸和小姨家分别送了一些，另外也给巧珍和巧娣送了些。因巧月还和爸爸住在一起，所以，在给爸爸送的时候，就带了巧月的份儿。

这样，舒彤今年栽的葡萄成功了，虽然没挣着钱，但有了经验，来年就可以栽葡萄挣钱了。

当舒彤把这个消息告诉曲博轩时，曲博轩十分高兴，说有时间再来龙水村，考察一下还有哪些地块儿可以栽葡萄。

舒雅听到了这个消息，也很高兴，特意打电话给姐姐。她说非常想念姐姐，想念爸妈，想念奶奶，说着说着，竟在电话里哭了起来。

舒彤知道妹妹自结婚以来很是辛苦，既要照顾好体弱多病的婆婆，又要养育好幼小的女儿，还要干好自己的工作，一天到晚忙得焦头烂额。曲博轩经常下乡，还把工资捐给贫困的农民，使得她家的生活也很拮据。自己也帮不上什么忙，只好在经济上多给些帮助。

此时，听到妹妹在电话里哭，心头微沉，好言相劝了半天，才听舒雅止住了哭声。

本想再和妹妹聊几句，不承想手机铃声响了，舒彤只得和舒雅告别，按了接听。原来是巧珍打来的，叫她去听学生朗诵《弟子规》的事。

舒彤这才想起她和王小虎约好了去学校看学生诵读《弟子规》，便急忙换了衣服去了学校。到了学校一看王小虎已经等在那里，看她进来，他们三人和教导主任一起去了班级。

在明亮的教室里，孩子们穿得干净整洁，齐刷刷坐在教室里，看到巧珍进了教室，只见班长一声“起立”，学生们好似军队一般，刷地一下站起来了，齐声喊道：“校长好！老师好！”

巧珍微笑，轻轻说道：“同学们好，请坐！”

学生们听了巧珍的话，又齐刷刷坐下了，竟无一点声息。

舒彤暗自佩服巧珍将学校管理得这么好，又环看了教室四周的布置，也是充满学习氛围，不禁心中暗喜，当下思忖：不知是不是所有的班级都管理得这么好？

正在这时，孩子们的朗诵开始了：“弟子规，圣人训，首孝悌，次谨信。……父母呼，应勿缓，父母命，行勿懒。父母教，须敬听，父母责，须顺承。……”

这琅琅的诵读声使舒彤产生了一种幻觉，无孔不入地蔓延到了身体的每一个细胞。她好像回到了童年，待回转过神来时，心想：现在的孩子多幸福呀，吃穿不愁，不像自己小时候，吃不饱，穿不暖。

她正在那里想着，就见学生起立，原来是下课了。她也随着巧珍他们走出了教室，提出要到各班走走。

巧珍和教导主任便领着她和王小虎两人到各班去看了看。正好是下课时间，班级同学有擦黑板的，有打水的，有补习功课的，但大多数同学都在操场上奔跑、打闹。每个班级都学风很浓、班风很正。舒彤心想：将来龙水村的接班人是长江后浪推前浪呀，不禁对龙水村的未来充满了信心。

从小学出来，舒彤对王小虎说："咱们去徐根清大爷家看看吧！他和老伴儿要去儿子家住了。"

王小虎点头应着，不多时，就和舒彤来到了徐根清家。进得门来，见徐根清和老伴儿正在收拾东西，说儿子明天要来接他们到城里养老。

舒彤详细询问了徐根清儿子车来的时间，又嘱咐了很多在城里生活的注意事项，就和王小虎帮助老两口把重要的东西往一块归拢。

重要的物品归拢完后，徐根清老伴儿环顾了屋子里的一切，有些恋恋不舍，上来拉着舒彤的手，说："闺女，辛苦你了。一个女流之辈，管着这么大个村子的事，还来管我们家这样的小事。谢谢你呀！"

舒彤拉着徐根清老伴儿的手，说："徐大娘，应该的。看我徐大爷多厉害呀！都上过朝鲜战场呢。"

徐根清正要接话，忽听门响，一看，是马正仁来了。

他是根据徐根清前几天的委托，来把那两匹马牵到自家去养着的。于是，这两匹马就被马正仁牵走了，顺带把大黑狗也带走了。

徐根清又是一阵不舍，一直跟到了院子的大门口。那赤骏仍频频回头张望。他看着已经衰老的赤骏离开了他，流下了难过的泪水。大黑狗也在他和马正仁之间来回蹿。但是没办法，儿子不让他去养老院，一定要让他进城里享福。他才决定撇下它们和老伴儿走的。

舒彤和王小虎帮他们收拾完东西，这才告辞出来，见徐根清老两口眼含热泪送到了门外，便说道："要是在那里不习惯，就再回来啊。"

徐根清老伴儿捂着脸哭着答应了。这使舒彤和王小虎都觉得：人老了，离开家乡是一件很难的事，所以，要把养老院尽快完善起来才好。

又到了栽葡萄的季节，舒彤和沈新乐商量，把龙水河西岸原来栽地瓜的地，分包给了愿意栽葡萄的村民。这些地因为机械化的参与，很快得到了改良。舒彤因为忙着教大家栽葡萄，耳场的工作就暂时顾不上了，便让志强去抓这一项工作。耳场的工作在铺垫好以后,也就是绑绳、挂菌袋、给菌棒喷喷水什么的,再时刻观察温度和湿度就可以了,以志强现在的身体状况是完全能够胜任的。

这天,稍有空闲,她来看看志强在这里干得怎么样了。一进大棚,看到沈新乐正在和艳丽对一袋木耳指指点点地说着什么,看情形两人很亲密,不觉暗想:以前沈新乐没有特殊情况从不上耳棚来,都是他妈妈在这里工作。也是赶巧,又过了几天,她在栽葡萄的人群中发现了艳丽,也是在和沈新乐说着什么。艳丽看到她来,不好意思起来,低头走了。

舒彤暗自纳闷:不对呀,艳丽今年二十九岁了,沈新乐才二十五岁,那沈跃进一向做事爱较真,要真是那么回事,首先和甄多时做亲家他就不能同意;再一个姑娘还比他儿子大四岁,他就更不能同意了。这事还真是不好办哪。

过了些日子,只见沈新乐推开了舒彤办公室的门,将一份入党申请书交给了舒彤。

舒彤展开一看,愣住了,问道:“是艳丽的申请书?她呢,怎么不自己来交?”

沈新乐点点头,道:“对。”然后看了看后面,说:“她在后面。”

“哦,那要自己来交,这是件很严肃的事情,新乐。”舒彤看着慢慢走进来的艳丽说道。

沈新乐说道:“申请书早就写好了,但她不敢交,怕她爸的问题不行。我想触动她一下,便替她交了,迈出这一步,就好了。”

舒彤点点头,示意他们俩都坐下,便给艳丽讲了关于入党动机、党的发展史、党员的思想觉悟和怎样做一个合格党员的几个方面,使她对入党有一个粗浅的认识。

舒彤正讲着,乡里来了电话,说是一星期后县里组织各村支书和村主任出去参观、考察,要把身份证号码报上买票。

舒彤只得和王小虎通了电话,然后报上了自己的身份证号码,又接着给她讲。

在听舒彤讲解中,艳丽带着神圣的表情一边咬着嘴唇听,一边点头记录,这令舒彤非常满意。

讲解完后,舒彤把艳丽留下来,又和她聊了会儿耳场的事情,便单刀直入:“艳丽,你看新乐这个小伙子,怎么样啊?”

“什么怎么样?”艳丽还沉浸在对入党问题的思考中,没反应过来。看着舒彤瞧自己的眼神,猛然醒悟,顿时黯然神伤:“唉,怎么样也不会有结果的。”

舒彤明白了，问道：“怎么会没有结果呢？”

“他试探过，他爸不同意。我们之间恐怕是连想都不敢想。”说完，深深叹了口气。

“那，新乐是什么意思？”舒彤边收拾桌子上的文件边问道。

“他倒是非常愿意。其实这也是他先追的我，不然我也不会想到他。我比他大四岁呢。”艳丽低头说着，眼里涌出了泪花。

舒彤从办公桌里走出来，拉着艳丽的手说：“大几岁、小几岁这都不是问题，问题是他爸同不同意。但你不要灰心，好好工作哈，把入党的事重视起来。”说着，便和艳丽出了屋门。

舒彤回家说了县里组织出去考察的事，又说了沈新乐和甄艳丽恋爱的事，想叫志强给拿个主意。

志强听了连连摇头，说：“不可能，沈跃进是咱村有名的一本正。他是绝对不会让甄多时的姑娘嫁入他家做儿媳妇的。”顿了顿又说：“你就别瞎操心了，这事不可能。”

一个星期后，舒彤和王小虎跟着县里主管部门组织的村支书、村主任培训班出去考察了。

第十七章 寸草春晖

49

奶奶这几天不舒服，总是念叨舒雅。舒彤便给舒雅打了电话。此刻，她听电话的声音有点激动，将左手的电话换到了右手上，问道："你再说一遍！"那边舒雅也激动地大声告诉着姐姐这个好消息。

原来，省里考虑到曲博轩整天下乡，母亲有病，夫妻长期分居两地，便特殊照顾将舒雅调入省农业厅上班。这样，曲博轩就可以一心无挂地扑在指导全省农民发家致富上面了。还说，在去省城之前，单位给放了一个星期的假，她会回家待一个星期来看望奶奶和家人。

舒彤听了十分高兴，又打电话把这个消息告诉了奶奶和妈妈。一家人做着舒雅回来的准备。

一个星期后，舒雅轻手利脚地回到了龙水村，没把她十一岁的女儿曲晓涵带回来。一来孩子还在上学，二来带回她来什么都干不了，只照顾她都忙不过来。她感觉自己自从结婚以来很少回家，实在是欠奶奶和父母太多了。曲博轩大多数时间不在家，所以，趁着这次婆婆的身体稍好，舒雅便一个人回来了。

当她下身穿一条深米色的裤子，上身穿一件鹅黄色的薄绒毛衣，脚蹬一双黑色高跟皮鞋，外着一件黑色的风衣，黑发高绾，非常洋气地拽着一个灰色拉杆皮箱进入家门的时候，正在洗衣服的舒彤妈并没认出来是谁。

她听到了舒雅的喊声，这才反应过来是日思夜想的女儿回来了，便站起身来，用围裙擦着手，跟着舒雅进到里屋。乐滋滋地问道："咋没让你姐夫去接你呢？"

舒雅先是将拉杆箱的拉链打开，尔后从里面拽出了一双平底鞋穿上，这才说道："妈，不用麻烦姐夫，现在村里交通发达了，坐大客车多方便哪。"说着，一头钻了出去，道："奶奶的病好没？我先看看奶奶。你把衣服扔那儿，一会儿我洗。"

奶奶正在夜以继日地做鞋。她的听力已经明显下降了，没有听到舒雅回来。此时听到有人开自己的房门，这才抬起头来，一看是舒雅回来了，不觉喜出望外，赶紧扔下手里的鞋，嘴里喊着："舒雅，奶奶的乖乖。"话没说完，就要下地。

舒雅紧走几步上前扶住奶奶坐好，问道："奶奶，您好点没？怎么还做鞋呀？现在街上有的是卖布鞋的。"

奶奶笑道："好多了。孩子，街上有的是卖的，却没有奶奶做的呀。再说了，你妈什么都不让我干，还不把我闲出病来呀。"接着问道："你回来待几天呢？"

"得一个星期吧，奶奶。"舒雅看着头上银发已很稀疏的奶奶答道。接着，她抬起握着拳头的手给奶奶捶起背来，又道："奶奶，您还能看得清吗？"

"能，就是耳朵不行了。以往咱家来人，一进大门，我就知道是谁，可是现在，不进这屋，我是不知道谁了。"奶奶似乎很享用孙女给她捶背的感受，说着，将身子往后仰了仰。

舒彤妈刚才和舒雅一起进入了婆婆的房间，看到祖孙俩在那里说话，便立在门口未动，此刻看到这一幕，不觉眼眶发热。她看到已经九十二岁的婆婆头脑不如以前精明了，动作也不似以前灵便了，每天除了给儿子做鞋，似乎想不起别的事情来。看到这里，她怕自己控制不住情绪而惊扰了她们，便悄悄退出了房间。

舒雅给奶奶捶完了背，又给奶奶倒上一杯水，扶奶奶躺下歇会儿，便退出了房间。她看到妈妈在洗衣服，便接过围裙说道："妈，我哥给咱家买的洗衣机，你怎么不用啊？"

舒彤妈叹了口气说："我一听它转，就有点害怕，觉得还是自己洗了方便。"

舒雅听了笑起来，道："妈，洗衣机很安全，来，我教你。"

舒彤妈摇摇头道："你姐都教我多少回了。她在这儿，我敢用；她走了，我不敢用。最后没办法，她就每个星期过来给我洗一次，小的我自己洗了，也挺好的。"

舒雅明白，这是年老的妈妈对新生事物产生胆怯心理的缘故，不由得上来拉着妈妈的手说："来，我教你。"说着，一边操作，一边给妈妈讲解。讲完之后，这才将衣服放到了洗衣机里，又重新让妈妈操作了一遍。洗衣机就转起来了。

随后，舒雅拿了两只凳子，和妈妈坐在洗衣机旁一边唠嗑，一边告诉妈妈继续操作着按钮。

好嘛，没一会儿工夫，洗衣机里的衣服漂漂亮亮地洗完了。舒彤妈觉得没那么难了，便又把丈夫刚换下来的工作服在舒雅的指导下也洗得干干净净，用力抖落平了晾好，方才心满意足地和舒雅做晚饭。

杨思远从山上回来，老远看到院子里晒了好多衣服，心想：舒彤这几天正跑村里硬覆盖和修厕所的事，没时间过来洗衣服呀。这是谁洗的呢？正纳闷间，便看见了舒雅的身影出现在了院子里。

舒雅一回头，看见了爸爸，便高喊了一声："爸，回来了。"

杨思远看见近十年来很少见面的女儿，心中微微有些感动，大步流星来到舒雅面前，温和地看着舒雅笑着问道："啥时来的呀？"接着，爷两个就在院子里说起话来。

到了晚上，舒彤、志强，还有念云也都来了。舒彤和舒雅见面又是一番情景。只见舒雅一见舒彤进门，大喊着姐姐，便扑上来与姐姐紧紧左右拥抱，然后又和念云拥抱，这才看着志强似笑非笑、调皮道："帅姐夫，你说我抱不抱你呢？"然后走到妈妈身边又回身看着志强下巴一扬，道："美的你吧！"

屋里人看着舒雅这个调皮的动作，都大笑起来。志强无可奈何，也只得跟着嘿嘿笑了，笑声在空旷的房间里回荡。杨家由三个七十岁以上老人组成的家庭，顿时充满了欢乐。

舒雅趁机将礼物拿出来悉数分给大家，给奶奶的是一件真丝长袖上衣加一件外套，给爸爸的是一件全棉水蓝色带白格子的衬衫，给妈妈的是一件墨绿色的真丝长袖上衣，给念云的是一条蓝色的真丝连衣裙，给舒彤的是一条橘黄色的真丝连衣裙，给姐夫的是一件淡黄带有蓝格的长袖棉麻衬衫。

奶奶用手抚摸着柔软的丝绸上衣，问道："小雅，这衣裳得多少钱呢？你哪儿来的钱买这些东西？"

舒雅上前抱着奶奶的肩膀，与奶奶贴了个脸，笑道："奶奶，不贵，是博轩的一项发明获得了奖金。他让我夏天时给你们买的。他说有时间了再来看您。"

"哦，好，好孩子，替我谢谢他。"奶奶拉着长音说道。

大家都看着奶奶笑起来，内心一片喜悦，各自收好了自己的礼物，又重新坐在炕上喝茶聊天，直至深夜。

第二天上午，舒雅看了舒彤的旅游计划。这是舒彤出去参观后回来又做了修改的龙水村旅游建筑总体规划。

舒雅看完后，觉得突出特色是最为主要的，便在上面略微修改了几个地方，又加了个大胆的设想，才算满意。

一片片的针叶落叶松树林郁郁葱葱，长得很茂盛。舒雅与爸爸用镰刀和镐头在林旁清理了一块废弃地，准备来年栽桃树和李子树。不知不觉中，天已渐渐黑下来，父女俩这才各自扛着镐头下得山来。

次日清晨，吃完饭后，舒雅给奶奶洗了头，用剪刀将奶奶的长发剪成短发，边剪边说："奶奶呀，城里老人家都梳这个发型，不梳疙瘩鬏。"剪完奶奶的，又要给妈妈剪，但妈妈说什么都不同意，非要绾髻。舒雅看说服不动妈妈，便带着铁锹随着爸爸去了苗圃看了看，又到村里各处转转，感慨村里近几年变化太大了。

这天一清早，舒彤来找奶奶，说是求她帮个忙。舒彤奶奶忙问帮什么忙？舒彤就告诉了奶奶下面的事情：沈跃进的儿子要娶甄多时的女儿甄艳丽为妻，可沈跃进说什么都不同意。没办法，王巧巧找了舒彤帮助劝说，舒彤去了几次都没劝动，说是不能让不洁的风水进了自家的门。眼看艳丽已过了三十，两个孩子急得像热锅上的蚂蚁，坐立不安，想尽了各种办法都不行。沈跃进还说要是沈新乐再和甄艳丽来往，就打折他的腿，脱离父子关系。

舒彤想起了沈跃进以前在村里只听一个人的话，那就是奶奶，所以，便来求奶奶帮助劝说沈跃进答应了这门婚事。

舒彤奶奶一听，说："既是这样，试试看吧。"

这天下午，沈跃进来到了舒彤奶奶的屋门口。刚一进屋，舒彤奶奶就笑道："哎呀，小进哪，你可是有日子没来了。"

"哎呀，奶奶，现在家里活儿太多了，忙不过来呀！奶奶最近还好吧？"沈跃进热情地和奶奶打招呼，顺手将两盒高级点心和一兜水果放到了柜子上。

"好着呢。哎，你说家里忙不过来，好像你儿子也快结婚了吧？"

"唉，快别提了。他倒是处了个对象，您猜谁家的？甄多时的姑娘，比小乐还大四岁。这孩子是脑袋进水了。"

奶奶叫沈跃进坐到自己跟前来，说道：“小进那，甄多时那丫头不错呀，小乐倒是有眼光。”

“奶奶呀，小孩子有什么眼光，大四岁呢。再说她那个爸，畜生，我怎么都想不通，能做出那等事。”沈跃进提起甄多时，气就不打一处来。

舒彤奶奶盘腿坐在炕上，听沈跃进这么一说，便道：“她那个爸是不好，可爸做错的事不能算到孩子身上。你说呢，儿女们的事，就让孩子们自己做主吧！小进哪，听奶奶的话。要是有这个缘分呢，你拦也拦不住；要是没这个缘分呢，你硬往一块儿捏也不行。你呀，这是俩孩子好，他们听话，要是不听话呢，私奔了，或者做出伤风败俗的事来，你还能把他们杀了呀？我说这俩孩子就不错了。成全了他们吧！啊，给奶奶个面子。”

沈跃进不好驳舒彤奶奶的面子，没吱声，坐在那里低头沉思。

舒彤奶奶一看，也不好太强求，又道：“我说的话，你仔细想想哈。想通了，就给他们办了吧！也别光看那个爸，也看看她那个妈，那个妈可是一般人都比不上的好妈呀。”

沈跃进听到奶奶这样说，道：“奶奶，你让我想想吧。好吗？”看到奶奶那虽苍老却真挚的、像孩子似的眼神，他的心颤抖了一下，便和奶奶说了会儿话，告辞回家了。

在舒雅还有三天假期的时候，舒彤号召村民们集资修村里水泥地面的事成功了。于是，当郝立邦将水泥卸到各家门口的时候，各家都开始了修自家门前的水泥地面和小路。

王小虎和显田、齐铁柱几个人来回在村里检查、指导，一家一家地验收。

杨思远家要修的路是从自家院子到村里的水泥路这段土路。舒雅一看，便麻利地换上了妈妈平时不穿的衣服，帮助爸爸挑沙子、挑石子、和水泥。

她和爸爸先把路的底部清理干净，之后将和好的水泥倒在上面，用铁锹把路面大致找平，最后再用泥抹子将路面抹平。这样一段一段地延伸，水泥路就修好了。她又托志强联合几家买了暗红色的方砖铺在了院子里，院子顿时漂亮极了。

可以说，这么多年来，杨家的事情这次破例没有让舒彤夫妻参与就完成得很好，全是舒雅的功劳。

等舒彤站在父母院子里欣赏着这一切的时候，想着村里家家户户过几天都是这么漂亮，心中暗喜，两眼不由得越过田野望向东龙水河。太阳慢慢落山了，东龙水河被霞光染成了一段一段的红色和粉色，远处的山峦也被五颜六色装扮得五彩缤纷，好似一个童话世界。

舒彤正在这里信心满满地遐想时，舒雅过来喊了一声姐姐，说要和爸爸去念云姐姐那里帮忙。这里舒彤也转身和他们一起走出了院子，到了村公路那里分开，到别人家里查看去了。

这天晚上，志强买了好酒好菜请岳父一家和爸爸、小姨共四家吃饭。舒雅觉得时间过得很快，还有两天就回去了，在去姐姐家里吃饭前，买了礼品分别到郑小双和冯国英家去拜访了一下，然后才去了姐姐家里。

进门一看，奶奶和爸爸、妈妈他们都来了。不多时，冯国英夫妇和郑小双夫妇也都到了，志强看见大家都到齐了，便将饭菜摆上桌来。

舒雅一看，深秋时节，农村本是萝卜、白菜的季节，没想到什么肉炒蒜薹、鸡蛋炒蒜苗、煮大虾、蒸螃蟹、扒油菜、清炖偏口鱼，这些城里的菜全上来了，不觉感慨现在交通便利、人民生活富裕了，买得起，也买得着，城乡的差别越来越小了。

菜上齐之后，舒彤还没回家。志强怕饭菜凉了不好吃，更主要的是怕舒彤奶奶年龄大、时间长了坐不住，便开席了。

不多时，舒彤和念云一起开门进得屋来，在靠门口的位置坐了。念云今天要招待一伙儿来写生的客人，所以来晚了些。舒彤因去了小学校，也回来晚了些。

大家坐好之后，舒彤让奶奶先开席。奶奶说她今天就是来看大家笑的，不说话了，让东道主说话。

接下来，舒彤就让志强先敬酒，因为饭菜都是志强买回来做的。

志强举杯看了大家一眼，说："今天，我们主要是为了舒雅的这次回家小住，并借此机会大家一起聚聚，同时也感谢博轩这些年来对龙水村乡亲们的帮助和照顾。来，让我们为了奶奶的健康长寿，为了舒雅妹妹、妹夫的付出，为了大家的幸福，干杯。"

志强说完之后，杨思远、冯国英、郑小双和念云分别代表了各自的家庭举杯敬酒。浓浓的酒，深深的情，晚宴虽然是在家里，气氛却是十分热烈。

许凤瑛多年孀居，嫁到冯家来遇到这么热烈的场面，不禁有些拘束，坐在那里很不自然。冯国英干着急没办法，额头上有了明亮的汗珠。

舒雅看在眼里，便举杯说道：“冯大娘，看到你对我冯大爷这么好哈，心里真是挺高兴的。来，为你们的晚年幸福，干杯。”

冯国英一听，也忙和许凤瑛一起举杯，共同与舒雅喝了这杯酒。

喝完这杯酒后，许凤瑛这才自然起来。舒彤奶奶吃完了饭，由舒彤妈陪着回家休息去了。其他人说说笑笑，一直喝到晚上十点多钟方才回去休息。

翌日，舒雅让舒彤带着去了耳场。这耳场是她丈夫的功劳，现在龙水村每年都在增收，耳场的效益是最大的。舒雅在看了耳场后，对舒彤提出了一个和欧阳伟一样的建议，那就是把种木耳一条龙化管理，深加工，由无序生产变有序生产，并且告诉舒彤可以一步一步实施。

舒彤很受启发，说外地种木耳也是这种情况，看来这是亟须解决的问题了。

晚上，舒雅哪儿也没去，陪着奶奶和爸爸、妈妈在家里，又教妈妈用洗衣机洗了一次衣服，看看没问题了，这才放心。奶奶听说舒雅明天要走，老是眼泪不干。

夜，已沉下来。为了安慰奶奶，舒雅这晚就和奶奶、黄色狸花猫睡一铺炕。她像哄孩子似的把奶奶哄睡了，自己这才将手从奶奶的腰间拿下，将打着鼾的老狸花猫往旁边推了推，安心地闭上了眼睛。

第二天早上，大家都来送舒雅。因为省城离龙水村更远了，不知舒雅这次回去以后是不是能每年按时回来过年？

舒雅临走时换了褐色带碎花的金丝绒高领连衣裙，外面仍然是黑色风衣，高跟鞋，更显高贵典雅。奶奶、爸爸和妈妈送到院子里。舒雅泪眼汪汪，说什么都不让他们再送了。

于是，志强为她拖着那个灰色的拉杆皮箱，舒彤和念云二人依次前行，把她送上了车。

50

这是一个春江水暖鸭先知的季节，杨思远和冯国英栽的李子树和桃树已经开出了白色和粉色的花朵，带动了龙水村四周的山上也是一簇簇的雪白和粉红。

在果树园的下方，有三个人影在晃动，仔细一看，除了杨思远和冯国英外，许凤瑛也在其内。他们是在果园里栽沙果树和梨树的。

舒彤按照县里“三农”工作的总体要求，实施“退粮进特”策略，引导农民优化产业结构，在三月份参加县政府举办的“退粮进特”科技培训班时，就引进了西瓜和香瓜的种植。

杨思远和冯国英也是根据县里的这个要求，决定扩大果园面积的。

他们三人当中，许凤瑛是最年轻的，又是女人，心细些。她每天都为两个男人带上一大瓶子水，使他们在干活累了的时候能喝上一口。

中午，杨思远回家吃饭时，见坐在炕上的老母亲说是困了，不想吃饭，想睡觉，便说：“娘，不吃饭怎么能行？来，儿子给您盛碗粥喝。”说着，将碗端到母亲面前，用羹匙舀了少量米粥，用嘴吹了吹，送进了母亲的嘴里。

舒彤奶奶吃了几口，便摇头不吃了，看了一眼舒彤妈，满眼慈祥，咧开没有牙的嘴，笑着对儿子说：“我这一辈子养了两个孩子。一个是你，一个是小佩兰。现在，我可以安安心心地睡了。”说完，用眼满屋去找舒彤妈，没找到，便仰脸看向儿子，依依不舍道：“小远，我要休息了。”

杨思远摸摸娘的头，感觉不烧，便将她放在了炕上，去大立柜里拿了被褥来铺好，将她抱到褥子上，又盖好了被，这才上桌吃饭。

舒彤妈听婆婆说不愿吃饭，便到外屋里把蒸好的鸡蛋羹端了进来，放到桌上。看见婆婆安安静静地睡着了，便说：“咱娘这几天老是赶着给你做鞋，还老是说咱小时的事，还说她爸给她起个名字叫于红花，是因为她有四个哥哥。哥哥们都是绿叶，只有她是红花。说这名字虽俗，但是意义好。”说完，拨了些鸡蛋羹在杨思远碗里，又去外屋地拿了个盘子来，将剩余的鸡蛋羹扣上了。最近这几年，因为婆婆的牙不多了，又不愿去镶，舒彤妈老是给婆婆单做饭菜。

杨思远听见老伴儿这样说，笑笑道：“嗯，人老了，都愿意回想以前的事。特别是四个舅舅都不在了，使她苍老了不少。”

这夫妻俩也没在意，说着话，吃完了饭，舒彤妈用手摸摸褥子底下有点热，便扯着两角往炕梢拽了拽。杨思远稍事休息，准备去果园里接着栽树。

临走前，他过来摸摸母亲的脸，感觉不对，又探了下鼻息，失声喊道：“孩子他妈，怎么咱娘好像是……”

舒彤妈正在收拾碗筷，听到这一声喊，手里的碗啪的一声掉到了地上，吓得在门口吃食的几只母鸡扑棱棱飞到了远处。她惊叫了一声，进得屋来，将手放在了婆婆的鼻孔上，感觉不对，又晃了晃身体，还是不见婆婆动弹，便哇的一声大哭起来。

杨思远夫妇一时接受不了这个现实，怎么可能？但是千真万确，舒彤奶奶于红花在经历了近百年的沧桑岁月后，无病无灾，安安详详地离开了这个世界，享年九十四岁。

哭过之后，舒彤妈见丈夫一时适应不过来，便急忙从立柜里拿出早就预备好的送老衣裳，对杨思远说："快，我去烧水，给咱娘洗澡。你快给舒彤和念云她们打电话，叫她们快来，给咱娘穿衣裳，晚了就穿不上了。"

"哦。"杨思远恍恍惚惚拿起了电话。不多时志强骑着摩托车带着舒彤就到了。因为去年国家电网升级改造时，移动公司顺便给村里安装了通信讯号塔，因此村里的人都用上了手机。

志强和舒彤到来时，舒彤妈的水也烧开了。这时，念云也赶了来，上炕抱着奶奶呜呜地哭。

舒彤妈说："念云，快别哭了，赶紧穿衣裳，不能叫你奶奶光着身子走呀。"

舒彤和念云急忙给奶奶擦身，穿衣服。志强见杨思远站在地上呆呆地看着大家，便推了他一把："爸，快请个阴阳先生来吧。"

杨思远机械地嗯了一声，去拨电话，可是拨来拨去也没拨出去号码。

志强只好拿过电话，拨通了阴阳先生的电话，叫他赶快过来，然后对杨思远说道："快，爸，你抱着奶奶，我们来给她穿衣裳。"

杨思远听志强这么一说，便机械地点了点头，跳上炕，将脸贴在母亲的脸上。大家急急忙忙给奶奶穿好了送老衣裳。

就在这时，阴阳先生来了，指导着大家在外间把灵堂设好，把九十六张岁头纸挂在了大门外的右侧。志强又买来了黑布和白花旗布。王巧巧赶制了很多黑纱，给大家戴在右臂上。

舒彤强抑制住悲痛，给天哲、天奇和舒雅打完了电话，又给王小虎打了电话，便到外间来，看到腰系白布、右臂戴黑纱写一个孝字的妈妈坐在那里烧三斤六两纸，便明白其中的含义。

这时，冯国英、王小虎和乡亲们也都来了，屋里屋外顿时站满了人。

杨家在龙水村是老户，加之舒彤奶奶在世时帮助过很多人，更兼是村支书的奶奶去世了，因此，来赶礼和祭奠的人是络绎不绝，没有一家落空。

舒彤一看这个情况，便找到了出去找人做棺材刚进门的杨思远商量道："爸，奶奶这个事，咱收不收礼？"

杨思远想都没想就说："来还礼的，咱收，这叫礼尚往来。"然后想了想又道："来赶礼的，也得收，将来咱再还回去呗。"

舒彤想了想说："爸，咋能分那么清呀？"

杨思远看着舒彤想了想，问道："那怎么办？乡里乡亲的，如果不收，还不是把人都得罪光了？"

舒彤咬着嘴唇想了半天道："那就来还礼的，只收一百块钱；来赶礼的，分文不收。"

杨思远明白舒彤的意思，便点头同意了。这事交给了齐铁柱办理。一开始，大家都不理解，有和齐铁柱吵架的，有和齐铁柱撕扯不放的，后来经舒彤和齐铁柱反复解释，大家也就理解了。

到了晚上，舒雅回来了，在路上就一直哭。曲博轩劝也劝不住，便打电话给舒彤。

在舒雅还没进门之前，舒彤早已等在了那里，见了舒雅，说阴阳先生告诉一律不许哭，若是哭了，奶奶恋着家人，灵魂走不了，就上不了天堂了。说着，分别给舒雅和曲博轩腰间系上了白花旗布的孝带子、右臂戴上了孙辈的带有红布条的黑纱。就这样，舒雅抽抽搭搭给奶奶磕了三个头，仍抑制不住流泪。

次日傍晚，欧阳伟夫妇、天哲夫妇带着春柳和孩子，天奇夫妇带着孩子都回来了。

送完了浆水和盘缠，舒彤安排好了明天去殡仪馆的车辆和一切事宜，便和大家一起守在奶奶身旁。

灵堂里灯光幽暗，鸦雀无声，只有灵前的长明灯和香火在燃烧。已是下半夜三点多了，杨家的子孙谁都不肯离去，大家都要在今生陪奶奶最后一晚。

到了第二天，乡亲们天还不亮就都来了。在告别遗容后，随着杨思远摔瓦盆的声音和那一声"娘"的悲情嘶喊，舒彤奶奶平静地躺在汽车上的棺材里，在她的儿孙和众乡亲们撕心裂肺的哭喊声中，离开了这个养育她七十三年的第二故乡。

三天圆完坟后，杨思远让老伴儿和儿女们先走了。他面容憔悴，面对着父母的坟茔枯坐了一会儿。蓦地,“积善之家,必有余庆。积不善之家,必有余殃”的声音在耳畔响起。忽见母亲面带微笑,站在自己面前,喊了一声:“远儿,娘走了,你多保重!”杨思远猛然醒悟过来,双膝跪地,一声嘶吼:“娘!”便泪如雨下,扑倒在了坟前,无声痛哭。

不知过了多久,起风了,他仍匍匐在地。风将他那黑色的衣角掀起。他抬头看看昏沉沉的天,喃喃自语:“娘,您的话,儿会永远牢牢记在心里。您放心去吧!”言毕,拜了三拜,起身回家。

欧阳伟老两口在这里陪了杨思远一个星期,便千叮咛万嘱咐地走了。

他们走的那天夜里,杨思远倚墙枯坐在东屋里的炕上,一本《周易》始终不离手。这是舒彤奶奶生前最爱看的书。他回想起了今早老伴儿从箱子里拿出了二十几双鞋时说的话:“这都是娘这几年没日没夜给你做的。”想到这里,他痛苦地闭上了眼睛,泪水顺着他那像刀削般刚毅的、苍老的脸上流了下来。

时间,在一点儿一点儿地过去,屋里沉默的气氛似乎是已经将时间凝滞了。

舒彤妈过来叫了几声,不见回应。自从圆坟回来,一连几天都是这样,丈夫不吃不喝,从白天坐到夜晚,好像世界已经不存在了似的。情急之中,她给冯国英打了电话。

冯国英接到电话,叫志强骑摩托车带着他匆匆忙忙赶到了这里。进门一看,舒彤妈在那里抹眼泪,见杨思远的状态,遂即脱鞋上炕,推了推杨思远说:“哎,逝者已逝,我们活着的人还得活下去。你这样子可不是我心中的硬汉榜样了啊。”

只见杨思远俯在冯国英身上泣道:“娘,您养育了儿子七十六年哪,叫儿子无以回报。”话没说完,咕咚一声倒了下去。

冯国英听了杨思远的话,顿时鼻子发酸、眼眶发烫。他来不及多想,急用手去试双目紧闭的杨思远的额头,觉得很烫,便叫舒彤妈找了药来吃上,也和志强在东屋里陪着睡下了。

过了几天,杨思远才勉强抑制住悲痛,但添了个毛病:冯国英不来接他,他不出门,一直等到冯国英来接他了,才和冯国英一起到山上去干活。

他们走后,只剩舒彤妈一人待在这空荡荡的屋子里,一种从未有过的落寞与悲凉袭上心头。

她站在地上,蓦然看到婆婆坐在炕头纳鞋底,便动情地喊了一声“娘”,回过神来，不见了婆婆的身影，方才明白她与婆婆已是阴阳两隔，不觉泪如雨下；她开房门出来，看到婆婆端着盆用手在撒粮食喂鸡，不觉动情地喊了一声“娘”，回过神来，不见了婆婆的踪影，方才明白她与婆婆已是阴阳两隔，不觉泪如雨下；她从外面整地回来，见锅里冒着热气，不觉动情地喊了一声“娘”，不见了婆婆的应答，用手摸摸锅盖，依然冰凉，回过神来，方才明白她与婆婆已是阴阳两隔，不觉泪如雨下……就这样，没过多久，她就病倒在了炕上。

舒彤这些日子天天来爸妈家里，因为念云也病倒了，现在爸妈的身边只有她。看到每天呆呆地什么活都不做、只等着她来才说句话的妈妈，心里更加难过。可是她不敢在妈妈跟前将这件事情捅破。

她知道，奶奶的离世，对爸爸、妈妈和念云姐姐的打击太大了。他们以不同的方式表现出了让人难以承受的悲恸与哀伤，观者无不为之动容。

她在心里默默地安慰自己：挺住，一定要挺住！让这个家平平安安地维持下去，就是对奶奶最大的报答和孝顺了。

木耳的挂袋已接近尾声，葡萄的栽培马上就要开始了，还有念云的养鸡场在扩充，需要人手，引进的西瓜和香瓜种植还没有落实好，自己的旅游计划镇里已经批复下来，就等着招商引资了……

一大堆的事情都在等着舒彤处理，可她是心乱如麻，不知道怎样才能让妈妈恢复好，也不知道怎样才能使自己走入正常状态。一着急，嗓子发炎，说不出话来，也病倒了。

志强看到舒彤这样，也跟着着了急，便劝道：“你别上火了，千万别和我一样。你要是再折腾出病来，老的老，小的小，依靠谁呢？实在不行，咱俩明天搬到爸妈家去住吧！这样叫孩子过去吃饭，回家睡觉。咱们既能照顾老人，又不耽误工作。你看这样行不行？”

舒彤沙哑着嗓子问道：“搬回家去住，行吗？”看到志强笑着点头，便高兴地开始收拾东西了。

第二天一早，舒彤和志强就搬回了杨思远家的西屋里去住了。

由于他俩的到来，杨思远老两口渐渐恢复到了正常状态。

自从奶奶去世以后，沈跃进每天心里都不安宁。他仔细地、反反复复地回想着奶奶生前对他所说的话，越想越觉得对不住奶奶。自从上次奶奶和他说这件事到现在都两年了，他使出了十八般武艺，给儿子介绍过很多对象，两个孩子也没分开。就像奶奶所说，要是有缘分哪，你拦也拦不住，还真是照那话去了。

他很后悔，没在奶奶活着时就给这俩孩子办了喜事。他想起了他小时候家里穷，常常吃不饱，饿急眼了就到舒彤奶奶家里去。奶奶总是把省下来的苞米面饼子偷偷塞给他。

他又想起奶奶曾经和他们说的一句话："善恶自有报。你怎么争，都争不过天道和规矩。"当下暗自思忖：难道这俩孩子的缘分是天注定的吗？

想到这里，他站起身来，招呼老伴儿道："去，给那浑小子打个电话，叫他回来。"

当儿子站在自己面前时，沈跃进只有一句话："叫甄艳丽来，我见见她，商量你们的婚事。"

"真，真的吗，爸？"沈新乐不太相信爸爸的转变，但还是飞也似的跑走了，一边跑一边挥舞着衣服激动地喊："爸，您太可爱！太可爱了！"

尽管杨思远和舒彤妈都能够正常生活了，但舒彤和志强还是没搬走，毕竟都到了需要人照顾的年龄。只是，奶奶在世时，有奶奶做比对，总觉得他们都还年轻，其实，已经不年轻了。

舒彤通过召开村民大会的形式，落实了种西瓜和香瓜的任务。第五生产社社长倪金昌承包种西瓜，第四生产社的一个回乡青年余光武自愿种香瓜。因为他们都是水田，五月份栽上水稻就没事了，可以好好侍弄瓜，并且都在公路两旁居住，等瓜熟了可以在路边卖，省时省力，两不耽误。

51

念云今年夏季仍然很忙，虽然村里对她的客源进行了分流，可还是客人爆满。自从奶奶去世她病倒了以后，还没好利落，就被来旅游的客人给叫起来了。眼下，这拨客人要走了，非要带几只鸡走不可。这不，她正在给客人称鸡呢。

恰在此时，有两个年轻人来到了她的跟前，其中一个黄头发碧眼睛、个子很高的男孩子想要上前打招呼，被旁边的女孩子给挡住了。

等客人把鸡提走以后，念云抬起头来，看到了卓娅，嗔怪道："死丫头，回来了也不打个招呼。”

卓娅撒娇道:“人家想给你个惊喜嘛。”然后指着身边的男孩子介绍说:“妈,他就是伊万。”

念云看着这个帅气的男孩子,“哦”了一声,将手在围裙上擦了擦,伸出手说道:“你好!”

那小伙子一耸肩,做了个非常愉快的动作,紧接着也伸出了手,与念云握手,笑道:“您好,阿姨。”

念云吃惊,扭头看着卓娅说道:“怎么他的汉语比我说的还好呢?”

卓娅笑道:“妈,人家从小就俄罗斯、北京两地跑,所以汉语自然是标准了。”

念云答应了一声,领着他俩进了里屋,倒上水。卓娅赶紧将念云手里的暖水瓶接过去,放在了原处。

此时,念云还没和小伙子说几句话,草房那面的服务人员打过电话来,说客人中午要吃鸡和鱼,共是三桌。念云关掉电话,非常歉意地说道:“对不起了。我得去杀鸡、洗鱼了,这两样做出来需要的时间长,时间短了不好吃。”

卓娅兴奋地说道:“妈,我俩帮您。”说完,拿起了念云挂在墙上的白色工作服,扔给伊万一件,就去帮妈妈干活了。

尽管不是专业的,但有了这两个人的帮忙,念云轻轻松松就完成了今天的任务。吃完了晚饭,娘三个聊天,一点儿障碍都没有。念云对这个未来的女婿非常满意,要卓娅明天领他去见姥爷和姥姥。

卓娅便问:“老奶奶身体好吗?”

念云面色黯然,流泪说道:“奶奶在春天时去世了。因你当时在国外,就没有告诉你。”

卓娅听后呜呜哭起来,告诉伊万,说:“你知道吗?没有老奶奶,就没有妈妈和我的今天呀。”

翌日清晨,念云带着卓娅和伊万去了奶奶和爷爷的墓地进行了祭拜。

卓娅跪在墓前,烧完了纸香,泣道:“老奶奶,多希望您永远在我身边呀。今天,我带着您的孙女婿来看您和爷爷了。”说完,示意伊万也跪了下来,对着老爷爷、老奶奶的坟墓叩了三个头,烧了纸香,方才起来。

临行前,她放眼望去,看着山下东、西两条龙水河,喃喃自语:“老奶奶,长白山的松，龙水河的月，永远都会记得您曾经救过一个叫于枫红的小女孩。她的子孙也永远都会记得您对她们一家的养育之恩。”

然后，他们又去祭拜了他们的爸爸兰初明和爷爷、奶奶及姥姥于枫红，方才下山去了。

又一日，卓娅带着她的未婚夫伊万去拜访了姥爷、姥姥后，又去拜访了二姨舒彤一家，回来住了一个星期，就帮妈妈干了一个星期的农活，就走了。说是单位有外交任务，需要他们回去。

临走前，念云神色凝重地将带血的照片交给了卓娅，说到婆家后打听打听，看能不能找到你姥姥家里的人。

对于甄多时来说，十二年等于是漫长的一个世纪，他终于刑满释放回家了。他回来的那天，志强开着轿车拉着他儿子去接的他。

在他出狱前，监狱里来了电话，说甄多时自从王巧巧去探监后，表现很好，劳动都很积极，只是从不说话。监狱里负责思想工作的同志叫家乡的人多关心他。舒彤这才安排了志强开着自家车去接的他。

甄多时快步从监狱里走出来，低头默默地听着狱警嘱咐着他什么，机械地点头，然后来到了志强面前。

儿子叫了一声爸，甄多时浑身一激灵，转头看了儿子一眼，没说什么，上车坐在了后排靠右的座位上。

汽车行驶了一段路程，为了打破沉默，甄煜起拿出一瓶矿泉水递给了甄多时。甄多时摇摇头表示不喝。

志强从后视镜中看到这个情形，便说道：“多时哥，喝点吧，还得一段路程呢。”

甄多时出狱来说了第一句话，道：“唉，已经够麻烦了。”

志强道：“乡里乡亲的，别说这个了。你姑爷和舒彤连工作都给你安排好了。你的鱼塘还归你管，村里有好多项目，你看好哪一个，就干哪一个。”尔后，他又把村里的旅游、种木耳、种蘑菇、栽葡萄、栽香瓜、种西瓜、农机户、种粮户等各家情况大致说了一遍。

在志强和甄多时说话的时候，甄煜起没有再插言。他感觉他爸和他之间好像是陌路人，冷得他的心都打战。

甄多时一面听志强说着，一面“哦、哦”地应着，到最后，他问了一句：“奶奶还好吧？”

志强和甄煜起同时说：“奶奶在春天时已经去世了。”

甄多时听了这句话，眼中的水雾模糊了视线，再也没有说第三句话。他感到坐着有些勉强，一阵发晕，手脚冰凉，无力地闭上了眼睛，将身体靠在了靠背上。

汽车大概行驶了一天的时间，才到了龙水村。甄多时回到了离别十二年的家。王巧巧已把晚饭做好，孩子们也都在等待着他的归来。虽然已经离了婚，但他刚回来，没有去处，因此，只能让他住在西屋。

儿子把媳妇介绍给甄多时，那媳妇抱着两岁的儿子走上前来，叫了声“爸”，又教孩子叫“爷爷”。孩子大概对爷爷这个称呼很生疏，半天才会叫。甄多时看到健康可爱的孙子，抿嘴笑了笑，握着孩子的小手，摇了摇。

艳丽上来将沈新乐介绍给甄多时。甄多时看着已经显怀的女儿，没说什么，冲沈新乐点点头。

他到西屋把少量的东西扔在了炕上，来到东屋的饭桌前，低头拿起筷子，默默地吃完了饭。

孩子们看他不说话，也都各自吃完了饭，说了会儿话，回家去了。

甄多时看到王巧巧想和自己说话，便表示累了，想早点休息，看到王巧巧退出了房间，自己便倚在大红花被褥上出神。

夜，在人们的熟睡中渐浓。远处稻田里传来了阵阵的蛙声，偶尔夹杂着一声狗吠。王巧巧轻轻的鼾声从东屋里传来，而甄多时却醒着，他想：这不就是自己在狱里天天盼望的自由吗？为什么，当周围的黑暗将一切吞噬，自己的心却越发地收紧？

窗外是朗朗月色，村中间大道两旁的杨树已然长起，高高耸立；屋内是一颗表面平静、深处却是哀极绝望的心。他，独坐窗前，凝眸细想：自己不知什么时候与大家走得愈来愈远，渐渐地，他的眸子变得深不可测……

隔日，甄多时吃完了饭，先到他母亲坟前祭奠完了，又来到了舒彤奶奶的坟前。他先是烧完了纸香，跪拜在那里磕了三个头，就趴在地上长跪不起，面色凄然。不知过了多长时间，他又去了于枫红的坟上，烧完纸后行了三个礼，不知嘟囔了些什么，最后起身带着满脸的泪痕往念云家走去。

念云老远看到甄多时来，心中害怕，抽身就走，不承想甄多时高声喊道：“念云，你别走。我有两句话说完就走。”

念云看到甄多时苍老了许多,脸上并无一点儿淫邪之气,便停下身来,说道:“你说吧!”

甄多时走上前来,对着念云恭恭敬敬鞠了一躬,抬起头来,已是满眼悔意,道:“可能你不知道,我爱你的妈妈,可我不该对不起你!别记恨我!”

念云诧异,问道:“就这些了?”然后冲着甄多时摇摇头,“我没记恨你。”

甄多时两眼略微低垂,点点头,凄然一笑,又抬头凝眸朝念云看了一眼,然后,慢慢转身离开了。

他回到家里,待了两天,告诉王巧巧说是要去河南看看他爹,便带了套换洗衣服上路了。

临行前,趁着王巧巧没在家,他把院子打扫得干干净净,屋里收拾得整洁一新,把能洗的衣服洗好晾在了院子里,又给王巧巧做好了晚饭,这才环视了这个浸满自己汗水的家,上路了。

刚走到车站,正好车来了。徐根清夫妻从车上下来了,看到甄多时,愣了一下,还是关心地和他打了招呼。他也和徐根清说了几句话,上车找了个靠窗的位置坐好。因是下午,去城里的人不多,又上来了几个人,车就发动了。

徐根清大包小包拎不动,站在车站等人。不多时,志强从耳场那边过来了,看到徐根清,问道:“徐大爷,怎么回来了?”

“哎呀,不行啊,儿子住二十三层楼,那边连个说话的人都没有,憋屈死了。虽然每天吃好的、喝好的,就是高兴不起来。又听马正仁说大黑狗这几天不吃食,我俩再也待不下去了。这不,留个纸条偷着回来了。”徐根清老伴儿抢先说道。

志强听了这话笑道:“来,我给你们把东西运回去吧!”一边说,一边把东西挂在了车后面两边的后座上,让他俩也上来坐好了,一溜烟儿,把他俩送回家去了。

一星期后,村党支部在讨论非党积极分子培训名额时产生了分歧。一部分人认为,甄艳丽这几年表现好,可以作为入党积极分子参加培训;一部分人认为,甄艳丽的父亲甄多时刚刚从监狱里出来,暂时还不可列为培养对象,需要再考验一段时间。

正在争论不休时,出去拿会议记录的显田回来趴在舒彤耳边说了句什么。舒彤站起身来去了门外，只见王巧巧满面愁容地站在那里，便问道:“巧巧姐，什么事呀？”

王巧巧抑制不住地哭起来，道:“那死鬼，死了。”

舒彤大惊，问道:“死了，不是回家看他爸去了吗？”

“是，那边来了电话，叫家里去人，最后确认看是不是他。”王巧巧显然没想到甄多时会走这条路，控制不住情绪，抽抽搭搭一个劲儿地哭。

舒彤劝了王巧巧几句，说道:“你先回去。我一会儿去你家。”

王巧巧走了之后，舒彤进屋告诉大家甄艳丽的父亲去世了，让甄艳丽去参加入党积极分子培训班的事暂时放一放，因为这种情况太特殊了。说完，宣布散会，一溜小跑，骑上摩托车去了王巧巧家。

进门一看，孩子们都回来了，脸上都挂着泪痕，一脸哀伤。虽然是甄多时做了对不起他们的事，但毕竟是血浓于水，听说爸爸死在外地，不免悲伤。

舒彤问明了情况，便叫甄煜起打点行装立马就走。王巧巧和艳丽也要去，但舒彤没让艳丽去。这样，王巧巧和儿子就坐上了和甄多时那天走时同一个钟点的车走了。

在讨论甄艳丽的入党问题时，王小虎持反对意见，认为甄多时的犯罪情节恶劣，影响极坏，其子女不能入党。那时，他还不知道甄多时已经自杀了。

散会之后，王小虎回到家里，见郑小双去了服装厂还没回家，便点燃了一支烟抽着，沉默良久。

他最近感到疲劳至极，暗想:志强这次复查刚回来，检查结果很好。最近，自己常感到力不从心，有了志强，他想退下来了，毕竟是六十多岁的人了。抽完了这根烟，他起身来到了志强家里，和舒彤商量了关于村主任的接班问题。

三天后，他向镇里正式提出了辞去村主任的报告。

村民们正酝酿着村主任的人选，已经一个星期了，也没出个结果。他们认为，志强当村主任最合适，可是也不能夫妻都在村两委里当一把手哇。有人提议让沈新乐干，有人摇头说他是甄多时的女婿，其他年轻一点儿的，大家还是有点信不着，因此，犹豫不决。

恰在此时，王巧巧和儿子回来了，带回来了甄多时的骨灰盒，将他葬在了他母亲的坟旁。

甄多时老家的亲戚是在甄多时父亲的坟前发现他的。他回家时，他的两个哥哥还在，看到他回来，很是激动，问他在东北过得怎么样？他说孙子都有了，女儿也已经怀孕了，都不错，便要求两个哥哥领着他去祭拜了他的父亲。

他与他们在一起相处了几天。在一天清晨，他独自去了父亲坟前，掏出了刀片，在自己的手腕处狠狠割了下去。等到他的哥哥们发现他时，鲜血已经将他父亲坟前的土都染红了。

人们纷纷猜测：甄多时为何会在父亲的坟前自杀？是控诉，是憎恨，还是眷恋，抑或是谢罪……

到了选村主任这天，人们还是迟疑不决。第一次没选出来，舒彤只得让大家再酝酿了三天，又开始选票了。镇里周德海书记来了，坐在了主席台上，做了思想动员的开头讲话。

因在这三天里，舒彤和王小虎分别做了大家的思想工作，所以选票比较顺利。沈新乐的票数占多数。这样，沈新乐当选为新一届村主任。

当场有人站起来反对，说沈新乐的老丈人甄多时是蹲进大狱自杀了，他不能当村主任。

周德海书记看着这一切，与舒彤对视了一下，对站起来的村民道："你先请坐。不错，沈新乐的老丈人是犯过罪，但那不是沈新乐的过错。况且沈新乐在没和他媳妇结婚之前就已经是年轻的党员了。他们认识之后，他积极做甄艳丽的思想工作，培养她入党，做一个有益于人民的人。我觉得这样的年轻人能够处事公道，也能带领大家发家致富，是一个值得信赖的人。"

沈跃进和沈新乐父子坐在台下，听到了镇党委书记的话，心中是感慨万千。

父子俩对看了一眼，只见沈新乐起身快步走到台前，大声说道："尊敬的父老乡亲们，你们的心情我理解，放在谁身上也会有想法。对于死者，我不想说什么。我和大家的想法是一样的。我想说的是，我和艳丽始终都感谢乡亲们这么多年来对甄家人的包容和照顾。但是，艳丽不是她爸。我也不是艳丽。我当不当村主任不重要，重要的是我看到了大家对我的信任。我既然选择了艳丽，就选择承受一切。可作为一名共产党员，我必须服从组织上的决定。我的话讲完了。"

说完，他神色宁静，快步走下台来，所有的人都惊呆了，没想到这小子还这么有思想，说起话来有条不紊，句句是理，甚至有些霸气。

艳丽听了丈夫的发言，激动得哭了；沈跃进听了儿子的发言，心潮起伏；周德海和舒彤听了沈新乐的发言，对视一笑，赞许地点头；村民们听了沈新乐的发言，顿时刮目相看。

突然，有个人带头鼓起掌来，其他人也都跟着更加热烈地鼓起掌来。

就这样，沈新乐走马上任，接替王小虎成了新一届村主任。

第十八章　不忘初心

52

二十六岁的周玉涛是显田唯一的儿子，大学毕业后回乡创业，跟着舒彤研究开发木耳的深加工项目。

他性情温厚，眼含笑意，憨实厚道，永远都是嘴角上扬，也像他爸爸一样，遇到急事时爱眨眼睛。村里人都说，这都不用做亲子鉴定，就知道是显田的儿子，没错。

此时，他正在看着舒彤上次出去考察回来后写的《关于龙水村食用菌种植的规模化、集约化管理的请示》一文，往电脑上打字。

他快速地打完了前言，正在打第二部分，便拿起稿子来仔细阅读。

一、木耳的营养价值：具有益气、补脑、凉血、止血、活血、涩肠、养颜等功效，含有大量胶质、蛋白质、铁、钙、磷、胡萝卜素、维生素等营养物质。

二、原材料收集：目前，种植量少，原料锯末子勉强能供应得上，若大规模种植，锯末子则会供不应求，请各级领导帮助协调林场解决锯末子问题。

三、木耳的种植形式：采用公司、合作社以及个人等产业链条模式，形成规模化生产，通过招商引资及政府扶持等形式成立相关企业，集采购原料、种植、晾晒、深加工、销售一条龙服务。既节约了成本，又减轻了负担，使村民人人变股东，有利于木耳产业的纵深发展。

四、木耳的深加工：目前，此地区的木耳属于简单包装阶段，但是对于深加工的黑木耳脯、黑木耳粉、黑木耳茶、黑木耳芝麻茶、黑木耳红枣茶等一系列产品都没有开发，建议开发建设木耳产业基地，做大品牌，实现木耳的最大利益化。

五、废弃木耳袋的回收与再利用：十多年来，由于挂袋木耳的大量种植，废弃木耳袋的污染很严重。现在，这些废弃袋已经造成了对西龙水河和西岸地区以及地下水的污染。希望一是用高科技制成有机肥或者是木炭；二是粉碎、烘干加工成易燃品，既解决了污染问题，又解决了村民的烧柴问题。

六、今后应加强其他几个方面的工作：1.积极解决闲置村民的就业问题。2.积极宣传挂袋木耳的好处和经济效益。3.政府起到牵头引导作用，提供必要的技术支持和相关的法律保证。

周玉涛读到这里，不禁暗暗佩服舒彤的经济头脑，尤其是第四部分，自己是无论如何都想不出来的，便笑着摇了摇头，继续噼里啪啦地在键盘上打起字来。

正在这时，建韬和建勋小哥俩来找妈妈，说是报志愿拿不定主意了。

周玉涛看着这两个有一米八三左右的俊俏男孩，脸形长得差不多，只是在发型上有所差异：建韬的头发像舒彤，黑而浓密，是直发，自然而然地向前延伸盖住了前额的一半；建勋的头发像志强，有些自然卷曲，往左偏分，形成一个弧度盖住前额的一半。他仔细看着他们，想到：这俩孩子真是各有各的美，帅气极了，便说道："你妈妈去了你姥姥家。刚才你小姑父也是有事来找她。"

他俩辞别了周玉涛，又匆匆来到了姥姥家。刚一进门，就见姥姥躺在炕上，一本《易经》伴在姥姥的枕头旁边。他俩知道，老奶奶走后，姥姥经常看《易经》打发岁月。姥爷坐在炕沿边，用慈爱的目光看着姥姥，嘴里不知说着什么。妈妈侧坐在另一边，正在给姥姥喂水，那场面温馨极了。

两个孩子站在门口，没有说话。杨思远一抬头，看到了他们，便招呼他们进屋。他们两个这才进得屋来，连忙从包里拿出了报考大学的志愿书。因建勋已经报了提前志愿军校，所以这次要报吉林大学的哲学专业。建韬则要报吉林大学的电子商务专业。两人拿不定主意了，这才来找妈妈商量的。

最后，在舒彤的建议下，建勋选择加报了吉林大学的气候学专业，建韬加报了东北师大的汉语言文学专业。他们俩都没报第三志愿。

正在此时，郝立邦进得门来，和杨思远他们打过招呼后，便对舒彤说道："嫂子，这几年咱村摩托车和农机具多了，我和巧娣想在咱村开个汽车修理厂。刚才和沈新乐商量了，他说让征求你的意见。"

舒彤听了，高兴道："这是好事，开吧，用地啥的别违反政策就行。"

一晃两个多月过去了，葡萄园里的葡萄熟了。郝立邦说干就干，汽车修理厂也开起来了，生意很红火。

建韬被东北师范大学汉语言文学专业录取。建勋被中国人民解放军理工大学指挥系录取。

邮递员送录取通知书来了，在葡萄园里找到了这小哥俩，将大红的录取通知书递给了他们。建勋顺手递给了他一串葡萄。邮递员吃了一颗问道："这就是你妈引种的葡萄？这葡萄可真好吃呀！"

建勋答道："是呀，这就是'龙水蜜汁'，远近闻名。我最爱吃了，上了大学恐怕就吃不成了。"转身指着葡萄园说道："你看，今天来订购葡萄的人可真多呀。"

建韬也附和道："是呀，今年供不应求呢，不知道咱村的村民过八月节能不能吃上呢。"说着，不无担心地抿嘴一笑。

邮递员抬眼望向葡萄园里，见很多客商开着车来订购葡萄。腾起弯着腰在过称，显田叔叔正在那里记录呢。舒彤站在一旁观看。

舒彤扭头看到邮递员和她的俩儿子，急忙让人把装葡萄的箱子归拢了一下，看看不够，又打了个电话让王小虎开车送过来一些，便从地里出来了。

她接过两个儿子的录取通知书，激动地翻开看着，脸上绽开了笑容，然后一下子搂住了小哥俩，用力一推道："棒儿子！走，回家！"

娘仨走到西龙水河岸，建韬看着浑浊的河水，不禁皱起了眉头，说道："妈，西龙水河真该治理了，村里不能光发展不治理。这样，再富裕还不是生活在臭水沟里，有啥幸福可言呢？"

舒彤道："我已经打过两次报告了，可治理西龙水河首先要把小煤窑停了。这事牵涉到镇里，妈妈说了不算哪。你看你大姨夫发现咱村有煤，竟然给西龙水河惹了这么大的祸，等我再打一次报告试试吧。"

娘仨正说着话，舒彤一抬头，看到了在树荫下散步的爸爸和妈妈。他们好像在低头说着什么，正慢慢地向自己这个方向走来。爸爸不时地用手去扶妈妈的腰，好像生怕她有什么闪失，眸中温柔的光不时地在妈妈的身上停留，这让舒彤感受到了爸爸对妈妈那浓浓的爱意。

自从奶奶去世之后，他们两个近八十岁的老人特别恩爱，经常成双成对出现在很多场合。这在以前是没有的，就是在某个场合遇到了，妈妈也总是陪着奶奶。奶奶的离世，让他们深深感受到了夫妻间的相濡以沫和相依为命。

此刻，建勋扯开嗓子喊道："姥姥、姥爷！"引得杨思远和舒彤妈一惊，这才看到了迎面走过来的娘仨。

建韬、建勋急忙上前将录取通知书递给姥姥和姥爷看，那神情明显是等待着他们的夸奖。

果然，姥爷说话了，"不错！你们一个要去保卫祖国，一个要去研究汉语言文学，都是咱们家的尖子，将来会成为国家的栋梁之材。姥爷支持你们！"

舒彤妈也附和道："是呀，你们上大学，姥爷和姥姥给你们拿钱。"

他们五个人说了一会儿关于上大学的事，便各自走了。

舒彤娘仨接着刚才的话题就发展与环境问题又讨论了一番，这才回到家里来。舒彤进门一看，志强在耳场还没回来，便生火做饭。

志强刚一迈进门槛，就听说两个儿子都考上了大学，不禁高兴地将他们挨个抱起，在地上抡了几圈，吓得舒彤急忙阻止。当晚，两个孩子用电话分别告诉了他们的亲人。

次日，志强开着他的白色小轿车拉着他的两个儿子去了城里，买回来了上大学所带的物品。

自从上次镇里组织人来参观了养老院后，有几个邻村回去也办起了小型养老院。

从去年春天开始，春晖养老院里又多了徐根清夫妇等十三人，这就使得房间不够用了。舒彤便向镇里和相关部门打了报告，准备重新盖所养老院。

很快，得到了镇里和相关部门的支持，批文下来了。舒彤这几天便筹备盖养老院的事情。上午，她到养老院征求了所有人的意见，往家走时，顺便到公公家去看看。

公公冯国英老两口不在家，只有巧月坐在炕上低头沉思。她的女儿宋娟站在地上，用手扶着巧月的肩膀，说道："妈，别难过了。你愿意让他回来，就让他回来，不愿让他回来，就算了，不用为这件事伤心。反正你俩都分开二十年了。"

巧月的女儿宋娟从医学院本科毕业回来后，在村里当了一名全科医生。老医生已经退休两年了,因没有接替的人,所以还在干着,巧月就让女儿考了全科医生。老医生见宋娟回来,很是高兴,这几天都忙着和宋娟交接呢。

舒彤接过话去问道:“小娟,谁要回来呀?”说着,坐到了炕沿上。

“大舅妈,你问我妈吧,是我爸要过来。我去卫生所了,要不然今天的任务又完不成了。”话没说完,人早已出门了。

巧月回转身来,看着舒彤说道:“我前些天去镇上,看到了宋有福。我们自从离婚后就没再见过面。他苍老得厉害,看见我就哭了,说是现在的村主任欺负他爸,把他们家的好地换给了自家的亲戚。他爸去讲理,上来两个人把他爸推倒在地狠狠打了一顿。他爸因为年纪大了,又加性子太烈,被打后一病不起。那村主任家的人看见他们家的人就挑衅谩骂。宋有福还说他爸早就后悔了,不该把媳妇逼出家门,说这是报应。嫂子呀,现在小娟他爷爷治病都没有钱。你说,可咋办呀?”巧月说着,抑制不住地哭了起来。

舒彤听后气呼呼地道:“这还有没有王法了,他当村主任的怎么能这么干?”

巧月止住哭声,道:“嫂子,宋有福虽说是在他爸面前有点窝囊,但是老实,从不说谎。这事肯定是真的。”

舒彤仍然气愤地说道:“没事,你先别伤心!他现在另娶没有?”

巧月摇摇头,说:“没有,他一直在等我,几次捎信来,都被咱爸压下了。咱爸怕我回去再挨鞭子。”

“那好,”舒彤说道,“我回去和你哥商量商量,看看怎么处理好。”接着问道:“咱爸和许姨呢?”看到巧月摇头,便迈开步子,回家了。

舒彤回到家里,看见志强正在做饭,两个孩子在洗衣服,也不说话,气哼哼地往炕沿上一坐,道:“怎么咱们党现在还出这样的败类呢?”

志强听舒彤这样说,诧异道:“出什么败类了?”

舒彤就把巧月前夫的事说了一遍,然后说:“去他村找他去!我看他能咋样?”

志强连忙道:“这样不太合适。我听你说这种现象,好像这个村主任是花钱买票当的还是咋的,反正不是正规渠道当的。这样的人都不地道,咱们和他们治不起气,不如打电话告诉镇长,请他来帮助解决。”

舒彤沉思道:“也行,你向宋有福先了解一下情况。要不然他怕你。”

志强答应着,放下了手里的活,拿起电话打给了巧月,要了宋有福的电话后,又给宋有福拨了电话。

宋有福接了电话，一听是志强的声音，竟在电话里哭了起来。他爸听说是儿媳的娘家哥哥打来的电话，强撑起病身拿过电话给巧月道歉。这个七十多岁的刚强老人，终于认识到了自己的错误。

志强了解完了情况，安慰了老人，挂断了电话。

翌日，舒彤向姜浩鑫镇长反映了这个情况，没想到姜镇长却不咸不淡地说："不会吧，等了解一下情况再说吧。"

时间过去了一个星期，也没有消息，舒彤亲自到镇里找了周书记反映情况。周书记让姜镇长下去处理了此事，将地还给了宋有福家，那村主任给宋有福家道了歉并承包了医药费。

事情过去之后，宋有福要求复婚，他爸和他亲自到冯家给冯国英和巧月道歉。巧月原谅了他，答应了复婚。于是，在父亲的病好之后，宋有福来到了龙水村和巧珍复了婚，并从此生活在了龙水村。

紧接着，建韬、建勋小哥俩在祭拜了老奶奶于红花和奶奶郑大双之后，各自踏上了去往学校的征程。志强分别去了趟长春和南京，把他们送到了东北师范大学和中国人民解放军理工大学。

临走前，杨思远给两个外孙送来了一万块钱，说是学费和第一个月的生活费，并非常严肃地和他们谈了话。对建韬说的是做学问要一丝不苟，刻苦钻研，不可耍花架子，徒有大学本科的虚名；对建勋说的是既然选择了参军这一行，就要刻苦训练，学好本领，时刻准备着为祖国和人民献身，不可侮辱了军人的名声。

小哥俩郑重地点头，默默记下了姥爷的嘱托。

志强把他们送走不长时间，就接到了他们军训的电话和照片，夫妻俩非常高兴。

这日，舒彤正拿着照片在看呢，就听见门响，原来是沈新乐来了。

沈新乐说镇里要求按文件精神统计、调查新型合作医疗村民名单，问将这项任务交给谁合适？

舒彤将手里的照片放在了炕上，想了想，说："那就一个社除了社长和副社长再出一个人，每个社长和一个人走访调查，留一个在家专门做统计。这样很快结果就统计出来了，最后汇总到村里就完事了。"

沈新乐听完，又拿起哥俩的照片看了一会儿，这才去了村委会，用广播通知社长到村委会开会。

到了这年的九月末，覆盖了 8.05 亿农民的新型合作医疗制度形成，免费提供了 10 类 41 项基本公共卫生服务项目，使得龙水村 98%的村民看病享受到了“大病统筹兼顾、小病理赔为主”的医疗保障。

53

这是一个雪花飞舞、空气中弥漫着温馨的早晨，龙水村在开完了一年的总结大会后，开始了选举村务监督委员会班子成员的会议。

沈新乐坐在前面，看了看全体村民，说道：“乡亲们，根据党的文件精神，我们在一周前公示了村务监督委员会成员的名单，看看大家如果没有什么意见，就进行投票选举吧。在这选出的三人当中，必须有一名党员，一名懂财务人员，才能构成这个班子，所以请大家按照要求选举。”

沈新乐看了看台下没有反对意见，便叫齐铁柱和显田安排投票箱，给大家发选票。

根据黑板上投票的正字，第五生产社社长倪金昌当选为村务监督委员会主任，第二生产社社长腾起和一社村民王向群当选为委员。其中倪金昌负责监督村两委的重大决策和事项。腾起负责村务台账等有关财务方面的监督。王向群负责监督村务、环保、政策宣传等方面的工作。

因为这村务监督委员会的成员不能与村两委的人有任何亲戚关系，所以，候选人当中就已经规避了这个问题。

选举结束后，沈新乐请舒彤讲话。舒彤看着新当选的班子成员，说：“首先，让我们以热烈的掌声祝贺咱村务监督委员会的诞生，祝贺新当选的倪金昌主任和其他班子成员担此重任。”看到台下热烈的掌声停息后，舒彤强调了成立村务监督委员会的重要性，村务监督委员会和村两委的关系，提出了对新成员的希望，并希望村民们支持村务监督委员会的工作，共同把龙水村的工作做好，早日走上全村共同富裕之路。

龙水村设立了村务监督委员会后，制约并监督村干部处置村集体财产的权力，使村里的财务和村务从此公开化了。

散会后，很多人脸上洋溢着幸福的笑容，拿着奖品、奖金和证书走出了会场，在纷纷扬扬的雪花中奔向了各自的家。

他们对今年全村实现人均收入达到两万余元感到兴奋，心中对来年的幸福生活更加憧憬。

散了会，舒彤来到了爸妈家，看看年前还有什么活要干。一进门，看见爸爸正在那里和妈妈拽床单。舒彤看到他们脸上洋溢着笑容，互相之间生怕把对方闪倒，都在试探着用力，便笑道："妈，现在不用我洗衣服了，连拽床单的活都自己干了？"

舒彤妈扭头看到女儿进门，不觉笑道："你那么忙，还是少给你添些麻烦吧。再说，现在有你爸帮忙，什么活都难不倒我。"

舒彤还没和爸妈说上几句话，就接到了孙晓蔓的电话，说老林头心脏病复发快不行了，便挂断电话急匆匆赶到养老院。

一进门，看到大家都围拢在老林头的床前。老林头看到舒彤过来，抬了抬头，断断续续道："丫头，我快不行了。托你的福，我在这里度过了幸福的晚年，新养老院我是住不上了。"接着，他大哭起来，说是死了没人给他摔火盆、打灵头幡，自己会变成孤魂野鬼。

舒彤急上前安慰，说新养老院的地基已经打好了，叫他好好活着，过两年就能住进去，还说死了她给他摔盆打灵头幡。

老林头听了舒彤的话，摇了摇头，淡淡一笑。意思是女孩子摔盆打幡都不好使，接着，用那周围布满"核桃纹"的双眼，将每个人的脸扫视了一遍，安详地闭上了眼睛。

九十一岁的老林头因心脏病复发离开了这个世界，给村两委留下了个难题。那就是出殡时，谁给他摔火盆打灵头幡？正在大家商量这个问题时，没想到志强却说："我愿意过继给他当儿子，摔盆打灵头幡。"说完看了舒彤一眼。

沈新乐看了看志强，心中触动很大，说道："冯大爷，你年龄太大了，还是我来吧！"

舒彤说："老人家年轻时为咱村的建设做了不少贡献，后来落下了毛病才身体不好的。你们谁打都是一样，死者为大，入土为安。"

郑小双听说这事不高兴了。她打电话给志强道："你打的什么灵头幡，到了阴间谁是你爸？我姐找谁去？”

志强安慰道:“小姨，舒彤已经答应老人家摔盆打幡了。她是女的，不行。说出去的话要算数，我得替她。再说，咱是农民的儿子，老林头也是农民，咱给他摔盆打幡有啥不行的？我妈将来肯定找我爸呗，找谁去。”说完呵呵一笑，挂断了电话。

最后，是杨思远提出建议，还是志强摔盆打了这个灵头幡，把老林头埋在了大桦树林的一个僻静处。这是老林头生前就选好的他老伴儿的墓地。他们葬在了一起。

这件事对村民的触动很大，人们每当说起这件事情都竖大拇指，说志强两口子金口玉牙，说话算数，讲诚信，这才是他们心中的好党员。他们信得着，因此，党组织在乡亲们心中的公信力就更大了。

后来，村里定了规矩，凡是孤寡老人去世，由村两委的男人们轮流摔盆打灵头幡，由村干部和乡邻将他们装殓好，火化之后埋入大桦树林，算是对他们的一种尊重，也算是给他们一个归宿。这样，很多孤寡老人就更不愿意走了，都想终老在此，养老院里顿时又多了几位老人。

开春之后，舒彤再次将关掉小煤窑的事写了请示交到镇里，同时也上报到县里的相关部门。当时的政策是如果关掉小煤窑，政府每个井口会给补助四十万元。

在等待小煤窑关闭期间，国家农村饮水安全工程入户安装和施工要在龙水村开始了。根据龙水村的实际情况，经费来源是每户八百元，按照文件要求国家给拿四百元，乡镇拿二百元，个人承担二百元，包括水管改造费、安装人工费、技术支持费和安装材料费等，经村两委讨论并召开村民大会通过，村里负责每户给交一百元，村民个人每户只交一百元就可以了。

于是，第二天，管道等材料就开始往村里运了，当时正值春季，舒彤和沈新乐都忙不开，就把这项任务交给了王小虎。王小虎通过这几年的休息，脸上有了红晕，身体恢复得不错，因此，欣然接受了这个任务。

村里原来都是压水井，每户门前一口。龙水村的地下不缺水，但这些年因开小煤窑、菌袋的处理不当和乱开荒等，破坏了地下水源，使西龙水河两岸的人家水井里打上来的水有些泛黄，所以舒彤他们附近的人家都是到东龙水河上游去挑水吃。如果安上自来水，就解决了全村的吃水问题，既方便又省事。

水源好确定，东龙水河和西龙水河上游都是不错的水源，但是水库的水源是最充足的，最后确定水库为自来水的水源。没几天，龙水村各户均已挖好了水沟，就等着下管道和接水龙头了。

忽一天，乡亲们奔走相问："你家有水没？""有哇，哗哗的。""太好了，一拧水龙头，那清澈的水就流出来了。""你家有水吗？""有，这可解决了咱的大问题了。那水可真清呀！咱们再也不用为水发愁了。"

人们喜气洋洋，看着哗哗的流水，流出了激动的泪水，互相分享着能吃上自来水的喜悦。

舒彤正在屋里拧开水龙头，将清冽的水流引到缸里，那水缸没多长时间就已经满了，看得她是心花怒放。她又将一盆脏水泼入下水管道，试试刚才的脏水到哪里去了，那脏水也顺着管道瞬间就没影了。舒彤暗想：天哪，这得省多少力呀！这和城里差不多了呀。

她正在被刚才的试验惊喜着，屋里电话响了，是春柳打来的，说是过几天带着对象回家来看爸妈，喜得舒彤暗想：好事都赶一块儿了。

舒彤接满了水缸里的水，撂下电话，便骑上摩托车急急忙忙往新建的养老院赶。

二十分钟后，她到了养老院，看到刚盖的一栋四层楼的新养老院的框架刚刚起来，工人们正在往上安装钢屋架，有几个年龄稍小点的老人正站在一旁观看。沈新乐正和一个管事的人说着什么。

看到舒彤来，沈新乐过来对舒彤说："杨书记，我觉得应该再添个图书室比较合适。虽说咱村有图书馆，但人老了，行动不便，在楼里看书方便。这在原来的设计上没有。"

舒彤想了想，说："也对，将来咱们住养老院的人都有文化了，图书室是少不了的。"然后手搭凉篷往房顶看了看说："新乐，你要监督好每一个环节，我们'求功要求百世功，求利要求千秋利，求名要求万代名'，决不能干面子工程给后人留下祸患。"

沈新乐点点头，说："是，我一定会做到，请杨书记放心！我早就把这话跟他们说了，要是有一点糊弄，别怪我不客气。那我现在就去告诉他们给留出一间来做图书室？"沈新乐看到舒彤点头，便往施工队那里协商去了。

自从舒彤奶奶去世以后，欧阳伟夫妻每年夏天都到龙水村来度假，和杨思远夫妻相处一段时间，以减少他们夫妻因子女不在身边的寂寞。

这日，杨思远和他从林中出来，去了苗圃，有一批绿化花要在这里落户，他要去验收。欧阳伟便一个人往家走，到了山根下，见有个农民看见他，一闪身回屋里去了，似有躲避之意，当下暗自思忖：我一个外地人，与大家没有利害冲突，躲避我干什么呢？中午吃饭时，便把这事与杨思远夫妻说了。

杨思远一惊，说道："怎么会呢，他家原本是老实人家，近几年除了在耳场上班，自己还生豆芽卖，日子过得也不错。"他虽嘴上这么说了，还是带着疑问给舒彤打了个电话。

舒彤接到电话也是疑窦丛生。为了不发生意外，她还是给沈新乐打了个电话，叫他约好齐铁柱中午吃完饭后一点钟，一起到这户村民家看看。

等舒彤到了这村民的家时，沈新乐和齐铁柱都已等在门口。三人一同进了屋门，只见这家的西屋里摆放的十几口大缸里面全是豆芽，有黄豆芽，有绿豆芽。屋里的药水味呛得舒彤接连打了几个喷嚏。屋内的炕沿边上摆放着 AB 粉、无根水、漂白粉、防腐剂和激素等非法添加物。

屋里的主人显然没料到书记、主任和治安员一同前来，顿时手足无措，急忙又是倒水，又是寒暄。舒彤抬头环视着这间密封很好、下水道排放顺畅的屋子，问道："这屋里什么味道？"

屋主人答道："就是生豆芽的味道。"他的眼睛始终看着地下。

"生豆芽的味道？"沈新乐一边问着，一边从水缸里抓出了一把豆芽，"这豆芽怎么长得这么白，这么粗，和自己家生的不一样呢？"

屋主人看了一眼沈新乐手里的豆芽，看看瞒不住，说道："那是用了激素和漂白粉才长成这样的。"

"激素？"舒彤吃惊不小，"就是容易导致骨质疏松和肥胖的激素？大夫除了紧急情况下才用点，你却用激素？"然后，声音变得极为严厉，"为什么要用这些东西？"

屋主人没敢回答，只是低头在那里拨弄地下水道的水。

齐铁柱见对方不回答，便过去把放在炕沿上的 AB 粉、无根水、漂白粉、001 亮白剂等东西拿过来，问道："豆芽里这些东西都放了？"见对方仍不回答，大声喝道，"老实说，不然化验出来让你在全国曝光，看你老脸往哪儿放？"

屋主人这才吭吭哧哧地小声回答："嗯，都放了。"

还没等屋主人说完话，齐铁柱气得上前将十几口大缸里的黄豆芽、绿豆芽都抓出来扔到地上，用脚使劲猛踩，一边踩，一边说："王八蛋，这是制毒药还是生豆芽呢？敢情你不吃，是不是？真没想到龙水村还有你这等无良村民。"

沈新乐也上去帮着齐铁柱从缸里往外掏豆芽，一刻工夫，白花花的豆芽撒了一地，十几口大缸里的豆芽所剩无几。

那村民见村主任和治安委员火了，上前拉住沈新乐的衣袖，苦苦哀求道："主任，你们别生气了，现在好多地方都用这种方法生豆芽。这比正常生豆芽毛利要多出 50%的利润呢，市场上这样的豆芽好卖，而咱们平时生的豆芽不好卖呀。再说，也没见谁吃出毛病来。"

"你浑蛋！这又不是剧毒，现在吃了，马上就死了。几年甚至十几年后的副作用谁知道呢？还敢拿别人来比，别人杀人你也杀人吗？"齐铁柱不容他说话，气愤道。

舒彤听见屋主人这样说，便问道："你这生豆芽的方法是从哪里学到的？"

"是我嫁在外地的女儿一个亲戚教她的。"屋主人看着满地一片狼藉的豆芽，心疼得蹲在地上红了眼圈。

沈新乐道："那好，两条路由你选。一条是你从今往后不要卖豆芽了，只在耳场上班还可以养鸡鸭鹅一样能发家；再一条是继续卖豆芽，但是要按照笨方法，价钱稍高一些，在卖中宣传有毒豆芽的坏处。这样，时间长了，人们都会买你的豆芽，有毒豆芽也就没有市场了。"

看到屋主人在犹豫，舒彤说道："秦利相，咱们不能做伤天害理的事呀，这豆芽不管是谁吃了，都是中国人。我们都是一个祖宗。咱们怎么能够做伤害自己同胞的事呢？自相残杀，这在一个民族是多么可怕呀。"

那秦利相比舒彤小几岁，原想着人家卖自己也卖，没有什么，今天听了舒彤这话，头涨得老大，哭着点头说道："好，杨书记，要是这样，我愿继续生豆芽卖，把那些有毒豆芽打下去，不要让它再害别人了。"

"好。"舒彤鼓励道，回头对沈新乐和齐铁柱说道："开个村民大会，把这件事情讲一下，告诫大家千万不要做违法的事，不要为了挣钱昧了良心。"

沈新乐和齐铁柱答应着，帮助屋主人收拾了残局，便离开了这户村民家，去召开村民大会去了。

54

今年的夏天格外热，已经是下午三点多钟了，太阳把大地照得像要冒火，人走在地上像进了蒸笼。

志强匆匆忙忙从耳场回到家来，觉得心脏不太好受，便坐在了圆桌旁的小圆凳上，顺手拿起了一把舒彤的小圆扇子扇着，心里渐渐清爽了很多。他放下扇子，又倒了碗茶喝着，头上的汗也渐渐消去。

他抬眼望向窗外，见外面的庄稼都低下了头、卷起了叶子，阳光将热量毫不留情地倾泻在上面，便将视线收回，落在了一壶淡茶上。这使他想起了小时候连白开水都喝不上时，妈妈趴在地上引火烧水的情景，不禁想起了妈妈在世时的许多往事，那心里似打翻了五味瓶，平添了许多思念的愁绪。

“唉，蓦然一惊，已到中年。”他自言自语着。如今妈妈已经离开自己二十多年了，自己的两鬓也有了些许白发。岁月无情呀！他这样想着，不由得长叹一声，起身去抽屉里拿了丹参片的瓶子，从里面倒出三片送进嘴里，正要喝水，就听外面门响，急忙喝了口水将药送下，便见春柳和一个上中等身材的男孩子开门进来了。

春柳进门先向志强介绍了那男孩子，又向那男孩子介绍了自己的爸爸。

那男孩子急上前来与志强握手。志强见这男孩子长得眉眼开阔，很是大气，肤色不亚于春柳，便也与男孩子握手寒暄。

这个男孩子正是春柳新处的男朋友，叫于宝恩，计算机研究生毕业，家住沈阳，也在北京创业，有自己的广告公司。他比春柳小两岁，今年三十岁了。因和春柳常有业务往来，又同属一个专业，两个人对很多问题的看法很接近，便越走越近，渐渐产生了情愫。

他们此次回来是准备先见见二位老人，看看两家老人若都没啥意见，小伙子就准备让父母来提亲商量婚事了。

志强叫他们在家里坐着，又给舒彤打了电话，便骑着摩托车去了市场，买回来了许多菜。

春柳和于宝恩帮助志强摘菜、做饭，可是饭都好了，舒彤也没回来。

此时，舒彤正手持电话，站在卖豆芽村民的院子里，手在不停地擦着汗，对着电话说道:“这事就拜托您了,周书记,这不是欺行霸市吗?对呀,我们必须管,这是支持正义的事情。好好,我等信儿。”

站在她旁边的村民两眼浮肿,左腮乌青,头上包了白色的绷带,右臂吊在了夹板上,看来是骨折了。

舒彤对他说:“秦利相,你别着急,事情总会解决的。”

沈新乐问道:“那,杨书记,屋里还有那么多豆芽呢,咋处理呀?”

舒彤往屋里看了看,问道:“还有多少豆芽?你卖多少钱一斤?”

秦利相哭丧着脸,答道:“两缸黄豆芽,七缸绿豆芽。这批才卖了不几天,黄豆芽三块钱一斤,绿豆芽两块五一斤。”

舒彤说道:“新乐,快回村委会通知,有愿买豆芽的,赶快到秦利相家来买,就说我买了五斤,可以把这个情况在广播里说一下。为了支持秦利相一心利民的初心,号召大家来买,但不强迫。”

舒彤看到沈新乐拔腿走了,回头对秦利相说:“叫你媳妇给我称豆芽吧,二斤黄豆芽,三斤绿豆芽。”

秦利相瞪大了眼睛,为难地说:“杨书记,你,你还真买呀?”

舒彤看着他说道:“这还有假吗?快称吧,别一会儿人多了,忙不过来了。”

原来,这秦利相上次被舒彤他们教育了之后,每天生笨豆芽拿到集市上去卖。一开始,任他怎么说,大家也不认。他的豆芽老了不少,只得送人。但他坚持了下来,后来慢慢打开了市场,人们每天都等着买他的豆芽,别人的豆芽就卖不出去了。一个同一市场的中年妇女见自己白白胖胖的豆芽这几天卖不出去了,暗中一打听,知是这人砸了她的饭碗,于是,暗中勾结她在外市的弟弟,伙同几个人来将秦利相的豆芽货架砸坏了,还把他毒打了一顿。

就这样,出现了舒彤打电话请求镇委书记帮助解决处理问题的场面。

此刻,舒彤见有村民来买豆芽,便拎着自己的豆芽回家了。她要急着见未来女婿。

接着,陆陆续续来买豆芽的人不少,秦利相媳妇一直忙到了天擦黑,才歇下来。第二天,又有来买豆芽的,第三天,还有来买豆芽的……一直到这批豆芽卖完,村里的人才不来了。

卖完豆芽的那天晚上,夫妻俩看着卖豆芽挣的一沓钱,感动得坐在那里互相看着对方笑着流泪。

这里舒彤拎着豆芽进了家门，一家人迎上前来，志强笑道："你买这么多豆芽回来干吗呀？先少买几斤，明天吃了再去买呗！"

舒彤笑道："我得带个头儿呀，再说了，不是有冰箱吗，吃不了放冰箱里不就完事了。"一边说着，一边和于宝恩打招呼，一家人上桌吃饭了。

次日，舒彤去看养老院新加的图书室，还要接待来测绘旅游民居地址的技术人员，特别忙。旅游计划已经上报了好几年了，因资金数额缺口太大，迟迟动不了工，现刚批下来贷款，终于可以动工了。舒彤心里异常激动。

志强只好带着春柳和他的爱人依次去了爷爷家、姥爷家、姑奶奶家拜访了一下，晚上又去了几个姑姑家。这样，春柳要定亲的消息就传遍了龙水村。

他们在家住了一个星期。在这一个星期里，春柳带着于宝恩到耳场劳动，帮妈妈到葡萄地里打药，帮姥爷到黄烟地里掐尖。

临走前，于宝恩说龙水村的天蓝、山绿、水清、人好，比北京强，北京每天上班堵车，雾霾严重，工作起来像机器。他真想多待几天，无奈业务繁忙，那边来电话催了好几次了，因此只得和春柳踏上了回北京的火车，准备回去就叫他爸妈过来认亲结婚。

刚送走了他们俩，舒彤就接到了镇里周德海书记的电话，说是已经开始处理了。打人那小子被判十五天拘留，包赔秦利相一切经济损失和医药费、误工费等，并上门道歉。

秦利相在接受对方的道歉时，向她讲了卖用药生豆芽的坏处，并教给了她生笨豆芽的方法。那中年妇女很受感动，回去也卖笨豆芽去了。后来，还不时到秦利相的摊床请教，二人在市场上卖豆芽出了名，所有来买豆芽的人都在他们这里买，生意极好。

这里处理好了豆芽的事情，把春柳打发走了，舒彤才算是松了一口气。她从爱劳动和爱乡村这两件事情上来看，觉得春柳选的未来姑爷不错，和他们也处得来，不禁将一颗在春柳身上悬挂的心放了下来。

她站在新测绘的旅游民居住址前，看到工作人员来来回回、忙忙碌碌的身影，幻想着等民居盖起来后，客人们再也不用为没住上念云家的房子而懊悔了的情景，不觉低头抿嘴在那里偷笑起来。

一声“嫂子”，把舒彤从幻想中拉回到了现实。她抬头一看，是二妹夫金铁军，便问道：“铁军，有事啊？”

金铁军拿着加工厂的执照，走近前来，对舒彤说：“嫂子，我想把加工厂的执照过给橙橙，专心养蘑菇，这样等以后咱村食用菌种植规模化和集约化管理以后，再和哥合起来养蘑菇一起干大事情。”

舒彤看了一眼金铁军手里的执照，说：“行，不过晚一点过给他也行。他不是正跟着他四姨父学汽车修理呢吗？”

“参军回来考了两年公务员，也没考上。这不是正学呢，学得还不错！”

“嗯，你看着办吧！”舒彤说着，忽然间手机响了，是县安置办打来的，说是县里根据金墨成两年报考公务员的表现和国家对复员军人的分配原则，安排金墨成到县里的民政部门工作。

金铁军听到了对方提到自己儿子的名字，又听说调到什么地方，没听清楚。等舒彤一挂断电话，便急切地问道：“怎么回事，嫂子，哪里来的电话，调橙橙干什么去？”

舒彤笑道：“好事情，县里给橙橙安排到民政部门工作，过两天就去上班。这回呀，你就不用把加工厂的执照过给他了。”

金铁军听了这话，高兴道：“是呀，不用给了，那可太好了。”一边说着，一边激动地拨通了巧珍的电话，把这个消息告诉了她。

到了初冬，舒彤设计的旅游民居盖起来了。市、县、镇三级领导都来参观。当他们一下汽车，沿着青石板铺的小路拾阶而上时，一排排的民房就映入了眼帘。

近前一看，只见高大的门楼伫立在农家小院的正前方，左右两面竖着的木板上分别写着对子，横批也是由木板做成的，在横批的上方是用稻草做成的雨搭，两面分别挂着两个红灯笼。

进入大门，院子里的右面是由四个一长串苞米擎起的三大横排黄澄澄的苞米，院子里的左面是一排竖串的红灯笼，再往左侧有一个小菜园。园中一进门右侧是一盘石磨，左侧十米开外是一个用稻草做的蘑菇状亭子。亭子里面有一个圆桌，四个圆凳，在它的右斜上方有一个稻草亭子。亭子下面是一口带有辘轳的水井，紧挨着水井的是一个有流水叮咚的泉眼。

坐北朝南的正房是用圆柱或长条松木装饰的五间房，探出有二尺半的房檐下挂着间距相等的大红灯笼。正门有一个门楼，古色古香，很有乡土气息。由正方形和菱形组成的、本色木制的小方格子窗，里面镶着玻璃，正中玻璃上贴着一个大红“福”字的窗花，左面的墙壁上挂着一串串的红辣椒和黄色的谷穗，特别具有原生态的自然美。

进到屋里，右面是南北通的一铺大炕，能住十个人，炕的上方是被架，每个格子里面放了大红的牡丹花被褥、枕头等，窗帘是绿色的牡丹花棉布折叠成了很好的褶皱悬挂两旁。中部是餐厅，放着四张能坐十余人的桌子，北面打了一个小搁板，搁板上放着各种酒和饮料，有点像酒店的接待处。再往左是南北两间客房，都能住七八人，屋里的布置和南北通的房间是一样的，都是电炕，两间客房的通道里面是卫生间。正门往里是厨房，厨房面积十几平方米，厨房两边是两间客房。

正房的右侧是一排由桦木组成的小房子，里面是养猪和家禽的地方，再往后的山上是菜园子。

这样的小院错落有致地排列共有二十户，虽然是对联内容不同，但屋内结构相同，个个建得具有生态民居的古朴之美，真是布局巧妙、典雅美观。

众人看到这里，无不称奇。接着，舒彤又领着大家往山上走了大概一里路，越过一个小山梁，就看到了几排白色的朝鲜族民居，这里和刚才看到的又有不同。

这是一排排面向西南的、屋顶由四个斜面构成、主室上建筑形态是大“人”字形的民居。雪白的墙壁，明亮的窗户，上面用稻草覆盖的房子，每套房屋正面开一扇门，同时开窗，房前均有廊。众人走来将鞋脱在廊里，赤脚进得屋来，盘腿而坐，四处观望，见整齐的被褥叠在炕梢，干净整洁，朴素大方，布局极尽朝鲜族风格，不禁啧啧称赞。

大家参观完了旅游民居之后，市里在龙水村会议室主持召开了总结交流会议，号召各村向龙水村学习，要有大格局、大举措，大力发展旅游业。

龙水村的乡亲们听说全市旅游会议在村里召开，大受鼓舞，个个摩拳擦掌，表示一定要发展好旅游业，为全县树立好这个标杆。

第十九章 春风化雨

55

这是农历二月初的一天，随着噼噼啪啪的鞭炮声，养老院的老人们迁进了新居。其实，养老院在去年秋天就已经盖好了，经过精心的装修后，又放了几个月，请各部门来测量了甲醛的指标后，才进行了乔迁之喜。

徐根清和老伴儿站在屋子中间，用力伸直已经驼了的背，抬头观看着屋内的一切设施，激动得心都要跳出来了。因为他们的房间里，明亮的塑钢玻璃窗内，有两张一米二宽的床，床上新铺的被褥，每张床的床头都配有床头柜，对面有写字台和两把椅子，43 英寸的液晶电视机挂在墙上，茶盘、暖瓶、水杯等一应配齐。进门左侧有一个和床一样颜色的暗红色大立柜。独立的卫生间里，花洒、大镜子、毛巾等洗漱用品一样不少，连拖鞋都备好了。

老两口正在欣赏着，就见几个老人推门进来，原来他们是来这里参观的。

正在这时，院长孙晓蔓进来领着大家又相继参观了图书室、台球室、麻将室、围棋室、象棋室、扑克室、会议室、大型活动室、餐厅和厨房中的先进设施后，把老人们喜得合不拢嘴，感慨地说:“城里的养老院也不过如此。”

刚把养老院的老人安置好，舒彤就和沈新乐商量了一下，让他抓好生产，自己抬脚骑上摩托车去了六社。

国家在去年提出精准扶贫，今年又规制了扶贫模式的顶层设计，给乡村脱贫指明了方向。就是谁贫困，就扶持谁，对扶贫对象实施精确识别、精确帮扶和精确管理的治贫方式。她要去各社贫困户家走走看看，了解第一手情况，然后对症下药。

六社有的农户住在大山里，刚下过一场雪，路很滑，摩托车用不上，只能步行。她和六社社长曹玉才爬山踏雪走了大半天，摔了两跤，才走了一家，中午饭都没吃上。就这样，一连走了五六天，才把具体情况摸清楚了。

六社被列为贫困户的有九家，这九家都是因为居住分散没有加入种植人参合作社而导致贫困的。

曹玉才为了使这些村民能够生活下去，便每年把人参合作社的资金发一些扶助金给他们。加上他们自己再种点粮食，生活算是勉强过得去。

舒彤在回来的路上对曹玉才说："这样长了不是个办法呀，等过了年咱们再想想，看怎么才能让他们长期脱贫。"

曹玉才摇摇头，沉思着说："难哪，他们住得离社里太远，想去市场卖点东西都很困难，没有来钱的道儿哇！又不肯搬出来。"说完，一脸无奈地冲舒彤摊了摊手。

舒彤看着曹玉才脸上的神情，眸子一沉，陷入了深深的沉思。

舒彤在家休息了两天，又和七社社长程亮继续走访贫困户。

七社的情况要好一些，在龙水河支流两岸居住的村民，因为都是种植黄烟专业户，所以收入颇丰。只是，七社的山后有七户村民，有的是养蜂专业户，有的是养猪专业户，生活原本还算过得去。

近几年，一户因母亲有病，没有时间照顾蜂群，成了贫困户；一户因猪饲料涨价、猪肉跌价而赔了本成了贫困户；另外三户是亲戚，他们的老人从山东来时就住在这里，不愿离开，只靠卖山野菜和土特产维持生活，日子十分拮据；还有两户，一户是妻子有病，一户是孩子上大学，都有借款在身；上大学那户的学费是从村里支出的，这个舒彤知道，可他还有个病妈，舒彤就不知道了。因为是今年春天才得的病，舒彤又是迁养老院，又是策划春季旅游，没来得及走访呢。这一看，就知道问题的严重性了。

回来后，舒彤召开了村委会和社长会议，把去六社、七社走访的情况与大家讲了一遍，又征求了一下各社长的意见，兜了一下情况，共列出贫困户二十六家。

舒彤拿着这二十六家的名单，对沈新乐说："你派两个人将其余十一户的情况列个单子，要详细。过一段时间，大家再一起拿出个办法来。"

散会之后，舒彤刚进屋里坐下，只见一个身影闪进门里，定睛一看，是甄煜起，便笑问:“煜起,有事?”

甄煜起不好意思地点头嗯了一声,拘谨地坐在了沙发上,语气沉了沉,说:“杨书记,去年末,国家允许单独可生二胎。我家她是独女。我们想再生个孩儿,不知怎么样办理手续?”

舒彤将文件等收拾好蹾了蹾,放在了桌子的左上角,说道:“行啊,但是得先提申请,具体细节你找辛玉芝问问,还得提供独生子女证和户口本啥的,准生证办下来你媳妇才能怀孕哈。”

正在这时,村务监督委员会委员王向群进来商量贫困户的汇总问题,听甄煜起说要生二胎,也关心地问起这件事来。

舒彤便叫辛玉芝给所有适合政策的年轻人开了个会，讲了生二胎的条件和具体办手续的程序。

过了几天,龙水村的青年人都陆陆续续办了二胎手续,但有三分之一的人不想生二胎,也就引起了不少老年人的不满,还有的想生二胎,但夫妻都不是独生子女不够条件,也是顾虑重重。一时间,就放开二胎的事情,在很多家庭引起了不少矛盾。

五一小长假,憋了一冬天的人们刚见到一丝绿色,就都急着来到田野里呼吸新鲜空气了。龙水村的村民也已将民居准备完善、整装待命。这样,从城里来龙水村旅游的人们就都住上了新房子。他们见屋外漂亮、屋内的设施和城里没什么两样的民居,都兴奋异常,一传十、十传百,使新盖的民居一下子爆满。

另外，愿意吃农家风味饭菜的住农家小院，愿意吃朝鲜族风味饭菜的住朝族屋,但更多的客人是两面住,都想体验一下,这就使原来只住一两天的客人又增加了一倍的时间,营业额显著上升,也使原来的人手不够了。没办法,沈新乐急调其他人员来增援。

为了应急,也为了有条不紊地发展旅游业,村委会连夜召开了紧急会议,任命周显田为景区经理,下设客房部、餐饮部、公关部、景区协调部,这才算把小长假应付下来。

盛夏,鸡热得躲在屋檐下闭起了眼睛,狗热得趴在墙根儿下吐着舌头。舒彤正满身是汗地站在地上为母亲梳头。她小心翼翼地将母亲几根掉在肩头的白发轻轻拿起扔掉,再用卡子将稀疏的、像苞米缨子似的头发在脑后夹好,刚要说话,就听电话铃声响起，便接听起来。原来是市里和县里批准了她的开发木耳深加工的项目，同意龙水村建食用菌有限公司。

舒彤听到这个消息，真是喜不自胜，忙将手机放进包里，说道："妈，我去上班了，看看联系建食用菌有限公司的相关事宜。晚饭您和爸一起吃吧！我就不回来了。"

一个月后，食用菌有限公司在村子西山上一块平缓的山地上开建了。这是吴晓津投资干的。他的企业已经成为全国上市公司。舒彤在提建龙水食用菌有限公司计划前，就已经和吴晓津沟通好，让他在这里投资了。

吴晓津为了第二故乡的建设，毅然答应了舒彤的请求，并请相关部门人员做了评估，觉得将来这个食用菌有限公司一定会为龙水村和他本人带来良好的经济效益。

志强站在工地上，仰头看着塔吊在上上下下地吊着钢筋、模板等建筑材料。房顶上工人们有的在绑钢筋，有的在砌墙，有的在固定模板，忙得不亦乐乎。一会儿，忽见一辆搅拌车拉着商品水泥来到了工地，调好位置后，用水泥泵车将水泥直接运到房顶所需要的位置，就见厂房在不断地增高。

志强看到这里，不禁心生感叹：祖国的变化真是日新月异。没想到，在改革开放三十六年的时间里，不光种地使用了机械化，就连盖楼房都是机械化了。他不由得想起刚结婚时，舒彤请假和妈妈在家脱坯为小姨盖房子的情景，顿觉鼻子发酸、眼眶发热、眼睛里弥漫起了水雾，两行热泪顺着已有轻微老年斑的脸颊上流了下来。

他怕别人看见，连忙转过身去，用袖子擦干了眼泪，正待回转身来，就听见沈新乐喊他的声音，原来是他带着邻村的村主任来参观了。

互相介绍后，原来他们认识。志强向来学习的人介绍了春耳、秋耳的接菌时间、摆放割口和采摘时间，早晚喷水、中午断水和发现菌蝇及时用农药诱杀等注意事项，介绍得非常详细。

邻村的村主任和同来学习的人很认真，一边听讲、一边询问、一边记录。

等到志强介绍完后，邻村的村主任和志强聊天时问道："冯书记，你不知道吗？欺负你妹妹公公的那个村主任被免职了。"他还是习惯称志强为书记，因为志强当书记时，他也刚好在任。

志强一惊，问道："为什么？"

“他行贿受贿，好像贪污了五百多万，正在审查。我看将来得坐牢。”

志强“嗯”了一声，说道：“一定得坐牢，中央反腐力度这么大，不会像以前似的，花俩钱儿就捞出来了。”

“是呀，多行不义必自毙。那小子也太狂了。”

沈新乐听他俩在那里聊得很热乎，也不便插嘴，等到他们说得差不多了，便提醒他们去吃饭。于是，他们便跟着他一起走了，去了齐铁柱的饭店。

一星期后的一个下午，镇里周德海书记给舒彤打来电话，说是姜浩鑫镇长和县里的一个副县长被双规了。他们都是打巧月公公的那个村主任给举报下来的，有行贿受贿与侵占公款的行为。

舒彤听后吃了一惊，猛然想起当初给镇长打电话举报那个村主任时，姜浩鑫镇长不积极，还巧言庇护，把她气够呛的情景，便幡然醒悟，原来他们早就有利益关系了。

舒彤正在想着，就听周德海书记在电话里说，他马上就要调到县里任副书记了，叫舒彤大胆工作，遇到困难找他，便连忙答应着，并请周书记临走前，到龙水村来看看，给指导指导。

周德海书记说道：“不行啊，暂时还去不了，扶贫攻坚在紧要关头。我去县里就主抓这项工作，等以后有机会一定去你们村看看。”周德海书记说完了这些话，又嘱咐了舒彤一些关于怎样关闭煤窑和精准扶贫的话，就挂断了电话。

舒彤听着电话里没了声音，这才想起和周德海书记道别，但是，对方已经听不见了。她又回想起刚才周书记说要她去县里申请关闭小煤窑的建议，心中有了主意。她低头沉思，想起了自己当村支书这些年，周书记总是帮助自己，扶持龙水村，才使龙水村脱贫的，现在周书记调走了，心中不觉有些不舍，眼中有热热的泪水流了下来。

56

又是一年秋天到了，杨思远果园的果树结满了果实，红尖白体的桃子，暗红色带点暗绿的大李子，红色嵌在黄色中的沙果，满身淡黄色的秋梨，都沉甸甸地压弯了枝头。

杨思远叫沈新乐用广播把村里的妇女都召集来摘果子，调来了郝立邦的运输车将摘下的果子装到车上,又安排了两个人跟着拉到城里去卖。

杨思远看到车已经走了,便把剩下的果子每家都分了些,算是对大家的酬劳。

三天后,卖果子的人回来了。杨思远除了给去卖果子的人开支外,还剩五千七百四十三块钱,便和冯国英商量把钱如数捐给了学校。

巧珍让总务主任收下这些钱，看着杨思远和自己老爸那花白的头发以及常年风吹日晒的满脸皱纹,内心里有说不出的心疼。晚上回到家里,她和回来小住的姐姐巧兰一起劝说冯国英,来年不要再去山上了,毕竟是快到八十岁的人了,不要逞强。

冯国英看着两个女儿对自己那关切的眼神,不觉心中温暖,说道:“人活着,总要为社会做点事情,如果是每天穿衣吃饭,那就没多大意义了。”

巧珍知道劝不过老爸,便来劝许凤瑛。没想到许凤瑛微微一笑,说道:“只要你老爸高兴,要做什么就做什么吧。不是还有我呢吗?我照顾他。”巧珍没有办法,只得再想其他办法。

三日后的清晨,杨思远到苗圃看了看,小树苗和花树长势极好。这是第四批了,前三批都用作绿化龙水村的街道和旅游区了，就连舒彤设计的盖农家小院用的松树和桦树,也是杨思远奉献的,没要一分钱。看着自己的树苗和花树将龙水村的大街小巷装扮得美丽异常,杨思远的心里别提有多惬意了。

此时,他看着这些树苗,犯起了愁思,想起了他的好兄弟冯国英。他跟着自己栽树干了整整二十年了。昨天,巧珍来找他,说是爸爸快八十岁了,再上山有危险,希望自己劝劝他,不要再让他跟着自己上山了。

杨思远的目光落在一片淡黄色的绿化树上,苦涩地笑了一下,又摇了摇头,觉得巧珍说得不无道理。可是这些年来,自己和冯国英已经分不开了,每天见不到他就觉得是个心事,可这事怎么能和人家的女儿说呢?

大桦树林和西山的交会处轰隆隆的转机声惊醒了杨思远的沉思，他抬起头来往机器声响的方向看了看,知道那是在修高速公路,便心事重重地起身往家走了。

这时,秋天正午的骄阳升得老高,还带着点灼热。一声“杨爷爷好”,使得杨思远的注意力集中了起来。他定睛一看,是巧月的女儿宋娟,便停下脚步,声音低哑地问道:“小娟,你到哪里去呀?”

宋娟往肩上挪了挪医药箱的背带,答道:“我去巡诊来。”说着,擦了把汗。

杨思远看着这个年轻人,心想:这又是一棵好苗子。不禁问道:“你姥爷在家干什么呢?”

“我姥爷有病了。我大姨和我二姨不让我姥爷上山栽树,说是年龄太大了。我姥爷说要跟我大姨回城里去住,不回来了。”宋娟清清爽爽地说完,又道:“我还有一家没走完呢,先走了。杨爷爷再见!”

“哦,再见,孩子。”杨思远答应着,见宋娟已走远,提高声音道:“给你姥爷带个话儿,叫他注意身体,好好养病。”听着宋娟愉快应答的声音,他抿紧了嘴唇,一边思索着,一边踱步回了家。

几天后,杨思远扛着几块大牌子来到山上,在一个醒目的位置开始挖了一个坑,将“护林防火、人人有责”的牌子竖了进去,等他拿起铁锹想填土时,牌子倒下了。他只好用手扶起牌子,用脚往里扒土,使牌子能够固定住。牌子是固定住了,但他的鞋里全是泥土,又只好坐下来将鞋里的泥土倒掉。他抬眼看着剩余的牌子,有些惆怅,想起了 1998 年发洪水时冯国英和他躺在河堤上所说的话,禁不住鼻子发酸、眸子微动,泪水夺眶而出。

自从承包了这片山林以来,他的立意是尽量不麻烦别人,就那样悄无声息地把林子养起来,才算是自己的能耐。歇息了一会儿,他想:自己可能也是老了吧,怎么这么多愁善感呢?难怪巧珍不让她爸爸来山上了,有道理呀!可怎么着也得把这几块牌子竖进去呀,多少大灾大难都闯过来了,这点小事再去找志强,也不好意思呀。

他这样想着,用袖子擦干了眼中的泪水,站起身来,又去挖了第二个坑,他这次是用一手扶着牌子,一手拿锹往坑里扒土,免得鞋里再灌满了土。正在这时,就感觉手中的牌子不用自己用力了,抬头一看,是冯国英正笑嘻嘻地替他扶着牌子呢,不觉弯腰双手拿好铁锹很快将土填好,踩实。

立好了第二块牌子,老哥俩坐下来休息,杨思远歪头看着冯国英道:“你不是要去巧兰那里吗?怎么没走哇?”

冯国英哈哈大笑道:“我要不是使计,那几个丫头能放我出来?这叫欲擒故纵。嘿嘿,管理村子我没有你有魄力,管理几个丫头,我还是绰绰有余的。”

杨思远赫然明白了他要去巧兰家里的目的，不禁笑道：“真没想到，你还能把孙子兵法用到自己闺女身上。”又关心地问道：“你的病好了吗？”

冯国英听杨思远这一问，呵呵笑道：“我哪有什么病，只不过是想让巧珍心疼我，放宽政策而已。”然后补充道，“如果真不来和你一起干活了，那我可真就病了。你不知道啊，这几天，我天天往山上看，也不见你来，着急呀！”说完，真挚与满足的笑容跃然脸上。

杨思远听到这话，心中蓦然明白，冯国英和他心灵相通，互相有知遇之恩哪。想到这里，禁不住心里一热，眼里的泪水充盈了起来，便急忙掩饰地站起身来道：“咱们接着干吧！”

冯国英也紧随着站起身来，看着山下说道：“你看，咱村新修的广场还真是漂亮哈。”说完拍拍身后的土，道：“好！就来。”他抢先拿起了铁锹，找位置去了。

初冬，秋收已完毕，旅游也已进入淡季，各菌棚也已收拾利落，一切都进入了休闲时期。

村两委的委员们踏着刚刚下完的第一场小雪，走进了会议室。

今天的会议有好几项内容，都是和龙水村村民的利益息息相关的，因此，会场有些热烈，也有些严肃。

会议在正常进行着，只听沈新乐看了看舒彤说道：“今年的二十六户贫困户脱贫了七户，都是愿意到亲戚家里居住，也有租房子下来住的，参加了种植黄烟、人参栽培或木耳合作社的村民。还有十几户也想下来，但盖不起房子。当然，其他各户在咱们和政府的帮助下，生活状况也有了好转，只是有四家说什么都不搬出大山，也不接受村里和政府的照顾，说是不用政府管。现在，咱去做工作，人家都不开门了。”

舒彤问道：“希望搬出来的村民，看看咱们是不是拿钱帮他们盖房子，或者是贷款，等他们挣了钱再还也行。实在还不上的，就那样吧，由咱村兜底。再说，政府也有扶贫款。咱们国家要实现中华民族伟大复兴的中国梦，一个都不能少。咱可不能拖国家的后腿啊。”然后将目光投向沈新乐说：“新乐，给镇里打个报告，看看上级有什么意见，也看看其他村还有什么好办法没有。”

周显田看了一眼冲舒彤点头的沈新乐，说：“有劳动力的好说，盖房子、并社都行，可没有劳动力的怎么办呢？”

“特殊情况特殊处理，咱们也不能把他们扔下不管了，具体情况再商量。”舒彤说。

沈新乐说：“好，今年年前咱们再做做工作，看能不能搬出来。”

舒彤说：“好，多征求他们的意见，看看进展怎么样，要是可以的话，咱们来年春天就给他们盖房子。”她好像想起了什么，“对了，县里和镇里同意咱们的小煤窑封口，不开了。”

“真的？”众人齐刷刷的目光射向舒彤，异口同声地问道，眼睛瞪得溜圆，嘴巴张得老大。

舒彤看到大家的表情，笑道：“真的，咱们已经接到了通知。原来只是原镇长姜浩鑫不让关。他在这里贪污了不少钱。”

显田说道：“那要是这样，我看在治理西龙水河的同时，可以开个滑雪场，扩大旅游业，这样，咱村冬天男人就有活干了。”

“是呀。这么多年来，冬天男人们只能编个土篮子、背筐啥的，也挣不了多少钱。不像女人们冬天能剪纸、编织芦苇手工艺品啥的，挣钱比男人多。”人们七嘴八舌地议论着，显田的建议立即得到了大家的支持。

舒彤说道：“好是好，只是选址问题不好解决。能开滑雪场的地方只有东山，而我爸又爱树如命。他是不会答应把树伐倒了来开滑雪场的。”

“老书记的做法是对的。前些年，由于打农药过度和森林遭到破坏，村里的燕子和鸟都少了，这几年又多了起来。”曹玉才肯定地说道。

程亮说道：“还有一个地方也行，就是不知道乡亲们同不同意。”他见大家都用探询的眼光看着自己，便说道：“就是大桦树林的东部，挨着龙水河上游的那个地方。”

众人又说：“行是行，只是那是埋葬咱们先辈的地方，要是开了滑雪场，岂不是惊扰了祖先？”然后，都摇头表示不妥。

舒彤见大家意见不统一，说道：“这事等我联系一下博轩，看还有哪些地方能开滑雪场，请个专家来给咱们看看再定吧。”然后看了一下沈新乐说：“我看十月份总书记在主持召开文艺工作座谈会讲话时强调，文艺要坚持以人民为中心。我想把咱们的文艺宣传队阵容扩大一下，春节时为养老院的老人们和乡亲们演两场。再一个，我想正月十五办个灯会，活跃一下气氛。生活富裕了，文化生活也要跟上去。不知你们什么意见？”

在场的人听了村支书这个建议，都说好，一致通过。有人立即提议文艺宣传队要马正仁和王巧巧负责，因为他们受过专门的训练。

沈新乐说：“我妈年龄大了，自从家里出现变故，精神都不行了，不知能不能干好这份工作。”说完，不无担心地扫视了一下周围，低下了头。稍待片刻，他见大家无语，又道：“是不是让年轻人来干更合适些？”

舒彤见沈新乐为难，觉得他说的话一点都不错，自从甄多时自杀后，就好像把王巧巧的魂魄带走了一样，常常发呆，落东忘西，从不见笑容，便说：“我找她聊聊，看啥情况再做决定吧。”见众人点头，便看了一眼沈新乐说：“春节前，咱们开个全村年终总结会，把脱贫的村民也加上奖励一下。一会儿，扶贫小组的人留下，其他人散会。”

一个半小时后，舒彤走进了王巧巧家的院子，见一只大红公鸡扑闪了一下翅膀，咯咯叫了几声，跑远了。她便上前敲门叫道：“巧巧姐，在家吗？”

少顷，便听到开门声，王巧巧从屋里出来，将舒彤迎进屋里。舒彤说明了来意，还没等巧巧回答，从里屋走出一个三四岁的小女孩来，抱着王巧巧的腿叫姥姥。

舒彤一看长相便知道这是艳丽的女儿，因为她长得像极了她爸爸，便蹲下问道：“宝宝，你叫什么名字呀？”

小女孩不回答，躲到了王巧巧的背后去了。王巧巧让舒彤坐，并说：“我年龄大了，做个指导、编导什么的吧，让马正仁当队长，再选个年轻的帮助他。”

舒彤认为她说得在理，便起身要走，边走边说：“出去吧，别总窝在家里，孩子可以送幼儿园。”

王巧巧见留不住舒彤，便送出来，说道：“服装厂的棉裤今年销售很好，翻新羽绒服的生意也不错。你小姨的手艺现在比我好。”说到这里，眸子暗了几分，颇有深意道：“我也就乐得在家看孩子了。”

舒彤看着王巧巧那青春不再的容颜，听着她那不自信的话语，心里很不是滋味。知道自从甄多时自杀以后，她总是将衣服裁错，小姨这才把她换下来的，现在只是不能明说罢了，便再次嘱咐让她把孩子送到幼儿园，出来和大家在一起比在家待着好，然后拽开门走了。

艳丽早在半年前就入党了。她工作很努力，除了起早贪黑帮助志强管理好耳棚之外，还经常到养老院去做义工，帮助杨思远到山上植树。她觉得舒彤和志强都太忙了，她做这些都是应该的。孙晓蔓给她开支她从不去领，别人给她报酬她也不要。她觉得这才是对龙水村乡亲们的报答。尤其是公公对她说了舒彤奶奶临终前为她的婚事说情的事，让她尤为感动。公公的话还没有说完，她早已是泪流满面了。

她经常想起，那年她穿着袒背露肚脐的超短红连衣裙，舒彤奶奶看见后对她说的那番话。她觉得她的幸福都是龙水村的乡亲们给的，特别是舒彤奶奶和舒彤阿姨。她认为舒彤奶奶就是她人生的指路明灯，所以处处向她学习。

沈新乐看到艳丽的变化很是高兴，经常鼓励。夫妻二人感情很好。今天，听丈夫说大家推选母亲在文艺宣传队里负责，很是高兴，便兴冲冲回家做母亲的工作。

王巧巧看着女儿幸福的小脸，想着舒彤出大门时对自己的嘱托，便高兴地答应了。

娘俩正说着话儿，沈新乐手里拎着一兜熟食来了，又对王巧巧鼓励了一番。然后，夫妻二人在这里吃了晚饭，便将女儿接回家了，第二天，就送入了幼儿园。

57

显田虽表面上遇事不紧不慢，实则干起工作来非常严谨，很是讲究效率。否则，他也成不了农机大户。村两委会议刚开完不几天，舒彤刚给他联系好了学习的地方，他就去外地考察了一番，又把人家请来指导。这不，在年前，他把村里的中青年男人调到山上，在西山旅游民居的后坡硬是修了个滑雪圈场。这就使来这里冬天看雪的客人除了赏景，还能游玩，补充了齐铁柱冬天在龙水河只能让客人玩小爬犁的不足。

这滑雪圈场是用雪堆成的雪道，呈三角形。起点是客人坐在滑雪圈上从高处沿着雪道滑下来，到拐弯处由于红地毯的摩擦阻力降下速度，然后在这里由于惯性的作用又沿着另一条雪道滑下去，一直到底，非常刺激。然后他们再拽着滑雪圈的绳子，沿着上行雪道走到顶部，重复刚才的过程。每个客人坐上这滑雪圈游玩时都会大呼小叫、兴奋不已。

但这工作很累。起点需要有人提示客人怎样坐上滑雪圈、注意什么，然后将客人和滑雪圈送进滑道；中途拐弯处有人将惯力作用太大的滑雪圈再次送进下一条滑雪道，保证畅通无阻；下游有多个人在提醒帮助客人尽快脱离现场，以免被上面滑下来的滑雪圈撞到，出现危险。

没想到的是，刚一开张，就客人爆满，每天都有近百人在这里排队玩耍。就连过春节，也有不少城里人在这里过年，搞得龙水村的人们又是一阵紧张，没有得到休息，就连放假回来的学生都参加了劳动。

正月十五这天，有很多带孩子的家长都带着孩子来度假。他们在东龙水河的中段，又发现了一处奇异的景色，因此来这里的人是络绎不绝。

显田听说了这件事，匆匆赶到这里。猛抬头，忽见碧蓝的天空下，东龙水河温泉形成的水雾使路边的树上出现了雾凇，一树树的树挂一字排开，像玉树琼花一样美丽，引得游人不断地惊呼："太美了！怎么这么美呀！"用手机不断地拍照。就这样，村里的旅游业又增加了一个景点，那就是东龙水河的雾凇。

为了让客人们能够过一个热闹的正月十五，到了这天晚上，家家户户都挂起了大红灯笼，各生产社和共青团、旅游公司也都把自己在街道两旁的灯笼点亮。

龙水村的乡亲们和在此旅游的客人们都涌上了街头，街上人头攒动，熙熙攘攘，好一幅"月满冰轮，灯火辉煌，人踏春阳"的画面。

龙水村的文艺宣传队在春节期间，为养老院的老人们和龙水村的乡亲们各演了一场节目，后应客人的要求，又为在这里旅游的客人加演了两场，场场受到大家的欢迎。

由于旅游业的兴盛，带来了良好的经济效益，龙水村的农业生产格局发生了变化。

倪金昌提出建议，所有种植水稻的农民成立合作社，便于大型机械耕种、收割、管理和销售一条龙，剩下的劳动力可以由村委会调动去干木耳和旅游业。因为木耳、旅游等相关产业已经属于集体所有制，相对来讲，粮食种植业有些落后。

在召开村民大会的时候，很多村民提出旱田也要成立合作社，道理同水田一样，统一归村委会管理。这样，村两委便顺民意，又相继成立了种植粮食作物合作社，有不愿参加的可以进行土地流转。六社仍是栽培人参合作社，七社仍是种植黄烟合作社。他们不再种植粮食，秋天都是从个人手里购买，剩下的时间养鸡、养猪，以供自家享用。

水田合作社由沈跃进当社长。旱田合作社由王小虎当社长。倪金昌除了负责村务监督委员会以外，把主要精力放在了朝鲜族风味的旅游接待上，间种西瓜。因为他媳妇做的高丽咸菜谁都做不上那个味道，特别受客人欢迎，有的临走还要再带上几斤回去。

散会后，舒彤对王小虎和沈跃进说："虽然咱村是多种经营，但粮食决不能放松。一旦出现特殊情况，没有了粮食，咱们都得饿死。你们要保证粮田数量和产量不能少，粮食这块就拜托你们了。"

他俩看着舒彤郑重地点头应道："好，放心！"

山上的积雪已经融化了，西龙水河的河水变得清澈起来，因为在西山上的小煤窑都关闭了。沈新乐正领着人在那里栽树呢。

嗖，嗖，一阵风沙过来，好几个人迷了眼睛，大伙儿手忙脚乱好歹把眼里的沙子折腾出来，又是一阵风沙过来，吹得人睁不开眼睛。春天风大，要想继续栽树，困难很大。

沈新乐望着西龙水河西岸大片倒满了废弃木耳袋的河漫滩地，无奈叹了口气。治理西龙水河，谈何容易？光是这块地，就叫人够头疼的了——不下雨还好，一下雨，雨水夹着这些废渣和泥石就会涌向河里。西龙水河就会浊浪滔天、臭气熏人。要想彻底治理，必须栽满树木，涵养水源，清理掉废弃木耳袋，可废弃木耳袋年年产生，往哪里放呢？

一下午，由于风沙太大，也没栽多少树。沈新乐用电话和舒彤进行了沟通。

舒彤说："能栽多少是多少，总比不栽强。白天风大，可以晚上栽。明天开始动员男女老少吃过晚饭都去栽，抢在种地前栽一批大树，然后再间插栽小树。"

沈新乐挂断电话去了广播室。半个小时后，传来了村委会号召大家栽树的声音。人们听到这个消息都很振奋，便开始准备着大干一场了。

晚上，风果然比白天小了不少，人们争着抢着栽树，在春耕前，真就栽了很大一片树林。

在村民们栽树的同时，龙水村的滑雪场已经开始施工了。这把龙水村的钩机、铲车、挖掘机等大型机械都用上了，工程进度很快。这是去年末曲博轩请人来给勘测的，滑雪场建在了大桦树林的阴坡，积雪厚度很好，坡度也合适，只是进山的路程远了些。但舒彤认为酒香不怕巷子深，就拍板定了。

接着，春耕开始了，显田指挥着各式播种机在田野里奔跑着，十多天的时间，所有的地都种完了。同时，志强带着村民们开始往耳棚摆放割口、挂袋。

播种完毕，显田带着舒彤起草的旅游图纸，领着大家修栈道。这松木栈道大约两米宽，从民居往南一直修到小桦树林，与小桦树林里的公园相接，往东延伸一直修到念云家的小草房，然后沿着小草房门前的台阶到龙水河上游，就是齐铁柱开的漂流起点了。这是一条完整的旅游线路。时间不等人哪，舒彤则领着人在搞绿化。

转眼五一小长假又到了，来龙水村旅游的人是纷至沓来。

这日，一群某高校艺术系的大学生正坐在念云的小草房前写生。他们已经是连续三年都到这里来了。夕阳的余晖斜照在每个人神圣的脸上，是那样肃穆、虔诚。

一个学生模样的男孩子，眼睛没有离开眼前的景色，说道："老师，怪不得艺术大师罗丹说过：'世界上并不缺少美，而是缺少发现美的眼睛。'你看这景色多美呀！"

头发花白的、学者形象的老师答道："是呀，不必远方，眼前这长白山森林的细微之处，就能见到诗意和生命的真谛，真是一枝一叶一世界啊。"

众位学子们都点头示意，似乎是理解了老师话语的含义。

不多时，这个头发花白的老人在养鸡场里找到了念云，说是画板的带子断了，想借针线缝上。

当他站在里屋地中央等着念云给他找针线时，目光不由得落到了写字台中部于枫红的照片上。他立即过来拿起了照片，用袖子轻轻擦了擦，越看心中越激动，问道："她是你什么人哪？"

念云正用两腿跪着从炕上倒退着下来，看了一眼照片，答道："我妈妈。"

"你妈妈？她姓什么，你又姓什么？"老人急切地问着，拿照片的手在不住地颤抖。

“我妈妈姓于。我姓王。你认识我妈妈吗？”念云一副好奇的神情。

“孩子，我是你的叔叔王振杰。你的爸爸叫王振新。”

“这……”念云一时没明白过来，“我的爸爸的确是叫王振新。”

“是的，孩子，我可找到你们了。你知道吗？我找了你们几十年哪。你们始终都在这个村子里住着吗？”

“嗯。”念云点着头，试探地问道，“我爸爸，他还在吗？”

“他已经不在了。他和你妈分别后，在砖厂干了两年活，烧砖的窑倒了，把他砸伤了。等我赶到时，他已经不行了，用力张开那已吐字不清的嘴，说了一个地址，叫我来找你们。我来了好多趟，找了好多个村子都没找到。”说着，从背包的夹层里拿出了一张照片，“这是你爸爸交给我的。”

念云接过一看，正是自己妈妈的照片，和桌上的那张一模一样，便控制不住地抽泣起来。

“孩子，别哭了。你妈妈呢？”王振杰上前将念云拥在怀里，问道。

“我的妈妈已经不在了。不过我还有一个妈妈和爸爸，他们对我比亲生的父母还好。要是没有他们，我今天可能就见不到您了。”念云说着，将以前的事情简单说了下。说得她的叔叔含着泪听完了一切。

第三天，王振杰就迫不及待地去拜见了杨思远夫妇，并告诉他们，他要带念云去省城的家看看，拜见一下她的婶婶和表弟妹。他是省城里一所高校的副校长兼美术系教授。

正好显田要对念云的小草房进行整修，念云离开几天也好。听说村里要把这房子征为公用，念云便把草房捐给了村委会。这样，念云就把鸡场托付给了舒彤，自己跟着她的叔叔去了省城。

十天后，等念云回来的时候，看着自己的小草房是目瞪口呆。只见房子的正面挂着一块横牌子，上写“龙水村农业展览馆”八个大字，东西两面又接了两间房，一律是土坯草房，使房子更具乡土气息。

进得屋来，两间屋里挂着现在不太用的镐头、锄头、坯挂子、秋子木连枷、爬犁等原始农业生产用具，正中是一盘磨；新接的东间里是图片和说明，将龙水村的农业发展史叙述得历历在目；新接的西间里，是发展中的农业用具，包括扎眼器、小型脱粒机等摆了满满一屋子。

念云急忙从屋子里出来，感慨万千。她想起自己背着孩子去种地、铲地，汗珠子掉地上摔八瓣时的情景，又想起如今拖拉机在地里一跑、只撒一两遍农药就解决了的农业生产方式，禁不住是唏嘘不已。

她哪里知道，建朝鲜族民居和村农业展览馆是舒雅的主意，也就是上次舒雅回来小住时给姐姐添的那两笔，如今都已成为现实。

这几天，村子里炸开了锅，关于国家全面开放二胎的问题引起了龙水人的反响，都说这个政策好。这不，刚过了年，就有好几个申请生二胎的，但也有怕生了将来养不起不要的。因此，好多老人都在走街串巷，启动各种力量动员自己的孩子生二胎。

舒彤知道龙水村人口的老龄化现象非常严重，便和沈新乐及辛玉芝商量，决定开个村民大会征求一下意见，再开个计划生育会，将龙水村的现状向生育范围内的年轻人做个通报，给他们吃个定心丸。

会上，辛玉芝首先传达了国家政策，讲了生二胎对第一胎孩子成长的好处、养老问题的缓解和办准生证的方法等专业内容。

接着，沈新乐向大家讲了龙水村的发展前景和现在的经济状况，并保证现在生下来的孩子上高中和大学学费由村里负责。这是由刚开完的村民大会决定的。因为当时国家实行九年义务教育，小学和初中都是免费的，又加龙水小学有村里的支持和各项捐款，资金不成问题。

最后舒彤在会上动员说："咱村现在不是没工作可干，而是有好多工作没人干。现在哪个家里没有个十几万、几十万，甚至几百万，或更多的，养个孩子不费力。再说啦，我们还有村里给拿学费，生出来的孩子不怕没工作，只怕享福还享不够呢。咱们国家现在政策多好呀，多太平。现在有好多外地人都来咱们村里落户。为什么呀？因为咱村发展得好，能给他们稳定的工作和优厚的待遇。咱们村现在已经具备让每个龙水人'生有所依，老有所养'的条件了。你们就算是为龙水村做贡献，也要为咱村再打造出一支优秀的小生力军队伍来。还用你们的父母到处做工作，弄得他们人心惶惶吗？”

台下响起了热烈的掌声，高声喊着“不用”的声音此起彼伏，会议达到了预期效果。

第二天，村里申请生二胎的人多了起来，也为新春正月增添了一丝喜悦的气氛。

刚过了年，舒彤和沈新乐去旅游民居的人家走访慰问。原来，他们是从山中搬出来的贫困户，因没有房子居住，村委会便将他们安排在这里工作、居住，看护房屋。旅游淡季的时候，他们也到耳棚去上班，一天100元钱。搬出的这些村民经过一年的劳动，当年都有了三四万元或更多的存款，一下子脱了贫。

当看到支书、主任来看他们的时候，这些常年住在大山里的村民是激动不已，问道：“杨书记、沈主任，这房子，我们能在这里住到啥时候呢？”

沈新乐笑道：“你们想住到啥时候就住到啥时候，只要保护好屋里的一切就行。直到你们想要盖房子自己搬出去为止。但上级的扶贫款仍然发给你们，你们可作为发展生产用。”

这些村民都在口中连连应着，感激之情溢于言表。

舒彤看见各家各户的鸡鸭鹅猪都养得不错，便和沈新乐在大家的迎来送往中走完了所有的贫困户。心中暗想：还有四户，这四户怕也是最难缠的了。

第二十章 春之愿景

58

舒彤妈病了，不知啥原因总是恶心、迷糊，眼睛重影。去了大医院看了没查出什么毛病，又回来养着了。念云和舒彤一人一晚轮班伺候，白天由杨思远照顾，已经二十多天了，还不见好转。

这日，念云喂好了鸡，将它们放养到山上，便过来替杨思远一天，好让他到山上去看看。此刻，她正端着盛小米粥的碗在喂舒彤妈吃饭呢，就听家里的电话响了。她忙拿起电话来一听，是天奇打过来的，除了问妈妈的病情以外，还告诉她一个好消息，说是自己四十五岁的媳妇怀上二胎了。

舒彤妈正躺在炕上难受呢，听到什么二胎之类的话，不觉坐起问道："谁，谁怀二胎了？"

念云急忙把电话拿了过来，放到了舒彤妈的耳旁。

舒彤妈拿着电话，听着听着，手不住地颤抖，脸上笑开了花，嘴里一个劲儿"哦哦好好"地应着，竟不觉得迷糊，眼睛也不重影了。她挂了电话，将念云放在炕沿上的小米粥端起来喝了几口，说是嘴里没味儿，不要盘里的炒蒜薹，要吃点咸菜。

念云又急忙去了厨房，一会儿工夫，就端来了一碟小咸菜，这是她在接待客人时跟倪金昌媳妇学的，带有朝鲜族风味。

朝鲜族风味的咸菜一入舒彤妈的口，她就觉得清爽无比，一口气全吃下了。吃完了饭，叫念云扶着到院子里溜达了溜达，竟没有任何病症。她一直沉浸在喜悦中，暗想：自己都这么大岁数了还能再当一次奶奶，真是遇上了好世道。

念云一看，妈的病好了，就打电话告诉了在外地的弟弟、妹妹们。远方的亲人们得到这个消息，也都一块石头落了地。

舒彤接到电话时，正站在食用菌有限公司的厂房前，与市、县两级的技术人员探讨搬迁的事情呢。她一看是念云的电话，不觉心内一紧，一种忧虑涌上心头，便连忙接听。

曲博轩站在舒彤身旁，看到舒彤脸上的紧张神情，不觉一颗心也跟着怦怦乱跳起来。当看到舒彤接完电话脸上露出笑容时，这才咧开嘴也跟着笑起来。

他这几年完成了几个大的农业试验项目，获得了国家和省级奖励，成绩喜人。此刻，他看到经过了两年的时间就盖起的食用菌有限公司的高大厂房，很是激动；又听见自己老岳母的病也好了，更是喜出望外，便道："姐，那咱们收拾收拾过两天就搬过来吧！先进行黑木耳脯、黑木耳粉、香菇酱等一系列产品的深加工，打开销路再扩展吧。"

舒彤看着一排排高大的厂房伫立在眼前，为龙水村增添了许多现代气氛，不禁心潮激荡，眼含热泪，看了一眼沈新乐，答道："好！"

半个月后，开业的那天，厂区门口挂着"龙水食用菌有限公司"的大牌子，上面蒙着大红绸子，一阵鞭炮齐鸣后，曲博轩代表省里讲话祝贺，吴晓津代表投资方讲了话，冯志强总经理讲了话。随着新任九曲河镇党委书记向羽飞和县委书记李明的一同揭牌，便露出了牌子的真实面目，众人看了立刻欢欣鼓舞、掌声如雷。从此，龙水村的食用菌种植和销售走上了规模化和集约化管理的轨道。

当志强和沈新乐同时按下了启动按钮后，一条菌类烘干生产线，一条鲜菌速冻保鲜生产线，一条菌类深加工生产线就开始正常运转了。菌类烘干生产线是对木耳、香菇等大宗食用菌进行清洗、分拣、去杂、烘干、包装后出售的一条生产线；鲜菌速冻保鲜生产线是对山野菜、松树菌等进行分拣速冻、包装后出售的一条生产线；菌类深加工生产线是将木耳加工成黑木耳脯、黑木耳粉、黑木耳芝麻茶、黑木耳红枣茶的菌类深加工、包装后出售的一条生产线。

龙水村的乡亲们看着机器和传输带的运行，眼中激动地涌出了泪花。

舒彤手持电话，将这个消息传给了小弟天奇。因为，他为龙水食用菌有限公司投资了近百万元。还因为，龙水村的每个项目他都进行了投资。但他不许姐姐告诉任何人，只说是集资来的。

念云从食用菌有限公司回来，猛然看到了一群外国人站在自家门口，便紧走几步，认出了是卓娅。卓娅对身旁站着的四五岁的黄头发小男孩说道：“叫姥姥，快叫姥姥！”

念云知道是自己的外孙子，急忙上前抱起了他。这时，只见伊万走过来将手伸向一位微胖的老年男人，对念云说：“妈妈，这是舅姥爷——阿历克赛。”又将手伸向一位中年妇女，介绍说：“这是舅姥爷的女儿——小姨。”

念云放下孩子，过来相见。她虽在孤清岁月中生活了这么多年，还是蓦然明白了这是姥姥家里来的亲人，不免心中抑制不住地激动，握着舅舅和表妹的手泪流不止。

卓娅上前来揭开了念云心中的谜团。原来，卓娅随伊万回到婆家，有天去邻家看一个可爱的小女孩。在她家的桌子上赫然摆着一张和念云交给她的一模一样的照片，只是这张照片在像框里纯洁如新。

卓娅有些激动，见照片上的两个孩子甜蜜地笑着，便上前拿起照片仔细观看，等了半天，她家的大人才回来。一问，才知道是这家女主人的父亲和姐姐幼时的照片。

卓娅忙回家把自己背包里的照片拿过来一对，正是一张底版上出来的照片。这家的女主人也急忙把爸爸请出来，互相道了原委，终于知道了面前的老人就是妈妈的舅舅，叫阿历克赛。卓娅扑在老人怀里喊了声舅姥爷，便大哭起来。

老人也仔细询问了念云的情况，于是，办理好了一切手续后，便跟着卓娅夫妻来龙水村看望外甥女了。

当年，念云的姥姥有两个孩子，她在支援中国打日本的战场上认识了念云的姥爷并爱上了他，怀了第二个孩子后回到了苏联。后又接到命令来中国后，因儿子太小带不来，便将女儿带来，想交给她的爸爸。这张照片是临来中国前几天照的，想带来给丈夫看看儿子，没想到丈夫没见着，却把命丢在了中国。

念云一听，真是意外之喜，忙把舅舅和表妹引到屋里坐下，再叙往事，又是一番感慨。她近年见到了叔叔，又看到了舅舅，便认为自己是天底下最幸福的人了，禁不住激动得热泪盈眶，口不能言。

过了两天，念云带领舅舅阿历克赛一行人去看了她一家三代的救命恩人杨思远。她的舅舅当即邀请杨思远一家去俄罗斯做客。

第二天一早，杨思远从箱子里拿出了母亲给自己做的一双新千层底布鞋，蹬在脚上觉得瞬间暖遍了全身。

他在地上踩了踩，就穿着这双新布鞋，带着阿历克赛和念云一家，在龙水村里转了一圈。

这是一个清晨，杨思远带着客人从村中的小路拾阶而上，亮晶晶的露珠还在草叶子上跳动着，就好像调皮的孩子一样向杨思远他们眨着眼睛，被他们轻轻一碰，便瞬间藏进了草丛中。

杨思远给客人讲解着，伊万翻译着，从东北民居开始，又参观了朝鲜族民居，然后沿着松树栈道走走停停，一路边走边赏风景，一直来到了小桦树林的公园里。公园里有跑步机、吊环、单杠等健身器材，有打太极拳的地方，有跳广场舞的地方，是个休闲的好去处。阿历克赛一到这里，就躺在了长椅上，还用很生硬的中国话连连说："舒服，舒服。"其他人也都坐下来休息。

就在这时，一个身上长满花点的大黑蝴蝶舞动着翅膀从他们的眼前飞过。阿历克赛十分高兴，竟然从椅子上站起来和孩子们一起捉蝴蝶去了。

等阿历克赛捉完蝴蝶回来，他们又在山上观赏了五颜六色的山花之后，回身远眺，村子的容貌就展现在眼前了——东西两条龙水似两条银带般围绕在村子周围，中间是一条笔直的大道从南通向北，在高大的厂房门前停止，路两旁的白杨傲然挺立，村中间是一个大广场，广场的中央有一块篆刻着"绿水青山就是金山银山"一行大字的石头伫立中间，广场周围是各种健身器材和绿化带，十分漂亮。村子除了民居、大棚就是田地，东面是山峦，西面除了学校、养老院、村委会、民居，就是一层层的梯田，就好像是天梯通向了云层。在村子的大门处，有一块石头卧在了村口，上面写着"为人民服务"，下面落款是龙水村制。

杨思远指着山下红瓦白墙的人家让大伙儿看。当众人啧啧称赞的时候，杨思远意味深长地说："这些民居的墙原来都是砖瓦的，为了建设社会主义新农村，国家给补贴统一粉刷成了白墙，又给修了厕所，道路两旁修上了永久性的排水沟，就连院子里的苞米仓子，都是国家投一部分钱给修的。"听到众人一迭声地喊着太美了，杨思远又拽着阿历克赛说道："你看，那院子里红的、白的、黑的，几乎家家户户都有小汽车。现在村里家家都用上了液化气……"

杨思远的话还没说完，就听阿历克赛激动地说了句俄语。杨思远瞪大了眼睛看着他，不知说的什么。这时，伊万连忙过来解释，说道："姥爷，他说，你们生活得太幸福了。"

杨思远听后，点头哈哈大笑。他已经喜欢上了这个可爱的、比他小几岁的阿历克赛了，便学着他的样子，说道："知道吗？可爱的弟弟。我们这里是春赏绿色、夏赏繁花、秋赏枫叶、冬赏白雪的神仙世界了。你可以住在这里的。我们要给你预备一套房子呢。"

看着阿历克赛耸肩的高兴样子，杨思远告诉大家已快中午了，便招呼这一行人往回走了。

到了朝鲜族民居，正好是中午时间，伊万高兴地站在窗户前欣赏着眼前的风景，说道："姥爷，你们这里可真是推窗见水，开门见山，美不胜收哇！"说得大家都挤过来争相观看。

中午，大家在这里吃完了饭，便沿着栈道来到了念云家的草房，也就是"龙水村农业展览馆"。

杨思远一边讲解，伊万一边翻译，领着大家仔细观看，使俄罗斯朋友对中国农业近四十年的发展有了大概的了解。他们不断地惊呼："你们太厉害了！你们的发展太快了！"

从展览馆出来，就迈上了台阶小路，一直向下，就到了齐铁柱的漂流起点了。齐铁柱接到沈新乐的电话，早已等在那里了，等客人一到，便撑过来几个皮筏子，两人一组，将他们放了下去。

等大伙儿回到家里的时候，太阳已落西山了。念云在家准备了农家饭。大家相约明天到龙水食用菌有限公司和各个菌棚去参观一下，便各自回屋休息了。

阿历克赛在村里住了十天，参观了村子的各个地方，去看了他妈妈当年被敌人发现的地方，还去祭奠了舒彤奶奶、姐姐于枫红，也到兰初明的坟前看了看，看着卓娅夫妻祭拜他们的爷爷、奶奶和父亲后，便下山了。

最后，他们在龙水食用菌有限公司的车间找到了舒彤，看着干香菇、蘑菇酱、蘑菇罐头、即食蘑菇等成品从流水线上下来，工人们正穿着白色的工作服在那里装箱，一辆货车正整装待发，便激动地告诉舒彤，回去要帮助联系出售。次日下午，便返回了俄罗斯。

不长时间,阿历克赛联系的第一笔国外订单成功了。志强便组织人手备货、发货。人忙得整个都在公司里,舒彤根本看不见他的人影。

周玉涛正在工作室里噼噼啪啪地敲着键盘,往网上销售平台发送着各种产品的图片,并不时地和许多QQ的窗口洽谈着业务。他现在是销售部主任,也是一个孩子的爸爸了,和志强一样,也是整天忙得都在公司里。

销售部还有两个人也坐在电脑前联系着业务,忙得连水都喝不上一口。他们都是新应聘来的大学生,网上业务能力很棒。忽然,其中一个喊道:"主任,和马来西亚的那笔业务谈成了。"

周玉涛也提高了声调,问道:"真的吗?这是真的吗?太好了!咱经理要是知道了,不知有多高兴呢。"

这话过后,他们又投入到紧张的劳动当中了。过了中午时间,工作总算告一段落,周玉涛告诉他们说道:"有时间再把微信里的产品补齐了。吃饭吧!"

二人同声应道:"好。"便站起身来,跟着周玉涛往食堂方向走去。

正在这时,志强陪着镇党委书记向羽飞一行来参观的人从厂房里出来,看到他们,周玉涛说道:"经理,马来西亚的那批订单成了。"

"是吗?那你们功不可没呀!"还没等志强回答,金铁军高兴地先问起来。他现在已经是公司的副总经理了。因为他的菇类大棚早已实施村里的股份制管理,和木耳大棚一样,也是龙水食用菌有限公司的原材料基地了。

众人一行说说笑笑到食堂吃饭去了。刚坐下,就见舒彤和沈新乐来到了食堂。他们是来陪向书记一起吃饭的,吃的是自助餐。

吃完饭后,向书记回镇里去了。临行前,再次询问了扶贫的事,说一定要让这几户老大难脱贫。

舒彤和沈新乐答应着,然后舒彤问沈新乐道:"那四户贫困户的工作做得怎么样了?"

沈新乐为难地说道:"还是不行,找不到人。"

舒彤说:"那今天夜里咱们去他家,总能见着人吧。"

"大概,也许吧。"沈新乐看了看浓云密布的天空,想着上山的险峻小路,迟疑地说道。

吃完了晚饭,沈新乐骑着摩托车带着舒彤往七社赶去。

在快到七社的时候，舒彤放眼望去，一户户屋顶是暗红色琉璃瓦、淡蓝色墙、白色塑钢窗的人家散落在山间，每户房前都是统一带有红色花纹的乳白色篱笆，外围菜园子都是深绿色的、一般高的、弧线形彩钢板篱笆，院子里停放着不同马力的拖拉机，篱笆的边缘竖着高高的、蓝色的倒粮机，房头都有一个钢筋网状的大苞米仓子。有的人家门前挂着一块淡黄色的牌子，上面写着一排红色的小字“牢记党的宗旨，争做合格党员”，中间写着几个大红字“共产党员家庭户”，落款是“中共九曲河镇委员会”一行小字。还有的人家挂的牌子上面写着“五好家庭”四个大字。村里道路宽敞平坦、弯曲向上，家家窗明、院净、房新，路边与田野里是五颜六色的花卉。薄雾似轻纱般笼罩在村子的上空，部分民宅掩映在绿树丛中，整个村子宛如仙境。

看到这里，舒彤不觉对沈新乐说道：“好美丽的小山村呀，我都想搬到这里来了。”正说着，就见程亮早已等在了路口，于是，几个人步行往山上走去。

还没等走到山顶，天空中忽然下起了倾盆大雨，打得他们三人根本睁不开眼睛，泥泞的小路滑得根本站不住人，旁边是悬崖峭壁。

他们三人只好用手拽住每一棵树艰难地往上攀爬。在快要到达山顶的时候，突然一股山洪冲来，舒彤脚下的石头踩空，只听哎呀一声，摔倒在地。

沈新乐看到倒下去的舒彤，急忙用力往上一拽，只听舒彤又是一声惊呼，用右手捂住左臂疼得蜷缩在一起坐在泥水里了。

程亮一见，问道：“杨书记，是不是摔坏哪里了？”

“不知道，钻心地疼。”舒彤低着头，说话时疼得嗓子都沙哑了。

程亮忧心忡忡，说道：“那咱们回去看看吧，今天不去了。”

舒彤摇摇头，看看周围漆黑的雨夜，艰难地说：“都快到了，要不哪天还得再来。走吧。”说完，艰难地站起身来。

这时，天已经完全黑了，伸手不见五指。沈新乐打开了手机上的手电筒照着崎岖不平的小路。三人在风雨中艰难地往第一家贫困户的住址走去。

一会儿，沈新乐哎呀一声跌倒在地，舒彤急忙用右手扶起；一会儿，程亮一个趔趄摔倒，急忙抱住舒彤的小腿以免摔下山崖；一会儿，舒彤脚下一滑，又要摔倒。沈新乐急忙扶住舒彤的右臂，程亮在后面保护着她。他们三人就这样踉踉跄跄互相支撑着继续前行。

两个小时后，他们敲开了这家村民的大门。这正是舒彤上次来调查的七户当中，靠卖山野菜和土特产维持生活的其中一家，男主人叫梁东宝。

当梁东宝站在门里看到满身泥污的村支书、村主任和社长时，顿时惊呆了，慌忙把他们让进了屋里。

这是一户四口人的小家，屋里没有什么值钱的东西。一家四口惊恐地看着三人落座之后，女主人看着舒彤贴在身上滴水的衣服，惊叫道："哎呀，杨书记，你这是怎么啦？脸色这么难看，嘴唇都青了。"

沈新乐浑身摔得像散了架一样难受，不觉气道："还不是怨你们？为了让你们脱贫，我们白天找不到人。杨书记只好晚上和我们一起来找。刚才下大雨，她摔了一跤，可能是把胳膊摔骨折了。你说你们，躲什么躲呀，又不是叫你们去坐牢？"

屋里的四个人一听这话，都惭愧地低下了头。只听梁东宝说："唉，不瞒你们说，当年我们从山东老家来时，俺爷爷看好了这块地方，说是俺家住在这里，将来后辈能出状元、做大官，叫俺说什么都不能离开这个地方。"

程亮气道："幸福的日子是靠干出来的，哪是靠坐在家里就能等来的？有这么好的风水宝地，你们家为什么还年年靠着社里的救济生活呢？"程亮看着疼得满脸是汗的舒彤，对他们也没了好气。

一句话，把这家四口人说得都低头不吱声了。女主人拿来条毛巾替舒彤擦脸上的泥水，不小心碰到了胳膊，疼得舒彤大叫一声，手微微颤抖。她顾不上疼痛，皱着眉头做起了工作，最后问道："难道你们就靠着这块风水宝地在这里住一辈子吗？连孩子上学都耽误了，还能中状元？"

女主人推了推梁东宝，连忙说："我们搬吧，过年孩子就上学了，杨书记说得对呀，不上学，只能是和土坷垃块打交道，还中什么状元呀？你看，咱村的村干部对咱们多好呀，为了咱……"她抽了一下鼻子，看着连坐都不能坐的三个人，难过得说不下去了。

男主人看看在那里流泪的妻子，又看看舒彤脸上不停流淌的汗水和身上像泥球一样的三个人，心中的坚冰融化了，说道："那你带着孩子先下去。我在这里守祖坟，以后再下去。"

女主人气呼呼道："人家村领导这个时候来，是希望咱们出山能过上好日子。你不去咋能发家致富？也好，我带着孩子先下去。你在这里做美梦吧！"

男主人犹豫着站起身来，亲自带着舒彤他们去了其余三家。在他的带动下，其余三家都同意搬出大山，因为他们是亲戚。当下，舒彤他们三人和四户村民共同商量出了发家致富的办法来，这才带着疲惫的身躯回家去了。

回到龙水村，天幕的东方已露出了微白，舒彤的左胳膊肿得老高，不敢动了。沈新乐带着她直接砸开了养老院的大门。可是，王立诚已经老糊涂了，下不了药。他们又去了王小虎家。王小虎为舒彤将胳膊扶好位，又固定好了。沈新乐这才拎着药，将舒彤送回了家。

59

一年后的这天，正是党的生日，冯国英坐在自家的木椅上，将48英寸的液晶电视机从中央台调到了东北戏曲台。正想昏昏欲睡，少顷，就听到了一段熟悉的曲目在耳畔响起，不觉睁大了眼睛，只见屏幕上四个身穿深红色旗袍的女演员正在敲着大鼓演唱：

塞北飞雪飘春城，
白山松水悼英雄，
海归学子身先去，
憾留衷心报国情。

听到这里，冯国英立马来了精神，坐直了身子直视着屏幕，又听到：

大地球物理学家声誉海外，
黄大年在国际上享有盛名，
在英国探索科研一十八载，
把家乡时时刻刻挂在心中，
为的是实现民族的伟大复兴
……

冯国英听到这里，坐不住了。他知道，这是用东北大鼓演唱的、我国著名科学家黄大年的事迹，叫《黄大年颂》。

东北大鼓是流行于东北地区、黑吉辽三省的传统曲艺鼓书暨鼓曲形式，现为国家级非物质文化遗产之一，在民间传播历史悠久，很受东北人民的喜爱，但这些年少有人唱。他觉得这么好的艺术内容应该传承下去，于是匆忙站起身来关掉电视机，和许凤瑛说了声便出了家门。

在文艺宣传队的排练室里，王巧巧和马正仁正在商量晚上为庆祝建党96周年演出的节目。

冯国英推门走了进来，将自己观看东北大鼓《黄大年颂》的感想对他们二人说了。他们也没想到东北大鼓又出现了。早年马正仁学过几年，当下便决定，等过了秋收后立即选人排练这个曲目。

送走了冯国英后，王巧巧看着马正仁那文艺范的脸上过早地布下了沧桑，心想：都是自己丈夫害了人家一家，不觉叹了口气，愧疚地说道："正仁，都是我家那死鬼害了你和晓晴，真是愧对你们了。"

马正仁看到已经走出阴影的王巧巧，轻轻叹了口气，道："姐，别这么说，那时也真是穷啊，孩子有病拿不起钱。其实说白了是我自私，放弃了组织原则，不怨别人。要说晓晴的悲剧那也不是你造成的，不用道歉。幸运的是她遇上了舒彤这样的好书记，现在有了工作，也嫁了人。咱们赶上了好时代，要好好地活着，以后就别再提这事了。"

恰在此时，马正仁接到二女儿马晓倩的电话，说是姐姐这几天要生了，妈妈叫他联系去城里的医院，明天早晨去城里生孩子。

马正仁挂断了二女儿的电话，拨通了市妇幼保健院的电话，预订好了明天去住院的房间。

一个月后，徐根清半倚在床头，看着电视里播放的《天下乡亲》中那动人的画面，耳听着丁晓君那投入的、感人肺腑的歌声："最后一尺布用来缝军装，最后一碗米用来做军粮，最后的老棉袄盖在了担架上，最后的亲骨肉送他到战场……"不觉已是泪流满面。

他的脑海中，一会儿浮现出了淮海战场上，那几十万农民用小车推着粮食、担架奔跑在炮火纷飞中的场面；一会儿浮现出了朝鲜战场上，那千千万万朝鲜老乡舍命救志愿军战士的场景。他紧闭双眼，任凭战争中的所有回忆在脑海中驰骋，回不到现实中来。但他的心里清清楚楚地记得——今天，是建军九十周年。

这首歌曲他已经听了三遍了，每次听都是泪流满面。

正在此时，杨思远来看望他，见满面泪痕的徐根清坐在那里一动不动，便上前拍了拍他的肩膀说道:“老哥,年龄大了,不要太伤感了。”

只见徐根清回过神来,身体朝着杨思远靠过来,一双浑浊的老眼看着杨思远,说道:“老书记,看到今天人民过上了好日子,我们当初的流血牺牲都是值得的……”话没说完,便倒在了杨思远的怀里。

孙晓蔓听说徐根清昏过去了,吓慌了神,立马拿起电话联系了救护车。宋娟也急急忙忙赶到了这里,对他进行了紧急救治。在等待中,徐根清的老伴儿握着徐根清的手泪流不止。

但是,尽管医院里尽了最大的努力进行了抢救,这位 86 岁为革命奉献了一辈子的老党员、老战士,还是离开了他挚爱的这片热土。

在徐根清死后的第三天,赤骏也忽然倒在了马厩旁。待马正仁去看它时,它伸着四条腿刚刚咽下了最后一口气,槽子里的草料仍是一口未动。马正仁鼻子发酸、眼发热,上前蹲下身,抚摸着赤骏的鬃毛,嘴里嘟囔道:“就是人,也没有你这么忠诚呀!”说完,含泪找人将它埋在了它哥哥的坟旁。自从赤骏死后,它头胎生的这匹公马眼里总是流泪。马正仁看着心酸,只好忍痛将它卖掉了。

马正仁下了长途汽车,摸摸兜里卖马的钱,眼眶又是一阵发热。他没有回家,而是转身直接去了养老院,想把卖马的钱给徐根清老伴儿送去。

当他推开养老院的门时,见舒彤和孙晓蔓正坐在里面陪徐根清老伴儿唠嗑呢,见他进来,都热情让座,说是两匹马的事情让他受累了。

马正仁边谦虚地摇着头,边将兜里卖马的一沓钱掏出来,送到徐根清老伴儿面前,说道:“徐婶儿,这是卖马的钱,您拿着吧!”

徐根清老伴儿看了一眼那钱,顿时红了眼,急摇头表示不要,说:“吃穿不愁,什么都是现成的,要钱也没地方花,我的钱还想捐出去呢。”

“那我替您捐了?”接着又问道,“捐到哪里呢?好像养老院什么都有。”马正仁自言自语说道。

“捐到学校里去吧!”舒彤说着,站起身来道,“徐婶儿,我得回去了,和新乐看看河长制都执行得怎么样了?另外,还有几拨后天出去旅游的人,也得给他们讲讲安全。”

马正仁问道:“今秋大伙儿都到哪里去旅游了?”

舒彤说:“哪里的都有。有东南亚的,有欧洲的,还有国内的。但这几年咱村还是去北京和长白山旅游的最多。”

马正仁又道:“哎呀,我也想出去走走,这不,晓晴当了妈妈,我和你嫂子就都走不了了。”他忽然想起了什么,问道:“哎,对了,杨书记,你说我家的土地过年承包到期了,也不知国家的政策怎么样了?不敢再投入啊!”

舒彤笑道:“你说的这个问题不少人都问我。我想:十九大就会有结果的。咱们再等一等。好吧?”说完,一闪身,出了屋门。

傍晚,舒彤和沈新乐及村两委的委员们沿着西龙水河的西岸走着。当时正值八月下旬枯水期,河水里面的石头清晰可见,河西岸近几年栽的树木已经成林,一阵微风掠过,杨柳依依的小树枝便随风摇曳得婀娜多姿。

沈新乐看着已成林的西岸和清澈的河水,不觉赞道:“杨书记,你这个河长当得称职啊!”因为艳丽刚又给他生了个儿子,所以,他近些日子的心情真是喜不自胜。

沈新乐说得没错。这是去年末,中央为了落实绿色发展理念、推进生态文明建设、维护河湖健康推出的一项有效举措。龙水村正是根据中央精神实行了河长制。舒彤主动担任起西龙水河的河长。

大家边走边看,在天将擦黑时,将龙水村所有的河段、湖泊、沼泽、鱼池等带水的地方都检查了一遍。

临回家前,舒彤对沈新乐说:“回去做个总结,开个总结会,年末进行表彰。”她看到沈新乐抿嘴点头那认真的样子,不觉也向大家点头示意,便转身往娘家走去。

一阵凉风吹来,舒彤赶快用手将左臂捂住。一年前,她去动员七社的贫困户搬出大山时摔伤了左胳膊,因为有两处骨折、一处骨裂,当时治疗不及时,所以四五个月才好,又加上年龄大了,到现在还不太敢吃力、怕凉。

舒彤受伤以后,沈新乐和程亮等人又去了几次山后。欣慰的是,那四户村民终因舒彤他们的诚意,都在今春搬出了大山,有两户加入了种植黄烟的合作社,有两户加入了旅游合作社和食用菌有限公司,在村里的帮助下盖起了新房,都脱了贫。梁东宝还成了养猪专业户,当年就发了家。

舒彤用手扶着左臂进了娘家的大门,哥哥杨天哲迎上前来,眯着眼睛问道:“西龙水河河长同志,视察的还合格吧?”

舒彤见爸妈都笑着看向自己,便说道:“对河流划分责任制,真是保证绿水青山的一个好办法,现在村里的大小河流都很清澈。”说完,看着杨天哲道:“哥,你不是过几天要回北京吗？”

“是呀，不过以后可以经常回来看你们了。因为从北京到这里就要通高铁了。如果通了高铁，也就是四个小时多一点的路程，那龙水村不就是北京的后花园了吗？好哇，这对你们的旅游业也大有促进哪，到时，客人多得你们可能都迎接不过来呢。”

舒彤笑道：“知道，县里已经传达过国家的这个计划了。我们正等着呢，听说来年春天就开始建设了。”

杨天哲愉快地点头做了肯定。他在去年年末退休了，今年夏天和欧阳怡雪回来住了几个月，又被单位聘了回去，这不，过两天就要回单位了。

正在这时，舒彤接到了天奇传过来的微信照片，是他还不满一周岁的小儿子的照片。一家人立刻争相观看，纷纷猜测长得像谁？舒彤赶紧把照片传给了哥哥，在这里吃完了饭，便回家去了。

到家之后，志强还没有回家。她打了个电话，知道志强又接了份南方的大订单，正在组织货源呢，自己便躺下和舒雅用微信聊起天来。

自从有了这微信，虽远在千里万里，竟似在眼前，使她和妹妹、弟弟及女儿、儿子们的沟通易如反掌。更为惊奇的是：一动手指头，钱就从龙水村到了省会妹妹的手上；有时出去开会啥的，看到好东西，用手机一扫码就解决了，连钱都不用带了。每当使用微信转款或付款时，舒彤都感到内心一阵莫名的激动。祖国，发展得太快了。

这是一个不寻常的日子，早晨吃完了饭，龙水村的乡亲们都坐到了电视机前，怀着一颗忐忑的心观看十九大召开的内容，当听到土地还可以承包三十年时，好多人都激动得跳起来，流下了热泪。他们一颗悬着的心终于落了地。

当听到习总书记在报告中讲到“中国特色社会主义进入新时代”和“为中国人民迸发出来的创造伟力喝彩，千千万万普通人最伟大，逢山开路，遇水架桥，以造福人民为最大政绩”的话语时，都受到了极大的鼓舞。他们认可“幸福都是奋斗出来的”这个理，也明白“不弛于空想，不骛于虚声”的重要性，决心把自己的家园建设得更美好！

马正仁在十九大闭幕后，夜以继日地创作了三句半《新时代》和小品《绿水青山就是金山银山》两个节目。王巧巧也编排了二人转《社会主义新农村》。文艺宣传队也结合十九大内容，很快排了一场文艺节目，来宣传十九大精神。

在他们演出时，正好被县委李明书记带人去参观龙水村时看到了。李书记感觉宣传队里的东北大鼓《黄大年颂》、三句半《新时代》、二人转《社会主义新农村》和小品《绿水青山就是金山银山》等节目非常感人，便和舒彤商量要文艺宣传队做好新时代的“文艺轻骑兵”，到县里演出，然后再到各村去巡回演出，参加县里“文化进万家”活动，要村里给予支持。

马正仁和王巧巧听到这个消息，都兴奋得一夜没睡着。这两个在人生的道路上都遇到过重大挫折的人，忽然感觉到自己的人生才刚刚是春天。

飘飘洒洒的雪花落在了冯国英身上。他上身穿一件浅灰色长款对襟羊绒毛衣，外罩一件深棕色的长款搭肩马甲，头戴一顶棕色帽子，下身穿一条黑色的毛呢裤子，脚蹬一双皮质很好的、黑色的棉皮鞋，围了一条黑色的围巾。

许凤瑛身穿一件墨绿色的羊绒大衣，一条深灰色的棉麻裤子，脚上是一双半高跟棉皮鞋，围着一条深红色的羊绒围巾。她左胳膊上搭着冯国英的毛呢外套，右胳膊正挎着冯国英准备到自己儿子家里去，看看要生二胎的儿媳还有什么要帮忙的呢。一偏脸，看到有雪花落到冯国英的头上，便用手去轻轻拍打。

正在此时，身穿藏蓝色毛呢立领大衣的杨思远从对面走过来，站住笑道：“呀，老嫂子，在外面也不忘秀恩爱呀！”这个“秀”字，是他跟孙子杨皓森用微信聊天时学的新词。一句话说得许凤瑛面红耳赤，急忙和冯国英拉开了距离。

冯国英被杨思远夸得心里美滋滋的，急问杨思远干什么去？

杨思远看到老朋友的幸福，心里高兴，呵呵地笑着说找他有事商量。

许凤瑛见这老哥俩的神态，忙说：“行啦，那你们回家商量吧。我们明天再去儿子家。”就这样，他们三人又返回到了冯国英家。

进门之后，许凤瑛去泡茶。杨思远便对冯国英说了他的想法。杨思远一边说，冯国英一边点头，渐渐地，眼角唇边都绽开了喜悦的笑容。

许凤瑛端着茶水，进门看到这两个银发老者的神态，也不由得开心地笑了起来。

到了这年的年末，根据省里精神，龙水村成立了龙水村新时代传习所，为村民宣讲十九大报告，让十九大精神通俗易懂，能够走进乡亲们的心坎里。通过传习所的宣讲，乡亲们更加深了对十九大报告的理解，都决心撸起袖子加油干。

让乡亲们高兴的还有一件大事，那就是紧接着村里给大家发了大红的不动产权证书。当村民们拿着这大红的证书时，好多人都哆嗦着双手翻看着，然后将证书紧紧地贴在了胸前。

齐铁柱看到大家这样小心翼翼，不觉开心逗道："大伙儿可都拿好了啊，别丢了。丢了，你的财产可就没了，回家哭鼻子都不赶趟儿！"

等大家反应过来这句话的意思，都指着他哈哈大笑起来。

60

舒彤正坐在椅子上看书。她那本就淡泊宁静的性子经过了岁月的打磨，是更加沉稳与从容了。此刻，她听到自家大黄狗汪汪的叫声，略一停顿，又翻了一页继续看下去。

少顷，沈新乐和周显田进得屋来。沈新乐看到舒彤手里拿的是《习近平谈治国理政》一书，不禁惊叹道："杨书记，这么抓紧时间学习呀？"

舒彤轻轻将书合上，笑道："不学怎么办呢，底子薄，就得后天努力呀！"

周显田说道："嗯，咱杨书记学习的劲头，咱可是谁都赶不上呢。我是服了。"说完，接着问道："咱们什么时候走呀？"

舒彤说："现在就走吧！"于是拿了外套出门，坐在了前排副驾驶的位置上。

沈新乐坐在了驾驶的位置上，汽车就启动了，向着大桦树林的后山绕去。

轿车在经过七社时，舒彤放眼望去，只见那红瓦、蓝墙、绿篱笆在白雪的映衬下，分外抢眼，煞是好看。她这才明白七社为什么会选择这样的颜色来布置民居，不觉佩服程亮的眼光很不一般。

汽车还没转过北山，就见新修的公路两旁插着颜色不同的小旗子。汽车经过了弯弯曲曲的一段路程后，前面是一片开阔地，周围是用深灰色的砖砌得像城墙一样的分界线，城墙上有几条红色的条幅，只见上面黄色的字体写着"将荒山变花海，将白雪变白银""龙水村村民齐心协力奔小康"等标语，一堆堆青砖在两旁堆着，沿着城墙是用红绳串起的串串红灯笼，十分美观。再往里的左面是滑雪场，有三十几个人正在滑雪；右面的山坡上是餐厅，服务员正在忙碌着。

经过两年的建设，滑雪场已初具规模，令在场的人都很振奋。

舒彤一行人正想退出，就见甄煜起从里面迎出来将大家往里让。舒彤知道，经显田推荐，让甄煜起做了这滑雪场的负责人，因为他是大专毕业。刚才，他正在和省城的人联系业务呢，所以出来晚了。

等大家落座后，甄煜起便介绍了滑雪场的前景，现在是试营业，基本设施还不完善，只有接待的主楼完工了，住宿和其他娱乐条件的楼房正在建设中。这个滑雪场冬天滑雪，夏天滑草，不长树的地方填土种花，让来这里的客人不管什么时候来，都有能玩的地方，尤其是高铁通了以后，可以迎接四面八方来的客人。

甄煜起详细地介绍完这一切之后，又领着大家参观了主楼，只见宽敞的接待室里面摆满了滑雪板、安全帽、雪橇等滑雪用具，一排排黑色的桌椅陈列其中。参观完主楼他又让大家坐了两次滑雪圈，这是给不会滑雪的大人和孩子们预备的。不管是大人孩子，会滑雪不会滑雪的，只要是来到滑雪场，都有玩的项目，想得真是周到。

舒彤他们走后，甄煜起站在滑雪场的顶部，冷风吹过他的脊背。他使劲裹了一下黑色的高档羽绒服，望了一眼滑雪场上正在滑雪的人影，看了看穿着迷彩服正在那里认真工作的人员，想起了刚才村支书和村主任对自己的表扬，不觉鼻子一阵阵发酸。

已是两个孩子的他忽地想起了自己爸爸的所作所为，深深感到龙水村人的善良和智慧。他觉得自己身为这一分子，是十分自豪和幸运的，便喃喃自语："龙水村，我怎能对不起你？"

说完这句话，他带着红红的眼睛招呼工作人员要时刻提醒客人注意安全，然后大踏步地向着一个身穿蓝色羽绒服的男孩子走去，耐心地教起这个孩子学习滑雪来。

舒彤坐在回去的车上，说道："这几年，齐铁柱等好多人家都要盖楼房，咱们因为村里有规划，有的人家的瓦房还挺新的，就没把这个事拿到议事日程上来。自从给大家发了这不动产权证书，齐铁柱和很多村民又开始嚷嚷这个事。你们看怎么办好？"

显田一听急切地说道:“我家也想盖楼房。我孙子都好几岁了,还有老妈。盖楼房省宅基地呀!可以一人一个屋,还有客厅,多好呀。”显田说完,见他俩不吱声,又道:“嗯,不过,我还是按照村里的规划来哈,不搞特殊化。”

沈新乐听了显田的话,取笑道:“周叔,你是最听话的了。”然后对舒彤说道:“是呀,现在生活水平提高了。你再让谁家几口人住一铺炕,也不现实。不行咱们向上级部门申请一下,统一盖楼房。”说到这里,想了想,补充道:“或者是每家盖一栋小别墅?”

舒彤嗯了一声,说道:“嗯,我也是这样想的。等过了年,咱们跟上级部门沟通一下,再研究研究。”

临近年根,杨家的子女都回来了。三十晚上,舒彤妈叫天哲、天奇和杨浩森去给爷爷、奶奶上坟,又叫伊万去给于枫红和兰初明及他的父母上坟。

舒彤妈已经当了老奶奶了。他的孙子杨皓森已经有了两岁的儿子,正坐在炕上和他一岁多的小叔玩呢。

天奇上坟回来,过来抱起了侄子,说道:“小宏,来,二爷爷抱抱,以后不许欺负你小叔皓宇哈。”

舒雅听他这样一说,笑得前仰后合,用手指着天奇,上气不接下气地说道:“见过自私的,没见过你这么自私的。当爷爷的还欺负自己的孙子。”满屋子的人听了顿时哄堂大笑。

这时,天奇的小儿子见爸爸抱了别人,便爬到姐姐向秋跟前。向秋转身抱起了小皓宇,在他的小脸蛋上啪地亲了一口,这又引起了大家的一阵捧腹大笑。接下来,大家一会儿逗逗这个,一会儿逗逗那个,屋子里的笑声此起彼伏,好不热闹。

到了初三这天,龙水村更热闹了。马正仁早早起来,把自己用了多年的高跷拿了出来,看看没有什么问题,又把装衣服的背包斜挎在了背上,拎起高跷,出了家门。

大概在九点多钟的时候,街上出现了一支扭秧歌的队伍。他们都踩着高跷,起劲儿地扭着大秧歌,有扮媒婆的,有扮小媳妇的,有扮新郎的,最叫孩子们喜欢的是扮演孙悟空的马正仁。他穿着一身猴子装正和扭地蹦子的王巧巧扮演的白骨精斗智斗勇呢，引得来旅游的客人和村里的大人、孩子们跟着奔跑，争相观看，好多人鞋都挤掉了。

冯国英及其儿女们正往杨家走。舒彤抬眼看到秧歌队的周玉涛在鼓着腮帮子吹唢呐，看到自己，转过身来，换了《开门红》的曲子，更加用力地吹起来，便不觉一笑，冲大家摆摆手，和孩子们走过去了。

因为志强在家是独子，所以，每年过年舒彤都坚持在婆家过，就只能是初二或者是初三回来了。

他们一来就多了二十三口人。春柳的女儿和巧兰的孙女一来就和杨皓森的儿子、天奇的儿子玩在了一起。建韬和建勋本科毕业后都考上了研究生，正在读研二。建勋也算是指挥系的一名军官了。两个小伙子比以前更加成熟稳重，也更加帅气了。冯家的四个女儿、女婿也都来了。

一进屋，分两屋坐。长辈在东屋，晚辈在西屋，炕上地下坐满或站满了人。

舒雅看到宋娟，热情地打招呼，问道："小娟，听说你男朋友要来龙水村当全科医生了？"

宋娟点头答道："是呀，他还带来了两个同学。我们准备把诊所扩大成医院。我一个人忙不过来了！"

众人一听，真是喜从天降，都为宋娟竖起了大拇指。

舒彤妈坐在炕上，高兴地回答着来向她询问东西放在哪儿的儿媳和女儿们，看着屋里屋外寒暄唠嗑的孩子们，看着她的孙男嫡女们温文尔雅、长幼有序、出类拔萃的样子，不觉喜从心来。

蓦地，她想起了婆婆生前所说"积善之家，必有余庆"的话，便认为杨家人丁兴旺，都是婆婆所积下的。她想起了婆婆在世时过年的情景，禁不住眼眶发烫，流下了热泪。

舒彤看出妈妈的异样，便给她使了个眼色。舒雅与姐姐心有灵犀，也回头看了妈妈一眼。舒雅现在已是省农业厅市县处的处长了。

舒彤妈觉出了两个女儿的眼色，忽地记起婆婆在世时，是不许任何人在过年期间有悲戚之色的，便立即换了笑脸，重复着从前婆婆所做的一切，吩咐大家炒菜做饭、放桌子。

如今，杨家老两口，念云一家五口，卓娅已是两个孩子的妈妈了，天哲一家五口，舒雅一家三口，天奇一家四口，共是十九口人了。加上冯家来的二十三口，天哪，得放四桌才能坐下。

看来杨家早有准备。少顷，天哲、天奇指挥着孩子们就将桌椅放好了。东屋里两桌，厨房里一桌，西屋里地上一桌。门开着，如同在一个大餐厅里一样。

落座之后，冯国英紧挨着杨思远坐着，看着这些朝气蓬勃的青年人，忍不住说道："未来的世界是他们的。"

杨思远深沉地点点头，很有感触地说："长江后浪推前浪，看看他们，时间不饶人呀！"

半个小时后，菜上齐了。杨思远看着他的子孙和亲家一家，心情分外激动，端着酒杯的手有些颤抖，说道："今天，让我们端起杯来，首先欢迎国英大哥、嫂子及他们的孩子们来到我家做客。"说完，同冯国英的酒杯一碰，两人一饮而尽。

然后，他又看着满桌子的山珍海味、美味佳肴，深情说道："我在想啊，桌子上的这些好东西，是我小时候连想都不敢想的呀！现在是只有人们想不到的，没有人们买不到的。我们的生活发生了翻天覆地的变化。来，为了我们今天的幸福生活，干杯！"说完，他率先喝了手中的酒，布满皱纹的脸上蓦然间有了水泽。

冯国英看了一眼杨思远，水泽也瞬间润满了脸上的皱纹。

舒彤妈看了一眼老伴儿，咬着嘴唇，低下头想了一会儿，似是下定了决心，忽地抬头举杯，说道："孩子们，如今你们都是当长辈的人了。今天是大年初三，按说，我不应该提你们的奶奶，可是，我还是要提。我觉得她说的'积善之家，必有余庆；积不善之家，必有余殃'这句话，应该是我们杨家安身处世、持家治业的根本，所以，我想把这句话定为咱们家的家训。不知你们同不同意？"见大家都眼含泪花，点头同意，便说道："那就为你们的奶奶为咱家立下这样的好家训干了这杯！"

大家听到舒彤妈这样说，纷纷举杯干了杯中酒。舒彤妈当即要求凡是杨家子孙——在场的每一个人都要将家训刻在心里，铭记终生，世世代代传下去。

冯国英听舒彤妈这样说，突然举起酒杯，说道："我也有个提议，杨家的家训也是冯家的家训。冯家人同意不？"

在场的冯家人一迭声地拥护，冯国英不好意思地低声对杨思远说道："哎呀，忘了问你同不同意了？”

杨思远和老伴儿同时说：“你家还有七口人是我们家人呢。我们两家已经分不开了，有什么同不同意的呀？”然后，两家人为了同一个家训干了一杯。

紧接着，从天哲开始按照年龄依次给长辈敬酒祝福。轮到天奇时，他先是敬了冯大爷、冯大娘和爸、妈一杯酒，又举着杯，带着中年人所特有的成熟与赤诚，说道：“今天，我提议，除了爸妈，我们都应该敬我们的二姐、二姐夫一杯酒。因为，二姐是这个家里为大家付出最多的人。没有她，大哥、三姐和我上不了大学，大姐也没有今天的幸福生活。又是她和二姐夫，在家陪伴父母、照顾奶奶，料理家中的一切，才使我们能够安安心心地在外面工作和生活。我觉得二姐就是我们的恩姐，仅次于父母。”说到这里，他举杯干了杯中酒，又道：“有这种想法的干了杯中酒。我先干为敬！”

没等他的话说完，大家都看着舒彤喝了杯中酒，就连杨思远也说：“孩子她娘，咱俩赞助吧，为了咱家的功臣，干杯！”说着，他举起手中的酒杯和老伴儿的碰在一起，仰头喝下了杯中所有的酒。

冯国英也红着脸举杯说道：“这酒干得好！舒彤也是我们家的功臣，为冯家开枝散叶，带领全村致富，吃苦受累，我们家也敬她一杯。”

舒彤忙摆手摇头，说道：“爸，我敬您，哪有长辈敬晚辈的道理。”说完，起身敬了冯国英一杯酒。

天哲说：“我们不仅要说，还要行动。以后高铁通了之后，每个人每星期尽量回家陪陪爸妈，从我做起。当然啦，也要请爸妈多出去走走，今年北京的蓝天特别多，沙尘暴没发生几次，真是跟以前不一样了。”

这话得到了大家的一致认同。接下来，喝酒、吃饭、聊天、娱乐，这顿饭一直延续到了下午三点多钟。

欢聚的日子很快就结束了。过了正月初五，杨家的子孙都谨记着家训回到了各自的岗位。念云也走了。她和孩子们先去长春拜见叔叔，然后再去俄罗斯拜见舅舅。

只有天哲和怡雪没有走。他们是看了东龙水河边的雾凇后才走的，因为在正月十五后单位有个科研项目，不得不走。

在他们走的那天清晨，两鬓已染霜的天哲恋恋不舍地来到了院子里，回身猛然看到白发苍苍的父亲和腰身已不再挺拔的母亲牵手送出门来，那眼圈霎时就红了。

他真的不想走，因为这么多年来，他和父母几十年都是聚少离多，如今已经退休了，仍不能陪伴在父母身边尽孝。他觉得今生欠父母的太多，太多。此刻，他望着妈妈那不舍的眼神，拉起怡雪的手给父母深深鞠了一躬，然后急转身，流着泪快步离开了这个他所深深依恋的篱笆小院。

这是一次县里的表彰大会。杨思远和冯国英站在台上，满脸幸福地将林地承包合同书递给了县林业局局长。局长又把它转交给了沈新乐。这正是年前杨思远同冯国英商量的大事。他们将辛辛苦苦干了二十四年的山林连同果园一起捐给了龙水村。

捐赠仪式结束后，李明书记发表了激动人心的讲话，赞扬了两位八十多岁老党员的高风亮节，号召全县党员向他们学习。

李明书记的讲话刚刚结束，会场传来了持久热烈的掌声，经久不息。

本来，杨思远想跟村里签个合同移交就算完事了，谁想这事让李明书记知道了，非要在县里开表彰大会再捐，弄得这老哥俩都这么大年纪了，还上了一回台。

在回家的路上，老哥俩坐在一起。杨思远用肩膀碰了碰冯国英的肩膀，说：“哎，说好了啊，捐是捐了，利益咱不要了，可林子咱还得管，果树咱还得栽。”

冯国英像个孩子似的柔声说道：“都依你！小车不倒只管推。”

四十年，悠悠岁月在弹指一挥间悄然更替。

当映山红那像彩霞般的瑰丽花朵开遍漫山遍野的时候，龙水村的春耕又开始了。

田野里，大型的各式机械在奔跑着，一片片沉睡了一冬天的、散发着芳香的黑土地，在拖拉机跑过的地方向人们呈现出了崭新的容颜。

在一个烟雾弥漫的早晨，薄雾若隐若现地笼罩在龙水村的上空，使村子不染纤尘，好似仙境般秀美。刹那间，一轮红日喷薄而出，那缭绕的薄雾尽皆散去，美丽的山村渐趋清晰起来——天蓝、地绿、水清、村美。

舒彤从西龙水河当年走过的小独木桥的地方，大踏步地走在了五个桥孔的石拱桥上。她刚从省里开会回来，受到了省里的表彰。龙水村也被评为全省致富、旅游示范村。

此刻，舒彤心里想的是，怎样才能够更好地将七百多户村民的龙水村，做到移风易俗、医养结合、革命传统教育、文化传承、绿色发展、乡村振兴。她知道，更高的要求让龙水村的乡亲们要不断地创新，使农、林、牧、副、渔各业均衡发展。

终于，她心里的蓝图和手里拿着的《龙水村美丽乡村景观改造设计方案》重叠在了一起，不由得信心百倍地向着村里走去。